'निराला'

की सम्पूर्ण कहानियाँ

Paperback: 978-936205258-2
Paperback: 978-936205400-5
ebook: 978-936205631-3

Printed by:

Sanage Publishing House LLP
Mumbai, India

sanagepublishing@gmail.com

'निराला'
की सम्पूर्ण कहानियाँ

सूर्यकान्त त्रिपाठी 'निराला'

SANAGE
PUBLISHING HOUSE

अनुक्रम

1

प्रेमपूर्ण तरंग

बाबू प्रेमपूर्ण मेरे अभिन्न हृदय मित्र हैं। मेरे बी. ए. क्लास के छात्रों में आप ही सबसे वयोज्येष्ठ हैं। आपकी बुद्धि की नापतौल इस वाक्य से पाठक स्वयं कर लें कि जब मैं कॉलेज में भर्ती हुआ, तभी से आप कॉलेज की चौथे साल की पढ़ाई रट रहे हैं - गोया मेरे देखते-देखते बी. ए. की परीक्षा में तीन बार फेल हो चुके। किन्तु फिर भी आप प्रतिभा से प्रवंचित नहीं हैं। यदि किसी को उनकी प्रखरता की परीक्षा लेनी हो तो उनसे वाद-विवाद और चाहे वितण्डावाद तक करके देख ले। उनके वाग्वाणों के अव्यर्थ संधान से प्रोफ़ेसरों के भी हाथ से पुस्तक छूट पड़ती है - मारे भय के या मारे क्रोध के- यह बतावें तो वही बता सकते हैं। प्रेमपूर्ण को ऐसे और भी अनेक गुणों से आप पूर्ण पाइएगा। इन्हीं कारणों से हम लोगों ने आप ही के सिर पर लीडरी का सेहरा बाँधा है। किसी भी पराक्रमी तर्क-शिरोमणि की क्या मजाल जो हमारे प्रेमपूर्ण जैसे वाक् सिद्ध धुरंधर विद्या-लवणार्णव के रहते छात्रालय के सरस्वती के सपूतों को नीचा दिखावे। अगर कोई बुरी लत उनमें है तो वह है रोमेंस की तलाश। जब देखिए, आप रोमेंस के भूखे ही रहे! फेल होने का यह भी एक मुख्य कारण है। बिना 'रोमैटिक' नावेल की कुछ पंक्तियों की आवृत्ति किए रात को आपकी आँख नहीं लगती। संक्षेप में, आप कई विचित्र भावों के आधार, नहीं पूर्णाधार हैं।

सबसे उल्लेखनीय कौतुक तो यह है कि प्राचीनकाल के नामों की तरह ज्योतिर्विदों ने आपका नाम गुणानुसार ही रखा है। बिहारी सतसई के हर एक दोहे को आपने छात्र-जीवन में ही सार्थकता की चरम सीमा तक पहुँचा दिया है। कदाचित् आप हिन्दी लिखना जानते होते तो बिहारी सतसई तथा अपर श्रृंगारी कवियों की कृति पर सजीव भाष्य लिख देते। फिर तो आपकी अनुदार मूर्ति से हिन्दी साहित्य का पिण्ड छुड़ाने के लिए लोग हिन्दी-साहित्य-सम्मेलन के सभापति के आसन पर आपको प्रतिष्ठित करके सविनय कहते ही- खुलकर न सही, मन-

ही-मन सही, कि "प्रभो, अब 'दूरम पसर' साहित्य का सत्यानास खूब किया आपने, बस अब कृपा कीजिए!"

हम लोग प्रेमपूर्ण की प्रेम-कथा सुनते-सुनते ऊब गए थे। बंकिम बाबू ने अपने उपन्यासों में किसी नायक को एक से अधिक नायिका नहीं दी, हाँ, कहीं-कहीं अशुद्ध प्रेम को विशुद्ध या विशुद्ध को अशुद्ध करने के विचार से उन्होंने एक नायक के पीछे दो-दो नायिकाओं को प्रेम के कँटीले मार्ग पर चलाया है। (कदाचित् एक नायिका के पीछे दो-दो नायकों को भी भिड़ाया है; हम इसकी कसम नहीं खाते। अस्तु।) यही हाल शेक्सपीयर का भी है। परन्तु यहाँ तो एकमात्र नायक प्रेमपूर्ण के पीछे एक नहीं, दो नहीं, तीन नहीं, अगणित नायिकाएँ! प्रेमपूर्ण के पास प्रतिदिन एक नयी नायिका की चिट्ठी आती है। ताज्जुब तो यह कि इनकी सभी नायिकाएँ पढ़ी-लिखी होती हैं। किसी के पत्र में लिखा है, आपको देखकर जी व्याकुल है; किसी के पत्र में है, रात को नींद नहीं आती-करवटें बदलते-बदलते रात पार हो गई; किसी के पत्र में है, बिन देखे नहिं चैन। प्रेमपूर्ण से जब पूछिए, कहाँ चले यार मेरे? तब यही एक उत्तर सुनिए कि इससे मिलने जा रहा हूँ-उससे मिलना है-पत्र आया है। प्रमाणस्वरूप पत्र खोलकर दिखा देते। वे कोई ऐसे-वैसे प्रेमी नहीं हैं कि मुँह छिपाते, दिल के बड़े पाक-साफ़ हैं। उनका अधिकांश समय इस प्रकार प्रेमिकाओं से मिलने में ही व्यतीत होता है। उनके फेल होने का यह एक गौरवपूर्ण कारण है।

आज सुबह को मैं 'माधुरी' में प्रकाशित द्विवेदी जी का एक लेख पढ़ रहा था कि प्रेमपूर्ण हाथ में चिट्ठी लिए आ पहुँचे। झुककर लेख का शीर्षक देखते ही कहा- "उँ; क्या पढ़ते हो! इस नीरस लेख में क्या रखा है। जरा इधर देखो यह पत्र; पढ़ो तो, वह सरस शैली है कि पढ़ते ही मुग्ध हो जाओगे।" फ़ौरन मेरी समझ में आ गया कि यह वही नित्य की क्रिया है। मैंने झुंझलाकर कहा- "जब तक मैं इस लेख को समाप्त न कर लूँगा, तब तक तुम्हारी चिट्ठी नहीं पढ़ सकता; यह विद्वान का लेख छोड़ दूँ और तुम्हारे पत्र में 'किसके कलेजे में कटार भोंका' देखूँ, क्यों है न?"- लेख समाप्त करके प्रेमपूर्ण की चिट्ठी पढ़ने लगा। लिखा था-

'जब से आपको देखा तब से जी बेहाल है। यही आशा लगी है कि आप कब मिलेंगे। लिखने को तो बहुत जी चाहता है, परन्तु ज्यादा लिखूँगी तो आप भी क्या समझेंगे। लज्जावश हृदय के भाव प्रकट न कर सकी, और प्रकट करना असम्भव भी है; आप सहृदय हैं, समझने में देर न होगी कि मैं किस हालत में हूँ।

रथयात्रा के दिन बड़ा-बाज़ार में मिलिए। अवश्य मिलिए, नहीं तो मैं जान पर खेल जाऊँगी। तरस-तरसकर मरने से एकदम कूच कर जाना कहीं अच्छा है।'

सोमवार, आषाढ़ बड़ी एकादशी,

1979; **मैं आपकी**

29, डीयर लेन, कलकत्ता। **"तरंग"**

पत्र को मैंने ध्यान से पढ़ा। मेरी दृष्टि अंत की चार पंक्तियों में अटकी। देखकर प्रेमपूर्ण बोले- "यह सब इस देव-दुर्लभ सौन्दर्य की करामात है बच्चू, समझे?"

मैंने पूछा-और संग का असर बड़े-बड़े पर पड़ जाता है कि "क्योंजी, तुमने कहीं वशीकरण तो नहीं सिद्ध कर लिया! क्या बात है, जो तुम्हारे पीछे स्त्रियाँ इस तरह हाथ धोकर पड़ जाती हैं? कुछ हमें भी सिखाओ-तुम्हारा बड़ा जस मानूँगा, सच कहता हूँ।"

प्रेमपूर्ण- "क्या सिखावें! तुम्हारे चेहरे पर कहीं लावण्य का नाम भी तो हो? तुम्हें तो देखते ही 'शुष्कं काष्ठं तिष्ठत्यग्रे' की याद आ जाती है। अगर मेरी तरह इस असार संसार में स्वच्छन्द विहार करना चाहो तो भरते जाओ, रोमेंस के भाव; जब सिद्ध हो जाओगे तब तुम्हारा हृदय ही प्रेम का केन्द्र बन जाएगा। फिर तो चुम्बक पत्थर, लोहे को-वह कहीं भी हो आप खींच लेगा।"

मैं- "ठीक है, तो सिद्ध कब तक हो सकूँगा?"

प्रेमपूर्ण- "इसकी कोई मीयाद नहीं। मेहनत जितनी ही करोगे मज़ा भी उतना ही चखोगे।"

आज रथयात्रा का दिन है। काटन स्ट्रीट की कौन कहे, सेन्ट्रल एविन्यू में भी गाड़ियों का ताँता-ही-ताँता दिखाई पड़ता है। फुटपाथ न होते तो आदमियों का चलना मुश्किल था। कितने ही लोग तो केवल इसी सुभीते के कारण भीड़ की जाँच-पड़ताल और अखबारों के लिए समाचार-संग्रह करना छोड़ सरकार की भरमुँह तारीफ़ करने लगे। अनेकों ने अनेकों को यह कहते सुना 'सर्कार दयालु दानी देता है दया से दान।' इस उच्छ्वासमयी कविता को सुनते ही किसी समालोचक महोदय से न रहा गया; वे बोल उठे-'सर्कार' की जगह यदि 'सर्कर' होता तो छन्द शुद्ध उतरता 'सर्कार' शब्द कानों को कोंचता है।

इधर प्रेमपूर्ण का और ही हाल था। पास तो उनके छदाम न था, लेकिन रोबदाब देखिए तो लखपती की भी शान को मात करते थे। वह ट्रेंगलकट फैशनेबुल बालों की बहार! वह इलाहाबादी सिर पर लखनवी ठाटबाट से बनारसी टोपी! आधुनिक सभ्यता के अदब से वह बैसाखी मुस्कराहट! नुकीली नाक पर वह चश्मा! हरे-हरे! हाथ में रिस्टवॉच, पैरों में दिल्ली का कामदार जोड़ा! कहाँ तक लिखें, गोया आपके चेहरे पर प्राच्य और पाश्चात्य भाव एक-दूसरे से सप्रेम आलिंगन कर रहे थे। पीछे चोटी और आगे इंगलिश फैशन! उधर कानों के दोनों बगल के बाल नदारद और इधर मूछें हवा में हिलोरें ले रही थीं।

बेचारे ने तमाम मेला छान डाला पर कहीं कोई नहीं। किसी की मोटर निकलती-बग्घी आती तो आपके प्रेम-पिपासु नेत्र स्वागत के लिए बढ़ जाते। किसी महिला की मोटर किले के मैदान की ओर जाती तो आपकी मुरझायी हुई आशा की कली पर बासन्ती मलय का एक मधुर झोंका-सा लग जाता। हृदय में ध्वनि गूंज उठती- "वह आई!" उच्छ्वास का झोंका खाकर खिला हुआ प्रेमकुसुम प्रेमिका की सेवा में स्वीकृत होने के लिए जाता, परन्तु बदले में मिलती थी- घृणा, तिरस्कार और प्रत्याख्यान। इस तरह बेअदबी का नतीजा हाथोंहाथ मिल जाता था। परन्तु आदत तो बुरी बला होती है। दूसरे आशा इतने सहज ही क्यों छूटने लगी? एक न हुई तो दूसरी अवश्य होगी, बस इसी विश्वास से एक-दूसरी मोटर पर नजर डालते। वहाँ से भी चोट खाकर वापस आना पड़ता। यदि कलि-महाराज समय के सम्राट् न होते तो उस दिन आप पर जैसी मूसलाधार अग्निवर्षा हुई, उसे देखकर तो यही अनुमान होता है कि आप भस्म हुए बिना हरगिज न बचते। आपके बाप-दादों के बड़े भाग्य थे, जो सही सलामत घर पहुँच गए। घर पहुँचते ही प्रेमपूर्ण मुझसे सारी विपत्तियों का बयान करने लगे। इतने में डाकिया चिट्ठी लेकर आया। एक पत्र प्रेमपूर्ण का भी था। लिफ़ाफ़े के हस्ताक्षरों पर नज़र पड़ते ही उनके चेहरे पर दूनी रोशनी आ गई। मैंने पूछा- "क्यों भई, क्या है जो मन ही-मन खुश हो रहे हो?" वे वही रोमेंस की हँसी हँसकर बोले- "उसी का पत्र है, क्या लिखा है, सुनो।"

हमारे प्यारे,

मेरे भाग्य ही खोटे थे, जो रथयात्रा के दिन मैं आपसे नहीं मिल सकी। क्षमा कीजिएगा। आपकी सेवा में मैंने जो पत्र भेजा था उसमें यह लिखना भूल गई थी कि अमुक स्थान पर आपसे मैं मिलूँगी। यह मुझे तब मालूम हुआ जब मैंने आपके

पत्र की दूसरी कॉपी देखी, जो मेरे पास ही थी। अब आप मुझसे अलफ्रेड थिएटर में, फर्स्ट क्लास में कल अवश्य मिलिए।'

सोमवार, आषाढ़ सुदी तीज 1979; **आप ही की**

29, डीयर लेन कलकत्ता। **"तरंग"**

शाम हो गई थी। प्रेमपूर्ण बातचीत करना भूल गए। मुझसे कहा- "अब देर न करनी चाहिए।" आज 'पत्नी-प्रताप' का खेल होगा बड़ी भीड़ होती है। जल्दी न जाएँगे तो टिकट नहीं मिल सकता। आज भेंट अवश्य हो जाएगी, क्यों है न?

इन इतने प्रश्नों का एक ही उत्तर था। सो मैंने 'न' में 'हाँ' मिलाकर बेमेल का मेल पूरा कर दिया।

रात के दो बज चुके हैं। दरवाजे की खड़खड़ाहट से मेरी नींद उचट गई। जब किसी की सुख की नींद में बाधा पड़ती है, तब विघ्नकारी चाहे परम मित्र ही हो परन्तु इस हरकत से नवाबी की याद आती और दुश्मन का सिर काट लेने को जी चाहता है। नामर्द ज़माने से तंग आकर, किसी बेगुनाह को कोसते हुए, उठा और दरवाज़े के पास जाकर पुकारा, कौन है?

"अरे यार, मैं हूँ प्रेमपूर्ण।" आवाज़ बेजान थी। बस इतनी भूमिका से प्रेमपूर्ण के वियोगान्त नाटक का बहुत कुछ पता मिल गया। आख़िर दरवाजा बन्द करके मैं उन्हें अपने कमरे में ले गया। फिर तो इस विशुद्ध प्रेम के कौतूहल के आगे 'नैनन को छोड़ नींद बैरन बिदा भई' और लगा मैं पूछने कि आज अपनी 'तरंग' में कितने गोते लगाए? बहे-डूबे या संदेह बच आए? प्रेमपूर्ण के सचिन्त मौन से यह सूचित हो रहा था कि उनकी 'तरंग' ही नहीं आई। फिर कौन गोते लगाता? विरक्ति के भय से मुझे ज़्यादा छेड़छाड़ करने का साहस नहीं हुआ। न जाने वे अपनी उदास आशा को किन वाक्यों से और कब तक समझाते रहे।

सुबह होते ही प्रेमपूर्ण का एक पत्र और आया। पत्र किसने लिखा, इसकी बिना ढूँढ़-तलाश किए ही मेरे मुँह से निकल गया, 'हो तो यार चुम्बक पत्थर, पर, लो खींच, या कि खिंच आओ, लो बुला या कि खुद जाओ।' मेरी कवित्व कला में दूसरों के लिए भले ही सरसता की मात्रा न हो और वे आँखों से पढ़कर कानों से उसे बाहर निकाल दें, पर प्रेमपूर्ण तो उसे सुनते ही खिल उठे। मुझे रोमेंस की नज़र से देखते हुए उन्होंने लिफ़ाफ़े का बन्द खोला। रात भर की परेशानी और सुबह की खुमारी एक ही सेकण्ड में ग़ायब! प्रेम का भी अजब हाल होता है। पत्र

पर प्रेमपूर्ण की प्रीति की जो दृष्टि पड़ी उसका बयान, मैं तो तुच्छ हूँ, मेरे विचार में, चतुरानन तो क्या-हजार मुँहवाले शेष जी भी, न कर सकेंगे। पत्र में लिखा था-

प्रिय,

कल मेरे साथ मेरे बड़े भाई भी थिएटर देखने गए थे। लाचार होकर मुझे जनाना सीट में रहना पड़ा। यही कारण है कि आपसे मैं नहीं मिल सकी, क्षमा कीजिएगा। कल जगन्नाथघाट में मिलिए। मैं गंगा नहाने जाऊँगी। वहाँ मुझे कौन रोक सकता है? दर्शन अवश्य होंगे। वहीं यह हृदयहार उपहारस्वरूप अर्पित होगा। श्री गंगा जी से बढ़कर साक्षी और कौन है? इशिम् ।

बुध, आषाढ़ सुदी 5,

1979; **आपकी अनुराग-भरी**

29, डीयर लेन, कलकत्ता। **"तरंग"**

बस फिर क्या था! प्रेमपूर्ण के रोम-रोम से आनन्द छलक पड़ा। घाट की तैयारी होने लगी। आज उन्होंने मेरी कोई सलाह नहीं ली। चुपचाप उठकर चले गए।

लौटे तो चेहरे पर उदासी की काली घटा उमड़ रही थी। कुछ पूछने से पहले ही मालूम हो गया कि इस बार भी वार खाली गया। इस एक हफ़्ते के अन्दर प्रेमपूर्ण का प्रेमकलश वियोग की विकट ज्वाला से सूखकर ठनक रहा था। शरीर सूखकर काँटा तो नहीं हुआ, पर आधा जरूर रह गया था। मौसिमे बरसात थी, वरना इस वियोगी की आह क्या न कर डालती, यह कोई महाकवि शंकर जी से पूछ ले।

डाकिया फिर चिट्ठी लेकर हाज़िर हुआ। इस बार प्रेमपूर्ण का हौसला इतना पस्त हो गया था कि जान पड़ा मानो पत्र के लिए हाथ बढ़ाते हुए उन्हें शक्ति से बाहर काम लेना पड़ा। पत्र में लिखा था-

मूर्खचंद,

जाह्नवी जी की असंख्य तरंगें देखने पर भी तुम्हें 'तरंग' की याद नहीं आई तो न सही; पर क्या वहाँ तुम्हें चुल्लू-भर पानी भी नहीं मिला?

आषाढ़ सुदी 6, बृहस्पति, 1979; **मैं हूँ-**

29, डीयर लेन, कलकत्ता। **एक 'तरंग'**

मैंने कहा- 'एक उपाय अब और करके देखो। 29, डीयर लेन, में कौन रहता है, इसका भी पता लगाना चाहिए'

मेरी बात मानकर बेचारे प्रेमपूर्ण 29, डीयर लेन तक गए। वह प्रेमिकागार के बदले छात्रागार निकला, जिसमें उन्हीं के सहपाठी छात्र रहते थे। सब के सब उन्हें देखते ही हँस पड़े।

2

क्या देखा

प्रेस की बग़ल में थाना है, जहाँ शान्ति के ठेकेदार रहते हैं। हिन्दू-मुसलमानों की एकता के दृश्य कोई आँखें खोलकर देखना चाहे तो जब चाहे, हमारे पच्छिम वाले झरोखे से झाँककर देख ले। यह अनन्य प्रेम हम सुबह-शाम हमेशा देखा करते हैं। तारीफ़ तो यह कि वह प्रेम केवल मनुष्यों में नहीं, यहाँ के पशु-पक्षियों में भी है। हिन्दुओं के पालतू कुत्ते और मुसलमानों की मुर्गियाँ भी प्रेम करती हैं। उनका द्वेषभाव बिलकुल दूर हो गया है। वहीं पीपल के पेड़ के नीचे एक छोटे-से चबूतरे पर भगवान भूतनाथ जी स्थापित हैं। चार चावल चढ़ाकर चक्रवर्ती बनने के अभिलाषी शिवजी के अनन्य भक्त हिन्दुओं में से हर एक चार-चार चवालिस तो जरूर चढ़ाता है, और श्रद्धेय शिवजी को अपने पंजों में फाँसकर-जैसे नीचेवाले पर ऊपरवाला साथ हफ्ते के सवारी कसता है, बैसे ही मुर्गियाँ शिव जी पर चढ़ाये चावल चुगा करती हैं और मारे आनन्द के सिर उठाकर 'कुकड़ें कूँ' की हर्षध्वनि से हिन्दुओं को चक्रवर्ती (चक्की में पिसने वाला) बना देने के लिए ख़ुदा से दुआ माँगती हैं।

मुझे रात को नींद नहीं आई। सुबह को बिस्तर पर से उठकर चारपाई की बग़ल में मेज़ के सहारे बैठा हुआ आपबीती नयी घटना पर बड़े ग़ौर से विचार कर रहा था। वह घटना बड़ी लम्बी-चौड़ी थी, और श्रृंगार से वीभत्स तक प्रायः सभी रस उसमें आ गए थे। सोचने लगा-

"उसका प्रेम सच्चा है या झूठा? उसने कहीं प्रेम की नक़ल तो नहीं की? परन्तु क्यों फिर उसने अपने पीछे मर मिटने वाले, पसीने की जगह खून की नदियाँ बहाने वाले बड़े-बड़े करोड़पतियों को उस दिन टके-सा जवाब दे दिया? वे बेचारे अपना-सा मुँह लेकर लौट गए। अगर वह वेश्या है तो वह उसी की क्यों न हुई जिसके पास धन है? परन्तु यह किसी दुश्मन की कारस्तानी भी हो सकती है कि मुझे फँसाने के लिए उसने सधकर यह जाल रचा हो? लेकिन उसकी

भरी हुई आवाज़ में बनावट नहीं थी-त्रियाचरित्र का स्वर नहीं बज रहा था। कुछ हो, मैंने जिस शान पर स्त्री का मुँह देखने से इनकार कर दिया। उसे अन्त तक जरूर निभाऊँगा। बुरा हो इस साहित्य-सौन्दर्य का, जिसके फेर में पड़कर कवि सुन्दरलाल जी के साथ मुझे वेश्यालय जाना पड़ा और सौन्दर्योपासना की प्रथम पूजा मैंने एक वेश्या के चरणों पर अर्पित की!"

इतने में 'कुकडूँ कूँ' के कर्कश नाद ने कान ऐंठ-से दिए। चौंक पड़ा, विचार का सिलसिला टूट गया।

दस बजते-बजते सुन्दरलाल जी की भेजी हुई एक चिट्ठी मिली। चिट्ठी उनका नौकर मेज पर रख गया था। मालूम हुआ कि चिट्ठी मेरी नहीं उनकी है; कारण से मेरे पास भेजी गई है। पत्र की इबारत इस तरह है-

13, न्यू स्ट्रीट, कलकत्ता

3.9.23

प्रिय सुन्दर जी,

आज शाम को आप अपने मित्र को लेकर जरूर आइए; आपके मित्र वही जो उस दिन, बुध को आए थे। ज़्यादा और क्या लिखूँ।

आपकी

हीरा

बस इतने ही से, पत्र के बाहरी समाचार के सिवा उसका अन्दरूनी मतलब समझ में नहीं आया। सिर पर सन्देह का भूत सवार था ही, लगा विचार की सीधी-टेढ़ी गलियाँ झाँकने। मैंने लाख प्रयत्न किए पर इस बागी से मेरी एक न चली; और चलती भी कैसे? सवार तो वही था न? मैं तो उस वक़्त किराये का टट्टू ही बन रहा था। अगर सौन्दर्योपासना की शरण लेता और उस देवी की भेंट-घड़ीभर का मुजरा सुनना कबूल करता तो पहरों की उधेड़-बुन में पड़ा अब तक हैरान न होता; पर इज़्ज़त का ख़याल अंगद की तरह पैर जमाये रास्ता रोके हुए था। हठी मन बार-बार कह उठता था- 'असम्भव क्यों है? सौन्दर्योपासना और ब्रह्मचर्य-पालन दोनों एक साथ क्यों नहीं निभ सकते?' विरोधाभास कहता था- 'तो फिर चलो, सुनो मुजरा, डरते क्यों हो? - अनबूड़े बूड़े तिरे जे बूड़े सब अंग।' दुश्मनों की शिकायत का खयाल और महिलाओं की मर्यादा रखने की आदत, पीछे हटाते थे

तो साहित्य, संगीत, कला-कौशल, रूप लावण्य अंगों की चारुता और मनोभावों की विशदता, सौन्दर्य का सारा परिवार लालच में फंसाकर लगाम ढीली कर देता था और बढ़ने का इशारा करता था। इस मौके पर रामायण की अच्छी-अच्छी जितनी चौपाइयाँ याद थीं, घोख डालीं, पर असर उनका कुछ न हुआ। संस्कार महाराज मन के चरखे पर सूत-जैसा कात रहे थे, गुनगुनाहट की तरफ़ ध्यान नहीं दिया। अन्त को यही सूझा कि चलकर सुन्दरलाल जी का सहारा माँगू, हाथ लगा देंगे बेड़ा पार हो जाएगा, नहीं तो डोंगी करवट है ही।

नंगे सिर क्वार की कड़ी धूप बरदाश्त करते हुए किसी तरह मैंने मील-भर रास्ता तय कर डाला। सुन्दरलाल जी पुस्तकालय में बैठे हुए कुछ लिख रहे थे। मुझे देखते ही कलम रख दिया और मुस्कराते हुए कहा- "इतनी जल्दबाजी? अभी तो पूरे छह घंटे और इन्तजार करना है।"

"बात क्या है सुन्दरलाल जी, मेरी कुछ समझ में नहीं आता।" मैं एक साँस में कह गया "इससे मेरी ऐसी कोई जान-पहचान नहीं, क्यों वह इतना मेरे पीछे पड़ रही है, मुझे बचाइए।"

"अजी, वह बाघ है जो खा जाएगी? बुलाया है, तो जरा देर मुजरा सुन लो। इससे चरित्र में धब्बा न लग जाएगा। यहाँ सभी ऐसा करते हैं और साहित्य-सेवा के लिए यह आवश्यक विषय है।"

"नहीं, आप मुझे उसके पंजे से बचाइए।"

"ढोंग न करो। न जाओ, बस! यों कालिदास से लेकर अब तक जितने अच्छे कवि हुए सबके लिए, कहते हैं जब साहित्य की बीमारी बढ़ी दवा एक यही रही, जिससे कुछ फ़ायदा पहुँचा। कल के छोकरे हो, साहित्य का परिणाम बाद को समझोगे।"

कुछ उत्तर देना घाव को ताजा करना था। मैं लौट गया।

ठीक समय पर सुन्दरलाल हीरा के मकान पहुँच गए। बैठक में कई कुर्सियाँ रखी थीं, एक पर बैठ गए। बाँदी हीरा को ख़बर देने के लिए लचकती हुई दूसरे कमरे में गई। दीवार पर कई चित्र टँगे थे, प्रायः सभी हीरा के नाचते-गाते समय के। एक चित्र मर्दाने वेश का भी। सुन्दरलाल नज्जर गड़ाए हुए उसे देखते और अपने नोट-बुक में कुछ नोट करते रहे। जान पड़ा, कविता के लिए सामग्री संग्रह कर रहे हैं।

बाँदी से आवश्यक बातें पूछकर हीरा बाहर बैठक में आई। सुन्दरलाल का आग्रह आँखों के रास्ते निकलकर हीरा के मुँह पर छा गया। लेकिन उसके वैमनस्य से टकराकर अलग हो गया। सुन्दरलाल के मन की कननीय कल्पनाएँ अपनी-अपनी बारी से हीरा के स्वागत के लिए गईं, परन्तु जेठ के आगे अचानक पड़ी हुई बहू की भाँति लाज के मारे घूँघट में मुँह मूँदकर चली आईं सुन्दरलाल पतिंगे की तरह उस आग में जलना चाहते थे पर शीशा लगा था, घुस न सकते थे।

हीरा तीन मिनट तक चुपचाप खड़ी रही, जैसे उनके वार झेलने के लिए पहले से तैयार होकर गई थी। समुद्र को इतना शान्त देखकर मल्लाह समझ गए कि जल्द तूफ़ान उठने वाला है। मेघों का गरजना बन्द हुआ, हवा धीमी पड़ी, सटे बादलों में पहले आसमान देखने का जरा-सा छेद नहीं रहा; लोग समझ गए, वर्षा ज़ोरों की होगी।

"सुन्दरलाल जी" इतना कहकर हीरा सँभल गई। भीतर का भाव शब्दों से बाहर हुआ चाहता था। उसे भाव पर अधिकार रखने की आदत थी। कितने मूर्खो को सहाने के नाम से सोहनी सुनायी और इनाम लिया। सहज स्वर से पूछा- "आपके मित्र नहीं आए?" आग्रह प्रकट हुआ, न लापरवाही। उसने सुन्दरलाल को जाँच करने का मौका भी नहीं दिया, झट पानदान से पान निकालकर पहले की तरह बनावटी भाव दिखलाते हुए, उनकी तरफ़ हाथ बढ़ाया। पान लेकर सुन्दरलाल अपने श्रेष्ठताभिमान में फूलकर बोले- "कहते थे 'हम बदनामी से डरते हैं।' हम ऐसे मनुष्य को मनुष्य नहीं समझते-मामूली पढ़ा आदमी!"

हीरा की दृष्टि का सुन्दरलाल के अंगों में कड़ा पहरा था, जैसे झूठ में सच की तलाश करना चाहती थी। उसने 'बदनामी' को ध्यान से सुना। फिर अनमनी हो गई, थोड़ी देर के लिए।

सुन्दरलाल- "गाना कबसे होगा? अभी तो साजिन्दे भी नहीं आए।"

हीरा- "शायद आज गाना न होगा। साजिन्दे पुखराज के घर गए हैं। मेरी तबीयत अच्छी नहीं। आपके मित्र ऐसे हैं, मैं जानती तो हरगिज उन्हें न बुलाती। उस दिन कहीं से भटककर आ गए थे, जान पड़ता है। कहाँ रहते हैं?"

सुन्दरलाल- "यहीं कलकत्ते में।"

हीरा- "तो वहीं रहते होंगे जहाँ कूड़ा फेंका जाता है।" कहकर हीरा मुस्कराई।

सुन्दरलाल- "नहीं, रहते तो बड़ी अच्छी जगह हैं, 3 ग्रे स्ट्रीट में। उनका स्वभाव ही ऐसा है।"

हीरा- "कह तो नहीं सकती, पर मेरी तबीयत आज अच्छी नहीं; लेटी थी, आपके आने से उठकर चली आई।"

सुन्दरलाल- "अच्छा-अच्छा, आप आराम कीजिए।"

सुन्दरलाल को विदा करने में हीरा की तरफ़ से कोई त्रुटि नहीं हो पायी। जब तक वे आँख की ओट नहीं हो गए, हीरा खिड़की के पास खड़ी रही। उनके चले जाने पर, 3 ग्रेट स्ट्रीट लिख दिया।

एक अरसा गुजरा। सुन्दरलाल के मित्र बीमार पड़े थे। दो दिन से अच्छे हैं। पलंग पर बैठे विचार में गोते लगा रहे हैं-

'बीमारी के वक़्त बुलाने पर भी सुन्दरलाल नहीं आए। नौकर जाता था तो बहाना बनाकर टाल देते थे। अगर नाराज हों तो वजह नहीं समझ में आती। टेढ़े पड़ने का कोई और कारण हो तो अच्छा हो लूँ, फिर पूछ लूँगा। अभिन्न-हृदय मित्र, दुःख के दिनों में मुँह फेर लें, चिन्ता की बात है। परन्तु मेरी बीमारी के समय से रोज़ शाम को जो नौजवान सिक्ख अमर सिंह आता है, इरादे का पक्का और सच्चा मित्र जान पड़ता है। शाम को रोज़ डॉक्टर बुला लाता था, नुस्खा लेकर बाज़ार से दवा ले आता था, ठीक समय पर पिलाने के लिए नौकर को कितना समझाता था और बातचीत से मेरा दिल बहलाये रहता था-कितनी ख़बरें सुनाता था। जान पड़ता है संवाद-पुत्र बहुत पढ़ता है। शाम हो गई, आता होगा।'

मालिक की गम्भीर मुद्रा देखकर भजना को ख़बर देने की हिम्मत नहीं पड़ती थी। एक कदम बढ़ता था तो दस कदम बढ़ जाने के समय तक उसी जगह खड़ा मालिक का मुँह ताकता रहता था। दिल मजबूत करके कुछ बढ़ता था तो फिर ठिठककर ठहर जाता था। बाहर अमर सिंह आज्ञा की इतनी प्रतीक्षा नहीं कर सके। बारीक आवाज़ से जवाँमर्दी का नारा बुलन्द करते हुए बोले- "क्यों भजना, बाबू जी सोते हैं क्या? सोते हों तो खींच ले पकड़कर चद्दर। अभी आज पथ्य दिया गया और जरा देर नहीं बैठे कि हाजमा न बिगड़े, लेट गए।"

इस आवाज़ ने चिन्ता के द्वार की जंजीर इस जोर से खटखटायी कि चिन्ता

देवी को कान के सूराख से बाहर निकलना पड़ा। चौंककर मालिक ने भजना की गजेन्द्रगति देखी, बिना पूछे नहीं रहा गया- "क्यों रे, पैर रखता है या जमीन नापता है, यह अगवानी की चाल कब से सीखी?" भंजना के मन में आया कहे- 'जब से आपको खयाली पुलाव पकाने का शौक़ हुआ' लेकिन सभ्य समाज के शिष्टाचार-पालन का उसे कुछ अभ्यास पड़ गया था, इसलिए उजड्ड आज़ादी के अल्फ़ाज़ थूक के घूँट के साथ उसे गले के नीचे उतारने पड़े।

उसने कहा- "अमर सिंह जी देर से खड़े हैं।"

"देर से? उन्हें अब रोकना नहीं।"

अमर सिंह सिक्ख तो हैं, पर कद के उतने लम्बे नहीं। इन्हें हिन्दुस्तान के दूसरे लोग तो नहीं, पर सिक्ख ज़रूर बौना कहेंगे। इनके कद की लम्बाई बालों ने ले ली है। अगर सिक्ख इनसे बालिस्त-भर ऊँचे निकलेंगे, तो इनके बाल अपनी बिरादरी में सानी नहीं रखते, कम-से-कम पूरे दो हाथ ज्यादा निकलेंगे। बहादुर नौजवान को बालों के बोझ से तकलीफ़ मिलती है या नहीं, इसकी मैंने तहक़ीक़ात नहीं की पर यह जरूर है कि बालों पर डटे रेशमी साफे के नीचे चाँद का टुकड़ा, गोरा-गोरा मुखड़ा दबता नज़र आता है। साफा क्या, पूरा थान लपेट लिया है। आते ही उन्होंने पूछा- "क्यों साहब, आप कैसे हैं?"

"अच्छा हूँ; आपको किन शब्दों में धन्यवाद दूँ? ऐसा शब्द नहीं मिलता, जिससे कृतज्ञता प्रकट करूँ; आपने मुझे सदा के लिए मोल ले लिय ।"

"रखिए तहकर। चार दिन में भूल जाइयेगा। फिर ऐसे मुँह फेर लीजिएगा जैसे कभी की पहचान न रही हो। सच कहता हूँ, अपनी इतनी उम्र में दुनिया के बहुत रंग देख चुका। आप परमात्मा के कृतज्ञ होइये, जिनकी कृपा से खड़े हुए।"

"परमात्मा के कृतज्ञ सभी हैं-भलाई में भी और बुराई में भी। सच पूछिए तो परमात्मा की दुहाई देना एक चाल हो गई है, जैसे तकियाकलाम होता है। परमात्मा को किसी ने देखा नहीं, सिर्फ़ सुना है; सुनते-सुनते लोग संस्कार की रस्सी में बँध गए हैं और बात-बात में परमात्मा की रट बाँधते हैं। मैं इसे ऐब समझता हूँ। यो निर्विकार ईश्वर मानना पड़ता है, पर उसे किसी की बधाई की क्या अपेक्षा और गलतियों की क्या परवाह? जहाँ भले-बुरे का प्रसंग है, वहाँ परमात्मा को घसीटना अन्याय है; भले और बुरे में किसी का हाथ है तो मनुष्य का, निन्दा और

प्रशंसा का पात्र मनुष्य ही बनाया जा सकता है।"

"आप बड़े विद्वान जान पड़ते हैं। परमात्मा की बातचीत में दखल देना मेरे लिए मूर्खता का पर्दाफाश करना है; पर इसमें सन्देह नहीं कि आदमी आज जो कुछ कहता है, कल उससे बदल जाता है। क्या इस विषय को लेकर आपके दर्शनकारों ने बाल की खाल नहीं निकाली? लेकिन रहने दीजिए आप बोलने लगते हैं, तो घंटे दम नहीं लेते। अभी आप कमज़ोर हैं, दिमाग़ में गर्मी छा जाएगी। हाँ, उस दिन आपने क्या नाम बतलाया था?- भूल गया।"

एक नाम भी आप बार-बार भूल जाते हैं।"

"नाम है या संस्कृत शब्दों की पंचलड़ी! इसलिए मैं अपने दिए नाम से आपको पुकारा करता हूँ!"

"आपका पंचलड़ी शब्द भी अच्छा रहा! जरा कुछ जनानापन आ गया है!"

"आप में मर्दानापन भी है? जनानापन की गवाही तो आपकी शक्ल देती है। आपके नाम में जितना मर्दानापन है या कहिए जैसा भारी-भरकम नाम है, वैसा हो जनानापन आपके चेहरे में लोगों को मिलता है।"

"आप नहीं समझे, इसे लावण्य कहते हैं।"

"लेकिन इसकी जरूरत तो स्त्रियों को होती है, मर्दों को तो जवाँमर्दी चाहिए।"

"जवाँमर्दी से आपका मतलब कसाइयों की-सी सूरत बना लेने से तो नहीं?" अगर ऐसा है तो आप मतलब नहीं समझे। जिसके मन में जैसी भावनाएँ होती है, उसका रूप वैसा ही बन जाता है। अगर मेरे चेहरे पर कठोरता के चिह्न नहीं नजर आते तो समझना चाहिए, मैं मनुष्यता के बाधक विचार नहीं किया करता, बल्कि ऐसे विचार किया करता हूँ, जिसका प्रकाश मेरे चेहरे पर रहता है।"

"अच्छा, अपना नाम बताने के साथ यह भी बताने की कृपा कीजिए कि वे कैसी कमनीय कल्पनाएँ हैं, जिनकी उधेड़-बुन में आपने अपनी जनानी सूरत बना डाली।"

"मेरे पिता संस्कृत के भारी पण्डित थे। उन्होंने मेरा नाम जानकीबल्लभशरण बिहारी रखा। पर लोग मुझे बिहारी ही कहते हैं।

"आप हैं भी बिहारी।"

"हाँ, मुझे बिहारी होने का गर्व है, जैसे बंगालियों को बंगाली होने का, मद्रासियों को मद्रासी होने का..."

"अर्थात् विशेषता कुछ नहीं रही, जैसे किसी को कुछ होने का।"

"खैर, मैं देखता हूँ हर मनुष्य में बल्कि हर जीव में प्रेम की धारा बहती है।"

"सो तो बहती है। आप देखते हैं, इतनी ज्यादती है या कहना चाहिए, आप बिहारी हैं इसलिए खासतौर से देखते हैं।"

"गम्भीर विषय में मज्जाक्र अच्छा नहीं। मैं उसी धारा में उसी आनन्द में डूबा रहता हूँ।"

"मुझे विश्वास नहीं। मुझे जान पड़ता है, आप झूठ कह रहे हैं। आप उस सिद्धान्त की बात करते हैं, जिसका प्रमाण आप नहीं दे सके।"

"क्यों, प्रमाण पर ही तो बहस छिड़ी; प्रमाण मुँह है।"

अमर सिंह ने मुस्कराकर आँख फेर ली। कहा- "इसका प्रनाण अपना मुँह नहीं हो सकता, दूसरे का हो सकता है।"

दोनों की मुस्कराती हुई आँखें एक हो गईं।

अमर सिंह ने कहा- "मैं आपको प्यारेलाल कहा करूँगा। बिहारी कहूँगा तो दूसरे फबतियाँ कसेंगे।"

उसी समय मेज पर निगाह गई। एक नयी पत्रिका दिखी। उठा ली। माधुरी थी। अमर सिंह पन्ने उलटने लगे।

प्यारेलाल ने पूछा- "माधुरी आपके यहाँ नहीं आती?"

"आती है।"

"फिर क्यों पन्ने उलट रहे हैं?"

"एक कविता निकली है, आपको दिखाने के लिए।"

"कौन-सी।"

"यह, यही तो एक कविता इस बार छपी है।"

"हाँ, बड़ी अच्छी है, मैं पढ़ चुका हूँ।" प्यारेलाल ने अमर सिंह की खोली कविता पर निगाह डालते हुए कहा।

"कविता वियोग श्रृंगार पद है।" अमर सिंह ने सीधे तौर से कहा।

"नहीं, मेरा ख़याल है, कवयित्री के हृदय के भाव हैं, तभी इतनी चोट करते हैं।"

"मेरी तो ऐसे रोने-धोने से सहानुभूति नहीं होती।"

"पर चीज बहुत बढ़िया बन पड़ी है। भाव बहुत सही उतरा है। शब्द की कहीं कोई फाँस नहीं। मैं एक आलोचना की दृष्टि से कहता हूँ।"

"इस मामले में मेरे आलोचक की दृष्टि आप नहीं समझते।"

"आपको व्यंग्य पसन्द है?"

"पसन्द मुझे अस्ल में सबकुछ है या कुछ नहीं। व्यंग्य पकड़ में आता भी है?"

"क्यों नहीं?"

"मैं तो देखता हूँ, नहीं आता।"

"यानी मैं व्यंग्य नहीं समझता?"

"यानी मुझे साफ़-साफ़ कहना चाहिए कि आप सर्वज्ञ हैं।"

"नहीं सर्वज्ञता की बात नहीं, पर भले-बुरे की पहचान हो जाती है। यह रचना प्रथम श्रेणी की है।"

"अच्छा, पत्रिका मुझे दीजिए, मैं अपने एक प्रोफ़ेसर से पूछूँगा।"

"अभी तो आपने कहा था कि आपके पास पत्रिका आती है!"

"पर मैं साथ तो नहीं ले आया? यहाँ से चलते समय प्रोफ़ेसर साहब से मिलता जाऊँगा।"

"अर्थात् मेरी बात पर आपको विश्वास नहीं? आप क्या मालूम करना चाहते हैं - छन्द, रस, अलंकार, ध्वनि?"

"यानी आप खुद सबकुछ बतलायेंगे, पर पत्रिका नहीं देंगे।"

"अभी मैंने पूरी पढ़ी नहीं।"

"अच्छा, इसकी लेखिका हीरा कौन हैं?"

प्यारेलाल कसमसाए, अमर सिंह निगाह गड़ाये देखते रहे। कुछ देर बाद

कहा- "अच्छा, पढ़ लीजिए, फिर ले जाऊँगा।"

प्यारेलाल अनमने थे। अमर सिंह विदा हुए।

कई दिनों से प्यारेलाल अच्छे हैं। शाम को अमर सिंह आते हैं, गपशप करते हैं, चले जाते हैं। प्यारेलाल अमर सिंह की सेवा की जितनी तारीफ़ करते थे, आजकल उनकी भोली सूरत पर उतने ही ललच पड़े हैं। अमर सिंह का चेहरा उनके दिल की तस्वीर से मिलता-जुलता है। पहले वे अमर सिंह की सेवा को जिस पवित्रता से देखते थे, अब चेहरे को उसी पवित्रता के विचार से देखते रहते हैं। उन्हें बड़ी तृप्ति मिलती है, एक प्रकार की शक्ति भी ऊपर को उठी हुई उन्हें ऊँचा उठा देती है। उन्हें यह मालूम नहीं हुआ कि इस तरह पवित्रता-दर्शन से कामना के चेहरे पर पड़ा नकाब उठता गया। वह कामना भयंकर न होकर भी भयंकर थी। उससे ख़तरे में पड़ने की सम्भावना थी। वह जान-बूझकर आसक्ति से मित्रता थी। उससे ब्रह्मचर्य की जड़ भी कटती थी, पर प्यारेलाल यह नहीं समझ सके। वे रूप की लालसा, सौन्दर्य के मोह को साहित्य समझे, जिससे एक दुर्बल हृदय बाहर खिंचा आ रहा था, आँखों की राह से निकलकर एक अतृप्त अभिलाषा बाहर की वस्तु पर सिर पटक रही थी। जब दृष्टि सुन्दर से लिपटती है, तब कुत्सित से हट जाती है उसे अवज्ञा का धक्का मारती हुई। यही भ्रम है। प्यारेलाल यह नहीं समझे। वे अमर सिंह को जितनी देर के लिए पाते थे; उतनी देर तक चाह-भरी दृष्टि से उन्हें देखते रहते थे; कभी आँखों की, कभी होंठों की, हृदय में अमृत घोल देनेवाली बातचीत की, और कभी प्रकृति के कोमल हाथों से सजाए उनके हर अंग से निकलते लावण्य की मन-ही-मन प्रशंसा करते थे।

कल शाम में अमर सिंह नहीं गए। न जाने का कोई कारण नहीं था। मित्रता गहरी थी। प्यारेलाल बैठे इंतजार करते सोचते रहे, कहीं अटक गए होंगे, आते होंगे। पर दस बजे रात तक अमर सिंह नहीं गए। हताश होकर भोजन-पान करके प्यारेलाल लेटे। देर तक नींद नहीं आई।

सुबह को अख़बार वाला 'दैनिक स्वतन्त्र' दे गया। शुरू वाले पृष्ठ पर बड़े-बड़े अक्षरों में लिखा था-

"ईडन गार्डन में हत्याकाण्ड"

"एक साथ दो खून।"

"मिस्टर हाग के कलेजे में छुरी भोंकी गई और हीरा के सिर में गोली लगी।" हीरा नाम पढ़ते ही प्यारेलाल चौंक पड़े। बड़ी उत्सुकता मजमून पढ़ने की हुई। पढ़ने लगे। मजमून थोड़ा था। लिखा था, "मिस्टर हाग ब्रौन एण्ड कम्पनी के मैनेजर थे और हीरा 13, न्यू स्ट्रीट कलकत्ता, की प्रसिद्ध बाई। अब तक इतना ही पता चला है। खून क्यों हुआ, पुलिस इसकी तहक़ीक़ात कर रही है। स्त्री-पुरुष के खून में दोनों के चरित्र का अनुमान किया जाता है। अनुमान से बलात्कार की गवाही मिलती है, क्योंकि हीरा के हाथ में छुरी थी। विपत्ति में पड़कर, जान पड़ता है उसने छुरी चलायी। घायल होने पर, मरने से पहले, साहब ने फायर किया। तमंचा सात गोलियों का है। एक गोली छूटी, छः भरी हुई मिलीं।"

पढ़ने के साथ प्यारेलाल के सिर से पैर तक नस-नस में बिजली दौड़ने लगी। सँभलने की लाख कोशिशें कीं, पर एक न चली। समाचार की नींव पर मनगढ़ंत की तरह-तरह की दीवारें उठाते ढहाते रहे। मुख पर भिन्न-भिन्न भाव की रेखा खिंचती रही पर कोई निश्चय नहीं होता था। उनके अपने एक भाव में मन बालक की तरह मचल रहा था। अन्तस्तल की व्यक्त और अव्यक्त, सुप्त और जाग्रत सभी प्रकार की वृत्तियाँ हीरा की मृत्यु का विरोध कर रही थीं। उभरते उच्छ्वास में कोई उत्तर नहीं मिल रहा था। साहब के अत्याचार पर प्यारेलाल को विश्वास हो गया। उन्होंने निश्चय किया, हीरा निर्दोष थी। रह-रहकर हीरा के आचरण से उन्हें गौरव का अनुभव होता था।

इसी समय नौकर एक खत लेकर आया। प्यारेलाल पढ़ने लगे, लिखा था-"पत्र पाते ही मिलो। कैसा ही काम हो, छोड़कर पत्रवाहक के साथ चले आओ। अधिक और क्या...?"

तुम्हारा

"अमर सिंह"

घोर घटाओं से घिरी अँधेरी रात में राह चलने के लिए चिट्ठी बिजली का काम कर गई। लेकिन उसका कौंधना बन्द होते ही पहले से चौगुना अँधेरा आँखों के आगे छा गया।

प्यारेलाल जिस सादे पहनावे में मकान में थे उसी में चल पड़े। आगे-आगे पत्रवाहक, पीछे-पीछे प्यारेलाल। सड़कें और गलियाँ पार करते हुए न्यू स्ट्रीट

पर पहुँचे। मोड़ पर न्यूस्ट्रीट पढ़कर प्यारेलाल एक दफ़ा सन्नाटे में आ गए। फिर संभलकर आगे बढ़े। फिर पत्रवाहक को हीरा के मकान के अन्दर जाते देखकर प्यारेलाल बड़े ताज्जुब में आए। कुछ समझ में नहीं आ रहा था। यन्त्र की तरह पैर रखते गए। एक दासी ऊपर से नीचे उतरी और प्यारेलाल को साथ ले गई।

चारों ओर सन्नाटा है। कमरे में उदासी की स्याही-सी फिरी हुई है। कुल खिड़कियाँ बन्द हैं। सारी सजावट पर काली चादर का एक ग़िलाफ़-सा पड़ा हुआ है। कौच पर एक युवक बैठा कुछ सोच रहा है।

प्यारेलाल कमरे में गए। सन्नाटे में प्यारेलाल की पिण्डलियों में कँपकँपी छूट गई। देह में ऐसी जड़ता समायी कि चेहरा उतर गया। प्यारेलाल को युवक ने एक दूसरे कौच पर बैठाया फिर खुद भी बैठ गया।

प्यारेलाल- "अमर सिंह?"

अमर सिंह- "हाँ।"

रोते हुए अमर सिंह का गला बैठ गया था। आवाज भारी थी। इसी से शोक की सूचना मिलती थी। उनके दुःख से प्यारेलाल के हृदय में सहानुभूति नहीं आई। उन्हें सन्देह हुआ।

हीरा की याद आई। कुछ देर सोचते रहे। साँस छोड़ते समय उनके विचार की समाप्ति हो गई, या लड़ी टूट गई, हम नहीं कह सकते।

प्यारेलाल ने पूछा- क्यों अमर सिंह, आज अख़बार में पढ़ा, हीरा का खून कैसे हुआ? और तुम भी यहाँ कैसे आए? क्या हीरा से पहले की कोई जान-पहचान थी?"

प्रश्नों में भाव-परीक्षा की तीव्र गति थी, पागल की नसों में बहती रक्तधारा की तरह प्रबल। तट पर सिर पटकती तरंगों की तरह, श्रोता के मन में सन्देह के धक्के लगते थे। अमर सिंह को समझते देर नहीं लगी। वे बोले- "प्यारेलाल ! (शोक की स्याही पर थोड़ी देर के लिए आँखों के एक कोने से दूसरे तक लज्जा की लाल रेखा खिंच गई) ऐसे प्रश्न से तुम्हारा मतलब?"

प्यारेलाल (सन्देह की दृष्टि से देखते हुए)- "मतलब कुछ नहीं, यों ही पूछा। क्या तुम्हें बताने में एतराज है?"

अमर सिंह- "अब जब वह है ही नहीं तब अकारण क्यों उसका प्रसंग

उठाते हो?" प्यारेलाल कुछ उत्तेजित हो गए। कहा- "कैसी मित्रता कि मैं तुमसे एक बात पूछें और तुम टालते जाओ।"

अमर सिंह- "अच्छे समय मित्रता की आड़ लेते हो। तुम्हारी मेरी मित्रता का हीरा से संबंध? तुम्हारी मित्रता मुझसे है या हीरा से थी?"

प्यारेलाल से कोई जवाब न देते बना।

अमर सिंह- "मैंने सिर्फ़ एक दृश्य दिखाने के लिए तुम्हें बुलाया था।" प्यारेलाल- "तुम तो ऐसे बदले..."

अमर सिंह- "मैं जमाने से अलग नहीं। जमाना बदलता जाता है।" प्यारेलाल- "अमर सिंह, तो क्या इस तरह मेरा अपमान करने के लिए मुझे बुलवाया था?"

अमर सिंह- "मेरी समझ में नहीं आता कि तुम्हारा अपमान कौन-सा हो गया।" कहकर अमर सिंह मुस्कराए। प्यारेलाल के सिर से पैरों तक आग लग गई। झुंझलाकर बोले- "किसका कहना आँख के सामने आया विश्वस्तं नाति विश्वसेत्।"

अमर सिंह- "यह सहजोक्ति तुम मुझ पर क्यों लाद रहे हो? अच्छी तरह देखोगे तो अपने को इसका प्रमाण पाओगे।"

अमर सिंह मुस्कराए। मारे क्रोध के प्यारेलाल का चेहरा फिर लाल पड़ गया। गुस्से में आकर उठ पड़े और कहा- "अब मैं जाता हूँ। एक की जान गई, और तुम्हें शरम तो है नहीं, उसके घर पर बैठकर हँसी उड़ाते हो। तुम्हारी मित्रता का मुझे अब पता चला।"

अमर सिंह- "मैं तुम्हें धन्यवाद देता हूँ कि तुम बात के एक ही धनी निकले। क्यों साहब उस दिन मैंने कहा था कि ये बातें भूल जाएेंगी। मतलब निकलने के बाद लोग मुँह फेर लेते हैं।" प्यारेलाल लज्जित हो गए। अमर सिंह ने हाथ पकड़कर उन्हें फिर बैठाया। आग्रह की कोमल दृष्टि मुख पर फेर दी। कुछ देर कमरे में सन्नाटा रहा। प्यारेलाल के हृदय में अमर सिंह और हीरा के नाम उठ उठकर फिर खलबली मचाने लगे। एकाएक उत्तेजना बढ़ गई। प्यारेलाल ने अमर सिंह की कलाई पकड़ ली, परन्तु फिर न जाने क्या सोचकर छोड़ दी। आज ही प्यारेलाल को आग्रह की आन्तरिक पीड़ा का अनुभव हुआ था। पूछा- "अमर सिंह, तुम यहाँ कैसे आए? हीरा से क्या कोई पहले की जान-पहचान थी?"

अमर सिंह-"हाँ, थी।"

किसी ने प्यारेलाल का कलेजा पकड़कर मसल दिया।

प्यारेलाल- "कैसे हुई?"

अमर सिंह- "उस समय वह कानपुर में रहती थी।"

प्यारेलाल- "कानपुर में कहाँ?"

अमर सिंह- "मूलगंज में।"

प्यारेलाल- "क्या करती थी?"

प्यारेलाल की हालत ऐसी हो गई जैसे कोई भूली बात याद कर रहे हों।

अमर सिंह "करती क्या थी, पढ़ती लिखती थी। इसकी एक छोटी बहन थी- शान्ता। पिता मालदार थे। कलकत्ते में भी कारोबार था। कुछ दिनों बाद पिता का देहान्त हो गया। माँ लड़कियों को कलकत्ते ले आईं। दोनों को गाना-बजाना भी सिखाने लगीं। रूप और सम्पत्ति दोनों के लोभ में लोग इन्हें बर्बाद करने की सोचने लगे। ये बड़े लोग ही थे, समाज में जिनकी इज्जत है। छोटे लोग इनके आज्ञाकारी थे। यहाँ का इतिहास संक्षेप में समाप्त करता हूँ। इनकी माँ की भी अकाल मृत्यु हुई। सम्पत्ति नष्ट हो गई। हीरा के लिए धनिकों के जाल बिछने लगे। मुसीबत-पर-मुसीबत का सामना उसे करना पड़ा। उसने अपनी इज्जत बचायी। पर रोटियों के सवाल से बचाव नहीं हुआ। उसने परवाह नहीं की। गाना-बजाना जानती थी। नेक लड़की की तरह गाना गाकर रोटियाँ कमाने लगी। उसके बूढ़े उस्ताद उसके चरित्र के गवाह हैं और उसे मुसीबत के दिनों में राह दिखाते और बचाते भी रहे हैं। शान्ता की पढ़ाई जारी रही। वह बेथून कॉलेज की छात्रा थी।"

अमर सिंह का गला भर आया। आँखों से आँसू टपकने लगे। प्यारेलाल कुछ समझ नहीं सके कि शान्ता के प्रसंग से अमर सिंह रोने क्यों लगे। पूछा "छात्रा थी तो क्या अब पढ़ना छोड़ दिया है? बहन की इस घटना में उसे बड़ी चोट पहुँची होगी। क्या उसे मैं देख सकता हूँ?"

"नहीं।" आँसू पोंछते हुए अमर सिंह ने कहा- "आपको कुछ देर बाद सही हाल मालूम हो जाऐंगे। मैंने एक पत्र आपके लिए लिख रखा है। अपने डेरे चलकर पढ़िएगा और मेरी आज की अस्वाभाविकता के लिए क्षमा कीजिएगा।"

यह कहकर अमर सिंह ने एक पत्र प्यारेलाल को दिया। पत्र पढ़ने की उत्सुकता से प्यारेलाल जल्द-जल्द विदा हुए। अपने डेरे पहुँचने से पहले ही खोलकर पढ़ने लगे। लिखा था-

प्यारेलाल,

मैं अपने को कृतार्थ समझती हूँ कि तुम मुझे चाहते हो। यहाँ तुम जिस अमर सिंह से मिले वह मैं हूँ। वहाँ तुमसे जो अमर सिंह मिलते थे वह शान्ता थी। दम निकलते समय शान्ता ने घर के पते के साथ मेरा नाम कहा था। मतलब वह मेरे मकान में रहती है। आगे अपना नाम और बाक़ी बातें कह नहीं सकी। बोल बन्द हो गया। संवाद-पत्र की ख़बर के बाद मुझे देखकर तुम चौंकोगे, सन्देह करोगे, इसलिए दुःख से मुझे अमर सिंह के कपड़े पहनने पड़े। कल संवाद-पत्र में सही ख़बर छप जाएगी।

"तुम्हारी हीरा"

3

पद्मा और लिली

पद्मा के चन्द्रमुख पर षोडश कला की शुभ्र चन्द्रिका अम्लान खिल रही है। एकान्त कुंज की कली-सी प्रणय के वासन्ती मलयस्पर्श से हिल उठती, विकास के लिए व्याकुल हो रही है।

पद्मा की प्रतिभा की प्रशंसा सुनकर उसके पिता ऑनरेरी मैजिस्ट्रेट पण्डित रामेश्वर जी शुक्ल उसके उज्जवल भविष्य पर अनेक प्रकार की कल्पनाएँ किया करते हैं। योग्य वर के अभाव से उसका विवाह अब तक रोक रखा है। मैट्रिक परीक्षा में पद्मा का सूबे में पहला स्थान आया था। उसे वृत्ति मिली थी। पत्नी को, योग्य वर न मिलने के कारण विवाह रुका हुआ है, शुक्ल जी समझा देते हैं। साल भर से कन्या को देखकर माता भविष्य-शंका से काँप उठती हैं। पद्मा काशी विश्वविद्यालय के कला-विभाग में दूसरे साल की छात्रा है। गर्मियों की छुट्टी है, इलाहाबाद घर आई हुई है। अबके पद्मा का उभार उसका रूप-रंग, उसकी चितवन-चलन-कौशल-वार्तालाप पहले से सभी बदल गए हैं। उसके हृदय में अपनी कल्पना से कोमल सौन्दर्य की भावना, मस्तिष्क में लोकाचार से स्वतन्त्र अपने उच्छृंखल आनुकूल्य के विचार पैदा हो गए हैं। उसे निस्संकोच चलती फिरती, उठती-बैठती, हँसती बोलती देखकर माता हृदय के बोल वाले तार से कुछ और ढीली तथा बेसुरी पड़ गई हैं।

एक दिन संध्या के डूबते सूर्य के सुनहले प्रकाश में, निरभ्र नील आकाश के नीचे, छत पर, दो कुर्सियाँ डलवा माता और कन्या गंगा का रजत-सौन्दर्य एकटक देख रही थीं। माता पद्मा की पढ़ाई, कॉलेज की छात्राओं की संख्या, बालिकाओं के होस्टल का प्रबन्ध आदि बातें पूछती हैं, पद्मा कहती है, हाथ में हाल की निकली स्ट्रेंड मैगजीन की एक प्रति। तस्वीरें देखती जाती है। हवा का एक हल्का झोंका आया, खुले रेशमी बाल, सिर से साड़ी को उड़ाकर, गुदगुदाकर, चला गया।

"सिर ढक लिया करो, तुम बेहया हुई जाती हो।" माता ने रुखाई से कहा। पद्मा ने सिर पर साड़ी की जरीदार किनारी चढ़ा ली, आँखें नीचे कर किताब के पन्ने उलटने लगी।

"पद्मा!" गम्भीर होकर माता ने कहा।

"जी!" चलते हुए उपन्यास की एक तस्वीर देखती हुई नम्रता से बोली।

मन से अपराध की छाप मिट गई, माता की वात्सल्य-सरिता में कुछ देर के लिए बाढ़-सी आ गई, उठते उच्छ्वास से बोली- "कानपुर में एक नामी वकील महेशप्रसाद त्रिपाठी हैं।"

"हूँ"... एक दूसरी तस्वीर देखती हुई।

"उनका लड़का आगरा-यूनिवर्सिटी से एम.ए. में इस साल फर्स्ट क्लास आया है।"

"हूँ" पद्मा ने सिर उठाया। आँखें प्रतिभा से चमक उठीं।

"तेरे पिता जी को मैंने भेजा था, वह परसों देखकर लौटे हैं। कहते थे, लड़का हीरे का टुकड़ा, गुलाब का फूल है। बातचीत दस हजार में पक्की हो गई है।"

"हूँ," मोटर की आवाज़ पा पद्मा उठकर छत के नीचे देखने लगी। हर्ष से हृदय में तरंगें उठने लगीं। मुस्कराहट दबाकर आप ही में हँसती हुई चुपचाप बैठ गई।

माता ने सोचा, लड़की बड़ी हो गई है, विवाह के प्रसंग से प्रसन्न हुई है। खुलकर कहा- "मैं बहुत पहले से तेरे पिता जी से कह रही थी, वह तेरी पढ़ाई के विचार में पड़े थे।"

नौकर ने आकार कहा- "राजेन बाबू मिलने आए हैं।"

पद्मा की माता ने एक कुर्सी डाल देने के लिए कहा। कुर्सी डालकर नौकर राजेन बाबू को बुलाने नीचे उतर गया। तब तक दूसरा नौकर रामेश्वर जी का भेजा हुआ पद्मा की माता के पास आया। कहा- "जरूरी काम से कुछ देर के लिए पण्डित जी जल्द बुलाते हैं।"

जीने से पद्मा की माता उतर रही थीं, रास्ते में राजेन्द्र से भेंट हुई। राजेन्द्र ने हाथ जोड़कर प्रणाम किया। पद्मा की माता ने कन्धे पर हाथ रखकर आशीर्वाद

दिया और कहा- "चलो, पद्मा छत पर है, बैठो, मैं अभी आती हूँ।"

राजेन्द्र जज का लड़का है, पद्मा से तीन साल बड़ा, पढ़ाई में भी

पद्मा अपराजिता बड़ी-बड़ी आँखों की उत्सुकता से प्रतीक्षा में थी, जब से छत से उसने देखा था।

"आइए राजेन बाबू, कुशल तो है?" पद्मा ने राजेन्द्र का उठकर स्वागत किया। एक कुर्सी की तरफ़ बैठने के लिए हाथ से इंगित कर खड़ी रही। राजेन्द्र बैठ गया, पद्मा भी बैठ गई।

"राजेन, तुम उदास हो!"

"तुम्हारा विवाह हो रहा है?" राजेन्द्र ने पूछा।

पद्मा उठकर खड़ी हो गई। बढ़कर राजेन्द्र का हाथ पकड़कर बोली- "राजेन, तुम्हें मुझ पर विश्वास नहीं? जो प्रतिज्ञा मैंने की है, हिमालय की तरह उस पर अटल रहूँगी।"

पद्मा अपनी कुर्सी पर बैठ गई। मैगजीन खोल उसी तरह पन्नों में नज़र गड़ा दी। जीने से आहट मालूम दी। माता निगरानी की निगाह से देखती हुई आ रही थीं। प्रकृति स्तब्ध थी। मन में वैसी ही अन्वेषक चपलता।

"क्यों बेटा, तुम इस साल बी. ए. हो गए?" हँसकर पूछा।

"जी हाँ।" सिर झुकाए हुए राजेन्द्र ने उत्तर दिया।

"तुम्हारा विवाह कब तक करेंगे तुम्हारे पिता जी, जानते हो?"

"जी नहीं।"

"तुम्हारा विचार क्या है?"

"आप लोगों से आज्ञा लेकर विदा होने के लिए आया हूँ, विलायत भेज रहे हैं पिता जी।" नम्रता से राजेन्द्र ने कहा।

"क्या बैरिस्टर होने की इच्छा है?" पद्मा की माता ने पूछा।

"जी हाँ।"

"तुम साहब बनकर विलायत से आना और साथ एक मेम भी लाना, मैं उसको शुद्धि कर लूँगी।" पद्मा हँसकर बोली।

आँखें नीची किए राजेन्द्र भी मुस्कराने लगा।

नौकर ने एक तश्तरी पर दो प्यालों में चाय दी-दो रक़ाबियों पर कुछ बिस्कुट और केक। दूसरा एक मेज़ उठा लाया। राजेन्द्र और पद्मा की कुर्सी के बीच रख दी, एक धुली तौलिया ऊपर से बिछा दी। सासर पर प्याले तथा रक्क़ाबियों पर बिस्कुट और केक रखकर नौकर पानी लेने गया, दूसरा आज्ञा की प्रतीक्षा में खड़ा रहा।

"मैं निश्चय कर चुका हूँ, जबान भी दे चुका हूँ। अबके तुम्हारी शादी का दूँगा।" पण्डित रामेश्वर जी ने कन्या से कहा।

"लेकिन मैंने भी निश्चय कर लिया है, डिग्री प्राप्त करने से पहले विवाह ना करूँगी।" सिर झुकाकर पद्मा ने जवाब दिया।

"मैं मैजिस्ट्रेट हूँ बेटी, अब तब अक़्ल की ही पहचान करता रहा हूँ, शायद इससे ज्यादा सुनने की तुम्हें इच्छा न होगी।" गर्व से रामेश्वर जी टहलने लगे।

पद्मा के हृदय के खिले गुलाब की कुल पंखुड़ियाँ हवा के एक पुरजोर झोंके से काँप उठीं। मुक्ताओं-सी चमकती हुई दो बूँदें पलकों के पत्रों से झड़ पड़ीं। यही उसका उत्तर था।

"राजेन जब आया, तुम्हारी माता को बुलाकर मैंने जीने पर नौकर भेज दिया था, एकान्त में तुम्हारी बातें सुनने के लिए... तुम हिमालय की तरह अटल हो, मैं भी वर्तमान की तरह सत्य और दृढ़।" रामेश्वर जी ने कहा- "तुम्हें इसलिए मैंने नहीं पढ़ाया कि तुम कुल-कलंक बनो।"

"आप यह सब क्या कह रहे हैं?"

"चुप रहो। तुम्हें नहीं मालूम? तुम ब्राह्मण कुल की कन्या हो, वह क्षत्रिय-घराने का लड़का है-ऐसा विवाह नहीं हो सकता।" रामेश्वर जी की साँस तेज चलने लगी, आँखें भौंहों से मिल गईं।

"आप नहीं समझे मेरे कहने का मतलब।" पद्मा की निगाह कुछ उठ गई।

"मैं बातों का बनाना आज दस साल से देख रहा हूँ। तू मुझे चराती है? वह बदमाश...!"

"इतना बहुत है। आप अदालत के अफ़सर हैं! अभी-अभी आपने कहा था, अब तक अक़्ल की पहचान करते रहे हैं, यह आपकी अक़्ल की पहचान है! आप इतनी बड़ी बात राजेन्द्र के सामने कह सकते हैं? बतलाइए, हिमालय की

तरह अटल सुन लिया, तो इससे आपने क्या सोचा?"

आग लगी गई, जो बहुत दिनों से पद्मा की माता के हृदय में सुलग रही थी।

"हट जा मेरी नजरों से बाहर, मैं समझ गया।" रामेश्वर जी क्रोध से काँपने लगे।

"आप ग़लती कर रहे हैं, आप मेरा मतलब नहीं समझे, मैं भी बिना पूछे हुए बतलाकर कमजोर नहीं बनना चाहती।"

पद्मा जेठ की लू में झुलस रही थी, स्थल पद्म-सा लाल चेहरा तमतमा रहा था। आँखों की दो सीपियाँ पुरस्कार की दो मुक्ताएँ लिए सगर्व चमक रही थीं।

रामेश्वर जी भ्रम में पड़ गए। चक्कर आ गया। पास की कुर्सी पर बैठ गए। सिर हथेली से टेककर सोचने लगे। पद्मा उसी तरह खड़ी दीपक की निष्कम्प शिखा-सी अपने प्रकाश में जल रही थी।

"क्या अर्थ है, मुझे बता।" माता ने बढ़कर पूछा।

"मतलब यह, राजेन को सन्देह हुआ था, मैं विवाह कर लूँगी यह जो पिता जी पक्का कर आए हैं, इसके लिए मैंने कहा था कि मैं हिमालय की तरह अटल हूँ न कि यह कि मैं राजेन्द्र के साथ विवाह करूँगी। हम लोग कह चुके थे कि पढ़ाई का अन्त होने पर दूसरी चिन्ता करेंगे।" पद्मा उसी तरह खड़ी सीधे ताकती रही।

"तू राजेन्द्र को प्यार नहीं करती?" आँख उठाकर रामेश्वर जी ने पूछा।

"प्यार? करती हूँ।"

"करती है?"

"हाँ, करती हूँ।"

"बस, और क्या?"

"पिता..."

पद्मा की आबदार आँखों से आँसुओं के मोती टूटने लगे, जो उसके हृदय की कीमत थे, जिनका मूल्य समझने वाला वहाँ कोई न था।

माता ने ठोढ़ी पर एक उँगली रख रामेश्वर जी की तरफ़ देखकर कहा- "प्यार भी करती है, मानती भी नहीं, अजीब लड़की है।"

"चुप रहो।" पद्मा की सजल आँखें भौंहों से सट गईं- "विवाह और प्यार

एक बात है? विवाह करने से होता है, प्यार आप होता है। कोई किसी को प्यार करता है, तो वह उससे विवाह भी करता है? पिता जी जज साहब को प्यार करते हैं, तो क्या इन्होंने उनसे विवाह भी कर लिया है?"

रामेश्वर जी हँस पड़े।

रामेश्वर जी ने शंका की दृष्टि से डॉक्टर से पूछा- "क्या देखा आपने डॉक्टर साहब?"

"बुखार बड़े जोर का है, अभी तो कुछ कहा नहीं जा सकता। जिस्म की हालत अच्छी नहीं, पूछने से कोई जवाब भी नहीं देती। कल तक अच्छी थी, आज एकाएक इतने जोर का बुखार, क्या सबब है?" डॉक्टर ने प्रश्न की दृष्टि से रामेश्वर जी की तरफ़ देखा।

रामेश्वर जी पत्नी की तरफ़ देखने लगे।

डॉक्टर ने कहा- "अच्छा, मैं एक नुस्खा लिखे देता हूँ, इससे जिस्म की हालत अच्छी रहेगी। थोड़ी-सी बर्फ मँगा लीजिएगा। आइस-बैग तो क्यों होगा आपके यहाँ? एक नौकर मेरे साथ भेज दीजिए, मैं दे दूँगा। इस वक़्त एक सौ चार डिग्री बुखार है। बर्फ डालकर सिर पर रखियेगा। एक सौ एक तक आ जाए तब जरूरत नहीं।"

डॉक्टर चले गए। रामेश्वर जी ने अपनी पत्नी से कहा- "यह एक दूसरा फ़साद खड़ा हुआ। न तो कुछ कहते बनता है, न करते। मैं क़ौम की भलाई चाहता था, अब खुद ही नकटों का सिरताज हो रहा हूँ। हम लोगों में अभी तक यह बात न थी कि ब्राह्मण की लड़की का किसी क्षत्रिय-लड़के से विवाह होता। हाँ, ऊँचे कुल की लड़कियाँ ब्राह्मणों के नीचे कुलों में गई हैं। लेकिन, यह सब आख़िर क़ौम ही में हुआ है।"

"तो क्या किया जाए?" स्फारित, स्फुरित, आँखें, पत्नी ने पूछा।

"जज साहब से ही इसकी बचत पूछूँगा। मेरी अक़्ल अब और नहीं पहुँचती...।"

अरे, छीटा!"

"जी!" छिटा चिलम रखकर दौड़ा।

"जज साहब से मेरा नाम लेकर कहना जल्द बुलाया है।"

"और भैया बाबू को भी बुला लाऊँ?"

"नहीं-नहीं।" रामेश्वर जी की पत्नी ने डाँट दिया।

जज साहब पुत्र के साथ बैठे वार्तालाप कर रहे थे। इंग्लैण्ड के मार्ग, रहन-सहन, भोजन-पान, अदब-कायदे का बयान कर रहे थे। इसी समय छीटा बँगले पर हाज़िर हुआ, और झुककर सलाम किया। जज साहब ने आँख उठाकर पूछा- "कैसे आए छीटाराम?"

"हुजूर को सरकार ने बुलाया है, और कहा है, बहुत जल्द आने के लिए कहना।"

"क्यों?"

"बीबी रानी बीमार हैं, डॉक्टर साहब आए थे, और हुजूर..." बाक़ी छीटा ने कह ही डाला था।

"और क्या?"

"हुजूर..." छीटा ने हाथ जोड़ लिए। उसकी आँखें डबडबा आईं।

जज साहब बीमारी कड़ी समझकर घबरा गए! ड्राइवर को बुलाया। छीटा चल दिया। ड्राइवर नहीं था। जज साहब ने राजेन्द्र से कहा- "जाओ मोटर ले आओ। चलें, देखें, क्या बात है।"

राजेन्द्र को देखकर रामेश्वर जी सूख गए। टालने की कोई बात न सूझी। कहा- "बेटा, पद्मा को बुखार आ गया है, चलो, देखो, तब तक मैं जज साहब से कुछ बातें करता हूँ।"

राजेन्द्र उठ गया। पद्मा के कमरे में एक नौकर सिर पर आइस-बैग रखे खड़ा था। राजेन्द्र को देखकर एक कुर्सी उसने पलंग के नजदीक रख दी।

"पद्मा!"

"राज़ेन!"

पद्मा की आँखों से टप टप गर्म आँसू गिरने लगे। पद्मा को एकटक प्रश्न की दृष्टि से देखते हुए राजेन्द्र ने रूमाल से उसके आँसू पोंछ दिए।

सिर पर हाथ रखा, सिर जल रहा था। पूछा- "सिर-दर्द है?"

"हाँ, जैसे कोई कलेजा मसल रहा हो।" दुलाई के भीतर से छाती पर हाथ रखा, बड़े जोर से धड़क रही थी।

पद्मा ने पलकें मूँद लीं, नौकर ने फिर सिर पर आइस-बैग रख दिया। सिरहाने थरमामीटर रखा था। झाड़कर, बॉडी के बटन खोल राजेन्द्र ने आहिस्ते से बग़ल में लगा दिया। उसका हाथ बगल से सटाकर पकड़े रहा। नजर कमरे की घड़ी की तरफ़ थी। निकालकर देखा, बुखार एक सौ तीन डिग्री था।

अपलक चिन्ता की दृष्टि से देखते हुए राजेन्द्र ने पूछा- "पद्मा, तुम कल तो अच्छी थीं, आज एकाएक बुखार कैसे आ गया?"

पद्मा ने राजेन्द्र की तरफ़ करवट ली, कुछ न कहा।

"पद्मा, मैं अब जाता हूँ।"

ज्वर से उभरी हुई बड़ी-बड़ी आँखों ने एक बार देखा, और फिर पलकों के पर्दे में मौन हो गईं। अब जज साहब और रामेश्वर जी भी कमरे में आ गए।

जज साहब ने पद्मा के सिर पर हाथ रखकर देखा, फिर लड़के की तरफ़ निगाह फेरकर पूछा- "क्या तुमने बुखार देखा है?"

"जी हाँ, देखा है।"

"कितना है?"

"एक सौ तीन डिग्री।"

"मैंने रामेश्वर जी से कह दिया है, तुम आज यहीं रहोगे। तुम्हें यहाँ से कब जाना है? परसों न?"

"जी।"

"कल सुबह बतलाना घर आकर, पद्मा की हालत कैसी रहती है। और रामेश्वर जी, डॉक्टर की दवा करने की मेरे खयाल से कोई जरूरत नहीं।"

"जैसा आप कहें।" सम्प्रदान-स्वर से रामेश्वर जी बोले।

जज साहब चलने लगे। दरवाजे तक रामेश्वर जी भी गए। राजेन्द्र वहीं रह गया। जज साहब ने पीछे फिरकर कहा- "आप घबराइये मत, आप पर समाज का भूत सवार है।" मन-ही-मन कहा- "कैसा बाप और कैसी लड़की!

तीन साल बीत गए। पद्मा के जीवन में वैसा ही प्रभात, वैसा ही आलोक भरा हुआ है। वह रूप, गुण, विद्या और ऐश्वर्य की भरी नदी, वैसी ही अपनी पूर्णता से अदृश्य की ओर, वेग से बहती जा रही है। सौंदर्य की वह ज्योति-राशि

स्नेह-शिखाओं से वैसी ही अम्लान स्थिर है। अब पद्मा एम.ए. क्लास में पढ़ती है।

सभी कुछ है, पर वहाँ रामेश्वर जी नहीं हैं। मृत्यु के कुछ समय पहले उन्होंने पद्मा को एक पत्र लिखा था- "मैंने तुम्हारी सभी इच्छाएँ पूरी की हैं, पर अभी तक मेरी एक भी इच्छा तुमने पूरी नहीं की। शायद मेरा शरीर न रहे, तुम मेरी सिर्फ़ एक बात मानकर चलो-राजेन्द्र या किसी अपर जाति के लड़के से विवाह न करना। बस!" इसके बाद से पद्मा के जीवन में आश्चर्यकर परिवर्तन हो गया। जीवन की धारा ही पलट गई। एक अद्भुत स्थिरता उसमें आ गई। जिस जाति के विचार ने उसके पिता को इतना दुर्बल कर दिया था, उसी जाति की बालिकाओं को अपने ढंग पर शिक्षित कर, अपने आदर्श पर लाकर पिता की दुर्बलता से प्रतिशोध लेने का उसने निश्चय कर लिया।

राजेन्द्र बैरिस्टर होकर विलायत से आ गया। पिता ने कहा- "बेटा, अब अपना काम देखो।" राजेन्द्र ने कहा- "ज़रा और सोच लूँ, देश की परिस्थिति ठीक नहीं।"

"पद्मा!" राजेन्द्र ने पद्मा को पकड़कर कहा।

पद्मा हँस दी पूछा- "तुम यहाँ कैसे राजेन?"

"बैरिस्टरी में जी नहीं लगता पद्मा, बड़ा नीरस व्यवसाय है, बड़ा बेदर्द। मैंने देश की सेवा का व्रत ग्रहण कर लिया है और तुम?"

"मैं भी लड़कियाँ पढ़ाती हूँ-तुमने विवाह तो किया होगा?"

"हाँ, किया तो है।" हँसकर राजेन्द्र ने कहा।

पद्मा के हृदय पर जैसे बिजली टूट पड़ी, जैसे तुषार की प्रहत पद्मिनी क्षण-भर में स्याह पड़ गई। होश में आ, अपने को सँभालकर कृत्रिम हँसी रंगकर पूछा-

"किसके साथ किया?"

"लिली के साथ।" उसी तरह हँसकर राजेन्द्र बोला।

"लिली के साथ!" पद्मा स्वर में काँप गई।

"तुम्हीं ने तो कहा था-विलायत जाना और मेम लाना।"

पद्मा की आँखें भर आईं।

हँसकर राजेन्द्र ने कहा-"यही तुम अंग्रेजी की एम.ए. हो? लिली के मानी?"

4

ज्योतिर्मयी

"मानती रहें, चूँकि आप ही लोगों ने, आप ही के बनाए हुए शास्त्रों ने, जो हमारे प्रतिकूल हैं, हमें जबरन गुलाम बना रखा है; कोई चारा भी तो नहीं कैसी बात है!" कमल की पंखुड़ियों-सी उज्जवल बड़ी-बड़ी आँखों से देखती हुई, एक सत्रह साल की, रूप की चंद्रिका, भरी हुई युवती ने कहा।

"नहीं, पतिव्रता पत्नी तमाम जीवन तपस्या करने के पश्चात् परलोक में अपने पति से मिलती है।" सहज स्वर से कहकर युवक निरीक्षक की दृष्टि से युवती को देखने लगा।

युवती मुस्कराई तमाम चेहरे पर सुर्खी दौड़ गई। सुकुमार गुलाब के दलों-से लाल-लाल होंठ जरा बड़े, मर्मरोज्जवल मुख पर प्रसन्न कौतुकपूर्ण एक ज्योतिश्चक्र खोलकर यथास्थान आ गए।

"वाक्ये का दरिद्रता!" युवती मुस्कराती हुई बोली "अच्छा बतलाइए तो, यदि पहले व्याही स्त्री इसी तरह स्वर्ग में अपने पूज्यपाद पति-देवता की प्रतीक्षा करती हो, और पतिदेव क्रमशः दूसरी, तीसरी, चौथी पत्नियों को मार-मारकर प्रतीक्षार्थ स्वर्ग भेजते रहें, तो खुद मरकर किसके पास पहुँचेंगे?" युवती खिलखिला दी।

युवक का चेहरा उतर गया।

"आपने इस साल एम.ए. पास किया है, और अंग्रेजी में। वहाँ पतिव्रता स्त्रियों की शायद पत्नीव्रत पुरुषों से ज्यादा जीवनियाँ आपने याद कीं!" युवती ने वार किया। युवक बड़े भाई की ससुराल गया था। युवती उसी की विधवा छोटी साली है। "आपने कहाँ तक पढ़ा है?" युवक ने जानना चाहा।

"सिर्फ़ हिन्दी और थोड़ी-सी संस्कृत जानती हूँ।" डब्बे को नज़दीक लेकर युवती पान लगाने लगी।

"मैं इतना ही कहता हूँ, आपके विचार समाज के तिनके के लिए आग हैं।" ताज्जुब की निगाह से देखते हुए युवक ने कहा।

"लेकिन मेरे भी हृदय के मोम के पुतले को गलाकर बहा देने, मुझसे जुदा कर देने के लिए समाज आग है, साथ-साथ यह भी कहिए।" उँगली चूनादानी में, बड़ी-बड़ी आँखों की तेज निगाह युवक की तरफ़ फेरकर युवती ने कहा- "मैं बारह साल की थी, ससुराल नहीं गई, जानती भी नहीं, पति कैसे थे, और विधवा हो गई!" कई बूँद आँसू कपोलों से बहकर युवती की जाँघ पर गिरे। आँचल से आँखें पोंछ लीं, पान लगाने लगी।

"तम्बाकू खाते हैं आप?" युवती ने पूछा।

"नहीं।" युवक के दिल में सन्नाटा था। इतनी बड़ी, इतने आश्चर्य की, इतनी ख़तरनाक बात आज तक किसी विधवा युवती की जुबान से उसने नहीं सुनी। वह जानता था, यह सब अखबारों का आन्दोलन है। इस तरह की कल्पना भी उसने कभी नहीं की। कारण, वह कान्यकुब्जों के एक श्रेष्ठ कुल में पैदा हुआ था। युवती की बातों से घबरा गया।

"लीजिए।" युवती ने कई बीड़े दिए।

"आप बुरा मत मानिएगा, मैं आपको देख रही थी कि आप कितने दर्दमन्द हैं।" युवती ने साधारण आवाज़ में कहा।

युवक ने पान ले लिए, पर लिए ही बैठा रहा। "खाइए", युवती ने कहा- "आपसे एक बात पूछें?"

"पूछिए।"

"अगर आपसे कोई विधवा विवाह करने के लिए कहे?" युवती मुस्कराई।

"मैं नहीं जानता, यह तो पिता जी के हाथ की बात है।" युवक झेंप गया। "अगर पिता जी की जगह आप ही अपने मुख्तार आप होते?"

संकुचित होकर, फिर हिम्मत बाँधकर युवक ने कहा- "मुझे विधवा-विवाह करते हुए लाज लगती है।"

युवती, मनोभावों को दबाकर छलछलायी आँखों चुप रही। एक बार उसी तरह युवक को देखा, फिर मस्तक झुका लिया।

दूसरे दिन युवक घर चलने लगा। मकान की जेठी स्त्रियों के पैर छुए।

इधर-उधर आँखें युवती की तलाश करती रहीं। वह न मिली। युवक दो मंजिले से नीचे उतरा। देखा, दरवाजे के पास खड़ी वह उसी की राह देख रही है। युवक ने कहा- "आज्ञा दीजिए, अब जा रहा हूँ।" हाथ जोड़कर युवती ने प्रणाम किया। एक पत्र युवक को देकर कहा- "जल्द दर्शन दीजिएगा।" युवक के हृदय में एक अज्ञात प्रसन्नता की लहर उठी। उसने देखा, नीली पलकों के पंखों से युवती की आँखें अप्सराओं-सी आकाश की ओर उड़ जाना चाहती हैं, जहाँ स्नेह के कल्प-वसन्त में मदन और रति नित्य मिले हैं, जहाँ किसी भी प्रकार की निष्ठुर श्रृंखला नवोन्मेष को झुका नहीं सकती, जहाँ प्रेम ही आँखों में मनोहर चित्र, कण्ठ में मधुर संगीत, हृदय में सत्यनिष्ठ भावना और रूप में खूबसूरत आग है।

युवक ने स्नेह के मधुर कण्ठ से, सहानुभूति की ध्वनि में कहा- "ज्योति!" युवती निस्संकोच कुछ कदम आगे बढ़ गई। युवक के बिलकुल नजदीक, एक तरह सटकर, खड़ी हो गई। सिर युवक की ठोढ़ी के पास, आँखें आँखों में मिली हुई। वस्त्र के स्पर्श से शिराओं में एक ऐसी तरंग बह चली, जिसका अनुभव आज तक उनमें किसी को न हुआ था। अंगों से आनन्द के परमाणु निकलते रहे। आँखों में नशा छा गया।

"फिर कहूँगा।" युवक लजाकर चल दिया।

"याद रखिएगा-आपसे इतनी ही करबद्ध प्रार्थना..." युवक दृष्टि से ओझल हो गया।

"पिघलकर पत्थर भी उस पत्र को पढ़ने पर बह जाता है वीरेन!" विजय ने सहानुभूति के शब्दों में वीरेन से कहा।

"दिल के तुम इतने कमजोर हो। नष्ट होते हुए एक समाजक्लिष्ट जीवन का उद्धार तुम नहीं कर सकते विजय ? तुम्हारी शिक्षा क्या तुम्हें पुरानी राह का सीधा-साधा एक लद्दू बैल करने के लिए हुई है?" वीरेन्द्र ने चिंत्य भर्त्सना के शब्दों में कहा।

"पिता जी से कुछ बस नहीं वीरेन, उनके प्रतिकूल कोई आचरण मैं न कर सकूँगा। पर आजीवन आजीवन मैं सोचूँगा कि दुर्बल समाज की सरिता से एक बहते हुए निष्पाप पुष्प का मैं उद्धार नहीं कर सका, खासतौर से इसलिए कि मुझे उसने तैरना नहीं सिखलाया।"

"तुम्हें एक दूसरी सामाजिक शिक्षा से तैरना मालूम हो चुका है।"

"हाँ, हो चुका है, पर केवल तैरते रहना, फिर किनारे पर लगना नहीं; सब घाट हमारे समाज द्वारा अधिकृत हैं, और केवल तैरते रहना मनुष्य के लिए असम्भव है।"

"तुम कूल पर आ सकते हो।"

"पर उस फूल को लेकर नहीं, तब समाज के किसी भी घाट पर नहीं जा सकता, और केवल कूल इतना बीहड़ है कि मेरे थके हुए पैर वहाँ जम नहीं सकते, वहाँ दृष्टियों का ताप इतना प्रखर है कि वह फूल मुरझा जाएगा, मैं भी झुलस जाऊँगा।"

"तो सारांश यह कि तुम उस पावन-मूर्ति अबला का, जिसने तुम्हें बढ़कर प्यार किया-मित्र समझकर गुप्त हृदय की व्यथा प्रकट कर दी, उस देवी का समाज के पंक से उद्धार नहीं कर सकते?"

"देखो, मेरा हृदय अवश्य उसने छीन लिया है, पर शरीर पिता जी का है, वीरेन, मैं यहाँ दुर्बल हूँ।"

"कैसी वाहियात बात! कितनी बड़ी आत्मप्रवंचना है यह। विजय, हृदय शरीर से अलग भी है? जिसने तुम पर क्षणमात्र में विजय प्राप्त कर ली, उसने तुम्हारे शरीर को भी जीत लिया है। अब उसका तिरस्कार परोक्ष अपना ही है। समाज का धर्म तो उसके लिए भी था-क्या फूटे हुए बरतन की तरह वह भी समाज में एक तरफ़ निकालकर न रख दी जाती? क्या उसने यह सब नहीं सोच लिया?

"उसमें और-और तरह की भावनाएँ होंगी।"

"और-और तरह की भावनाएँ उसमें होतीं, तो वह तुम्हारे भाई की ससुराल वालों के सगर्व मुखों पर अच्छी तरह स्याही पोतकर अब तक कहीं चली गई होती, समझे? वह समझदार है। और, तुम्हारे सामने जो इतना खुली है, इसका कारण काम नहीं, यथार्थ ही तुम्हें उसने प्यार किया है। अच्छा, उसका पता तो बताओ।"

वीरेन्द्र ने नोट-बुक निकालकर पता लिख लिया। फिर विजय से कहा- "तुम मेरे मित्र हो, वह मेरे मित्र की प्रेयसी है!"

दोनों एक-दूसरे को देखकर हँसने लगे।

इस घटना को कई महीने बीत चुके। अब भाई की ससुराल जाने की कल्पना-मात्र से विजय का कलेजा काँप उठता, संकोच की सदी तमाम अंगों को जकड़ लेती, संकल्प से उसे निरस्त हो जाना पड़ता है। उसकी यह हालत देख-देखकर वीरेन्द्र मन-ही-मन पश्चात्ताप करता, पर तब से फिर किसी प्रकार की इच्छा-दबाव उस पर उसने नहीं डाला। विजय इलाहाबाद यूनिवर्सिटी में रिसर्च स्कॉलर है। वीरेन्द्र बी.ए. पास कर लेने के पश्चात् वहीं अपना कारोबार देखने में रहता है। वह इटावे के प्रसिद्ध रईस नागरमल-भीखमदास फर्म के मालिक मंसाराम अग्रवाल का इकलौता लड़का है।

महीने के लगभग हुआ, वीरेन्द्र इटावे चला गया है, चलते समय विजय से विदा होकर गया था।

इधर भी, तीन-चार दिन हुए, घर से पत्र द्वारा विजय को बुलावा आया है। जिला उन्नाव, मौजा बीघापुर विजय की जन्म भूमि है।

उसके पिता अच्छी साधारण स्थिति के मनुष्य हैं, माँझगाँव के मिश्र, कुलीन कान्यकुब्ज। विवाह अधिक दहेज के लोभ से उन्होंने रोक रखा था। अब तक जितने संबंध आए थे, तीन हजार से अधिक कोई नहीं दे रहा था। अब के एक संबंध आया हुआ है, उसकी तरफ़ विजय के पिता का विशेष झुकाव है। ये लोग मुरादाबाद के बाशिंदे हैं। पन्द्रह दिन पहले ही विजय की जन्म-पत्रिका ले गए थे। विवाह बनता है, इसलिए दुबारा पक्का कर लेने को कन्या-पक्ष से कोई आया हुआ है। विजय के पिता और चाचा मकान के भीतर आपस में सलाह करते हैं।

"दादा, लेकिन एक पै तो है, ये सनाढ्य ब्राह्मण हैं, ऐसा फिर न हो कि कहीं के भी न रहें।"

"तुम भी; मारो गोली; हमको रुपये से मतलब; हमारे पास रुपया है, तो भाई-बन्द, जात-बिरादरी वाले सब साले आवेंगे; नहीं तो कोई लोटे-भर पानी को न पूछेगा।"

"तो क्या राय है?"

"विवाह करो, और क्या?"

"सात हजार से आगे नहीं बढ़ता।"

"घर घेरे बैठा है, देखते नहीं? धीरे-धीरे दुहो; लेकिन शिकार न निकल जाए।"

"अब फँसा है, तो क्या निकलेगा।"

"डर कौन-बारात में घर के चार जन चले चलेंगे। कहेंगे, दूर है, ख़र्चा नहीं मिला।"

"वही ख़र्चा यहाँ करके खिला दिया जाए है न?"

"ठीक है।"

"बस, यही ठीक है।"

विजय के पिता पं. गंगाधर मिश्र और चाचा पं. कृष्णशंकर रक्त चन्दन का टीका लगाए, रुद्राक्ष की माला पहने, खड़ाऊँ खटपटाते दरवाजे चौपाल में, नेवाड़ के पलंग पर, धीर-गम्भीर मुद्रा से, सिर झुकाए हुए, आकर बैठ गए। एक मूँज की चारपाई पर कन्या-पक्ष के पं. सत्यनारायण शर्मा मिर्ज़ई पहने, पगड़ी बाँधे बैठे हुए थे। मिश्र जी को देखकर पूछा- "तो क्या आज्ञा देते हैं मिश्र जी?"

पण्डित गंगाधर ने पं. कृष्णशंकर की ओर इशारा करके कहा- "बातचीत इनसे कीजिए। मकान-मालिक तो यह हैं।"

पं. सत्यनारायण ने पं. कृष्णशंकर की ओर देखा।

"बात यह है पण्डित जी कि दहेज बहुत कम मिल रहा है। आप सोचें कि अब तक सात-आठ हजार रुपया तो लड़के की पढ़ाई में ही लग चुका है। लखनऊ के वाजपेयी आए थे हमारा उनका संबंध भी है, छः हजार देते थे, पर हमने इनकार कर दिया। अब हमको खर्च भी पूरा न मिला, तो लड़के को पढ़ाकर हमने फ़ायद क्या उठाया? इस संबंध में (इधर-उधर झाँककर) हमें कुछ मिला भी नहीं, तो इतना गिरकर..."

"अच्छा, तो कहिए, क्या चाहते हैं आप?"

"पन्द्रह हजार।"

"तब तो हमारे यहाँ बरतन भी साबित न रहेंगे।"

"अच्छा, तो आप कहिए।"

"नौ हजार लीजिए।"

"अच्छा, बारह हजार में पक्का।"

पं. सत्यनारायण अपनी अधारी सँभालने लगे।

"ग्यारह हजार देते हैं आप?" पं. कृष्णशंकर ने उभरकर पूछा।

"दस हजार, सही बताइए।"

"अच्छा, पक्का; मगर पाँच हजार पेशगी।"

पं. सत्यनारायण ने काग़ज, स्टाम्प और हज़ार हजार के पाँच नोट निकालकर कहा- "लीजिए, आप दोनों इसमें दस्तखत कीजिए। पहले लिखिए पं. सत्यनारायण, मुरादाबाद की कन्या से श्रीयुत विजयकुमार मिश्र एम.ए. के विवाह-संबंध में जो दस हजार में मय गवहीं और गौने के ख़र्च के पक्का हुआ है, कन्या के पिता से पाँच हजार पेशगी नकद वसूल पाया, फिर स्टाम्प पर वल्दियत के साथ दस्तखत कीजिए।" पण्डित गंगाधर गद्गद हो गए। लिखा-पढ़ी हो गई। विवाह का दिन स्थिर हो गया। तिलक चढ़ गया। तिलक के पहले समय तक विजय को ज्योतिर्मयी की याद आती रही। पर नवीन विवाह के प्रसंग से मन बँट गया। फिर धीरे-धीरे जैसा हुआ करता है, वह स्मृति भी चित्त के अतल स्पर्श को चली गई। अब विजय को उसके चरित्र पर रह-रहकर शंका होने लगी है। सोचता है, बुरा फँस गया था, बच गया। सच कहा है-'स्त्रियश्चरिंत्र पुरुषस्य भाग्यं दैवो न जानाति कुतो मनुष्यः ?'

अब नयी कल्पनाएँ उसके मस्तिष्क में उठने लगी हैं। एक अज्ञात, अपरिचित मुख को जैसे केवल कल्पना के बल से प्रत्यक्ष कर लेना चाहता है और इस चेष्टा में सुख भी कितना! इतना कभी उसे नहीं मिला। इस अज्ञात रहस्य में वह ज्योतिर्मयी की अम्लान छवि एक प्रकार भूल ही गया।

विजय ने विवाह के उत्सव में मिलने के लिए वीरेन्द्र को लिखा था, पर उसने उत्तर दिया कि 'मैं तो विजय का ही मित्र हूँ, किसी पराजय का नहीं, इस विवाह में मैं शरीक न हो सकूँगा।'

जैसा पहले से निश्चय था, जल्दबाज़ी का बहाना कर पं. गंगाधर ने जाने-जाने रिश्तेदारों को छोड़कर और किसी को न बुलाया। इसी कारण ज्योतिर्मयी के यहाँ निमन्त्रण न पहुँच सका। इधर भी जहाँ कहीं न्यौता गया, वहाँ से कुछ ही लोग आए। कारण, सन्देह की हवा बह चुकी थी।

बारात चली! लखनऊ में वीरेन्द्र से विजय की मुलाक़ात हुई। वीरेन्द्र ने पूछा- "यार, तुम तो ज्योतिर्मयी को भूल ही गए, इतने गल गए इस विवाह में!"

"बात यह है कि इस तरह की स्त्रियाँ समाज के काम की नहीं होतीं।"

"अरे तुमने तो स्वर भी बदल दिया!"

"क्या किया जाए?"

"और जहाँ विवाह करने जा रहे हो, यही बड़ी सती-सावित्री निकलेगी, इसका क्या प्रमाण मिला है?"

"क्वाँरी और विधवा में फ़र्क है भाई!"

"यह मानता हूँ।"

"कुछ संस्कृति का भी ख़याल रखना चाहिए। संस्कृति से ही सन्तति अच्छी होती है।"

"अरे, तुम तो पूरे पण्डित हो गए!"

"अपने कुल का सबको ख़याल रहता है-केतहु काल कराल पर, पै मराल न ताकहिं तुच्छ तलैया।"

"अच्छा!"

"जी हाँ।"

"तब तो, जी चाहता है, तुम्हारे साथ मैं भी चलूँ।"

"चलो, मैंने तो तुम्हें लिखा भी था, पर तुम दुनिया की वास्तविकता का विचार तो करते नहीं, विचारों की दीवारें उठाया गिराया करते हो।"

"अच्छा भई, अब वास्तविकता का आनन्द भी ले लें। कहो, कितने गिनाये?"

"दस हजार।"

"दस हजार! उसके मकान में लोटा तक मजबूत न छोड़ा होगा?"

"कान्यकुब्ज कुलीन हैं।"

" वे कोई मामूली कान्यकुब्ज होंगे?"

"बहुत मामूली नहीं, 17 बिस्वे मर्याद वाले हैं।"

"हूँ।" वीरेन्द्र सोचने लगा- ञतुमसे घृणा हो गई है। जाओ, अब नहीं जाऊँगा। तुम इतने नीच हो!'

वीरेन्द्र शहर की ओर चला गया। बारात मुरादाबाद चली।

विवाह हो गया। पं. सत्यानारायण शर्मा ने वर-यात्रियों का हृदय से स्वागत-सम्मान किया। खोरे में पाँच हजार नक़द दिए और कन्या को पाँच हज़ार का जेवर ऊपर से बनवा दिया। विजय को सोने की चेन, जेब घड़ी, रिस्ट वाच, साइकिल, अँगूठी और कुछ और सामान देकर खुश किया।

बड़ा-छोटा 'बड़हार' हो गया। चतुर्थी के बाद कन्या के साथ बारात विदा हुई। वर-कन्या के लिए पं. सत्यानारायण जी ने एक सेकण्ड क्लास-कम्पार्टमेण्ट पहले से रिजर्व्ह करा रखा था और लोगों के लिए इण्टर-क्लास अलग। पं सत्यनारायण हाथ जोड़कर पं. गंगाधर और कृष्णशंकर आदि से विदा हुए।

कन्या से कहा- "बेटी वहाँ पहुँचकर अपने समाचार जल्द देना।" गाड़ी छूट गई। प्रणय से विजय का चित्त चपल हो उठा। अब तक जिस अदेख मुख पर असंख्यों कल्पनाएँ उसने की थीं, उसे देखने का यह कितना शुभ, सुन्दर अवसर मिला। उसने पिता को ससुर को समाज को भरे आनन्द के छलकते हृदय से बार-बार धन्यवाद दिया। साथ युवती बहू का घूँघट उठा चन्द्रमुख को देखने की चकोर-लालसा प्रबल हो उठी। डाकगाड़ी पूरी रफ़्तार से जा रही है।

विजय उठकर बहू के पास जाकर बैठा। सर्वांग काँप उठा। घूँघट हटाने के लिए हाथ उठाया। कलाई काँपने लगी। उस कम्पन में कितना आनन्द है। रोएँ-रोएँ के भीतर से आनन्द की गंगा बह चली।

विजय ने बहू का घूँघट उठाया, त्रस्त होकर चीख उठा, "ऐं तुम हो?"

"विवाह का यही सुख है!" ज्योतिर्मयी की आँखों से घृणा मध्याह्न की ज्वाला की तरह निकल रही थी। 'छिः! मैंने यह क्या किया! यह वही विजय-संयत, शान्त, वही विजय है? ओह! कैसा परिवर्तन! इसके साथ अब अपराधी की तरह सिकुड़कर घर के एक कोने में मुझे सम्पूर्ण जीवन पार करना होगा। इससे मेरा वैधव्य शतगुण, सहस्र-गुण अच्छा था! वहाँ कितनी मधुर मधुर कल्पनाओं में पल रही थी! वीरेन्द्र, तुम्हारे-जैसा सिंह पुरुष ऐसे स्यार का भी साथ करता है? तुमने इधर डेढ़ महीने से मेरे लिए कितना दुःख, कितना कष्ट, मुझे और अपने इस अधम मित्र को सुखी करने के विचार से, स्वीकार किया! 18 हजार खर्च किए! तुम्हारे मैनेजर सत्यनारायण- मेरे कल्पित पिता-वह देवताओं का निर्मल परिवार।' ज्योतिर्मयी मन-ही-मन और कितना न-जाने क्या-क्या, सोच रही थी।

विजय ने पूछा- "तुम वहाँ कैसे गईं?" "वीरेन्द्र से पूछना।" ज्योतिर्मयी ने कहा।

ज्योतिर्मयी मिश्र खानदान में मिल गई है, पर वीरेन्द्र फिर विजय से नहीं मिला।

5

कमला

कमला सोलहवें साल की अधखुली धुली कलिका है। हृदय का रस अमृत-स्नेह से भरा हुआ, खुली नावों-सी आँखें चपल लहरों पर अदृश्य प्रिय की ओर परा और अपरा की तरह बही जा रही हैं।

गत वर्ष कमला का पाणिग्रहण-संस्कार हो चुका है। पर मकान की प्रथा के अनुसार बारात के साथ वह विदा नहीं हुई। अभी पति केवल ध्यान का विषय है, ज्ञान का नहीं। अभी सिर्फ़ सुनती, सोचती और मन-ही-मन प्यार करती है।

कमला के पति पण्डित रमाशंकर वाजपेयी आज दोपहर के समय आए हुए हैं। टेढ़ा के रहने वाले, भाई के जनेऊ में कुछ दिनों के लिए विदा करा ले जाऐंगे। पिता ने भेजा है।

पण्डित रमाशंकर के आने की ख़बर गाँव-भर की युवतियों में तेजी से फैल गई। कमला की सहेलियाँ उसके घर महफ़िल के विचार से चलीं। माता बहाने से दूसरे के घर चली गई। हँसी-मज़ाक, दिल्लगी गूंजने लगी। वाजपेयी जनानखाने में ही आराम कर रहे हैं। दिन का पिछला पहर, तीन का समय है। सखियाँ पान लगाकर देतीं, बुझौवल-कहानियों के लटके कहतीं, अर्थ पूछती हैं। वाजपेयी जी अर्थ जानते हैं या नहीं, नहीं मालूम; जवाब नहीं देते; न झेंपकर झेंपते हैं। "कहाँ तक पढ़े हैं आप?" "कुछ तिरिया चरित्तर भी सीखा है?" "आपकी बहन का नाम?" उत्तर की प्रतीक्षा के बिना प्रश्न होते रहे। वाजपेयी जी के क्षुद्र घट में एक साथ इतना आदि-रस नहीं अट सका, जी उकताने लगा। उधर, वाजपेयी जी का वैसा भरा-पूरा मुँह देखकर रस का सागर उमड़ता गया। छिपने के इरादे उठकर वह बाहर की तरफ़ चले तो कमला से कुछ छोटी रिश्ते की उसकी एक बहन ने फुर्ती से हाथ पकड़कर कहा- "लो, मेरे पान तो अभी आपने खाए ही नहीं; मैं आपकी बहन लगती हूँ (खुलकर हँसी)। देखिए, दीदी और आप एक हैं। दीदी की माँ आपकी माँ हैं, तो दीदी की बहन?" "आपकी बहन हुई।" तीन-चार

सहेलियाँ हँसती हुई एक साथ कह उठीं। वाजपेयी जी ने पान ले लिए, लजाऐ हुए बाहर चले गए।

कमला रामपुर रहती है, छोटा भाई उन्नाव अंग्रेजी स्कूल में पढ़ता है। पिता का देहान्त हो गया है। पिता पण्डित रामेश्वर जी त्रिपाठी, अहमदाबाद में कपड़े की दूकान करते थे। इसी से कुछ धन एकत्र कर लिया था। कमला कभी-कभी माता के साथ अहमदाबाद जाएा करती थी। शिक्षा हिन्दी की मिलती थी। पर मराठी और गुजराती बालिकाओं में रहने के कारण उन भाषाओं पर भी कुछ दखल पा गई है। तीनों भाषाएँ पढ़ लेती, तीनों में पत्र लिख लेती है पिता की मृत्यु के बाद उसका विवाह हुआ। माता ने अच्छा घर, पढ़ा-लिखा वर देखकर विवाह किया। दहेज में तीन हजार रुपये दिए। कमला के पति पण्डित रमाशंकर अंग्रेजी के एम.ए. हैं। इसी साल परीक्षा दी है, अभी फल नहीं निकला।

कमला के पड़ोस में कई घर उसके खानदान के हैं। मकान के मालिक पण्डित शिवराम जी से कमला के पिता की न बनती थी। इसका एक कारण था। कमला की माता ग़रीब कान्यकुब्ज की लड़की थी। बीस साल तक अविवाहित बैठी रही। पिता का देहान्त हो चुका था। माता के पास इतना धन न था कि लड़की की शादी बराबर वाले घर में कर देतीं। कमला के पिता कल्याण-भार्य थे। बिना दहेज लिए उन्होंने कन्या की माता को ऋण मुक्त किया। यह बात उनके खानदान के आदमियों को अच्छी न लगी। इसका एक दूसरा कारण था। कमला के ननिहाल वाले भैयाचार कमला की नानी को ग़रीबी के कारण छोड़े हुए थे कि खानपान रखने से लड़की की शादी करानी पड़ेगी। अलग होने के कारण भी उन लोगों ने गढ़ लिए थे, जिनमें कमला की नानी और कुमारी माता के चाल-चलन में फ़र्क़ मुख्य था। यह सुनकर कमला के पिता-पक्ष के भैयाचार विवाह के समय से अब तक कमला की माता से कोई ताल्लुक नहीं रखते। कमला के विवाह के समय भी नहीं गए। विवाह हो जाने पर वाजपेयी जी से शिकायत करने की ताक लगाए बैठे। सोचा था, कमला का जीवन बर्बाद कर देंगे।

रात एक पहर बीत चुकी। पण्डित रमाशंकर भोजन कर चुके। ऊपर के कोठे पर पलंग बिछा दिया गया था, वहीं लेटे हुए हैं। कमला की माता और कमला का भी भोजन हो चुका।

कमला को अनेक प्रकार की सीख दे, पान और पानी लेकर पति की पद-सेवा के लिए भेजकर, ईश्वर-स्मरण करती हुई माता नीचे अपनी चारपाई पर लेट

रहीं। कमला के मन में माता की शिक्षा, मस्तिष्क में पति-सेवा, आँखों में एकनिष्ठ अचल ज्योति, होंठों पर लाज से मधुर मन्द मुस्कान कपोलों तक चक्राकृति फैलती हुई आत्मा में मृदु प्रणय-भय, पदों में भूषणों की विजय शिंजन। जीने की एक-एक कली पर पैर रखती, रति की मधुर झंकृति रमाशंकर के भीतर एक-एक कमल खिला देती है।

आकाश के चाँद का फूल पृथ्वी पर ज्योतिर्मय परिमल भर रहा है। कोठे के झरोखों से किरणें, अदृश्य अप्सराओं-सी, दो सुहृदयों को प्राथमिक प्रणय के दृढ़ पाश में बँधते हुए देखकर हँसती हुई चली जाती हैं। हवा नीम के फूलों की भीनी महक से दोनों को मौन स्नेह में ढँककर बह रही है। हृदय के रत्नाकर ने आज ही विष्णु को लक्ष्मी दी, लक्ष्मी को विष्णु।

कमला ने जल-भरा ढक्कनदार लोटा और गिलास रख दिया। डिब्बे से निकालकर रमाशंकर को पान दिए। पलकें झुकाए पलंग के एक ओर खड़ी रही। जहाँ कमला का यथार्थ स्थान था-रमाशंकर का स्नेहमय प्रदेश वहाँ से उस प्रान्त में जहाँ रमाशंकर कमला की स्मृति में चमक रहा था, प्रतिध्वनि हुई "बैठो।" स्वप्न-संचलित कमला पैरों की तरफ़ बैठ गई, दबाने के लिए अपनी तरफ़ वाला दाहिना पैर पकड़ लिया, दबाने लगी। झरोखे से चाँद सीधे मुख पर पड़ रहा था, तमाम पलंग चाँदनी से जगमग।

कमला पैर दबा रही है, रमाशंकर एकाएक उस अर्द्धस्फुट कली की नवल मुख-कान्ति पान कर रहा है। प्रति शिरा एक नये जीवन से मज़बूत, उसे अपनी ही दृढ़ता से स्खलित कर दूर, बहुत दूर, सौन्दर्य के उस अपरिचित लोक में पतंग की तरह उड़ा ले गई। आज तक के बन्द अनेक रहस्य द्वार, उस किरणमयी के सौन्दर्य के जादू से गुलशब्बो की तरह खुल-खुल गए।

उसी के प्रकाश से पथ देखता हुआ वह कहाँ-कहाँ हो आया।

कमला को थकी हुई जान यथा समय रमाशंकर उठकर बैठ गया। बड़े स्नेह से हाथ पकड़ चाँद की तरफ़ बैठा लिया। पैर लटकाये मुक्त-ज्योत्स्ना कलित अकल आकाश देखते हुए, एक-दूसरे का हाथ लिए दोनों चुपचाप बैठे रहे। खुले हुए हृदय ने कमला का संकोच दूर कर दिया। प्रणय का मौन स्पर्श दोनों के हृदय को पुलकित करता रहा। भाषा आप बन्द हो गई जैसे शक्ति की चंचलता हो।

मौन स्थिति में रहने की अनिच्छा या परिवर्तन ने दोनों को सृष्टि की चपलता-वाक्य-कलाप, कलियों में उभाड़ दिया।

अनेक बातें हुई, अनेक विश्रृंखल परिणय-प्रसंग छिड़े, रमाशंकर की उतनी बड़ी विद्वत्ता ने कमला को वार्तालाप की बराबर जगह दी, और निस्संकोच कमला उसके सामने ही वाक्पटु रही!

वह रात दोनों को जागते, तरह-तरह की गपशप लड़ाते हुए कटी। वह जागरण की रात्रि भविष्य के जीवन की चिर-स्मरण रात्रि बन गई। चिड़ियों की चहक सुनकर दोनों ने देखा, रात पार हो रही है।

कमला के हृदय में रमाशंकर का कहा हुआ एक वाक्य हमेशा के लिए रह गया- "तुम्हारे बिना मेरे जीवन का अर्थ ही क्या?"

उसी रोज़ दिन में क़रीब ग्यारह बजे एक नाई रमाशंकर के पास ख़बर लेकर पहुँचा। एकान्त में बुलाकर कहा- "चुपचाप चले चलिए। मालिक ने कहा है, विदा कराने की जरूरत नहीं, और इसी दम बुलावा भेजा है!" रमाशंकर के होश उड़ गए, कुछ देर सोचकर पूछा- "इसका कोई कारण भी है?"

"हाँ, विदा कराने पर भैयाचार और नातेदार छोड़ देंगे। बहुत बड़ी बात है। घर चलकर मालूम कीजिए।"

रमाशंकर का एक पेड़ की तरफ़ कुछ कदम बढ़ गया। कहा- "तुमको जो कुछ मालूम हो, कहो।"

नाई ने मुँह बनाकर कहा "भैया, अब घर में सब समझ लीजिएगा। बड़े घरों की बात कौन कहे?"

रमाशंकर का दिल बैठ गया, फिर अदम्य आग्रह से भर गया। उसने कहा- "हम कहते हैं, संकोच छोड़कर कहो।"

नाई लाचार, जमीन पर नज़र गड़ाये कहने लगा- "कल यहाँ के कुछ लोग, इन्हीं के भैयाचार, गाँव गए थे। जगनू बापू, रामकिशोर चाचा, भगवानदीन दादा वगैहरा (ये सब रमाशंकर के भैयाचार हैं, जो जुदा रहते हैं) को अल्ग बुलाकर कहा है कि लड़की काम की नहीं है। कानपुर में किसी मुसलमान..."

रमाशंकर क्षोभ से काँपने लगा। कमला पर क्रोध आ गया।

नाई कहता गया- "अब भैयाचार, नातेदार, सबको मालूम हो गया है। सबकी राय है कि आप चले चलें, फिर जैसा होगा, किया जाएगा। आपकी सास का चाल-चलन अच्छा नहीं, न मायके में अच्छा रहा। सब भैयाचार छोड़े हुए हैं।"

रमाशंकर सोचता रहा। विषय कोई न था, केवल चिन्ता और क्रोध था, जिसका अर्थ था कि स्त्री-जाति कैसी छल से भरी होती है!

प्यार रमाशंकर को बहुत दूर ले गया था। अब हृदय के टुकड़े-टुकड़े हुए जा रहे थे, पर प्रमाण की उसे जरूरत न थी। प्यार प्रमाण नहीं चाहता।

रमाशंकर मकान गया, चुपचाप अपना छोटा सन्दूक उठाकर चल दिया। उसकी सास उस समय कार्य से बाहर थीं।

कमला खड़ी थी। भोली दृष्टि से देखती रही। रमाशंकर सिर झुकाए हुए चला गया।

बिना विदा कराए रमाशंकर का चले जाना सखियों तथा गाँव के लोगों में कमला तथा उसकी माता का बहुत बड़ा अपमान हुआ। सखियाँ कमला के आँसू पोंछतीं, उसे ढाँड्स देती थीं। कुछ दिनों में उसके भैयाचारों की स्त्रियों से उन्हें हाल मालूम हो गया, और उसकी माता भी समाचार पा गई।

कमला कारण सुनकर सूख गई। यह बात बिलकुल झूठ थी। कानपुर में वह अपनी मौसी के यहाँ थी, उसी समय एक रात वहाँ चोरी हुई थी, जिसका अर्थ भैयाचारों ने अपनी तरफ़ से इतना बढ़ा लिया था, और विवाह हो जाने के बाद यह जौहर खेलने का इरादा किए बैठे थे। कमला की माता की दशा थोड़े ही दिनों में सोचनीय हो गई; कमला भी हवा में डोलने-सी लगी।

गर्मी की छुट्टी हुई। कमला का भाई राजकिशोर घर आया। बालक घर की दशा देखकर बहुत घबराया। गाँव के लोग उसे साथ ले वाजपेयी जी के यहाँ चलने लगे। कमला ने रोक दिया। माता को सोचते-सोचते और फाके करते-करते कमज़ोरी से बुखार आ गया। क्रमशः कफ से फेफड़े जकड़ गए, हालत चिन्ताजनक हो गई।

एक दिन बालक राजकिशोर ने गाँव में चर्चा सुनी और उदास होकर, माता के पास जाकर कहा- "अम्मा, वाजपेयी जीजा का दूसरा विवाह हो रहा है। रामअधीन चाचा आज बातचीत करते थे। कोई डिप्टी कलक्टर फतेहपुर के हैं, उनकी लड़की के साथ।" कमला खड़ी थी। माता ने सुना, आँखों में आँसुओं की धारा बँध गई। बोलने की रही-सही क्षीण शक्ति भी जाती रही। उसी सजल दृष्टि से कमला को खड़ी हुई देखती रहीं।

कमला भी इस ग्रीष्म में मरू-निर्झरी-सी अल्प जल हो रही है! माता की दशा देखकर, सिरहाने बैठकर सिर पर हाथ फेरने लगी, बरबस आँखों से आँसू टपकने लगे।

यह कष्ट माता से न सहा गया, उसी रात उनका देहान्त हो गया। गाँव के अपर लोगों की मदद से लाश गंगा पहुँचाई गई। राजकिशोर ने दाह किया।

विवाह के लिए रमाशंकर की इच्छा न थी। उसकी चोट ताज़ी थी। हृदय बैठ गया था। कमला को वह इतना प्यार कर चुका था कि अब विवाह की तरफ़ से बिलकुल वीतराग हो रहा था। मन उड़ा फिरता था। हृदय में जगह न थी, था दर्द, जहाँ उसे केवल कष्ट मिलता था। गाँव में कोई और उसका साथी भी न था, सिर्फ़ बगीचे थे।

डिप्टी-कलक्टर के छोटे भाई वर की तलाश में आए थे। लड़का बहुत पसन्द आया। विवाह पक्का कर गए। रमाशंकर ने पिता की आज्ञा स्वीकार कर ली।

एक रात की बात है। रमाशंकर सो रहा था। स्वप्न में देखा कमला बग़ल में खड़ी है, आँखों से आँसू जारी हैं। उठकर बैठ गया। वह मूर्ति उसकी दृष्टि में लीन हो गई।

कमला की मौसी ख़बर पाकर आई, उसे अपने पास कानपुर ले गई। कुल क्रिया हो चुकी थी। राजकिशोर उन्नाव से सर्टीफिकेट लेकर कानपुर में भर्ती हो गया। दिन, सप्ताह, मास, क्रम-क्रम से जीवन की पूर्ति के रूप से, एकमात्र भाई के स्नेह में, बीतने लगे। कमला का चित्त भी पूर्व-स्थिति के विस्तार को संकुचित करता हुआ अपनी ही हद में आ गया! दुःख का वह रूप नैराश्य के तम में लीन हो अब केवल सुप्ति की तरह जीवन की शान्ति में परिवर्तित हो गया है। अब उसे कोई इच्छा नहीं, उसके प्राणों में कोई रंग नहीं; है केवल तपस्या, जिस पर एक हिन्दू-महिला विश्वास की डोर पकड़े हुए अपना कुल-जीवन न्योछावर कर देती है। पति के प्रति कमला का काम ही क्रोध उभाड़ सकता था, मोह में बदलकर जीवन को कलंकित कर सकता था, पर अब उसका निशान तक न रहा। वह अपनी कुल-प्रथा के अनुसार एक सौभाग्यवती की तरह व्रत-उपवास आदि तथा देवताओं को प्रणाम कर पति तथा भाई की कल्याण-कामना किया करती है। शृंगार में केवल सिंदूर उसे तृप्त कर रखने के लिए है।

एक सीने की मशीन उसने खरीद ली है। रूमाल, कमीज, कुर्ते आदि सीती, कभी कपड़ों पर छापे लगाकर बेल-बूटे काढ़ती है। इसी तरह उसके अवकाश

का समय पार होता है। उसकी मौसी माल बाजार में बेचवा देती। दुकानदार बिक जाने पर दाम दे देते हैं।

कमला जहाँ रहती है, वहीं एक बग़ल में आर्य समाज के मंत्री जी रहते हैं, और एक तरफ़ 'महिला' पत्रिका की संपादिका।

एक रोज मंत्री जी की कुमारी कन्या उससे आकर मिली, अपनी घरेलू सभ्यता के अनुसार थोड़े सामान और भरे-पूरे हृदय से कमला ने उसका स्वागत किया। बातचीत होने लगी।

"तुम बहुत दिनों से यहाँ रहती हो, कल मैंने सुना।" मंत्री जी की लड़की वेदवती ने कहा।

"हाँ, मौसी जी के साथ, कुछ महीने हुए, आई हूँ।" कमला ने नम्र स्वर से कहा।

"तुम्हारा विवाह तो हो गया है?" माँग का सिंदूर देखती हुई वेदवती ने पूछा।

"हाँ।" कमला ने सरल चितवन नीची कर कहा।

"तुम अपने पतिदेव के यहाँ कितने दिनों से नहीं गईं?"

"जब से विवाह हुआ।" उसी सरलता से कमला ने कहा।

"क्यों, क्या अभी तुम्हारा गौना नहीं हुआ?"

"न।" कमला चुपचाप बैठी रही।

तब तक कमला की मौसी भी आ गई, और उसे पड़ोस की प्रतिष्ठित घर की कन्या जानकर एक साँस में कमला के प्रति हुए पाशविक अत्याचार का वर्णन कर गई।

सुनकर गुस्से से वेदवती का चेहरा लाल पड़ गया- "तुम लोग कमज़ोर हो। किस्मत को कोसती हो। मैं होती तो, चपत का जवाब दूने कस की चपत कसकर देती-उन्हीं की तरह अपना भी दूसरा विवाह साथ-साथ करती, ऊपर से न्यौता भेजती कि आइए जनाबमन्, मेरे शौहर से मुलाक़ात कर जाइये। तुम्हीं लोगों ने अपने सिर स्त्रियों का अपमान उठा रखा है।"

कमला अपलक ताकती रही। वेदवती उठकर बाहर की ओर "अभी आती हूँ" कहकर चली गई। 'महिला' की संपादिका कुमारी सुशीलादेवी को साथ लिवा

लायी- “यह हैं। देखो, पतिदेव के पिता जी ने बिना अपराध परित्याग कर दिया। चिरंजीव पुत्र की दूसरी शादी कर दी।” परिचय दिया।

सुशीला बैठ गई। वेदवती खड़ी रही।

“तुम्हारी बातें एक नोट के रूप में 'महिला' में दे दूँ?” सुशीला ने राय ली। “नहीं।”

“ये सब बुरे संस्कार हैं बहन, इन्हें दूर करने की कोशिश ही हमारा धर्म होना चाहिए।”

“पर ये मेरी तरफ़ के बुरे संस्कार नहीं, लिखने के लिए कहने पर साक्षी बनकर मेरी तरफ़ के ठहरेंगे। मैं ऐसा नहीं चाहती।”

“पर मेरा धर्म भी एक है।”

“उसके लिए मुझसे आप राय क्यों लेती हैं। अगर आप लिखेंगी, तो आपसे मेरा विनय-स्नेह उठ जाएगा। क्योंकि आप मेरे संबंध में मेरी मर्जी के ख़िलाफ़ कार्रवाई करेंगी।”

सुशीला एकटक देखती रही। वेदवती भी स्थिर खड़ी सुनती रही। कमला अपने ही विचारों की लय में मौन बैठी और दृढ़ होती रही।

“अच्छा, फिर मिलूँगी, मुझे पाठशाला जाना है।” कहकर वेदवती चली, साथ-साथ सुशीला भी गौर करती हुई चली गई।

दो साल और पार हो गए। कमला के स्वास्थ्य में पुनः भादों की बाढ़ है। भरीपूरी परन्तु समय की तमिस्र तिथि के भीतर, सधी हुई चाल से, ठीक अपने ही समुद्र की ओर बहती जा रही है। राजकिशोर के स्नेह की कमला महिलाओं में सर्वत्र चरित्रबल, आदर्श-प्रीति के कारण सम्मान तथा प्यार की पात्री बन रही है। स्त्रियाँ उसे देवी के भाव से, मन-ही-मन अपना आदर्श मानकर, पूजती हैं।

राजकिशोर अब सोलहवें साल का तरुण, प्रवेशिका परीक्षा का कुशाग्र-बुद्धि विद्यार्थी है। सोलहवें साल में ही वह फूटकर जवान हो गया है। रोज कसरत करता, जोर करने के लिए अखाड़े जाएा करता है। कमला का बाहरी लक्ष्य है भाई और भीतरी पति-धर्म।

प्रातः स्नान करती है, कुछ देर रामायण-पाठ, फिर अपने कार्य में लगती है। रमाशंकर अब उसके लिए कोई बाहर का मनुष्य नहीं, वह अब उसकी आत्मा में

अर्थमय बनकर है। इसलिए अब कामना-जन्य प्रेम का खिंचाव उसके चित्त को हिला नहीं सकता। वह अब सब समय अकाम तपस्या-सी जीवन के कूल पर खड़ी अपने ही रमा-रूप के शंकर-शुभंकर निस्सीम सुन्दर को तन्मय देख रही है।

इसी समय कानपुर में हिन्दू-मुसलमानों में दंगे की बुनियाद पड़ी। एक रोज़ बड़ा हंगामा भी हुआ। दोनों तरफ़ के अनेक घर लुटे, फुंके और ढहा दिए गए। हज्जारों आदमी काम आए। जो हिन्दू-मुसलमानों की बस्ती में थे, उनके घर फूंककर, माल लूटकर, आदमियों को मारकर या जख्मी कर मुसलमानों ने उनकी स्त्रियों को अपने घरों में डाल लिया। ऐसा ही हिन्दुओं ने भी किया। अपने मसरफ़ में न आने लायक जानकर उन्होंने मुसलमानों की महिलाओं का भी वध कर डाला।

दोनों जातियों के लोग अपने-अपने दलों के भूले-भटके, ग़ायब-शुदा लोगों की तलाश में लग गए। उसी समय एक मुसलमान के घर से दो हिन्दू-युवतियाँ बरामद हुई। राजकिशोर हिन्दू-दल में था। निस्सहाय जान अपने घर में जाँच होने तक जगह देने को राजी हो गया, और कमला के पास लिवा लाया।

उन्हें नहला, वस्त्र दे, जलपान करा कमला ने परिचय पूछा। दोनों भले घर की स्त्रियाँ जान पड़ती हैं, बहुत ही दहशत खायी हुई। एक ब्याही हुई घर की बहू-सी है; दूसरी कँवारी। युवती सत्रह साल की, बालिका पन्द्रह साल की है।

बालिका बोली- "यह मेरी बहू जी हैं। मेरे भाई रमाशंकर वाजपेयी यहीं काटन-मिल के बाबू हैं। मेरे पिता का नाम रामचन्द्र वाजपेयी है। भैया का पता नहीं है। पिता जी घर में थे, पर हम लोगों से नहीं मिले। कुछ मुसलमान घर लूटकर हमें अपने साथ ले गए थे।"

कमला चकित हो गई। बड़ी देर तक सोचती रही। फिर राजकिशोर को अलग बुला, सब हाल समझाकर अस्पतालों में पता लगाने के लिए कहा। फिर युवतियों के भोजन पकाने का इंतज़ाम करने लगी। मौसी गाँव गई थीं।

पण्डित रामचन्द्र और रमाशंकर अस्पतालों में मिले। दोनों के सिर पर चोटें थीं। रमाशंकर डेरे जाते समय घायल हुए थे। 4-5 दिन बाद अच्छे हो गए। राजकिशोर स्वयंसेवक की हैसियत से देख आता था, पर अपना परिचय नहीं दिया। युवतियाँ कमला के यहाँ प्रसन्न रहती रहीं। उनका पूरा परिचय तो कमला ने प्राप्त कर लिया, पर अपना पूर्णतः छिपा ये रखा।

पिता-पुत्रों के लिए 4-5 दिनों तक भोजन कमला घर से ही भेज देती थी। उन्हें हाल मिल चुका था कि उनकी बहू और कन्या सुरक्षित हैं। पाँचवें दिन अच्छे होकर वे कमला के घर आए। साथ राजकिशोर भी था।

रमाशंकर तथा उनके पिता से वह सब हाल जिस तरह उनकी महिलाएँ एक मुसलमान के घर से निकाली गई थीं, राजकिशोर ने कहा। वाजपेयी जी ने प्रत्युत्तर में उसका निवास-स्थल पूछा। राजकिशोर ने रायबरेली जिले के धई मुकाम के पास बतलाया।

मकान आ, अपनी महिलाओं को लेकर विदा होते हुए पण्डित रामचन्द्र जी बार-बार हाथ जोड़कर बालक राजकिशोर से प्रार्थना करने लगे "आपने हमारा पूरा-पूरा उद्धार किया है। अब इतनी कृपा और कीजिए कि इस मामले का भेद कहीं खुलने न पावे, नहीं तो हम किसी तरफ़ के न रहेंगे।" रमाशंकर की भी पिता के शब्दों से सहानुभूति थी।

राजकिशोर पृथ्वी की तरफ़ देख रहा था। आँखों से आँसुओं की बड़ी-बड़ी बूँदें टपक रही थीं। कुछ सँभलकर कहा- "नहीं वाजपेयी जी, आप निश्चित रहिए। जैसी हमारी इज़्ज़त, वैसी ही आपकी है।"

पं. रामचन्द्र जी घर गए, तो देखते हैं, उनके जाने से पहले गाँव-भर में उनकी बहू और बेटी की मुसलमान के घर रहने वाली खबर फैल चुकी है। घर में उन्हीं के सगे भाई ने कहा कि घर में अभी आपका रहना नहीं हो सकता, क्योंकि आपके पीछे हम बे-धरम तो हो नहीं सकते, हमारे भी छोटे-छोटे बच्चे हैं, उनके भी जनेऊ और ब्याह हमें करने हैं, सब लोग हमें छोड़ देंगे, तो हम सिर्फ़ आपको लेकर करेंगे क्या...? आप तब तक ढोर वाले घर में रहिए, हम भैयाचारों को बुला लाते हैं।

पं. रामचन्द्र और रमाशंकर बड़े घबराये, पर उपाय न था ढोर वाले घर में गए। शाम को भैयाचारों का जमाव हुआ। सबने राय दी कि "तुम लोग गधे बन गए हो, अब लाख धोने पर घोड़े नहीं बन सकते। इसलिए अब अपना परिवार लेकर अलग रहो।"

लाचार होकर पं. रामचन्द्र जी को अलग होना पड़ा। गाँव में जहाँ उनके प्रबल प्रताप से सभी वर्ण काँपते थे; जिसके मकान में वह पानी पी लेते थे, वह अपने को कृतार्थ, इन्द्र-तुल्य समझता था, उन्हीं वाजपेयी जी के लिए किसी शूद्र का पानी छू लेना दुश्वार हो गया।

इतने अपमान से वह गाँव में न रह सके। अपने पुत्र तथा परिवार के साथ पुनः कानपुर चले गए। दंगे के कारण बहुत दिनों तक व्यवसाय बन्द रहा।

लड़की जवान हो चुकी थी, और भैयाचार छोड़ चुके थे। पता लगाकर विवाह कराने वाले कनवजिए फँस नहीं सकते, इस विचार से एक दिन राजकिशोर के यहाँ गए। बातचीत से मालूम हुआ, वह अभी कुँवारा है, और गोपाल का तिवारी, उनसे कुछ ही हेठा पड़ता है। पर ऐसे विवाह दोष वाले नहीं कहलाते। यह सोचकर वाजपेयी जी ने राजकिशोर से उसके अभिभावक को पूछा। राजकिशोर ने पूछने का कारण पूछा। वाजपेयीजी ने कहा- "तुम्हारा विवाह अपनी लड़की से करना चाहते हैं, रमा कहता है कि बहन को उन्होंने बचाया है, अब उन्हीं से उनका विवाह कर देना ठीक होगा।

राजकिशोर ने कहा- "विवाह की बातचीत मेरे अभिभावक पक्की कर लेंगे, आपको दिक्कत न होगी, पर आप रमाशंकर जी को लेकर कल आइए, मैं अपने अभिभावक से भी कह रखूँगा।"

दूसरे दिन पं. रामचन्द्र तथा रमाशंकर आए। कमला अनावृत-मुख मन्द-पद सामने आकर खड़ी हो गई।

रमाशंकर ने पिता से कहा- "यह तो पं. शिवराम जी की लड़की है!"

कमला ने कहा- "आपकी इच्छा होगी, तो ऐसी स्थिति में मैं विवाह करने को तैयार हूँ, क्योंकि आपको उठा लेना मेरा धर्म है।"

6

श्यामा

पण्डित रामप्रसाद जी पहले पहल सरकारी अंग्रेजी स्कूल में हिन्दी के शिक्षक थे, अब स्थानीय सरकारी कर्मचारी भक्तों के यहाँ रामायण पढ़ते हैं। थोड़ी वैद्यक भी इन्हीं की सिफ़ारिश से जमीदार और ताल्लुकेदारों में चला ली है जब इस तरह आमदनी ज्यादा हो चली, सम्मान बढ़ गया और अवकाश उठती धूप से पेड़ की छाँह की तरह घटने लगा, तब एक दिन शिक्षक वाले सापेक्ष पद के डण्ठल को पके फल की तरह परित्याग कर दिया।

जिन दिनों स्कूल में पढ़ाते थे, बंगला-उपन्यासों के अनुवाद हिन्दी की परती ज़मीन पर, ढाक के झाड़ों की तरह, अविश्राम उग-उगकर छा रहे थे। पति-भक्ति से ओत-प्रोत इन उपन्यासों के प्रति समुदाय का आज से सौ गुण अधिक समादर था। ऐसे-ऐसे उपन्यास खासतौर से बंकिमचन्द्र के पं. रामप्रसाद जी पुस्तकालयों से इसलिए लाते थे कि उन्हीं दिनों आठ सौ रुपये में एक अठारह साल की युवती कन्या मोल लेकर उन्होंने नया विवाह किया था-उसे सुनाते थे।

उन्हीं दिनों बंगला उपन्यासों की बाढ़ से हिन्दी की नयी सन्तानों के नामकरण में भी युगान्तर आ गया था। रामदास, शिवप्रसाद, कालीचरण आदि नामों की पौराणिक पराधीनता बल खाते हुए बंगालियों के वासंतिक बालों से दबकर दम तोड़ रही थी और 'शिशिर' 'विनोद' 'प्रदीप' 'प्रमोद' आदि स्वतन्त्र-पत्रों की तरह वास्तव-साहित्य की डालों, पर घर-घर उग चले थे। बालिकाएँ लक्ष्मी, सरस्वती, गंगा और यमुना आदि की मन्द रूढ़ियों से छूट-छूटकर आशा और लता आदि से ललित, लचीली होकर, साहित्य के विटप से लिपट रही थीं। यह लालच भगवान ही जाने क्यों पं. रामप्रसाद जी भी नहीं छोड़ सके। विवाह के साल ही भर में उत्पन्न हुए लड़के का नाम बंकिमचन्द्र रखा। पर, बड़ा होकर, गाँव जाकर, गाँव वालों के स्वाधीन उच्चारण में, एक ही रोज में, बंकिम बाँके बन गया।

पं. रामप्रसाद जी बाकायदा कर्मचारी भक्त-वृन्दों के यहाँ रामायण पाठ करते हैं, कभी यहाँ, कभी वहाँ। अपने उदात्त व्याख्यानों द्वारा यह विश्वास उन्होंने उनमें जमा दिया है कि रामायण के वर्णन में आया हुआ विहवावलपुर ही आजकल की विलायत है। वहाँ जाने वालों के राक्षसभाव, भोजन-पान तथा संग-संसर्ग आदि दोषों के कारण, चूँकि प्रबल हो जाते हैं, इसलिए करुणा-निधान महाराज श्री रघुनाथ जी उन्हें अपने चरणारविन्दों में स्थान नहीं देते। ऐसे कई और भी महत्त्वपूर्ण अन्वेषण उन्होंने रामायण से किए हैं। वे भक्तगण व्यर्थ के लिए रामायण न सुनते थे। वे पाप करने वाले थे, तरने की आशा रखते थे। वे सब सरकारी नौकर थे, तनख्वाह सौ से सिर्फ़ तीन-चार सौ तक पाने वाले, पर रिश्वत से, धर्म की आम सड़क से उतरकर, अदालत या अपने ऑफ़िस की गली और कूचे में, महीने में हजारों के वारे-न्यारे कर देते थे। अधिकांश ऐसे थे, जो पाप पूरा कर चुके थे, अब पेंशन लेकर, प्रायश्चित्त कर रहे। उन्हीं में से किन्हीं किन्हीं के सुपुत्र विलायत भी गए थे; पर चूँकि विलायत न जाने पर ही पिता ने पापों के हिसाब वाला काफ़ी मोटा खाता तैयार कर लिया था, इसलिए पुत्र के वर्तमान और भविष्य पापों के निश्चय पर उन्हें रत्ती भर शंका न होती थी, पुनश्च उन्होंने किसी निष्काम साधना के लिए पुत्र को विलायत तो भेजा न था। अतः पण्डित जी को कसौटी पर खड़ा पाकर, नाराज होने के बदले सभय प्रसन्न होते थे।

उधर ऐसी व्याख्या करने वाले पं. रामप्रसाद जी, इधर पुत्र को बड़ा होने पर, अंग्रेजी स्कूल पढ़ने के लिए भेजने लगे। बंकिम ने भी दसवीं तक पहुँचकर, नाम के अनुसार, वाममार्ग ग्रहण किया। अर्थात सिगरेट से शुरू कर अण्डे कबाब के प्रवेशिका-द्वार पर पैर रखा। उधर फेल हुआ इधर पास। माता एक साल पहले ही स्वर्ग सिधार चुकी थीं। एक बहन थी सरला, पिता ने नवें साल उसे भी ससुराल भेज दिया था। यदि उच्च कुल होता, तो अब तक बंकिम भी एक बच्चे का बाप हो चुका होता।

बंकिम के आचरणों का पहले पिता को पता न था। जब हुआ, तब बदनामी से डरकर उसे घर भेज दिया।

घर में ताला लगा रहता था। बरसात में कुछ पहले जाकर पं. रामप्रसाद जी मरम्मत करवा आते थे। बग़ल ही एक दूर के भैयाचार रहते हैं। बंकिम को रोटी खिला दिया करते हैं। पं. रामप्रसाद जी का एक बाग़ गाँव में है, कभी-कभी उसका चारा इन्हें मिल जाता है। हिसाब से फ़ायदा रहता है।

आम पकने लगे हैं। शीघ्र पं. रामप्रसाद जी भी आम खाने के लिए आने वाले हैं।

गाँव की हँसती हुई बाहरी प्रकृति से तो बंकिम को बड़ा प्रेम है, पर रूढ़ियों पर चलती हुई लोगों की भीतरी प्रकृति के तद्रूप घृणा। वहाँ का जीवन जैसे मशीन के चाकों की तरह दूसरे ताप से चल रहा हो, स्वयं लौह-खण्ड की तरह निर्जीव, निष्पन्द। इसलिए वहाँ उसका हृदय नहीं मिलता, सभी के लिए हृदय से वह विदेशी बन गया है।

अषाढ़ का महीना, एक सप्ताह बीत चुका है। बादलों के टुकड़े आकाश में क्रीड़ा करते हुए इधर से उधर दौड़ रहे हैं। पलकों को हलकी कर कभी पूरब से पश्चिम कभी पश्चिम से पूरब को, ठण्डी-ठण्डी हवा बह रही है। किसान आमों की अच्छी फ़सल होने से सुखी हैं। सभी के मुरझे कपोलों पर हँसी खेलती है। दो-एक दौंगरे गिर चुके हैं। हल चल रहे हैं, कहीं-कहीं जुवार, अरहर, तिली, बाजरे आदि बोये जा चुके हैं, कहीं बोये जा रहे हैं। छोटे-छोटे कपास के पौधे किसी-किसी खेत में उग रहे हैं। ईख लहरा रही है-उठाई मेड़ें बारिश से कहीं-कहीं छँट गई हैं। देहात बरसात के आगम से प्राणों में सुख स्पन्द पाकर प्रसन्न है। बाग़ों की हरी-हरी घास के मखमली गलीचों पर गाँव के ग़रीब बच्चे छुई-छुअल, गुलहड़, गिली-डण्डा खेलते, अखाड़े गोड़कर कूदते, कुश्ती लड़ते हुए अपने-अपने आमों की रखवाली कर रहे हैं। सुबह से एक पहर दिन तक गाँव के प्रायः सभी बाल-वृद्ध-युवक, किसानों की स्त्रियाँ, आम लेने, पेड़ हिलाने के लिए बाग़ों में ही एकत्र चहल-पहल करते हुए मिलते हैं।

इन्हीं के बीच अपने बाग़ में, आज बंकिम भी बैठा हुआ है। पिता के शासन से घबराकर अपने भविष्य-पट पर अपटु चित्रकार की तरह, पूर्णछवि को खींचने को काँपती, पराङ्मुख तूलिका मानसिक शक्ति से फेरता जा रहा है। उसे इस काम में बड़ी देर हो गई, पर कोई पूरी तस्वीर उसके भविष्य साफ़ल्य-सी सामने न आई। जैसे तट-ज्ञान से शून्य, बीच समुद्र में पड़ा हुआ युवक, दिग्यन्त्र के बिना नाव को इतस्ततः खेता रहता है, इस प्रकार केवल काल्पनिक श्रम वह कर रहा है। उसके घर के लोग बाग़ से आम बीनकर घर चले गए, धीरे-धीरे और लोग भी रात के गिरे आम बीनकर, पकते पेड़ों को हिलाकर, हिस्से लगाकर अपना हिस्सा लेकर पड़ोसियों, हिस्सेदारों के साथ चले गए, बंकिम बैठा सोचता रहा।

मधुर-मधुर हवा के झोंके से चेतना आने पर पलकें खुलीं, तो देखता है, आकाश और पृथ्वी की सजल श्यामलाभा के भीतर, वर्षा की ही नवयौवना स्वस्थ श्याम प्रतिमा-सी, एक युवती-बालिका धीरे-धीरे, असंकुचित मुस्कराती हुई, उसकी तरफ़ आ रही है। बंकिम प्रतीक्षा करने लगा, मन में खोजकर देखा, वह उसे पहचानता नहीं, आवाज़ आई। बालिका बंकिम के बिलकुल पास आ गई, और निस्संकोच वैसे ही बोली- "तुम कहो, तो इधर के गिरे हुए आम बीन लूँ।"

उसके चेहरे की ओर देखकर, उसे ग़रीब किसान की लड़की जानकर बंकिम ने कहा- "बीन लो।"

बालिका धीरे-धीरे चल दी।

चार कदम चली थी कि 'ए'- पुकारकर बंकिम ने पूछा- "तेरा नाम क्या है?" बंकिम की इस बेवकूफ़ी पर शहर के अहमकों की हेकड़ी वाली सुनी कुछ बातें एक साथ उसे याद आ गईं; मन-ही-मन हँसकर, बंकिम को क्षमा कर बोली- "मेरे घर के सामने से तो रोज आते हो, मेरे बाप को नहीं जानते क्या?" कहकर द्रुत लाज के पग एक पकते पेड़ के नीचे जा आम बीनने लगी।

बंकिम को उसका यह वाक्य पूरा रहस्यवाद जँचा। उसका पिता कौन है, उसका घर कौन-सा हो सकता है, जो कई घर गली से होकर निकलते हुए पड़ते हैं, उनमें; यह कुछ बंकिम की समझ में न आया। जो कुछ वह समझ सका, वह बालिका की ही खुली बात का मर्म, उसका निर्भय व्यवहार, उसका अनुपम स्वास्थ्य था। शहर में अनेक पढ़ी-लिखी, विचारों में बड़ी हुई बालिकाएँ उसने देखी थीं। पर इतना आकर्षण उसे उनमें नहीं मिला। इसके चपल लावण्य में वह न समझ सका कि लुभाने वाला, मन को बलात् वशीभूत कर लेने वाला कौन-सा जादू था। बैठा एकटक उसे देखने लगा। बालिका घूम-घूमकर, अच्छे-अच्छे पेड़ों के आम उठाती रही, गति में वह बिलकुल नहीं भटकती, जैसे अच्छे आम वाले पेड़ पहले से पहचानती हो।

देखते हुए बंकिम को स्वभावतः उसके पिता को जानने के बहाने बातचीत करने का कौतूहल हुआ। वह उठकर उसकी ओर चला। बालिका का आँचल आमों से भर चुका था।

"तुम्हारे बाप का क्या नाम है?" पास जाकर अज्ञ की तरह ताज्जुब से पूछा।

बेवकूफ़ समझकर वह फिर मुस्कराई। "क्यों?" खिलकर बोली- "मेरे बाप का नाम सुधुआ है।" कहकर चलने को हुई, तो बंकिम ने सहृदय अज्ञ की तरह फिर पूछा- "तुम्हारा नाम क्या है?" हँसकर, आप ही अपने में हवा की तरह लिपटकर बालिका बोली, "मैं अपना नाम नहीं कहती।" द्रुत फिर खाई की ओर चल दी। बंकिम खड़ा देखता रहा, वह खाई पार कर गाँव को चली गई।

सुबह को दूसरे दिन बाग़ जाते समय द्वार पर ही सुधुआ बंकिम को मिला। पालागन कर आमों के लिए बार-बार विनयपूर्ण प्रशंसा करने लगा कि बड़े मीठे आम कल उसके बाग़ के उसने खाए, ईश्वर करे जल्द उसका विवाह हो घर बहू आए। सिलसिले में यह भी उसने कहा कि अबके तंगदस्त रहने के कारण वह आम मोल नहीं ले सका, नहीं तो बंकिम के बाग़ की बग़ल में ही शुक्लों के 'हज़ारे' में वह कई साल तक एक रुपये का हिस्सा लेता रहा है।

इतनी बात के बाद उससे कुछ बातचीत करना बंकिम का फ़र्ज़ हो गया। उसने पूछा कि इस साल वह तंगदस्त क्यों हो गया और उससे छुटकारा पाने को वह कुछ कर रहा है या नहीं?

किसान अपने दुःख की बात बड़े करुण साहित्यिक ढंग से कहते हैं, यदि कोई सहृदय श्रोता मिल जाऐ। सुधुआ खड़ा था। बंकिम को बैठने के लिए चारपाई डालकर एक बग़ल जमीन पर बैठ गया।

हथेली से अपना सिर पकड़कर कुछ खाँसकर सँभलकर बोला- "महाराज, आठ रुपये बीघे के हिसाब से जिमीदार दयाराम महाराज ने तीन बीघे खेत दिए थे। मैंने कई साल तक खेतों को खूब बनाया, खाद छोड़ी जब खेत कुछ देने लगे, तब परसाल इन्होंने बेदखल कर दिया, पहले इज़ाफ़ा लगान बीघा पीछे पाँच रुपये माँगते थे। अपने पास इतना दम न था। खेत छोड़ दिए। पर किसान जाऐ कहाँ, क्या खाये? फिर उन्हीं जिमीदार दयाराम महाराज के पैरों नाक रगड़नी पड़ी। उन्होंने पाँच रुपये बीघे पर ढाई बीघे का एक खेत दिया। खेत बिलकुल ऊसर है। मैं जानता था। पर लेना पड़ा। खेती न करें, तो महाजन उधार नहीं देता। भूखों मरा नहीं जाता। खेती में साढ़े बारह का पूरोपूर डाँड़ पड़ गया, कुछ न हुआ। एक बैल था, साझ में जोत लेते थे, वह भी मरा, इधर श्यामा की अम्मा थी, वह भी भगवान के यहाँ गई। परमात्मा ने सब तरफ़ से बैठा दिया। अफ़सोस अफ़सोस मुझको भी दमा हो गया है, काम होता नहीं। उस किस्त का किसी तरह पाँच रुपया चुकाया था। अबके कुछ भी डौल नहीं। बरखा आ गई। छप्पर वैसा ही

रखा है। कहाँ से पैसे आवें, जो छाया जाऐ! मेहनत-मजूरी का बल नहीं है। श्यामा दूसरे की पिसौनी करती है, तब दो रोटी तीसरे पहर तक मिलती हैं।"

बूढ़े सुधुआ को जोर की खाँसी आ गई। घर के भीतर चक्की चल रही थी। जब सुधुआ सँभला, तब बंकिम उठकर खड़ा हो गया। ऐसी स्थिति में वह क्या कर सकता है, उसकी समझ में न आया। सुधुआ भी केवल करुणा प्राप्त करने के सिवा उससे दूसरी मदद न चाहता था। वह भी जानता था, यह अभी खुद अपने मुख्तार नहीं हैं। इसी समझ और सहानुभूति के भीतर बंकिम ने आज भी आम ले जाने के लिए श्यामा को भेज देने को सुधुआ से कहा। विनयपूर्वक सुधुआ ने स्वीकार कर लिया। कहा- "अभी पीसती है; उठेगी, तो भेज दूँगा।"

बंकिम बाग़ चला गया। वहाँ से दूसरे दूसरे बाग़ों में टहलता हुआ लड़कों से पूछ-पूछकर अच्छे-अच्छे पेड़ों के आम खाने लगा। निगाह अपने बाग़ की तरफ़ रखी।

बड़ी देर हो गई। दूसरे बाग़ों से वह अपने बाग़ में आ गया। उसके भैयाचार घर के लड़के आम बीनकर बाग़ से चले गए। और लोग भी धीरे-धीरे जाने लगे। क्रमशः बारा खाली हो गए। बंकिम बैठा श्यामा की राह देखता रहा, पर वह न आई।

एक-एक बार गाँव के रास्ते की तरफ़ देखकर, अन्त में हताश होकर बंकिम खुद अपनी प्रतिज्ञा पूरी करने को चला। तुख्मी सुफेदे का एक पेड़ खूब पक रहा था। चढ़कर एक डाल हिलायी। उतरकर आम बीन लिए। एक डाल तुख्मी दसहरी की हिलायी। कुछ शरबती के आम गिराये, कुछ शाहाबादी के। धोती का छोर फैलाकर सब बाँध लिए। उसके ले जाने-भर को हलका खासा बोझ हो गया! धोती चोपी से भर गई। कुर्ते में भी दाग़ लगे, पर इसकी चिन्ता न की। कन्धे पर रखकर ले चला। साधारण किसान को इस तरह एक ब्राह्मण का आम ले जाकर देना कहाँ तक ठीक है, उसने कभी नहीं सोचा। उसे इस तरह ढोकर आम देते हुए देखकर लोग क्या सोचेंगे, उसे अनुभव न था। जब द्वार पर आम ले जाकर पहुँचा, तो देखता है, जमीदार के दो सिपाही दोनों तरफ़ से सुधुआ के कान पकड़े हुए डेरे की ओर लिए जा रहे हैं, श्यामा सजल आँखों से एकटक पिता को देख रही है। आम क्या करे, बंकिम कुछ सोच न सका, जैसा पहले सोच रखा था, उसी के अनुसार, जैसे नियन्त्रित यन्त्र हो, श्यामा के सामने गाँठ खोलकर कुर दिया। इस समय एक सिपाही ने फिरकर देखा।

एक सहृदय मनुष्य को देख दुखी श्यामा ने कहा- "मेरे बापू को पकड़े ले जा रहे हैं, मारेंगे, तुम बचा लो!"

सुधुआ की वैसी दशा देखकर सिपाहियों पर बंकिम को गुस्सा आ गया था। कड़ेपन से पूछा- "क्यों मारेंगे?"

"साढ़े सात रुपये लगान के बाक़ी हैं।" कहकर आँचल से श्यामा ने आँसू पोंछ लिए। बंकिम झपटता हुआ चला गया।

बंकिम के पास रुपये न थे। हाथ में एक अँगूठी सोने की थी। उस पर कुछ कीमती एक नग था। पिता से उसने सुना था, अँगूठी दो सौ रुपये की है। भैयाचार के घर रुपये देने के सिवा पाने की आशा न थी। निकट ही दूसरे गाँव में एक अच्छे महाजन थे, उनका नाम उसने गाँव में सुना था कि मालदार आदमी हैं। सीधे उन्हीं के यहाँ गया। उन्होंने बड़ी देखभाल के बाद कहा- "आप हमारे मित्र पं. रामप्रसाद जी के लड़के हैं, आपको ज़रूरत पड़ गई है, इसलिए हम तीस रुपये आपको देते हैं, यों हमारी निगाह इसमें दस रुपये से ज्यादा का सोना नहीं, और नग के लिए चार-पाँच जोड़ लेते हैं।" नग के हीरे से एक शीशे को खरोचकर, हीरे की पूरी परीक्षा कर उन्होंने कहा। बंकिम को लगा तो बहुत बुरा, पर उपाय न था। वह उस अँगूठी की कीमत से सुधुआ का दारिद्रय भी दूर कर देने का हौसला लेकर गया था। सोचा था, बेचकर, लगान चुकाकर, गाँव से भागने का सिर्फ़ रास्ता-खर्च लेगा, बाक़ी सब सुधुआ को देकर गाँव के कसाई जमीदार को समझा दिया जाएगा कि गरीब किसानों को किस तरह प्यार करना धनी कहलाने वालों का धर्म होता है। पर आशा की वहाँ जड़ ही कट गई। अँगूठी रेहन कर, सिर्फ़ तीस रुपये लेकर वह तेज कदम सीधे डेरे को गया।

तब तक वहाँ सुधुआ की सब दशा हो चुकी थी। बेंत की मार से उसकी पीठ फट चुकी थी। नीम के पेड़ के नीचे बेहोश होकर मुँह के बल पड़ा था। मुश्कें बँधी थीं।

सामने गलीचा-बिछे तख्त पर जमीदार दयाराम दोहरे के बाद तम्बाकू खाने का उपक्रम कर रहे थे। गाँव के भले आदमी कहलाने वाले प्रायः सभी लोग चारपाइयों पर बैठे बलि के बकरे की निगाह से मालिक दयाराम की ओर देख रहे थे। दोनों सिपाही तख्त के सामने लट्ठ लिए हुए खड़े थे।

सुधुआ को देखकर बंकिम को कुछ क्षण काठ-सा मार गया। निश्चल देखता रहा। फिर आगे जमीदार की ओर बढ़ा। जमीदार लोग व्यवहार कुशल होते ही हैं,

फिर दयाराम पर विद्या ने भी ठेठ-ज़मींदारों पर की-सी दया नहीं की-अपना काम और अदालत के काग़ज़ात यह आप देख लेते हैं। आदर से बुलाकर, बैठाकर, आने का कारण पूछा।

"आपने इसे मारा क्यों?" बंकिम ने पूछा।

"भाई मेरे, तहसील-वसूल का तो यह कायदा ही है। ये मारे न जाऐं, तो न इनके रुपये वाले गड्ढे से मिट्टी हटे, न लगान दें।" दयाराम हँसने लगे।

"आप जानते हैं। इसने इस साल आम भी नहीं लिए, इसके पास एक रुपया भी न था।" तेज गले से बंकिम ने कहा।

"ये सब चकमे हैं। बाहरी ऐसा रूपक न बाँधे, तो भीतर की बात खुल जाऐ।" दयाराम ने जनता की तरफ़ रुख करके कनखियों से राय ली।

एक ही अर्थ की भिन्न-भिन्न अनेक ध्वनियाँ हुई, "मालिक को सब मालूम है।" "जैसे पेट की बात ताड़ लेते हैं।" "तभी तो भगवान ने भागवान बनाया है।" आदि-आदि।

प्रसन्न होकर उन्हीं लोगों से दयाराम फिर कहने लगे, "अभी यह लड़के हैं, दुनियादारी का हाल तो कुछ मालूम है नहीं, स्कूल में पढ़ते हैं बस, भड़क गए।"

बंकिम को असह्य हो गया। बोला- "आप लोग मज़ाक़ करते हैं, उधर उसके मुँह में चुल्लू-भर पानी छोड़ना भी रोक रखा है, वह मर रहा है, आप लोग दुनियादारी समझा रहे हैं।"

"आपकी इच्छा हो, तो घड़ों पानी उसके मुँह में छोड़िए, पर रुपया भी आप देंगे, या सिर्फ़ पानी छोड़ने के लिए आए हैं?" कुछ गर्म पड़कर कुछ मज़ाक़ के स्वर से दयाराम ने कहा।

साथ ही गाँव के और उनके भक्त लोग कह उठे- "मालिक की बात, रुपया कौन गाँठ खोलकर देता है?"

बंकिम आग हो गया। उसी तरह गर्म होकर पूछा- "कितने रुपये हैं आपके?"

"साढ़े सात।" हँसकर दयाराम बंकिम की ओर देखकर बोले- "देते हैं आप?" "हाँ, ये लीजिए।" आठ रुपये बंकिम ने तख़्त पर रख दिए कहा- "अब लिख दीजिए, चुकता रसीद सुधुआ के नाम।"

गाँव के लोग एक-दूसरे को खोद-खोदकर मुस्कराने लगे, जिसका मतलब होता है-कैसा बेवकूफ़ है यह। एक बार दयाराम को भी आश्चर्य हुआ। पर फिर उन्होंने रुपये बजाकर अठन्नी वापस कर दी और एक चुकता रसीद लिखा दी।

"यहाँ पर बहुत-से लोध हैं, इनसे कहिए, सुधुआ को इसके घर उठाकर रख आवें।" बकिम ने कुछ विनयपूर्वक कहा। दयाराम के दिल में बात बैठ गई। उन्होंने दो लोधों को रख आने की आज्ञा दे दी। बेहोश सुधुआ के साथ बंकिम डेरे से चला गया।

"मालिक, अभी तक झमेले में मुझे याद न थी।" एक सिपाही ने कहा।

"क्या?" दयाराम ने हँसती आँखें उठकर देखा।

"आज यह बाग़ से गट्ठर-भर आम खुद लादकर सुधुआ के घर लाये थे।"

"अच्छा!"

"हाँ, मालिक।"

"क्यों जी देवीदयाल, (देवीदयाल गाँव के एक गण्य ब्राह्मण हैं।) यह क्या बात है?"

"अब क्या कहा जाऐ मालिक?" दूर मर्म तक ध्वनि को पहुंचाकर देवीदयाल हँसने लगे। वे दोनों लोध सुधुआ को छोड़कर लौट आए। इनसे दयाराम ने पूछा- "क्यों रे, बाँके तुम लोगों के साथ गए थे, किधर गए?"

"वहीं उसकी दवा दारू का इंतजाम करने को रह गए हैं।" हाथ जोड़कर एक ने कहा। दूसरे ने 'हाँ मालिक' कहकर गवाही दी।

"क्यों देवीदयाल, तुम लोग तो ब्राह्मणों के सिरमौर हो, गाँव में कुछ समझ में आती है-क्या बात है?"

"बात ऊपर रखी है। महा गँवार भी समझ जाऐ।" पं. देवीदयाल विशेष रूप अन्तर्मुख हो गए।

"तो समझ ही से सब हो जाएगा? आज समझ गए, कल पानी पियोगे, परसों एक साथ पूड़ी खाओगे, तो ठीक होगा?" निरीक्षक की दृष्टि से देखकर दयाराम ने पूछा।

देवीदयाल पहले तीन बिस्वे वाले कनवजिए थे, अब तेरह बिस्वे वाले बनकर गाँव के ब्राह्मणों में सिरमौर हैं। कहा- "पहले तो नीचे नीचे से चलना चाहिए,

फिर ऊपर आप बंध जाएगा, इन लोधों से पूछिए, हुक्के के लिए क्या कहते हैं-देंगे सुधुआ को हुक्का?"

"क्यों रे, तुम लोग क्या कहते हो? बात कुछ आती है समझ में?" अपनाते हुए दयाराम ने पूछा।

"अब भी कुछ बाक़ी समझने को रह गया है मालिक? कल से हुक्का-पानी कोई देगा तो आप भुगतेगा।" लखुआ ने पूरे आत्मसंप्रदान के स्वर से कहा। फिर गाँव के झींगुर, बुलाकी, नथुनी आदि लोधों से अपने-अपने टोले में मना कर देने को कह दिया। सब लोध सच्चे डपोरशंख की तरह मुख बाये, समझकर सिर हिलाकर राजी हो गए।

देवीदयाल ने कहा- "इन सूदों का कौन भरोसा, कहो चुल्लू-भर में लुटिया डुबो दें।" लखुआ तेज आँखों से देवीदयाल को देखकर बोला- "सुनो महाराज, हम बाँभन नहीं हैं, जो कुरमी-काछी, तेली-तमोली, सबकी पूरियों में पहुँचा पेल दें। हम हैं लोध-लोध का बच्चा कभी न कच्चा। अब खरी न कहलाओ। रूका बुआ को लोगों ने पकड़ा, सबने छोड़ दिया, फिर तुम्हीं पिलकर सत्यनारायण की कथा में खा आए।" कहकर सदर्प आँखें फेरकर जमीदार को भक्ति-भाव से देखने लगा। पं. रामप्रसाद जी गाँव आने वाले थे, आज आ गए। घर पहुँचकर सुना कि बंकिम के संबंध में कोई मामला डेरे पर चल रहा है। उसी वक़्त डेरे चल दिए। पं. रामप्रसाद को देखते ही देवीदयाल ने धीरे से कहा- "अब गठ गया मामला, यह भी सपूत की करनी अपनी आँखों देख लें।"

सब लोग स्तब्ध हो गए। जमीदार ने आदर से बैठाया। फिर नमस्कार आदि के बाद कुशल तथा लखनऊ के हाल पूछने लगे।

पं. रामप्रसाद जी अपने सम्मान के विचार में गम्भीर होकर बोले- "सब कुशल है। इधर शिष्य के यहाँ विवाह था, न्योते पर जाना ही पड़ा। वह डिप्टी कमिश्नर है। विवाह के समय भाषण करने के लिए कहा। हमने सोचा, विवाह का समय है, किस विषय पर भाषण करें? फिर ब्रह्मचर्य विषय पर कहा।"

रामप्रसाद जी डब्बे से पान निकालकर जमीदार साहब को देने लगे। उन्होंने सिकुड़कर मुलायम-मुलायम जवाब दिया कि "देवीदयाल जी गाँव के मान्य हैं, इन्हें पहले दीजिए।"

पं. रामप्रसादजी ने देवीदयाल की ओर हाथ बढ़ाया। उन्होंने कहा- "अभी स्नान नहीं हुआ। आप मालिक को ही दीजिए।"

रामप्रसाद जी ने फिर मालिक की तरफ़ हाथ बढ़ाया। उन्होंने पान ले तो लिए पर सामने के एक काग़ज़ के टुकड़े में लपेटकर रख दिए।

गाँव वालों के ऐसे स्वभाव से पं. रामप्रसाद जी का काफ़ी परिचय था। वह कई बार गाँव को ब्रह्मभोज वाली गुनहगारी अकारण दे चुके थे। स्वयं अच्छे ब्राह्मण न थे। प्रायः लोग पैरों पड़ते थे। इसलिए मन ही मन घबराये। सोचा, शायद बंकिम की सिगरेट वाली बात खुल गई। इधर एक आदमी को जमीदार साहब ने एकान्त में बुलाकर सुधुआ का मकान देख आने के लिए चुपचाप भेज दिया। वहाँ बाँके है या नहीं, वह देखकर बतलाये। फिर बैठकर फ़ालतू बातचीत करने लगे।

लौटकर आदमी ने संवाद दिया कि बाँके वहीं पर है। तब अपने लोगों के साथ रामप्रसादजी को एक आवश्यक दृश्य दिखलाने के उत्साह से लेकर जमीदार साहब सुधुआ के मकान की तरफ़ चले। रास्ते में कहा- "आज सुधुआ की तरफ़ से साढ़े-सात रुपये लगान के बाँके ने दिए। गाँव में लेन-देन करने के इरादे पर शायद आपने बाँके को भेजा है?"

पं. रामप्रसाद जी सूख गए कि यह माजरा क्या है। प्रकाश्य बोले- "हमने तो ऐसी सम्मति उसे नहीं दी, उसके पास रुपये भी नहीं थे।"

अब तक सुधुआ का घर भी आ गया। भारतीय किसानों के घर में दरवाजे नहीं होते। सिर्फ़ टट्टर रहता है। रात को भेड़िए से बकरियों को बचाने के लिए एक डण्डे से बाँध दिया जाता है। फिर शूद्र के मकान में प्रवेश के लिए आज्ञाविशेष आवश्यक नहीं। दरवाजा खुला था, सब लोग जूते समेत भीतर घुस गए। साथ-साथ पं. रामप्रसाद जी भी गए।

जब रामप्रसाद जी ने बंकिम को देखा, उस समय श्यामा पिता का शीश गोद में लेकर कुछ उठाये हुए बैठी थी, बंकिम पड़ोस के गाँव से दवा ले आया था, झुककर मुँह में डाल रहा था। कुछ झुकी हुई श्यामा करुणा-दृष्टि में पिता को देख रही थी। श्यामा और बंकिम एक ही लक्ष्य पर एकाग्र थे। कभी-कभी श्यामा के बाल, कभी-कभी कपोल और मुख बंकिम के गालों से छू जाता था। सुधुआ के जबड़े जकड़ गए थे, दोनों खोलकर दवा पिलाने के प्रयत्न में थे। यहाँ ब्राह्मण और लोध में सामाजिक जितने स्तरों का भेद है वह न था। लोग खड़े यही देख रहे थे। लोगों की निगाह में श्यामा और बंकिम के सामीप्य का जो अर्थ था, उसके साथ सुधुआ का सहयोग बिलकुल न था। वह मर रहा है, लोग यह नहीं देखते थे,

वह क्या कर रहा है, इसका दूरान्वय कर रहे थे। प्रकट सत्य को छोड़कर अप्रकट तत्त्व को पहुँचे हुए थे। आँगन के दूसरी ओर वाले छप्पर के नीचे रोगी की सद्यश्श्रुत पतझड़ के पत्र-सी जीर्ण शय्या थी। श्यामा और बंकिम अपना उत्तरदायित्व पूरा कर रहे थे। लोगों की आहट नहीं सुनी।

जब बंकिम दवा पिला चुका और साश्चर्य परीक्षक की दृष्टि से देख रहा था कि दवा मुँह से निकली आ रही है, उसी समय पिता की नीति धर्म से गुरु वज्र गर्जना सुनी- "क्यों चमार, धर्म को धोकर पी गया?"

पिता के हितकर उपदेश से ताड़ित अनेकोनेक भावनाओं की तड़ित् बंकिम की नसों में तेज़ बह चली। अपनी स्थिति मनुष्यता की क्षिति पर खड़ा होकर अच्छी तरह समझा दे, यह इच्छा बदलती हुई मानसिक दृश्य को बल पहुँचाकर केवल शक्ति बन गई-वह कुछ कह न सका, जो कुछ कहने को चला था, उसी ने रोक दिया।

पुत्र को चुपचाप खड़ा हुआ, तब तक भी निकलता न देखकर रामप्रसाद जी बिना रोटी के तवे-जैसे उसी की आग से, तप उठे, और पार्वत्य निर्झर की तरह प्रखर शब्द-गर्जन-स्वर से उस क्षुद्र उपल-खण्ड पर टूट पड़े। जब वह अपनी भाष्य और भाषण उभय प्रकार की शक्तियों से पुत्र के विरुद्ध युद्ध कर रहे थे, उसी समय सुधुआ स्वर्ग सिधार गया। श्यामा पिता को हिला हिलाकर ऊँचे स्वर से रोने लगी।

पूरी घृणा से पुत्र को सुनाकर कि उनके घर में अब उसके लिए जगह नहीं है, पं. रामप्रसाद जी वहाँ में निकल गए। साथ-साथ ज़मीदार तथा गाँव के और लोग भी 'बड़ा बेहया-नालायक है' कहकर चल दिए। लोध की लाश से ब्राह्मणों को क्या सहानुभूति ? वह तो उनके छूने लायक है नहीं। उसके संबंध में लोध सोचेंगे।

जो लोध वहाँ थे, वे चलते हुए। सीख दे देने की तर्जना श्यामा को सुना गए। वे जमीदार के किसान हैं। जमीदार खेत-पात देने के उनके काम आ सकता है। सुधुआ की लाश से उन्हें क्या लाभ? फिर जब मालिक खुद नाराज़ हैं और श्यामा अपनी राह पर नहीं।

बंकिम के कहने पर श्यामा गाँव-भर की बिरादरी को पिता का मृत्यु-समाचार दे आई, देर तक प्रतीक्षा करती रही, पर कोई न आया। तब बंकिम ने कहा- "जान पड़ता है, कोई न आवेगा।"

बंकिम ने जिस काम का श्रीगणेश किया था, सोचा उसे पूरा किए बिना बाहर न जाएगा, आख़िर पिता जी ने तो घर से निकाल ही दिया है। जब यथार्थ बात के समझदार यहाँ नहीं, तब यहाँ रहकर होगा क्या? मन साथ-साथ श्यामा के लिए भी सोचता इसका क्या होगा? इसे भी तो भैयाचार छोड़ चुके हैं।

"अब शायद कोई न आवेगा बाबू!" श्यामा ने पहले पहल बंकिम को संबोधन किया।

"यही मैं भी सोचता हूँ श्यामा!"

"तो अब क्या होगा?" निराशा की साक्षात् प्रतिमा ने जैसे कहा।

"अब तो हमीं-तुम हैं?"

"हम-तुम कैसे लहास गंगा ले चलेंगे?"

"लाश गंगा पहुँचाना कठिन है। श्यामा, तुम्हारी शादी हो चुकी है?"

"हाँ।"

"तुम्हारी ससुराल यहाँ से कितनी दूर है?"

"वह है जगतपुर में।"

"तो वहाँ से मैं तुम्हारे शौहर और ससुर को बुला लाता हूँ।"

"वहाँ अब कोई नहीं!"

"क्यों कहाँ हैं?"

"भगवान के घर!"

"तुम्हारा शौहर?"

"वह भी जब सात साल के थे, चले गए। सास है, उसने घर-बैठा कर लिया है।"

"तो तुम कहाँ जाओगी श्यामा? मेरे पिता जी ने मुझे घर से निकाल दिया है, तुम सुन चुकी हो, अब मेरे लिए घर में जगह नहीं है, आज ही रात आठ बजे वाली गाड़ी से मैं कानपुर चला जाऊँगा।"

सुनकर, सजल आँखों से बढ़कर, श्यामा ने बंकिम का हाथ पकड़ लिया- "मुझे भी ले चलो बाबू, तुम्हारे बर्तन मलकर दो रोटी खा लूँगी, यहाँ मैं नहीं रहना

चाहती।" बंकिम चुपचाप खड़ा रहा। न-जाने कहाँ से एक शक्ति ने आकर उसे उभाड़ दिया। कहा- "अच्छा! सुनो, फावड़ा ले आओ। अब और जगह नहीं। तुम्हारे पिता को यहीं रखेंगे।"

श्यामा ने फावड़ा निकालकर दिया। बंकिम लाश के बराबर लम्बी जगह अन्दर जाकर खोदने लगा। पहले कुछ देर तक श्यामा देखती रही, फिर दुःख में भी मुस्कराकर आकर फावड़ा पकड़ लिया। बोली- "तुमसे नहीं बनता, मुझे दे दो।"

बंकिम हाँफने लगा था। फावड़ा दे दिया। कोंछी का काँछा मारकर श्यामा खोदने लगी। बकिम कुछ दम लेकर बोला- "तुम्हें आदत है, तुम खोदो। तब तक मैं कफ़न खरीद लाऊँ।" कहकर वह पास के गाँव चला गया।

आज इस रास्ते लोधों का निकलना बन्द है। जमीदार डेरे पर यह कहकर गाँव गए हैं कि- "जब तक दोनों हमारे पास न आवें, और माफ़ी न माँगे, तब तक कोई इनसे बातचीत न करे।"

जब बंकिम श्यामा के पास आया, तब गड्ढा तैयार हो चुका था, सुन्दर खुदा था। एक बार खड़े-खड़े बंकिम ने देखा। फिर कहा- "श्यामा, अब तुम दो घड़ा पानी ले आओ। लाश को रखकर एक में तुम नहा लेना, एक में मैं।"

"लोहे का एक ही घड़ा है।" विनम्र स्वर से श्यामा ने कहा।

"मिट्टी, लोहे किसी के भी हों, पानी ले आओ।"

श्यामा एक मिट्टी और एक लोहे का घड़ा लेकर पास के खेत वाले कच्चे कुएँ से पानी लेने चली। तीन-चार स्त्रियाँ खेत में मिलीं, देखकर आपस में बतलाने लगीं- "ऐसा जगुआ गाँव में अब तक तो किसी ने न किया था। एक यही नोखे की जवान हुई है!"

श्यामा के कानों में आवाज़ पड़ी, पर पलकें झुकाकर चली गई। मन में कहा- "ये अपने काम आने वाली पड़ोसिनें हैं?"

घड़े भरकर लौट आई। तब बंकिम ने लाश उठाने के लिए बुलाया। पैरों की तरफ़ श्यामा ने पकड़ा, सिर की तरफ़ बंकिम ने। मौन कपोलों से बह-बहकर श्यामा के आँसू पिता के चरणों को धो रहे थे। दोनों ने लाश को नया कफ़न पहना, ढँककर, गड्ढे में रख दिया, फिर मिट्टी छोड़ने लगे।

यह काम पूरा कर बंकिम ने कहा- "श्यामा, अब सूरज डूब रहा है, हमको जल्दी करनी चाहिए। तुम्हारे यहाँ क्या-क्या है?"

"हल है, माची है, सेरावन है, और पुर-बरेत, हँसिया, गड़ासा, कुल्हाड़ी, यही खेती का सामान है और दो लोटे, दो थाली, तवा-चिमटा, एक कराही, एक कलछुल, एक घड़ा लोहे का, रस्सी और जाँत।"

"अच्छा, नहा लो, फिर गीली धोती में बरतन बाँध लो। मैं इधर को मुँह किए बैठा हूँ। फिर मैं भी नहा लूँ। जल्दी चलें नहीं तो फिर गाड़ी न मिलेगी।"

बंकिम मुँह फेरकर बैठ गया। श्यामा नहाने लगी। लोहे के घड़े वाला पानी बंकिम के लिए रख दिया। फिर बंकिम नहाया। श्यामा गीली धोती में बरतन बाँध ने लगी। नहाकर, उसी धोती को निचोड़कर बंकिम ने पहना।

अँधेरा हो गया था। स्टेशन क़रीब ही डेढ़ मील पर था।

बरतन वाला गट्ठर बंकिम उठाने लगा, तो श्यामा ने रोक लिया। कहा- "मुझे तो आदत है मेरे सिर रख दो।" बंकिम ने रख दिया।

बाक़ी लावारिस सामान जमीदार के लिए छोड़कर उस संध्या नें दोनों हमेशा के लिए गाँव से निकल गए।

बंकिम कानपुर आकर एक धर्मशाला में टिका। वहाँ से पता लगाकर आर्य समाज के मंत्री सत्यप्रकाश जी से मिला। सत्यप्रकाश जी ऊँचे दर्जे के शिक्षित, प्रभावशाली मनुष्य हैं, अभी तक विवाह नहीं किया, करने का इरादा भी नहीं। बंकिम की कथा सुनकर हँसे। सामाजिक ऐसी अनेक प्रकार की व्याधियों की वह चिकित्सा करते रहते हैं, इसलिए अविश्वास नहीं किया। बल्कि सुनकर प्रोत्साहन देते हुए सब प्रकार की मदद करने को तैयार हो गए। उन्होंने बंकिम को अपने यहाँ बुला लिया, और एक दिन आर्य-समाज में दोनों का विवाह कर दिया। बंकिम के वीरोचित कार्य से वह इतने प्रसन्न हुए कि अपने वकील और कर्मचारी मित्रों से कहकर खर्च के लिए प्रतिमास तीस रुपये चन्दा करा दिया, पन्द्रह स्वयं देते रहे, और उसे वहीं स्कूल में भर्ती कर दिया। बंकिम और श्यामा की क़रीब बराबर उम्र थी। बाप का इकलौता लड़का होने के कारण अच्छी तरह पला था, जल्द तगड़ा, जवान हो गया था। संसार के एक ही प्रहार से पूरा परिचय हो गया था। वह जी तोड़कर पढ़ने में श्रम करने लगा। सत्यप्रकाश जी स्वयं तत्परता से उसे पढ़ाते थे। अपने में मिला लिया। श्यामा के भी पढ़ने और दस्तकारी सीखने का प्रबन्ध हो

गया। कई साल हो गए, बंकिम अपने गाँव नहीं गया। वहाँ कितना परिवर्तन हो गया, पर गाँव के लोग अपने स्वभाव से जहाँ थे, वही ठहरे हुए हैं। अत्याचार उसी प्रकार होते हैं, प्रतिकार का मार्ग वैसा, ही रुका है। पं. रामप्रसाद जी ने फिर बंकिम की कोई खबर नहीं ली, मरते-मरते मर गए।

रामप्रसाद जी का देहान्त होने पर जमीदार पं. दयाराम ने बाग़ में अपना क़ब्ता कर लिया। जो पड़ोसी भैयाचार थे, उन्हें बाहर से उन्होंने भैयाचार स्वीकार ही न किया। गाँव वालों को सिखला दिया कि कोई भैयाचार न कहे। घर में भी अपना क़ब्ज़ा कर लिया। वहीं अपने बैल बँधवाने लगे। साल-भर से बाग़ के आम-महुए वही बिनवा रहे हैं। पहले भैयाचार ने जबानी खुशामद की, पर दयाराम न पसीजे, तब दावा कर दिया। उधर रामप्रसाद जी की लड़की को भी कई महीने बाद पिता के गुजरने का संवाद मिला। वह दूर दूसरे जिले में ब्याही थी। अब उसके एक लड़का था। सरला पति और पुत्र के साथ जमीदार से मिली और नाना की सम्पत्ति नाती को देने की बड़ी आरजू-मिन्नत की, पर जमीदार ने कहा- "हम दूसरे गाँव में रहते हैं, हमको कुछ पता नहीं, आप उन्हीं की लड़की हैं, आप अदालत से ले लीजिए।"

फलतः नाबालिग बच्चे के वली ने अदालत में दरख्वास्त दे दी। भैयाचार को भी इससे अपने हक़ के लिए लड़ने की हिम्मत हुई। इधर जमीदार दयाराम ने इन सबको उठल्लू और बाग़ को लावारिस साबित किया। कई महीने तक अदालत चली। जमीदार के गवाह सबसे मजबूत थे। नाती के सबसे कमजोर।

दयाराम चारों ओर से चौकस रहते थे। एक पेशी को गए, तो मालूम हुआ, नातीपक्ष वाले रिश्वत की पूरी तैयारी से डिप्टी साहब से मिलने गए हैं, क्योंकि अदालत के गवाहों की कमजोरी उधर रुपये से पूरी करेंगे। दयाराम चलते-पुर्ज आदमी थे। शहर से बात-की-बात में सौ रुपये की डाली खरीदकर लगवा ली, और डिप्टी साहब के बंगले पर पहुँचे। देखा, वास्तव में नातीपक्ष वाले डटे थे। डिप्टी साहब बाहर निकलने वाले थे। दोनों पक्ष एक-दूसरे को घूरते हुए स्वागत के लिए प्रतीक्षा कर रहे थे कि डिप्टी साहब अपनी धर्मपत्नी के साथ बाहर निकले। सब लोग खड़े हो गए।

डिप्टी साहब ने दयाराम से पूछा- "इस बाग़ का हक़दार कोई बंकिम है?"
"मैंने तो किसी बंकिम को नहीं देखा हुजूर!"

डिप्टी साहब की धर्मपत्नी श्रीमती श्यामकुमारी देवी ने जमीदार पं. दयाराम जी की ओर उँगली उठाकर अपने अर्दली से कहा- "डाली समेत इसे कान पकड़कर बाहर निकाल दो।"

सरला को संकुचित एक तरफ़ खड़ी देखकर डिप्टी साहब ने सस्नेह कहा- "सरला! तू मुझे भूल गई!"

बाग़ पं. रामप्रसाद जी के नाती को मिला।

डिप्टी का नाम वेदस्वरूप है।

7

प्रेमिका - परिचय

बाबू प्रेमकुमार कैनिंग कॉलेज, लखनऊ में बी.ए, क्लास के विद्यार्थी हैं। मेस्टन होस्टल में रहते हैं। इस समय लखनऊ की बादशाहत अंग्रेजी हुकूमत में बदल गई है, पर उन्हें बादशाह-बाग़ की हवा लग रही है। चमन, बहार, गुल और बुलबुल के परिस्तान में पैर रखते, सैर करते हैं। उर्दू-शायरी का अजहद शौक़ इश्क़ का नाज उठते हुए चलते, पलकों पर एक सदी पहले का स्वप्न। उर्दू के खुद भी कुछ अशआर लिखे हैं, कभी-कभी हौज़ की बगल में बैठकर पढ़ते हैं। होस्टल के मुशायरों में सबसे ज्यादा चन्दा देते, हिन्दी के ज्ञान में अक्षर-परिचय-भर, पत्रिका में शेर खोज-खोजकर पढ़ते हैं। तारीफ़ उसी पत्रिका में करते हैं, जो हिन्दी-अक्षरों में उर्दू के शेर छापती है। मीर, ग़ालिब, ज़ौक़ आदि के दीवान-के-दीवान बरज़बान याद, दाग़ को उस्ताद मानते हैं। होस्टल के छात्र उन्हें नवाब साहब कहते हैं। यों वहाँ दो-एक को छोड़कर सभी नवाब हैं, पर एक दर्जे में पाँच साल फेल होकर शिकस्त न खाने वाले बाबू प्रेमकुमार इज़्ज़त की सल्तनत में बढ़ गए हैं। घर के अमीर हैं, कहते हैं तहजीब सीखने के लिए लखनऊ आए थे, चौक इसी मतलब से जाएा करते हैं, इसीलिए किताबों को तलाक़ दे दिया है। सर में ऐंगलकट इंग्लिश-फैशन बाल, पैरों में बूट, आज के यही दो चिह्न; बाक़ी अचकन, पाजामा, टोपी, चाल-ढाल और गुलाबी उर्दू हिन्दुस्तानी एकेडेमी की नेशनल ड्रेस और लिंगुआ-इण्डिका चस्पाँ होती हुई। अंग्रेजी बन्दरगाहों से दोस्तों को नवाबी गुलिस्तानों में लाकर छोड़ते और हर तरह हवा खिलाकर क़बूल करा लेते हैं कि सिवा नवाबी सभ्यता के चिकारे के विश्व-सभ्यता का कोई भी बाजा मनुष्य के गले से हूबहू नहीं मिल सकता, अंग्रेजी कार्नेट तो गधे की धुधकार है। ऐसे गुणों से बाबू प्रेमकुमार छात्रों की आँख पर रहते, गले-गले से फिरते हैं। खास बात यह कि क्लास की छात्राओं से, निषेध की ऊँची चारदीवार छायावादी ढंग से अनायास पार कर प्रायः मौनालाप किया करते हैं, लिहाज़ा विद्यार्थी प्रतिक्षण इनकी तरफ़ देखने से विरत

नहीं होते। छात्राओं की निश्चल मौन दृष्टि में छात्रगण अनेक प्रकार की चंचलता सोच लेते हैं और खुद-ब-खुद बातचीत के कच्चे सूत से बाबू प्रेमकुमार को मज़बूत बाँध देते हैं।

होस्टल में प्रेमकुमार की बग़ल में शंकर का रूम है। शंकर ब्राह्मण का लड़का है, अंग्रेजी पढ़ता हुआ भी पीढ़ियों के संस्कारों की पूरी रक्षा करने वाला। साबुन और सुरती का कारखाना खोलकर पिता ने कई लाख रुपये पैदा किए हैं। पुत्र को धर्म-रक्षा के साथ अंग्रेजी-शिक्षा प्राप्त करने को लखनऊ भेजा है। सुयोग्य पुत्र पिता की ही तरह धर्म की रक्षा में जितना पटु, ख़र्च में उतना ही कटु है। पीछे पूँछ-सी मोटी, चोटी कई पेंच के बाद बाँधने में एक कौशल, खोलने पर बाल बलखाते हुए कहता है, इलेक्ट्रिसिटी शरीर में प्रिज़र्व करने का सबसे पहले यह आर्यों का निकाला हुआ तरीक़ा है। एक समय वह प्रेमकुमार के साथ था। अब दो साल आगे फाइनल एम.ए. में है। तीन साल से बाबू प्रेमकुमार इसे अपने रास्ते पर सभ्य करने का परिश्रम कर रहे हैं, पर यह अब तक सूरदास की काली काँवर सिद्ध हो रहा है। जिस प्रकार बाबू प्रेमकुमार मुसलमान-सभ्यता के ऊँचे फाटक से आदमियों के साथ जानवरों को निकालते रहते हैं, उसी प्रकार शंकर आर्य-सभ्यता के संकीर्ण दरवाजे के भीतर ब्राह्मणों के सिवा दूसरी जाति को नहीं बैठने देता।

इसी विरोधी गुण के कारण प्रेमकुमार प्रायः उससे अपने प्रेम की बातें कहा करते हैं। मतलब, कब उसे पिघलाकर अपने रास्ते वहाँ ले जाएं। मौसम बदलने तक प्रेमकुमार की दो-तीन रंगीन प्रेम की घटनाएँ बदल चुक़ती हैं, तब तक वह बराबर अपना मालकोस गाकर शंकर की शिला में बैजूबावरे के हाथ में मंजीरे छोड़ना चाहते हैं। नैसर्गिक प्रकृति से प्रेमकुमार की भौतिक प्रकृति-चर्चा में शंकर को अधिक रस मिलने लगा, क्योंकि यह और भी शीघ्र बदलने वाली, और भी आकर्षक, मनुष्य के स्वभाव के और भी निकट है, पर उसकी ओर चलने की शंकर को हिम्मत नहीं होती, क्योंकि धर्म-भीरुता ने उसे वास्तव में भीरु बना दिया है। जब प्रेमकुमार सुनाते हैं- "आज मिस 'सी' ने सिकन्दरबाग़ में बुलाया था। क्या करूँ, किसी का न्यौता टाल तो सकता नहीं जाना पड़ा, भाई जान देती है। पूछने लगी, कहो, तुम हमेशा के लिए हमारे हो? कहना पड़ा। अब ऐसा प्यार ठुकराया तो जाता नहीं। फिर क्या कहूँ कि क्या-क्या बातें हुई। वहाँ से हम लोग कार्लटन होटल गए; खाया-पिया, मौज से बारह बजे तक रहे।" सुनकर शंकर चलते मूसल से ऊखल की दशा को प्राप्त होता है, तत्काल वासना वशीभूत कर लेती है। पर पिता की बात, जात जाने का भय, हृत्कंप पैदा कर बढ़ने से

रोक लेते हैं। जब तक वह अपनी बिगड़ी दशा को राम-नाम जपकर सुधारता है, तब तक बाबू प्रेमकुमार अपनी दूसरी घटना उसके सर पटक देते हैं- "कल मिस लीलावती का पत्र मिला था। लखनऊ में उससे खूबसूरत कोई नहीं, यह मैं दावे के साथ कहता हूँ। क्या ग़ज़ब की आँखें हैं! देखती क्या है, पार कर जाती है। रात आठ बजे विक्टोरिया पार्क में मिलने के लिए बुलाया था। देखो, यह सब इस चेहरे की करामात है। दुनिया में कामयाबी हासिल करना चाहते हो, तो पहले चेहरा सुधारो। मैं कहता हूँ, तुम जैसे मनहूस, मुहर्रमी सूरत बनाए फिरते हो, तुम्हारी बीबी भी तुम्हें नहीं प्यार कर सकती। यह चेहरा ही प्यार करने वाला नहीं। हाँ, फिर लीलावती से बड़ी दूर तक मंजिल तय हुई।" शंकर की नसों का खून फिर तेज बह चलता है। बेचारा पलकें दबाकर, रीढ़ सीधी कर सँभलता और दस-पाँच दिन बिगड़े हुए मन को सुधारता है, तब तक एक फिर नयी ख़बर आ पहुँचती है। इसी तरह उसने तीन साल पार किए। पतिव्रता स्त्रियों के तीसरे कोठे से चौथे तक उतरने की कभी उसे हिम्मत नहीं हुई। सिर्फ़ एक दफ़ा आजमाइश की थी। प्रेमकुमार धीरे-धीरे प्रेमिका परिचय में सूक्ष्म से स्थूल होने लगे। पहले केवल अपने व्याख्यान के प्रभाव से खींचने के उद्योग में थे, अब अपने नैसर्गिक सुख के लिखे प्रमाण भी पेश करने लगे।

शंकर उनसे सुन चुका था, किस तरह कुमारियों और महिलाओं से आँखें मिलाकर बातचीत की जाती है; आवाज़ कहाँ तक शिष्ट और अल्फ़ाज कैसे-कैसे, कौन-कौन से खासतौर से प्रयोग में आते हैं। एक रोज एकान्त में अपने ही क्लास की एक छात्रा से आजमायश के लिए उतरकर बुरी तरह फेल हुए। इसके एक संबोधन-मात्र से जो आग उसकी आँख से निकली, फिर रस्टिकेटेड होने के डर से इसने किसी मिस की तरफ़ आँख उठाकर नहीं देखा।

आज एक पत्र लेकर फड़कते हुए प्रेमकुमार शंकर से मिले, और लिफ़ाफ़ा-सहित शंकर के पास बिस्तरे पर फेंककर कहा- "देखो, क्या लिखा है।" शंकर उठाकर पढ़ने लगा। अंग्रेजी में पत्र यों लिखा है-

मेरे प्रिय प्रेमकुमार,

मेरे आज इतने दिनों से कॉलेज जाती हूँ, तो एक बार तुम्हें अवश्य देखती हूँ। नहीं देखती, तो दिल की आग नहीं बुझती। पर तुम, तुम कितने कठोर हो, मेरी तरफ़ भूलकर भी नहीं देखते ! ईश्वर ने तुम्हें यह रूप मुझे जलाने के लिए दिया था। जो चीज अपनी नहीं, मैं उसे चाहती हूँ। तुम हँसोगे, हँसो ! यह मेरे

भाग्य होंगे, पर क्या मैं आशा करूँ, कि मुझे जलाने वाली आग तुम मुझे दोगे? जरूर दो, प्यारे, मैं कुछ भी तुमसे इस नश्वर संसार में नहीं चाहती, सिर्फ़ वही आग, वही जलती हुई मुझे जलाने वाली अपने रूप की आग एक बार मुझे दे दो, और देखो, मैं तुम्हारे सामने ही किस तरह जलकर राख हो जाती हूँ। प्यारे, अब यह हाथ जवाब दे रहा है, आँसुओं का तार बँध रहा है, क्या लिखूँ? क्या एक बार, बस एक बार तुम मेरे प्यासे दृगों को तृप्त करने के लिए कल शाम बनारसी-बाग़ में मुझे मिलोगे? तुम्हारा हमेशा-हमेशा के लिए दिल से आभार मानूँगी-उफ्!

5, हिवेट रोड

लखनऊ **तुम्हें न मिल सकने वाली**

3.4.32 **'तुम्हारी शांति'**

पत्र को बड़े ग़ौर से शंकर ने कई बार साद्यन्त पढ़कर कहा- "भई है तो यह किसी सच्चे दिल की पुकार!"

"है न?" गर्व-पूर्वक प्रेमकुमार ने सर उठाकर कहा- "तुमसे मैं कई बार कह चुका कि और कुछ नहीं तो जरा अपना चेहरा भले आदमी की तरह सुधार लो, पर तुम पूरे गँवार ही रहे।"

"लेकिन कहाँ इसने तुम्हें देखा होगा? मुझे तो कभी-कभी बड़ा ताज्जुब-सा लगता है।"

"कहाँ देखा होगा! मैं जहाँ-जहाँ जाता हूँ, वहीं-वहीं से कहीं देखा होगा, फिर कुछ दूर चलकर खुद ताँगे से उतरकर ताँगे वाले को पता पूछ आने के लिए कह दिया होगा।"

"अच्छा! ऐसा होता है?"

"अरे मूर्ख! लखनऊ है। फिर जब कि लगती है, तब दिल के ख़ुदा रास्ता भी बन्दे को बता देते हैं। मुमकिन, दूसरी तरह पता लगाया हो। किसी गर्ल्स-कॉलेज की लड़की जान पड़ती है। कॉलेज की लड़कियों में मेरी पहचान काफ़ी है।"

"लेकिन हर एक तुम्हीं से स्वयंवरा होती है?"

"मुझसे नहीं, देखो, इधर देखो, इस रूप से होती है, यह शाही शान लखनऊ में दूसरी जगह न पाओगे।"

बाबू प्रेमकुमार की तरफ़ एक बार देखकर शंकर खूब प्रसन्न होकर हँसा। प्रेमकुमार कायस्थ है। बाल और चेहरे के रंग में बहुत थोड़ा-सा फ़र्क़ है। तेल, साबुन, पाउडर और सेपटी-रेजर की दैनिक रगड़ से मुँह का तो मैल छूट गया है, पर चमड़े का स्याह रंग वार्निशशुदा बूट की तरह और चमकीला हो गया है। काले रंग पर पाउडर की सफ़ेदी देखने वालों की आँखों में ग़ज़ब ढाती है।

"तुम हँसते क्यों हो?" नाराज होकर प्रेमकुमार ने पूछा।

"इसलिए कि तुम जो कुछ कह रहे हो, इसमें कहीं तिल रखने की भी जगह नहीं। तो क्या जाओगे ही?"

"जाना मेरा फ़र्ज़ है। प्यार वाले कलेजे मोम से भी मुलायम होते हैं, जरा-सी आँच नहीं सह सकते, पिघलकर ख़त्म हो जाते हैं। तुम्हें इसका कुछ पता तो है ही नहीं।"

"ठीक कहते हो। मुझे कहीं से ऐसा न्योता आ जाऐ तो पहले तो जाने की हिम्मत न हो, अगर जी कड़ा करके जाऊँ, तो मिलने के वक़्त भगवान जाने क्या हो। सरस्वतीदेवी शायद ही चीभ तक पहुँच सकें।"

प्रेमकुमार हँसने लगे। बोले- "[Face is the index of mind], (चेहरा मन का सूचीपत्र है)। तुम्हें कहीं से न्यौता मिल भी नहीं सकता। तुम जरा यह ब्राह्मणों की पोंगापंथी छोड़ो, तो कुछ दिनों में तुम्हें आदमियों से मिलने लायक बना दूँ।"

शाम को बनारसी-बाग़ में, एक तरफ़ ताँगा खड़ा कर, हिरन, गैंडा, चीते, शेर, चिड़िया, शुतुरमुर्ग, कंगारू, बाघ, भालू, भेड़िये और जेब्रा आदि के घेरे-घेरे, पिंजड़े-पिंजड़े प्रेमकुमार चक्कर मारते रहे। प्रिया को वह खुद पहचानने वाले नहीं, प्रिया द्वारा पहचाने जाने वाले हैं, इसलिए जो भी हसीन नवीन साड़ी में लिपटी लपट-सी उठती, उनकी तरफ़ आती हुई दिख पड़ती है, पूरे ताव से दो-एक कदम उसकी तरफ़ बढ़ जाते हैं। बस उसके साथ की सखी या आदमियों की आलोचना पहुँचती है, "कैसा अहमक है, अन्धा कहीं का।" बस, पैर रुक जाते, आशा दूसरी तरफ़ फेर देती है। पूरे चार घंटे तक बाग़ में चक्कर लगाते रहे। दो-तीन बार ताँगे वाला आ-आकर, पूछ-पूछकर लौट गया। जहाँ कहीं बैठी महिलाएँ बातचीत करती हुई दिख पड़ीं, यह देर तक उनके चारों तरफ़ कावे लगाते रहे। धीरे-धीरे बाग़ निर्जन हो गया। यह फिर भी बारह-दरी के चारों ओर टहलते रहे। शान्ति

न मिली। शान्ति खोकर शिथिल-देह ताँगे पर आकर बैठे, और होस्टल में आ चुपचाप लेट रहे।

दूसरे दिन शंकर ने ख़बर लेने की गरज से आकर कमरे में प्रेमकुमार को मुरझाया बैठे हुए देखा। वह प्रेमकुमार के प्रेम का खुमार न हो, ऐसा ख़याल कर चेहरे की तरफ़ तारीफ़ की निगाह से देखते हुए पूछा- "क्यों भई, कल पहली पहचान वाली शाम अच्छी तो कटी?" पूछकर बग़ल में बैठ गया।

"हिन्दुस्तानी सबसे पहले इसलिए बदनाम हैं कि वादे के हजार पीछे दो भी पक्के नहीं निकलते। तभी तो गले से गुलामी छूटती नहीं। ऐसी-ऐसी गन्दी आदत वाले अगर चाहें कि अपना सुधार सामाजिक-राजनीतिक कर लें, तो क्या ख़ाक करेंगे?" झुंझलाए हुए प्रेमकुमार बोले।

"तो कहो, कल वादा ख़िलाफ़ी रही। मैं तो पहले से तुम्हें सचेत कर रहा था कि कहीं किसी ने मज़ाक़ न किया हो। पर तुम भी ऐरे-गैरे नत्थू-खैरे सबको युधिष्ठिर का अवतार समझ लेते हो।"

"मेरी आदत है, मैं अपनी तरह दूसरे को भी तहज़ीब-पसन्द, भला आदमी मान लेता हूँ। और लखनऊ में, खासकर पढ़ी-लिखी लड़कियों में ऐसी बेहूदा भी रह सकती हैं, मैं क़यास में नहीं ला सकता।"

पूरी गुस्ताखी की निगाह देखते हुए शंकर ने कहा- "तब तो बड़ा धोखा हुआ। सारा मजा किरकिरा कर दिया!"

सामने चिट्ठीरसा आता हुआ दिखायी पड़ा। प्रेमकुमार उसी पर दृष्टि जमाये हुए थे। वह भी उन्हीं की तरफ़ बढ़ रहा था। पास आ एक लिफ़ाफ़ा दिया। खोलकर, पढ़कर प्रेमकुमार प्रसन्न हो गए। कहा- "देखो, हम लोग ग़लती में थे। देखो, कितनी अच्छी साफ़-दिल की तस्वीर है।" शंकर चिट्ठी लेकर पढ़ने लगा। लिखा है-

प्राणेश प्रेम,

तुम मेरे लिए कल कितने परेशान थे। जब जानवरों के घेरे-घेरे घूमते हुए अपनी शान्ति की खोज में व्याकुल हो रहे थे, तब मैं अपनी माँ के साथ बैण्ड-स्टैण्ड के सामने वाले मैदान में खड़ी उधर से तुम्हें जाते हुए देखकर हँस रही थी। जी चाहता था, दौड़कर तुम्हारी शान्ति का पता दे दूँ, और पहले पता बताने का पुरस्कार तुमसे कुबूल करवा लूँ, पर मेरी माँ साथ थीं, इसलिए तुमसे मिल नहीं

सकती थी। पर क्या तुम इतना सोच सकोगे कि मैं कितनी बार, कितनी तरह, आँखों से, दिल से, गले से और प्यार से तुमसे मिल चुकी हूँ? मैं वही हूँ, जिसे देखकर तुम चौंके थे, मेरी मौन पुकार सुनकर, मुझे देखकर खड़े हो गए थे, फिर उदास होकर चले गए थे। तुम समझो कि अपनी चाहने वाली के दिल में कितनी आग तुम फूँक गए हो। वह अपने प्यारे के असली प्रेम की परीक्षा कर, न मिल सकने के कारण कितना तड़प रही है। आह! तुम्हें इतना कष्ट अपनी शान्ति के लिए स्वीकार करना पड़ा! पर शान्ति तुम्हें मिलेगी। वह तुम्हारे ही पास रहती है। तुमसे जुदा हो जाऐ, तो उसकी हस्ती मिट जाऐ। तुम्हें अवश्य-अवश्य तुम्हारी शान्ति मिलेगी। कल एलफिस्टन-सिनेमा जरूर-ज़रूर आने की कृपा करना।

हिवेट रोड, लखनऊ

4.4.32 **'तुम्हारी शान्ति'**

मुस्कराकर शंकर ने कहा- "यार, इनके पत्र में तो पूरी कविता रहती है!"

"हाँ, काफ़ी पढ़ी-लिखी जान पड़ती हैं। अंग्रेजी बड़े काट की लिखती हैं।" आत्मगौरव को छिपाने का प्रयत्न करते हुए प्रेमकुमार ने कहा- "जब माँ साथ हों, तब कैसे कोई खुले दिल से बातचीत करे?"

"किसी ऊँचे खानदान की जान पड़ती हैं।" शंकर ने बढ़ाकर कहा।

"जरूर, यह काट-छाँट किसी फटीचर घर की लड़की की हो ही नहीं सकती। खानदानी घर की लड़की की मिसाल दूब से दी जाती है, जो बारह साल धूप में झुलसती रहने पर भी दिल से गीली रहती है। इसीलिए जान से बची रहती है। किसी ने जरा-सा पानी डाला या आसमान से चार बूँदें पड़ीं कि चौगुनी हरियाली से लहरा-लहराकर पानी डालने वाले की तारीफ़ करती रहती हैं। इस तरह उसकी आँख ठण्डी कर फ़ौरन बदला चुका देती हैं।"

"बहुत दुरुस्त कहते हो। क्या सिनेमा जाने का विचार है?" आग्रह जाहिर करते हुए शंकर ने पूछा।

"न जाने की क्या बात हुई? अगर न्योता और वह भी भले घर का, किसी को मिले, और वह न जाऐ तो उससे बड़ी मेरे खयाल से दुनिया में दूसरी बेहूदगी है ही नहीं।" आईने को सामने की मेज़ पर रखकर सेफ्टीरेजर में नया ब्लेड लगाते हुए प्रेमकुमार ने कहा। "चाहिए जरूर जाना। तबीयत मेरी भी होती है कि जब

तुम मिल लो, तब एक बार उनके दर्शन मैं भी करूँ। अंग्रेजी में कविता ज़रूर लिखती होंगी?"

"हाँ, दिल एक सच्चे शायर का है। हर सेंटेंस चोट करता है, है न?"
"करारी, चोट तुम पर है, तड़प मुझे हो चली है!"

"कोई लफ़्ज़ निकाल दो, तो सारा मजमून लँगड़ा।" दाढ़ी नें साबुन लगाते हुए, प्रेमकुमार ने कहा- "मैं मिल लूँ, फिर वायदा करता हूँ, तुम्हें जरूर मिला दूँगा। इसी तरह धीरे-धीरे भले आदमी बन जाओ। अब जमाना ब्राह्मणों वाले खयालात से बहुत दूर बढ़ गया है। तुम बाकायदा पढ़े-लिखे आदमी हो, कुछ अपनी तरफ़ से भी समझो। खैर, मैं तो पहले मिलने-जुलने की आजादी मानता हूँ, फिर और।"

छह का समय है। एलफिस्टन-पिक्चर-पैलेस के सामने लोगों की भीड़ है। 'शलबाला' फिल्म जोरों से चल रही है। चवन्नी और अठन्नी वाले झरोखे में लखनऊ के पानवाले, हिन्दू-मुसलमानों के आवारागर्द नौजवान लड़के और ग़रीब बाशिन्दे एक-दूसरे पर चढ़े हुए टिकट के लिए बढ़ते जा रहे हैं। कई प्राइवेट मोटरें आकर लगी हैं। प्रेमकुमार बड़ी देर तक इधर-उधर टहलते रहे। कुछ देर तक तस्वीरें आज वाली और आगे होने वाली फिल्मों की सुलोचना, जुबेदा, माधुरी, कज्जन, मुश्तरी, शीला, कपूर और मुख्तार बेगम आदि की देखते रहे, यद्यपि इन सबके चित्र उनके कमरे में बड़ी हिफ़ाज़त से रखे हैं, और जुबेदा की एक तस्वीर बड़े खर्च से, सुनहरे बार्डर में, आईने की तरह चेकदार, बँधवाकर मेज़ पर रख दी है। वहाँ तस्वीरों के पास रहने का ख़ास मतलब यह है कि शान्ति आवेगी तो जाने के समय मुलाक़ात हो जाएगी, और मालूम भी हो जाएगा कि वह किस दर्जे में गई। अभी से टिकट ख़रीदकर कहीं जाकर बैठना बेवकूफ़ी होगी। कहीं उस दर्जे में शान्ति न मिली, न गई, तो? कोई भी प्रवीण नवीन पत्नी का हाथ पकड़े उधर से गुजरता है, तो प्रेमकुमार उन्हें शान्ति और उसका बाप समझकर प्रेन से सिहर उठते हैं, फिर तरुणी की जलती दृष्टि से मौन लांछन पा रह जाते और दूसरे वार की प्रतीक्षा करते हैं।

समय केवल दो मिनट खेल शुरू होने को रह गया, तब बहुत घबराये। निश्चय हुआ कि शान्ति उनके आने से पहले भीतर चली गई, और अतृप्त आँखों से उनकी राह देखती होगी। बड़े बेचैन हुए। कहाँ, किस दर्जे में जाएं, कुछ ठीक नहीं हो रहा। वहाँ वह बैठी उनके नाम की माला जप रही है, कैसे मालूम करें।

अन्त में, बाहर रहने से भीतर रहना अच्छा। इस विचार से अपना लाइब्रेरी वाला कार्ड दिखलाकर ऊपर का टिकट कंसेशन से ले लिया। जाते-जाते बत्ती भी बुझ गई, खेल शुरू हो गया। इच्छा थी ऊपर और जहाँ तक नज़र जाएगी, शान्ति को उजाले में खोजेंगे। दिल बैठ गया।

खेल शुरू हो गया। प्रेमकुमार की घबराहट बढ़ चली। लोग एकाग्र होकर तमाशा देख रहे हैं। प्रेमकुमार चित्त की अपलक आँखों से शून्य शान्ति का ध्यान कर रहे हैं, उसकी बातें सोच रहे हैं, 'उसने लिखा है, मैंने तुम्हें देखा है; तुमने भी मुझे देखा है। सबसे ज्यादा मैं किसकी तरफ़ खींचा था ! क्या वही है वह गोरी गोरी लड़की पर उधर से तो शायद किसी बेहूदे की दी गाली की आवाज़ आई थी, किसी कमबख्त ने यों ही छेड़ दिया होगा।'

खेल को एक घंटा हो गया, पर प्रेमकुमार को मालूम नहीं कि क्या-क्या हो गया। केवल शान्ति के ध्यान में तन्मय हैं।

घंटी बजी। हाफ़टाइम हुआ। बत्तियाँ जल गईं। प्रकाश में ऊपर-नीचे, कई जगह, सुन्दर-से-सुन्दर युवतियों को बैठे हुए देखा। पर ऐसी हालत में कहाँ जाऐं? किसे शान्ति समझें? जो सबसे खूबसूरत है? ग़ौर से देखने लगे। जिससे निगाह लिपट जाती, प्रकाश में उज्जवल आँखें, कोट, कट, चिबुक, मुख उसी के अपूर्व सुन्दर लगते हैं। जब जिसे देखते, तब उसे ही शान्ति समझने लगते हैं। कैसी विपत्ति है! इतनी युवतियों में कौन सबसे सुन्दरी है, निर्णय करने में मन सक्षम नहीं। जितनी हैं, उत्तने रूप के मुख हैं-गोल, लम्बे, चकले, सम सभी सुन्दर हैं, सभी निर्दोष। इनमें शान्ति कौन हो सकती है?

मेहनत करते-करते मन थक गया। रूपों को देखते रहने के लिए वह राजी है, पर शान्ति के निर्णय के लिए पूर्ण श्रान्त। उसने युक्ति दी 'इन्हीं में शान्ति होगी। हर स्त्री अपने रूप को सबसे सुन्दर समझती है। वह वास्तव में रूपवती है भी; इसलिए खेल समाप्त होने पर रास्ते पर हर एक को देख लेना।'

खेल समाप्त हुआ। रास्ते पर आ प्रेमकुमार ठाट से टहलने लगे। उन्हें शान्ति न मिली। जितनी शान्तियाँ अपने पति को हाथ से पकड़े हँसती हुईं शलबाला की आलोचना में मुखर उधर से निकली, सभी बाबू प्रेमकुमार को जला-जलाकर चली गईं।

हताश होकर भी आशा के क्षीण-क्षणिक आश्वासन से हृदय को बाँधकर प्रेमकुमार एक ताँगे पर आ बैठे, और बादशाह-बाग़ चलने के लिए कहा।

प्राणों की प्रेयसी प्रतिमा को पुनः पुनः दैत्यों के वीर भाव से अणुओं में चूर्ण करने लगे, और वह उन्हीं के प्राणों से शक्ति ग्रहण कर परमागुओं से सुन्दर रूप-बन्ध में गठित हो आज की उन्हीं रूपसियों के चेहरे से, जिन्हें वे अच्छी तरह कुछ देर पहले देख चुके हैं, जो कुछ देर पहले उन्हें आँखों की दृष्टि में लाछित कर चुकी हैं माया-मरीचिका में आँखों की दृष्टि हर, शान्ति के रूप में उठ-उठकर लुभाने लगी।

निरुपाय प्रेमकुमार होस्टल आ, किराया चुकाकर चुपचाप अपने कमरे में चले गए। शंकर पढ़ रहा था, पर अभी चलकर बातचीत करना उसने ठीक न समझा। सुबह भी शंकर समय बर्बाद होने के विचार से प्रेमकुमार से नहीं मिला। उधर प्रेमकुमार भी चिन्ताजनक मानसिक स्थिति के कारण सुबह शंकर से आकर नहीं मिल सके।

कॉलेज से लौटकर बाहर से शंकर ने आहट ली। प्रेमकुमार प्रसन्न थे। एक गजल मन-ही-मन गुनगुना रहे थे। इस ग़ज़ल को कैनिंग कॉलेज के विद्यार्थी लखनऊ का नेशनल सोंग (जातीय गीत) कहते हैं। ग़ज़ल है-

"अगर क़िस्मत से लैला के गले का हार हो जाता, जमाने-भर की नज़रों में खटकता, खार हो जाता।" आदि, आदि।

शंकर को मालूम हो गया कि या तो कल इनकी किस्मत दरअसल लड़ गई, या आज अब फिर चिट्ठी में कल कहीं मिलने की आज्ञा पहुँची है। मुस्कराता हुआ भीतर गया, और बड़ी उत्सुकता से पूछा- "क्या भई, कल मुलाक़ात तो हो गई?"

"किसी ने ठीक कहा है।" प्रेमकुमार बोले- "जो मज़ा इन्तज़ार में पाया, वह वस्ल में न पाया।"

"तो क्या अभी इन्तज़ार ही चल रहा है?" कुछ ताज्जुब से शंकर ने पूछा।

"बात यह हुई कि कल मैं पहले शो में गया, वह दूसरे में आई। इसीलिए मुलाक़ात न हो सकी। बड़ा ताना देकर चिट्ठी लिखी है, देखो।"

प्रेमकुमार ने चिट्ठी बढ़ा दी, शंकर पढ़ने लगा। लिखा है-

प्यारे प्रेम,

कल दूसरे शो में मैं गई, पर तुम नहीं थे। यह कैसी बात! क्या तुम मुझसे नाराज़ हो गए? मुझे क्षमा करना। तुम्हीं सोचो, मेरा क्या कसूर था? अगर तुम पहले शो में आए, तो ग़लती की। भला, पहले शो में भी कहीं दिल मिलाने वाले मिल सकते हैं? जब तक सिनेमा होता, हम लोग गोमती के किनारे बातचीत करते, फिर सिनेमा ख़त्म होने पर मैं घर चली जाती। पहले शो में यह मौका शहर की भीड़ में कहाँ मिलता है? अगर पहले शो में तुम गए, तो जरूर चुड़ैलों को देखकर मेरा अन्दाजा लगाया होगा, इस तरह तुमने मेरा कितना अपमान किया! अब कल का वादा पूरा होना ही चाहिए। कल गोमती के किनारे, छोटेलाल के पुल पर, छत्ती में रहना। मैं नहाने जाऊँगी। तब तुम मुझे दिन को देखकर फिर रात को न भूल सकोगे। फिर हम लोग किसी दिन कहीं मिल जाऐंगे। कल जरूर-जरूर तुम्हें तुम्हारी शान्ति मिलेगी। ठीक आठ बजे दिन को मैं जनाने घाट पर रहूँगी।

5, हिवेट रोड,

लखनऊ **तुम्हारी कब से खोयी हुई,**

5.4.32 **'शान्ति'**

रात एक बजे पढ़कर शंकर की तबीयत फड़क उठी। कहा- "अब क्या, अब तो कल ज़रूर क़िस्मत खुल जाएगी।

"एक-न-एक ऐसा अड़ंगा लग जाता है कि बना-बनाया काम बिगड़ जाता है।" सहज प्रसन्न स्वर से प्रेमकुमार बोले।

"पहले की अड़चन अच्छी होती है। पीछे की सफलता तब बड़ी स्वाददार जान पड़ती है। प्रेम के लिए तो यह ख़ास बात होगी। मुझे कल्पना से इसका ठोस आनन्द कुछ-कुछ मिल रहा है।" शंकर ने चिट्ठी की तरफ़ देखकर कहा।

"कल्पना नहीं, खरबूजे-सा अपना हाल समझो। रोज साथ किसका होता है? यह उसी का रंग चढ़ रहा है, जो तजवीज़ इतनी चोखी उतर रही है।" प्रेमकुमार ने आत्मप्रसाद के उदात्त भावों से कहा।

"पके खरबूजे को स्यारों से बड़ा डर है।"

दूसरे दिन पाँच बजे प्रातः नहाकर, पूरा शृंगार कर प्रेमकुमार छड़ी लेकर छोटेलाल के पुल की ओर ठीक छह बजे चल दिए। आठ बजे तक घाट की

ओर टहलते, छत्री पर उठते-बैठते रहे। आठ बज गए, नौ बज गए, दस बज गए, किसी ने भी उनसे आकर न कहा- 'प्यारे, तुम इतने परेशान हो मेरे लिए, मैं ही तुम्हारी शान्ति हूँ।' बल्कि एक अज्ञात मनुष्य ने पूरी उद्दण्डता से पेश आकर कहा- "आप बड़ी देर से यहाँ टहल रहे हैं और मैं देखता हूँ, जो भी औरत आती है, आप बुरी तरह घूरते हैं, क्या आपको इस तरह नजर लड़ाते वक़्त अपनी माँ-बहनों की बिलकुल याद नहीं आती?"

पाप बड़ा डरपोक होता है। कुछ जवाब दें, प्रेमकुमार को ऐसी हिम्मत न हुई। चेहरा उतर गया। चुपचाप सीढ़ियों पर चढ़कर बादशाह-बाग़ की राह ली। होस्टल में जाकर लेटे रहे। उस रोज़ खाना न खाया।

वक़्त पर चिट्ठीरसा फिर चिट्ठी लेकर पहुँचा। प्रेमकुमार मन-ही-मन शान्ति को शान्ति देने की दृढ़ प्रतिज्ञा कर रहे थे, उसी समय उसने एक चिट्ठी इन्हें दी। लेकर पढ़ने लगे। लिखा है-

मूर्खाधिराज, तुम्हें गोमती में भी चुल्लू-भर पानी नहीं मिला !

5, हिवेट रोड, **तुम्हारी**

लखनऊ **'शांति'**

पढ़कर प्रेमकुमार के छक्के छूट गए। कुछ देर बाद शंकर भी आया। पत्र वैसा ही खुला मेज पर पड़ा था, पढ़ लिया। फिर हँसी को पीकर बोला- "यार, यह तो अच्छा मजाक़ किसी ने किया। अब 5, हिवेड रोड पर चलकर देखो तो, कौन रहता है।"

हिवेट रोड पर इन्हीं की नयी ब्याह कर आई साली अपने अकेले पति के साथ रहती है, जो इन्हीं के कॉलेज में पहले इन्हीं के साथ रहकर अब रिसर्च स्कॉलर है। इन्हें देखकर क्षमा हँसने लगी। कहा- "आप बड़े बेवकूफ़ हैं, शान्ति तो दीदी का ही राशि का नाम है।"

8

हिरनी

कृष्णा की बाढ़ बह चुकी है; सुतीक्ष्ण, रक्त-लिप्त, अदृश्य दाँतों का लाल-जिह्वा योजनों तक, क्रूर, भीषण मुख फैलाकर प्राण-सुरा पीती हुई मृत्यु ताण्डव कर रही है। सहस्रों गृह-शून्य, क्षुधा-क्लिष्ट, निःस्व, जीवित कंकाल साक्षात् प्रेतों से इधर-उधर घूम रहे हैं। आर्तनाद, चीत्कार, करुणानुरोधों में सेनापति अकाल की पुनः पुनः शंख-ध्वनि हो रही है। इसी समय सजीव शान्ति की प्रतिमा-सी एक निर्बास बालिका शून्यमना दो शवों के बीच खड़ी हुई चिदम्बर को देख पड़ी।

"ये तुम्हारे कौन है?" शवों की ओर इंगित कर वहाँ की भाषा में चिदम्बर ने पूछा।

बालिका आश्चर्य की तन्मय दृष्टि से शवों को कुछ देर देखती रहकर शून्य भाव से अज्ञात मनुष्य की ओर देखने लगी।

चिदम्बर ने अपनी तरफ़ से पूछा- "ये तुम्हारे माँ-बाप हैं?"

बालिका की आँखें सजल हो आईं।

चिदम्बर ने सस्नेह कहा- "बेटी, हमारे साथ डेरे चलो, तुमको अच्छा-अच्छा खाना देंगे।" बालिका साथ हो ली। उसकी अन्तरात्मा उसे समझा चुकी थी कि उसके माता-पिता उस नींद से न जगेंगे। उसे माता-पिता को सचेत करने का इतना उद्यम पहले कभी नहीं करना पड़ा-यही उसके प्राणों में उनके सदा अचेत रहने का अटल विश्वास हुआ।

पहले चिदम्बर ने अच्छी तरह उसे अपना दुपट्टा पहना दिया फिर उँगली पकड़कर धीरे-धीरे डेरे की ओर चला, जो वहाँ से कुछ ही फासले पर था। अकाल-पीड़ितों की समुचित सेवा के लिए मद्रास के 'पतित-पावन संघ' के प्रधान निरीक्षक की हैसियत से संघ को साथ लेकर चिदम्बर वहाँ गया था।

कुछ दिनों बाद धन-संग्रह के लिए चिदम्बर को मद्रास जाना पड़ा। शिक्षण-पोषण के लिए अनाथ आश्रम में भर्ती कर देने के उद्देश से बालिका को भी साथ ले गया। वहाँ जाने पर मालूम हुआ कि राजा रामनाथ सिंह रामेश्वर जी के दर्शन कर कुछ दिनों से ठहरे हुए हैं, उसे मिल आने के लिए बुलावा भेजा था। चिदम्बर के पिता जज के पद से पेंशन लेकर कुछ दिनों तक राजा साहब के यहाँ दीवान रह चुके थे; उन दिनों चिदम्बर को पिता के पास युक्तप्रान्त में रहकर प्रयाग-विश्वविद्यालय में अध्ययन करना पड़ा था। अब उसके पिता नहीं हैं।

संवाद पा राजा साहब से मिलने के लिए चिदम्बर उनके वासस्थल को गया। बाढ़ की बातचीत में बालिका का प्रसंग भी आया। चिदम्बर उसे अनाथ आश्रम में परवरिश के लिए छोड़ रहा है, यह सुनकर कारुण्य-वश राजा साहब ने ही उसे अपने साथ सिंहपुर ले जाने के लिए कहा। चिदम्बर इनकार करे, ऐसा कारण न था; बालिका रानी साहिबा की देख-रेख में, उन्हीं के साथ, उनकी राजधानी गई।

आठ साल की लड़की रानी साहिबा की दासियों से स्नेह तथा निरादर प्राप्त करती हुई, उन्हीं में रहकर उन्हीं के संस्कारों से ढलती हुई धीरे-धीरे परिणत हो चली। वहाँ जो धर्म दासियों का, जो भगवान रानी से सेविकाओं तक के थे, वही उसके भी हो गए। झूठा अपराध लगने पर दासियों की तरह वह भी क़सम खाकर कहने लगी- “अगर मैंने ऐसा किया हो, तो सरकार, सीतला भवानी मेरी आँख ले लें।” वहाँ सभी हिन्दी बोलती थीं, पर जो मधुरता उसके गले में थी, वह दूसरे में न थी; जैसे हारमोनियम के तीसरे सप्तक पर बोलती हो। रानी साहिबा उससे प्रसन्न थीं, क्योंकि दूसरी दासियों से वह काम करने में तेज़ और सरल थी। उसका नाम हिरनी रखा था। वह जिस रोज रनवास में आई थी, तब से आज तक, उसी तरह, अरण्य की, दल से छँटी हुई, छोटी हरिणी-सी, एकाएक खड़ी होकर, सजगदृग, पार्श्व-स्थिति का ज्ञान-सा प्राप्त करने लगती है कि वह कहाँ आई, यहाँ कोई भय तो नहीं। दृष्टि के सूक्ष्मतम तार इसी पृथ्वी के परिचय से नहीं, जैसे शून्य आकाश से बाँधे हुए हों; जैसे पृथ्वी पर उतारकर विधाता ने एक भूल की हो। उसके इस भाव के दर्शन से ‘हिरनी’ नाम, कवि के शब्द की तरह, रानी के कण्ठ से आप निकल आया।

वही हिरनी अब जीवन के रूपोज्वल वसन्त में कली की तरह मधुसुरभि से भरकर चतुर्दिक् सूचना-सी दे रही है कि प्रकृति की दृष्टि में अमीर और ग़रीब वाला क्षुद्र भेद-भाव नहीं, वह सभी की आँखों को एक दिन यौवन की ज्योत्सना

से स्निग्ध कर देती है; किरणों के जल से भरकर जीवन में एक ही प्रकार की लहरें उठाती हुई, परिचय के प्रिय पथ पर वहाँ ले जाती है; जो सबसे बड़ी है, जिसके भीतर ही बड़े और छोटे की नाप में भ्रम है, वह स्वयं कभी छोटे और बड़े का निर्णय नहीं करती, उसकी दृष्टि में सभी बराबर हैं, क्योंकि सब उसी के हैं। उसी ने हिरनी में एक आशा, एक अज्ञात सुख की आकांक्षा भी भर दी, जिससे दृष्टि में मद, मद में नशा, नशे में संसार के विजय की निश्चल भावना मनुष्य को स्त्री के प्रणय के लिए खींचती रहती है।

इसी समय इंग्लैण्ड से शिक्षा प्राप्त कर रामकुमार घर लौटे थे, और दो-तीन बार हिरनी को बुला चुके थे। रानी दूसरी दासियों से यह समाचार पाकर हिरनी का विवाह कर देने की सोचने लगीं। वहीं एक कहार रामगुलाम रहता था। नौजवान था। रानी साहिबा ने उससे पुछवाया कि हिरनी से विवाह करने को वह राजी है या नहीं। वह बड़ा खुश हुआ, उत्तर में अपनी खुशी को दबाकर रानी साहिबा को खुश करने वाले शब्दों में कहा- "सरकार की जैसी मर्जी हो, सरकार की हुकुमअदूली मुझसे न होगी।" विवाह में घर वालों की राय न थी। रामगुलाम बाग़ी हो गया।

एक दिन उसके साथ हिरनी का विवाह प्रासाद के आँगन में कर दिया गया। हिरनी पति के साथ रहने लगी। साल ही भर में एक लड़की की माँ हो गई।

दो साल और पार हो गए। रानी साहिबा का स्नेह, हिरनी के कन्या-स्नेह के बढ़ने के साथ-साथ, उस पर से घटने लगा। जिन दासियों की पहले उसके सामने न चलती थी, वे ताक पर थीं कि मौका मिले, तो बदला चुका लें।

एक दिन रानी साहिबा ताश खेल रही थीं। पक्ष और विपक्ष में उन्हीं की दासियाँ थीं। श्यामा उर्फ स्याही उन्हीं की तरफ़ थी। मौका अच्छा समझकर बोली- "सरकार को हिरनी ने आज फिर धोखा दिया; मैं गई थी, उसकी लड़की को जूड़ी-बुखार कहीं कुछ भी नहीं।"

लड़की की बीमारी के कारण हिरनी दो दिन की छुट्टी ले गई थी। रानी साहिबा पहले ही से नाराज थीं। अब धुआँ देती हुई लकड़ी को हवा लगी, वह जल उठीं। रानी साहिबा ने उसी वक़्त स्याही को एक नौकर से पकड़ लाने के लिए कहने को भेज दिया। स्याही पुलकित होकर बूटा सिंह के पास गई। बूटा सिंह से उसकी आशनाई थी। बोली- "सरकार कहती हैं, हिरनी का झोंटा पकड़कर ले आओ, अभी ले आओ, बहुत जल्द।"

बूटा सिंह जब गया, तब हिरनी बालिका के लिए वैद्य की दी एक दवा अपने दूध में घोल रही थी। बूटा सिंह को मतलब समझाने के लिए तो कहा नहीं गया था। उसने झोंटा पकड़कर खींचते हुए कहा- "चल, सरकार बुलाती हैं।"

प्रार्थना की करुण चितवन से बूटा सिंह को देखती हुई हिरनी बोली- "कुछ देर के लिए छोड़ दो, मयना को दवा पिला दूँ।"

घसीटता हुआ बूटा सिंह बोला- "लौटकर दवा पिला चाहे जहर, सरकार ने इसी वक़्त बुलाया है।"

स्याही उसे साथ लेकर ऊपर गई। हिरनी, रानी साहिबा की मुद्रा तथा क्रूर चितवन देखकर काँपने लगी।

रानी साहिबा ने हिरनी को पास पकड़ लाने के लिए स्याही से कहा-स्याही ने जोर से खींचा, पर हिरनी का हाथ छूट गया, जिससे वह गिर गई, हाथ मोच खाकर उतर गया।

रानी साहिबा क्रोध से काँपने लगीं। दूसरी दासियों को पकड़ लाने के लिए भेजा। इच्छा थी कि उसका सर दबाकर स्वयं प्रहार करें। दासियाँ पकड़कर ले चलीं, तो रानी साहिबा को आँसुओं में देखती हुई, उसी अनित्य हिन्दी में हिरनी क्षमा-प्रार्थना करती हुई बोली- "सरकार, मेरा कुछ कुसूर नहीं है।"

पर कौन सुनता है, उससे रानी साहिबा की सेवा में कसर रह गई है।

जब पास पहुँची, उसको झुकाकर मारने के लिए रानी साहिबा ने घूँसा बाँधा। हिरनी के मुख से निकला- "हे राम जी!"

रानी साहिबा की नाक से खून की धारा बह चली। वह वहीं मूच्छित हो गईं। हिरनी के बाल, मुख उसी खून से रंग गए।

डॉक्टरो ने आकर कहा- "गुस्से से खून सर पर चढ़ गया है।"

तब से जरा भी गुस्सा करने पर रानी साहिबा को यह बीमारी हो जाती है।

9

परिवर्तन

परी सात साल की थी, और सूरज दस साल का। दोनों धूप-छाँह से हिले मिले रहते थे। परी की आदत थी आज्ञा करने की, वह फूल तोड़ दो, वह फल चढ़कर गिरा दो। सूरज की आदत थी, उसी समय उसे पूरा करने की।

एक दिन, नजरबाग़ वाले तालाब में कमल खिले थे, एक बड़ा-सा अधखिला उन्हीं के बीच में था, परी ने कहा- "वह बीच वाला लाल-लाल बड़ा-सा कमल ला दो सूरज!" सूरज कूद पड़ा। तैरता, नालों को चीरता हुआ कमल को तोड़ तो लिया, पर लेकर निकल न सका-पैर मृणालों में फँस गए। परी को देने को स्नेह-फूल हाथ से न छोड़, पैरों को पटक-पटककर नालों की उलझन छुड़ाता रहा। तट पर खड़ी लालसा की दृष्टि से फूल को देख-देखकर साग्रह हाथ फैलाती हुई परी हँस रही थी। थककर कमल लिए सूरज एकाएक डूब गया।

परी दौड़ती हुई कोठे पर माँ के पास गई, और हाँफती हुई बोली- "सूरज मेरे लिए फूल तोड़ने को तालाब में तैरा था, डूब गया है।"

ख़बर फैली, लोग दौड़े, सूरज को निकाल लिया। उसकी मुट्ठी में तब भी कमल बँधा हुआ था। पेट से पानी निकाला गया, मुँह फूंका गया। साँस चलने लगी। कई साल बीत गए। परी अब दस साल की है। पुस्तकों के साथ नृत्यगीत की भी शिक्षा उसे दी जाती है।

माता के संस्कार चापल्य की उस विद्युत् में प्रवेश करने लगे हैं। उसकी माता एक समय कलकत्ते की सुन्दर वेश्या थी। अब राजा महेश्वर सिंह की रक्षिता है। यह कन्या राजा साहब के औरस से पैदा हुई है। इसका नाम है परिमल कुमारी। स्नेह से राजा साहब तथा उसकी माँ परी कहते हैं।

परी की माँ के नाम राजा साहब ने एक अलग जाएदाद लिख दी है। बड़े-से अहाते के अन्दर चारों ओर से जल से भरी खाई है, बीच में कोठी, शिव-मन्दिर,

बगीचा, फुलवारी, राजपथ आदि प्रासाद के अनुरूप और सबकुछ। परी की माता शान में रानी साहिबा से बढ़कर रहती हैं। परी का खर्च कुँवर साहब से ज्यादा है।

सूरज ड्योढ़ी के जमादार शत्रुहन सिंह का लड़का है। शत्रुहन सिंह किसी तरह नौकरी से गुजर करते हैं। ऐसी जगह जाकर नौकरी की है, ज्हाँ आस-पड़ोस का कोई आदमी नहीं। इसलिए एक प्रकार उनका जीवन अपने कर्तव्य और पुत्र-स्नेह में ही पार होता है। सूरज इस समय मिडिल क्लास का विद्यार्थी है। परी के स्नेह लेश-रहित तेज़ स्वभाव के कारण वह उससे नहीं मिलता। पुनः वह मिडिल क्लास में पढ़ता है, परी से वह ऊँचे दर्जे में ज्यादा पढ़ा हुआ है, इसका विचार परी नहीं करती, जो काम उससे करवाती है, उसके कारण वह लाज से मुरझा जाता है। इसलिए नहीं जाता, प्रायः परी के निकलने के समय कोठी में नहीं रहता। उधर लोगों से आदर तथा सम्मान प्राप्त कर, परी के स्वभाव में, सामान्य राजकुमारी वाला गुरु गहन भाव, इतनी ही उम्र में दूब की जड़ की तरह फैलने लगा। एक सूरज को छोड़कर और सब उसकी इज़्ज़त करते हैं, उसकी आज्ञा मानते हैं, उसके नौकर हैं। सूरज परी का शासन नहीं मानता, ऐसा विचार उठते ही वह सूरज को बुलवाती है। पर सूरज उस समय या तो गढ़ के बाहर किसी सहाध्यायी मित्र के साथ पढ़ता होता है या स्कूल गया होता है या खेलने के लिए निकला होता है। ठीक बारह बजे दोपहर को, सोचकर इतवार के दिन, परी नीचे उतरी। सूरज उस समय पिता के साथ भोजन कर रहा था। एक नौकर चुपचाप दौड़कर देख आने के लिए भेजा। लौटकर नौकर ने कहा- "है, भोजन कर रहा है।"

"अभी ले आओ, न आए, तो कान पकड़कर ले आओ।" हुक्म हुआ। नौकर दौड़ा हुआ गया, और सूरज के बाप से कहा कि परी बहुत जल्द सूरज को बुलाती है, भेज दो, नहीं तो दिखाने के लिए कान पकड़कर ले जाना होगा।

सूरज का बाप आँसू पीकर रह गया। सँभलकर कहा- "लड़के को फ़िजूल परेशान करती हैं, क्या काम है?"

"कुछ नहीं।" नौकर ने कहा- "गेंद धूप में फेंक दिया है, और हठ है कि सूरज आकर उठाकर दे।" सूरज ने कहा- "बाबू, मुझे इस तरह गेंद उठाकर देते हुए लाज लगती है।"

ठाकुर शत्रुहन सिंह की आँखों से आग निकलने लगी। कहा- "हम नौकर हैं, हमारा लड़का नौकर नहीं, और हम भी गेंद उठाने की नौकरी नहीं करते, तलवार बाँधने की करते हैं, जाओ, परी की माँ से कह दो।"

नौकर परी के पास लौट आया। कहा- "सूरज न आवेगा, शत्रुहन सिंह बिगड़ रहा है।" परी की आँखें लाल हो गईं, पर शत्रुहन सिंह वहाँ के सिपाहियों का अफ़सर था, वह भी कुछ डरती थी, इसलिए माँ के पास नालिश करने चली। उधर से नौकर भी चला।

परी और नौकर की बातें सुनकर, पूजा समाप्त करके आई हुई पहले कामलता दासी, अब श्रीमती रानी कामलतादेवी तिनककर द्रुत-पद राजा साहब के कमरे में गई (राजा साहब का स्थायी निवास उन्हीं की कोठी में रहता था) और आँखों की पुतलियों को भौंहों के पास तक चढ़ाकर, एक झटका गर्दन का देती हुई बोली- "ॐ हूँ, यह तो न होगा; सुना, तुम्हारी परी कभी-कभी सुरजुआ को बुलाकर खेलती है, इससे उनके पिता जी महान की मर्यादा जाती रहती है; क्योंकि उनके पुत्र अब दफ़्तर के बाबू की जगह लेने वाले हैं। मैं पूछती हूँ, ऐसे आदमी को रखने से फ़ायदा?" "फ़ायदा क्या है? उसको निकाल दो।" राजा साहब ने आज्ञा दी।

रानी कामलतादेवी ने कहा- "परी के सामने पिता और पुत्र दोनों के कान पकड़कर गढ़ से बाहर कर दो।" पुरस्कार की लालसा से दो सिपाही शत्रुहन सिंह के मकान की तरफ़ दौड़े, परी हँसती हुई वहीं से देख रही थी। दोनों जैसे-के-तैसे ही लौटते हुए दिखायी पड़े। परी को साथ लेकर रानी कामलतादेवी के पास जाकर कहा- "वे लोग पहले ही से फाटक के बाहर निकल गए, और सरकारी थाने में जाकर बैठे हैं। हरगोविन्द से शत्रुहन कह गए हैं कि थानेदार को साथ लेकर कल चार्ज समझा जाऐंगे।

सात वर्ष और पार हो गए। परी अब सत्रह साल की परी हो गई है। राजा महेश्वर सिंह इस समय राजा और ताल्लुकेदारों में बड़े जोरों से समाज-सुधार कर रहे हैं। संवाद-पत्रों में इस कार्य के लिए कभी-कभी उनके दिए दान की तालिका प्रकाशित होती है और जिस सभा में समाज की बुराइयों पर उनका भाषण होता है, लोग तालियाँ पीटकर अपनी सहानुभूति प्रकट करते हैं। देश के राजा-रईसों के बिगड़ैल, समाज-सुधार के शंख-स्वरूप, रूप के अन्धे, कुँवर लोगों ने एक वाक्य से राजा महेश्वर सिंह का समाज-प्रेम स्वीकृत कर लिया है, प्रायः उनकी कलकत्ते वाली कोठी में एकत्र होते हैं और परी के रूप में जलकर, सहानुभूति की राख उसके पिता की आँखों में झोंककर चले जाते हैं। राजा महेश्वर सिंह की इतनी उदारता, दान-मान और समाज-सुधार का फल यह न हुआ कि किसी कुँवर से

वह परी का विवाह कर पाते। अधिकाँश कुँवरों के पिता जीवित थे। पिता की मृत्यु न होने तक विवाह के लिए कुँवर लोग अपनी सम्मति नहीं दे सकते, राजा महेश्वर सिंह जी को बातचीत पड़ने पर समझा देते थे। दो साल से राजा महेश्वर सिंह भी उनमें से किसी के पिता के मरने की प्रतीक्षा कर रहे हैं, पर परी के दुर्भाग्य से अभी तक सब जी रहे हैं-रावनगर, धनपुर, कटहर, बिड़ासी, पाटन, बहेड़ा, भुजइन, गजखान कुम्हड़ौरा, तिरपट, सकोटा आदि-आदि की नवीस गद्दी आबाद नहीं हुई। कुछ दिनो से उन्हें महाराज प्रतापनारायण सिंह, चन्दपुर, से आशा हो रही है। रानी कामलतादेवी की भी इच्छा है कि परी का विवाह यहीं हो। राजा साहब को भरोसा इसलिए है कि महाराज चन्दपुर को बंगाली सभ्यता बहुत पसन्द है। समाज सुधारक के नाम से प्रसिद्ध राजा महेश्वर सिंह से जब वह पहले-पहल कलकत्ते के ग्रैण्ड-होटल में मिले थे, तब बंगाल की सभ्यता की बड़ी तारीफ़ की थी और उनके समाज-सुधार के लिए सहानुभूति खिलायी थी। इसके बाद रानी कामलतादेवी तथा कुमारी परिमल को साथ लेकर कई बार राजा महेश्वर सिंह उनसे मिल चुके हैं। माता के साथ परी भी सहमत है। कारण, वहाँ ऐश्वर्य और सम्मान अधिक है।

आज महाराजा साहब के सेक्रेटरी मिस्टर रैटलर साहब फिर राजा महेश्वर सिंह जी को निमन्त्रण देने आए हैं कि रात नौ बजे कृपा कर राजा साहब सपरिवार महाराजा साहब की कोठी में दर्शन दें।

सपरिवार राजा साहब महाराजा साहब के साथ भोजन कर रहे थे। और कोई न था। भोजन में राजाओं के साथ सम्मिलित हो भी नहीं सकता था। राजा साहब ने महाराजा साहब को ग़ौर से परी की ओर देखते हुए देखकर आशा से पुलकित होकर कहा- "महाराज, अगर एक संबंध बंगाल में भी करें, तो अच्छा हो, प्रान्तीय सौहार्द इस प्रकार बढ़ता रहे।"

"मेरी इच्छा तो है" महाराज साहब ने परी को देखते हुए कहा। रानी कामलतादेवी ने मुस्कराकर कहा- "आप मेरी परी से विवाह कीजिए।" बड़ी सभ्यता से महाराजा साहब ने कहा- "आपकी आज्ञा मुझे शिरोधार्य है।"

दिन ठीक करने को एकान्त में महाराजा ने आज्ञा दे दी। लौटकर राजा महेश्वरसिंह ने रानी कामलतादेवी से कहा- "पहाड़ी हूस है, परी को देखकर पागल हो गया है, हमें तो अपना मतलब गाँठना है।"

विवाह से पहले महाराजा साहब ने कहला भेजा कि आप तो समाज-सुधारक हैं, विवाह में व्यर्थ खर्च क्यों किया जाऐ, वही रकम जिस सार्वजनिक संस्था को आप कहें दे दी जाऐ। प्रस्ताव राजा को भी पसन्द आया। फिर पण्डित लोग महाराजा साहब की तरफ़ के, तो एक पग इधर से उधर होने वाले न थे, बोले- "हमारे महाराज का विवाह तो उसी ढंग से होगा, जो रीति हमारे यहाँ प्रचलित है।" उदार राजा महेश्वर सिंह ने यह भी मंजूर कर लिया।

विवाह का दिन जहाँ तक शीघ्र किया जा सका स्थिर किया गया। राजा साहब को महाराजा साहब के यहाँ की सभी प्रथाएँ मंजूर करनी पड़ीं। इसलिए विवाह के दिन राजा साहब को अपने कुछ आदमियों, रानी कामलतादेवी तथा परी के साथ महाराजा साहब के ही मकान जाना पड़ा। राजा साहब अपनी तरफ़ से कोई ब्राह्मण पण्डित नहीं ले गए थे, उन्हें ब्राह्मणों के मन्त्रों पर विश्वास न था।

मन्त्रोच्चार करते समय ब्राह्मणों को 'दासी ग्रहणम्'- 'दासी ग्रहणम्' कई बार कहते हुए सुनकर राजा साहब चौंके, पर संस्कृत अच्छी पढ़ी न थी सोचा, यह भो कोई रीति ही यहाँ की होगी। इस विचार से चुप ही रहे। 'कन्या दासी समर्पण!' से 'दासी-ग्रहणम्!' सब पूरा हो गया।

प्रधान पण्डित ने कहा- "राजा महेश्वर सिंह जी ने हमारे महाराज को दासी-रूप अपनी कन्या का समर्पण किया है।"

राजा साहब को शब्द बड़े बुरे लगे। पूछा- "दासी-रूप क्या है?"

प्रधान पण्डित ने कहा- "आपने अपनी कन्या महाराज की सेवा के लिए दी।"

राजा साहब रुष्ट होकर बोले- "आप केवल दासी और सेवा का उल्लेख करते हैं।"

पण्डित ने कहा- "महाराज के पूज्य पिता जी की ऐसी ही आज्ञा है, वह महाराज आ रहे हैं।" राजा महेश्वर सिंह ने देखते ही पुकारा- "शत्रुहन सिंह!"

"चुप! कान पकड़कर निकाल दिए जाओगे।" पास ही खड़े हुए महाराज के एक शरीर-रक्षक ने कहा।

"राजा महेश्वर सिंह" महाराज शत्रुहन सिंह ने कहा- "तुम्हारी जैसी लड़की है, हमने वैसा विवाह भी कराया। हम, अपने विपक्ष के सताये, हुए राज्य से भागकर तुम्हारे यहाँ दो रोटियों के लिए राज्य के हक़दार बच्चे को लेकर गए थे।

समय बदला। लड़के को गद्दी मिली। तुम और तुम्हारी यह सात रोज़ तक हमारे जूते उठाओ, तो तुम्हारी लड़की को लड़की समझकर, क्षमा कर, लड़के के साथ एक आसन पर बैठने का अधिकार हम देंगे। क्षत्रिय होकर क्षत्रिय के साथ वैसा नीच बर्ताव तुम देखते रहे!"

10

अर्थ

पंजाबमेल पूरी रफ़्तार से कलकत्ता जा रही है। दूसरे दर्जे में दो मुसाफ़िर पास-पास बैठे हैं। कुछ देर मौन रहकर एक ने दूसरे से नाम पूछा, जब वह प्रयाग में गाड़ी पर चढ़ा। उसने कहा- "मेरा नाम दिनेश कुमार है।" थोड़ी देर में घनिष्ठता बढ़ गई। पहला मुसाफ़िर हीरालाल कलकत्ता लौट रहा है, वहाँ व्यवसाय करता है। नवयुवक है। धनी व्यवसायी का लड़का, दिल्ली गया था। दिनेश भी नवयुवक है। हीरालाल को मालूम हुआ कि एक अच्छी जगह सिनेमा में कहानी लिखने की नौकरी दिनेश को मिली है, इसलिए कलकत्ता जा रहा है। हीरालाल खुद भी हिन्दी के कथानक, उपन्यास तथा नाटक सिनेमा-साहित्य का शौक़ीन है, कुछ ज्ञान भी उधर उसने अर्जित कर लिया है। पूछा- "हिन्दी के उपन्यास लेखक रामकुमार जी को आप जानते हैं?"

"हाँ, वह तो आजकल प्रयाग ही रहते हैं।" दिनेश ने नहा।

"मेरे विचार से उनके जो उपन्यास निकले हैं, उनकी जोड़ के हिन्दी में दूसरे नहीं, आप क्या कहते हैं?"

"मेरा भी यही विचार है।"

"उनका एक जीवन-चरित्र इधर 'भारती' में प्रकाशित हुआ है, वह बड़ा अद्भुत है। उसमें एक ईश्वरीय सत्य है। आप कहें, तो सुनाऊँ?"

"सुनाइए।"

हीरालाल कहने लगा- "रामकुमार एक कुलीन ब्राह्मण के घर का बालक ही था, जब घर की पूजार्चा देखकर, पाठ सुनकर हिन्दू-धर्म पर उसे पूरा विश्वास हो गया! जैसा सुना वैसी ही धारणा भी बँध गई कि अगर आज अकेले भीम होते, तो म्लेच्छों के पैर क्षण भर के लिए भी उनके सामने न ठहरते। जहाँ गदा को घुमाने पर भगदत्त के हाथी सेमर की रुई की तरह आकाश में उड़ गए, कुछ

तो अब भी चक्कर काट रहे हैं, वहाँ म्लेच्छों का पता न रहता कि किस लोक में अँधेरे की तरह प्रकाश में कहाँ, ग़ायब हो गए। अगर कहीं महावीर स्वामी आ जाते-आ क्या जाऐं, अब उनके समकक्ष योद्धा कोई रह ही नहीं गया, द्वापर में इसीलिए वह लड़े नहीं-नहीं तो वह अमर हैं, कहीं गए थोड़े ही हैं। और उखाड़-उखाड़कर पटकते पहाड़ तो सारी अक़्ल हवा हो जाती तुर्रमखानों की। इस तरह श्रीराम और कृष्णजी को, सोचता हुआ, आजकल के रावण की सशस्त्र सेना को वानर-मात्र की सहायता से परास्त कर देता, कभी कृष्णजी से असम्भव कार्य-रूप गोवर्धन धारण करा, उसके नीचे देश के भगवद्भक्त गोप-गोपियों को आश्रय देकर वर्तमान इन्द्र की दुश्शासन-वर्षा से उद्धार कर लेता, कभी किसी राक्षस-रूप में कृष्ण को घुसेड़कर पेट चिरवाता बाहर निकालता। इस तरह बन्दर को आदमी और आदमी को बन्दर बनाने की आदत पड़ गई। करुणा तुलसी-कृत रामायण और सूरसागर के दैनिक पाठ से बढ़ती गई। नवें दर्जे में था, इसी समय भक्ति के आवेश में सूझा, म्लेच्छों की विद्या न पढ़ूँगा, यह धन के लिए है, ज्ञान के लिए नहीं। इस समय यह पन्द्रह साल का बालक था। घर वालों का शासन प्रबल था, इसलिए स्कूल जाना पड़ा। पर वह रह-रहकर सोचता था कि उसके घर वाले ढोंगी हैं; बाहर से तो भगवान का नाम लेते हैं, पर भीतर से रुपया ही उनका लक्ष्य है। घर वालों से उसे घृणा हो गई। धीरे-धीरे दो साल का समय और बीता, और इसने प्रवेशिका परीक्षा पास कर ली। इसी समय पिता ने उसका विवाह किया। बहू युवती थी। बहू के घर आने पर रामकुमार ज्यों-ज्यों क्षीण हो चला, उसकी ईश्वर-भक्ति और आस्तिकता त्यों-त्यों प्रवीण होने लगी। पति ही पत्नी का ईश्वर है, यह संस्कार यद्यपि घर से पत्नी को प्राप्त हो चुका था, फिर भी रामकुमार ने अपनी ओर से शिक्षा देने की ग़फ़लत न की। फलतः वह गम्भीर होने लगा, और उसकी धार्मिक साधना भी बहू को प्रभावित करने के लिए बढ़ गई। बहू सुन्दरी थी। पत्नी को पूर्ण मादकता से प्यार देना धर्म में दाखिल है। अतः इधर भी रामकुमार संसार की भावनाओं को स्वर्ग में बदल-बदलकर विहार करने लगा। पिता ने कॉलेज जाने के लिए कई बार कहा। वह वृद्ध हो गए थे। शारीरिक शासन करने में असमर्थ थे। रामकुमार ने पिता के शब्दों पर ध्यान न दिया। पत्नी ने भी ससुर के आदेश की एक बार पुनरावृत्ति की, क्योंकि उसे भय था कि पति के कॉलेज न जाने का कारण वही समझी जाएगी। रामकुमार ने कहा- "अंग्रेजी-शिक्षा से बुद्धि भ्रष्ट हो जाती है।"

"तब तक रामकुमार को अर्थ की चिन्ता न थी। पिता को पेंशन मिलती थी, संसार-चक्र मजे में चला जा रहा था। उसकी माता का कुछ दिन बाद देहान्त हो गया। एक साल का क्रिया-कर्म भी पूरा हुआ। पिता ने कहा- "बेटा हम करारे के रूख हैं; तुमने पढ़ा नहीं, तो हमारे रहते कोई काम ही कर लो; नहीं तो पीछे तुम्हें कष्ट होगा।" रामकुमार गम्भीर होकर बोला- "आप इसकी चिन्ता न करें।" मन-ही-मन कहा-'कितना अविश्वास इन्हें ईश्वर पर है-पशु पक्षिउ की लेत खबरिया, तोरिउ सुरति करै; अरे मन, धीरज क्यों न धरै!' रामकुमार को बालक-काल से सन्तों की उक्तियों पर दृढ़ विश्वास करने की आदत पड़ गई थी। गोस्वामी जी की चौपाई याद आई, 'विश्व-भरण-पोषण कर जोई, ताकर नाम भरत अस होई।' जो भरत संसार का पालन करते हैं, वह भोजन न देंगे, उन पर कितना अविश्वास है इन लोगों को ! सोचता हुआ वह चला जाता, पिता खिन्न हो जाते।

कुछ समय और पार हुआ, एक रोज़ पिता को कुछ बुखार आया, दो-तीन दिन बाद उनका दम निकल गया। आज पहला दिन था, जब गाँव के लोगों से रामकुमार को एक गृहस्थ की तरह, दीन होकर, धार्मिक उद्दण्डता छोड़कर, बर्ताव करना पड़ा। पहला बुलावा गया, और लाश उठाकर गंगा जी चलने के लिए कोई न आया, तब नाई ने समझाया कि "भैया, यह हाथ जोड़ने का समय है।" रामकुमार जाकर घर-घर हाथ जोड़ता फिरा। लोगों ने सलाह करके कहा- "रामचन्द्र शुक्ल मरे थे, तब लोगों को पंद्रह रुपये के पेड़े उनके लड़के ने खिलाये थे; कहो, पंद्रह रुपये के पेड़े खिलाओगे? तो चलें अपने गिरोह के बीस आदमी।" रामकुमार को स्वीकार करना पड़ा। घाट से लौटने पर तेरहीं तक बड़ी विपत्ति रही। कुटुम्बों का व्यवहार खासे दुश्मनों का-सा रहा। एक की जगह तीन-तीन लेकर टले। माता का भी क्रिया-कर्म उसी ने किया था। पर तब पिता थे, इसलिए संसार का बर्ताव नहीं समझ सका। तेरहीं के बाद उसकी पत्नी विद्या ने कहा- "नक़द आठ सौ रुपये थे, सब ख़र्च हो गए।" धर्म के दबाव से पत्नी ने यह न कहा कि कोई काम देखो, नहीं तो इस तरह और कब तक चलेगा। रामकुमार ने कहा- "अच्छी बात है, खर्च होने दो, मुझे धन के मालिक का पता मालूम है।"

कुछ समय और बीता, रामकुमार की पूजा बढ़ चली। गाँव वाले आपस में बतलाने लगे, 'कैसा बेवकूफ़ है, पढ़ा-लिखा है, कहीं नौकरी या रोज़गारी नहीं करता, रामायण लिए चार-चार घंटे मन्दिर में बड़बड़ाया करता है।' इसके जवाब में कोई कहता है, 'बाप की कमाई का रुपया गाँजा है; हमारी तुम्हारी तरह नदार है? कराया तो तुमने तेरहीं में मनमाना ख़र्च, फिर रुका? नहीं जाता नौकरी करने।

जब माल होता है, तब भगवान का नाम सूझता ही है, आख़िर बैठा-बैठा क्या करे? अब आगे वर्षी में कराओ खर्च दो हज़ार, देख लो, कभी जो हाथ खींचे।' इधर एक रोज ऐसा हो गया कि विद्या के हाथ में एक पैसा भी न रहा। उसने पति से कहा कि आज से अब एक पैसा भी ख़र्च के लिए नहीं है।

युवक रामकुमार गम्भीर होकर बोला- "अच्छी बात है, आज पैसा हो जाएगा।" जैसा उसने पढ़ रखा था कि भरतजी का नाम जपने पर अर्थ होता है, शाम होने पर एक कोठरी में बैठकर भरतजी का नाम जपने लगा। रात ग्यारह बजे तक पाँच हजार जप पूरा कर, वहीं एक चुटके में यह लिखकर कि मेरे इस जप की जो मजदूरी होती हो, यहीं अँगोछे पर रख दीजिए, उठकर पत्नी के पास आया। उधर विद्या भी चूल्हे के पास भोजन तैयार कर बैठी हुई पति के लिए तपस्या कर रही थी। गम्भीर भाव से भोजन कर रामकुमार बाहर आया, तब विद्या ने भी भोजन किया। मारे डर के उसने कारण न पूछा। प्रेम से उच्छ्वसित हो, गम्भीर भाव से, पलंग पर पड़े पड़े पति ने स्वयं पत्नी से अपने अर्थोपागम का मन्त्र बतलाया। विद्या मुँह फेरकर हँसने लगी।

सुबह उठकर रामकुमार नहाया, फिर भक्ति-भाव से उस कोठरी में गया। विद्या मुस्कराती हुई बाहर से झाँकने लगी। रामकुमार ने देखा, भीतर अँगोछा जिस तरह फैलाया था, उसी तरह फैला है; भरतजी पाँच हजार नाम जप की मज़दूरी उस पर नहीं रख गए। हृदय को बड़ा दुःख हुआ। मारे लज्जा के पत्नी से आँख न मिला सका। विद्या बड़े कष्ट से हँसी रोके हुए थी। सान्त्वना की बातें हँस डालने के भय से नहीं कह रही थी। इसी समय छक्कन साह ने द्वार पर आकर पुकारा। छक्कन पहले बचका लाते थे। अब रुपया क़र्ज़ दिया करते हैं। रामकुमार द्वार पर गया; तो छक्कन ने पालागन करके कुशल पूछी। अनुभवी छक्कन पड़ोस के दूसरे गाँव में रहते हैं। आलसी अकर्मण्य आजकल के बाबू युवकों की नस-नस से वाक़िफ़ हो चुके, उन्हें थोड़े रुपये देकर काफ़ी रकम, सोने-चाँदी के गहने ले चुके हैं। रामकुमार के पिता का देहान्त हो चुका है, पेंशन बन्द हो गई है, जवान लड़का बहू के रूप में फंसकर बाहर पैर नहीं निकालता, हैसियत इतनी अच्छी नहीं कि इसी तरह हमेशा निभे, कहीं बीच में रुपयों की जरूरत हुई, तो ऐसा न हो कि दूसरे के हाथ शिकार फँस जाऐ, यह सब सोचकर छक्कन साह घर से चले थे। सरल रामकुमार ने पहले ही कहा "पिता जी की तेरहीं में रहा-सहा रुपया खर्च हो गया है, अब तो बड़ी दिक़्क़त में हैं।" छक्कन का श्रम सफल हुआ। बड़ी हमदर्दी से बोले- "तो डर किस बात का है? आप तो घर के लड़के हैं। जैसे यह घर

आपका, वैसे वह घर भी आपका। आपका खर्च न रुकेगा, रुपयों का इंतजाम कर दिया जाएगा।" रामकुमार के विचार से साक्षात् भरतजी आ गए। बोला- "रुपये तो अभी मुझे चाहिए।" छक्कन समझ गए कि यह बेवकूफ़ है, यह मुझसे उसी तरह रुपये लेना चाहता है, जैसे अपने बाप से लेता था। बोले- "तो कितने रुपये अभी आपको चाहिए?"

"दो सौ।" छक्कन ने कहा- "हमारे पास होते, तो हम दे देते; हमें दूसरे से लेकर देना है और वह बगैर कुछ रेहन रखे रुपया न देगा। अगर आप कहें, तो हम अपने यहाँ से 20 तोले की जंजीर सोने की रेहन करके रुपये ले आवें। आप सोलह तोले भी हमारे यहाँ सोना ले आवें तो पिछले पहर तक दो सौ रुपये ले जा सकते हैं। दूसरे के पास जाएंगे, तो 2 रुपया सैकड़ा ब्याज से कम में न देगा, हम एक रुपया ही सैकड़ा लेंगे।" इसके सिवा कोई चारा न था। रामकुमार ने रुपयों का इंतज़ाम कर रखने के लिए कह दिया। उधर छक्कन घर गए, इधर वह पत्नी के पास आया। बड़ी लाज लगी, पर उपाय न था, विद्या से कहा- "अपनी जंजीर दे दो, तो पिछले पहर रुपये ले आऊँ।" अम्लान विद्या ने बॉक्स खोलकर जंजीर निकाल दी, फिर पति को देखती हुई, उसे ही हर तरह पाने की प्रार्थना से हाथ पर रख दी। रामकुमार जंजीर लिए पड़ा रहा। चौका टहल कर, पानी भरकर चलती हुई महरी ने पूछा- "आज अभी तक भैया पड़े हैं, गाँव के लोग कहते हैं, आज सुबह छक्कन साह आए थे, जान पड़ता है, दिवाला छह महीने में निकल गया, क्या बात है बहू?"

"बात क्या है? तुम अपना काम करो, कहने के लिए दुनिया है, किसी की जीभ में ताला पड़ा है?" भोजन पकाकर, पति को समझाती हुई बोली- "तुम्हारी जैसी इच्छा हो, करो-फिर हम दोनों एक साथ भीख माँगेंगे, पर अब मैं तुम्हें कहीं भी न जाने दूँगी। मेरे चार हजार के गहने हैं, तुम सब बेच डालो।" रामकुमार को आज कार्यतः पहले पहल प्रिया के अपार प्रेम का परिचय मिला। उठकर नहाया, भोजन किया, शाम को तीस तोले की जंजीर के बदले दो सौ रुपये लेकर घर लौटा। हृदय को बड़ी चोट पहुँची। 'जो राम पृथ्वी के ईश्वर हैं, जो भरत सृष्टि-भर को भोजन देते हैं, उन्होंने स्वयं अपने भक्त की लाज ले ली, अब मैं किस विश्वास पर उन्हें पुकारूँ? वे मेरे किस काम आएंगे?' सोचते-सोचते मस्तिष्क में गरमी छा गई। प्यार की जगह चोट खाकर मनुष्य मुश्किल से सुधरता है। इसी समय याद आई, 'भगवान चित्रकूट में हैं। तुलसीदास को वहीं उनके दर्शन हुए थे।' काग़ज़ लेकर उनके नाम चिट्ठी लिखने लगा। लिखा-

प्रभो,

मुझे तुम्हारा बड़ा भरोसा था। मेरी नाव अब मझदार में है। पर तुम्हारी कृपा तो मुझे नहीं नज़र आती। अब तुम्हारे सिवा संसार में मेरी मदद करने वाला कोई नहीं है। मेरे पिता का भी सहारा तुमने छुड़ा दिया। अब तो दया करो। तुमने सुग्रीव और विभीषण को राजा बना दिया; तो मेरी कुछ तो ख़बर करो। प्रभो, मैंने तुम्हीं को संसार में माना है और आज तुम्हारी ओर से मुँह फेरते हुए छाती दो-टूक हुई जा रही है। प्रभो, दास पर दया करो, वह बड़े दुःख में है। रामायण में भक्त-शिरोमणि तुलसीदास जी ने लिखा है-

"जो सम्पति शिव रावणहिं, दीन दिए दस माथ;
सोई सम्पदा बिभीषणहिं, सकुचि दीन रघुनाथ।"

क्या यह सब झूठ ही है? रघुनाथ, विश्वास तो नहीं होता। अधिक और क्या लिखूँ? तुम तो हृदय-हृदय का हाल जानते हो, स्वामिन्।

तुम्हारा दास
'रामकुमार'

ऊपर लिफ़ाफ़े में, श्रीरामचन्द्र सिंह, रामघाट, चित्रकूट, सीतापुर, बाँदा लिखकर चिट्ठी डाकखाने में छोड़ दी। एकचित्त से प्रभु के उत्तर की राह देखता रहा। चिन्ता में दुर्बल हो गया। एक दिन चिट्ठीरसा वही चिट्ठी वापस ले आया। चिट्ठी देखकर रामकुमार अर्द्ध-विक्षिप्त हो गया।

धीरे-धीरे वर्षी का समय आ गया। लोग स्वयं उसे बुलाकर सलाह देने लगे कि 'कुल कमाई तुम्हारे पिता की है, ऐसा न हो कि स्वर्ग में उन्हें संकोच हो।' लोग इस प्रसंग पर रामकुमार को काफ़ी आदर देते थे। उसके चले जाने पर आपस में कहते, 'इनके पिता हँसिया खुर्पी छोड़कर परदेस गए थे, खैर, उनकी तो निबह गई, पर इन्हें देखो, पकड़ाते हैं चार साल में।'

विद्या ने कभी पति को कोई सलाह न दी। पति की ही मर्जी उसकी मर्जी रही। रामकुमार के हृदय को भक्ति से स्वार्थपूर्ति न होने पर एक चोट लगी है, यह वह समझ चुकी थी, इसलिए अपने स्नेह से बराबर उसे सिक्त रखने का प्रयत्न करती रहती। इसी बल से रामकुमार चल-फिर रहा था। पिता की वर्षी में दो

हज़ार का ख़र्च है। इस बार विद्या के सब गहनों की बाजी है। बिना वर्षी किए जा नहीं सकता, पिता को लोग हँसेंगे। यह सोच-सोचकर एक दिन वर्षी की तैयारी करनी पड़ी। विद्या ने कुल जेवर निकालकर दे दिए। उनकी तरफ़ देखा तक नहीं। बराबर निगाह पति की आँखों से मिली रही।

वर्षी हो गई। दो हजार ब्राह्मणों का जमाव रहा। एक दिन उसने अपने ही कानों शाम को आते हुए सुना, लोग बातचीत कर रहे थे, 'कैसा बेवकूफ़ बनाया!' रामकुमार संसार से सब प्रकार हताश हो गया। एक दिन विद्या को विदा कराने के लिए उसका भाई आया। रामकुमार को निराभरण विद्या को भेजते हुए बड़ी लज्जा लगी। पर वह स्वयं कुछ दिनों के लिए विद्या से अलग होना चाहता था। पति को छोड़कर पिता के यहाँ जाने की विद्या की भी इच्छा न थी। उसने निश्चय कर लिया था, एक दिन इनके साथ हाथ पकड़कर हमेशा के लिए घर छोड़ेगी। ऐसी दशा जब उत्तरोत्तर हो रही है, तब वह दिन भी शीघ्र आने वाला है, जब इसे स्त्रीत्व की विभूतियों से अमर, ऊँचा आदर्श पति के प्रेम में पूरा करना होगा। उसे बिना गहनों के मायके जाने में लाज न थी, जहाँ उसके बालकेलियों से उज्ज्वल, निराभरण रूप वाले दिन बीते थे। वह केवल पति के सोच में थी। पर रामकुमार, कुछ समय हीरे की खान ढूँढ़ने के लिए निकले हुए यूरोपीयों की तरह, अर्थ के अन्वेषण में अकेला चलना चाहता था। विद्या को घर में निस्संग रहने के कारण कष्ट होगा, सोचकर, मौका देख एकान्त में उसने समझाया कि जब तक किसी जगह वह पैर न जमा सके, तब तक विद्या का मायके ही रहना अच्छा होगा, और उसके विदा होने के बाद वह भी अर्थ की तलाश में निकलेगा।

विद्या पति की पद-धूलि लेकर भाई के साथ चली गई। रामकुमार भी अर्थ की खोज में बाहर निकला। लखनऊ, कानपुर और प्रयाग में कई जगह गया, पर किसी ने भी न पूछा। वह क्या जाने कि संसार किसे कहते हैं, एक साधारण-सी जगह के लिए कितने असाधारण कार्य करने पड़ते हैं, कितना छल, कितनी खुशामद, कितनी सिफ़ारिश दो रोटियों की नौकरी के लिए आज ज़रूरी हो रही है? उसके राम इस संसार के स्वामी हो सकते हैं, पर बर्ताव में इस संसार के स्वामी उसके राम नहीं। सभी जगह से उसे अपमान सहकर लौटना पड़ा; सभी ने उसे बेवकूफ़ बनाकर छोड़ा। उसके हृदय की कौन जानता था? पर उसकी मूर्खता, नौकरी के लिए बेकायदा आकर गिड़गिड़ाने पर सब पहचान लेते थे। वह कितना पवित्र है, इसकी किसे आवश्यकता है? उसे संसार का, ऑफ़िस का कुछ ज्ञान नहीं, यह सब समझ जाते थे। उसने क्यों पहले से ऑफ़िस का ज्ञान प्राप्त नहीं

कर लिया? दस रुपये की नौकरी? नहीं है। रुपया पेड़ में फलता है? लाखों का माल किसी के पास होता है तो वह लुटा देता है? लोग दमड़ी की हण्डी बजाकर लेते हैं।

सब जगह ठोकरें मिलीं। रामजी के विश्वास पर इधर जो शैथिल्य आ गया था, संसार का जितना तृण इस मन्द अंगार पर आ पड़ा था, संस्कार की तेज हवा से जलने लगा। तमाम आग राम के ही विश्वास में बदल गई। बार-बार हृदय में स्पन्द-स्पन्द पर ध्वनित हो चला, जिन पर इतने बड़े-बड़े महात्मा विश्वास करते आए, वह एक मिथ्या कल्पना-मात्र है? आज तक जिसके सहारे का भरोसा किया, वह शून्य की तरह कुछ भी नहीं? रामकुमार का मस्तिष्क और हृदय जलने लगा। प्रयाग-स्टेशन आ चित्रकूट के लिए टिकट कटाकर गाड़ी पर बैठ गया।"

जब चित्रकूट उतरा, तब उसके पास कुछ न था। जो कुछ थोड़ा-सा सामान और रुपया-पैसा था, मानिकपुर और कर्वी के बीच जब रात को गाड़ी पहाड़ी जंगल पार कर रही थी, दूसरों की आँख बचाकर फेंक दिया। चित्रकूट पहुँचे चुल्लू से पयस्विनी का जल पीकर, एक यात्री की कृपा से नदी पार हो, हनुमद्धारा में पहले रामभक्त महावीरजी के दर्शन करने गया। पहाड़ की सीढ़ियाँ तय कर बड़े भक्तिभाव से हनुमानजी को प्रणाम किया। पर पैसे न चढ़ाये, थे ही नहीं। एक बाबा जी बैठे थे, गालियाँ देने लगे। चुपचाप, कुछ देर भी विश्राम किए बिना, लौटा। महावीरजी की सहायता से विश्व-सम्राट् भगवान श्रीरामचन्द्रजी से वह पैसे माँगने गया था, चढ़ाने नहीं। थका हुआ, सीढ़ियाँ उतरने लगा। सावन की सजल दिगन्त तक फैली हुई श्याम शोभा राममयी हो रही थी, शीतल-सुख-स्पर्श वर्षा-समीर बह रही थी, पर उसके हृदय की आग इससे और जल-जल उठने लगी। इतने जल में भी मुख सूख गया। नदी के किनारे दीन-भाव से आकर खड़ा हुआ। अबकी मल्लाह ने स्वयं दया की। पार उतरकर रामकुमार कामद-गिरि की परिक्रमा करने लगा। पहाड़ पर मोरों के झुण्ड निर्भय नृत्य कर रहे थे। बड़े-बड़े पेड़ हवा के झोंकों से लहरा-लहराकर कह रहे थे 'हम पूर्ण हैं, हमें कुछ भी न चाहिए।' एक जगह लोगों से उसने पूछा- "भगवान के इस गिरि पर क्या है?" लोगों ने कहा- "इस पर भगवान स्वयं रहते हैं। ऊपर एक बड़ा-सा सरोवर है, उसके किनारे उनकी कुटी है, वहीं सीताजी और लक्ष्मणजी के साथ वह निरन्तर तपस्या करते हुए भक्तों की मनोकांछाएँ पूरी करते रहते हैं।" रामकुमार ने आग्रह से पूछा- "वहाँ दर्शन के लिए जाने की मनाही क्यों है?" उत्तर मिला- "वहाँ जाने से भी दर्शन नहीं हो सकते, भगवान, सरोवर, कुटी सब लुप्त हो जाते हैं।"

रामकुमार को बड़ा ताज्जुब हुआ। उसने निश्चय किया, लोग दिन को नहीं चढ़ने देते, मैं रात को चढ़ेंगा। फिर वह परिक्रमा करता गया। पहले भूख और प्यास से सूख रहा था, अब इस निश्चय से राम-दर्शन-भर पर विश्वास दृढ़ हुआ, चेहरा गुलाब के फूल-जैसा खुल गया। प्राकृतिक शोभा जैसे सूचित कर रही हो, राम हैं, वह मिलेंगे। ख़ुशी से परिक्रमा करता हुआ मंसूबे बाँधता रहा।

परिक्रमा समाप्त कर एक मन्दिर में शिव-नाम जपता हुआ उनकी कृपा की भिक्षा, जिससे रामजी के दर्शन मिल जाऐं और अपने समय की प्रतीक्षा करता रहा। सब दिनों की असफलता आज आशा में पूरी सफलता बनकर उसे आनन्द में लहरा रही थी। रात दस बजे तक वह उसी मन्दिर में बैठा रहा। जब देखा कि सब सुनसान हो गया है, तब बाहर निकला। घोर अंधकार छाया हुआ था। आकाश में सावन की घटा छायी हुई थी, हवा चल रही थी, बादल गरज रहे थे। परिक्रमा का अन्त करने से कुछ पहले एक स्थान उसे ऐसा मिला, जहाँ मन्दिर कम हैं, रास्ता रोकने वाले लोगों का भय नहीं। वहीं से पहाड़ चढ़ने का उसने निश्चय किया था, उसी ओर, उल्टी परिक्रमा करता हुआ चला। घोर रात्रिकाल। मन्दिरों के द्वार बन्द हो चुके थे। शायद लोग भी सो चुके हों। तीव्र आकांक्षा से बढ़ता हुआ अपने स्थान पर पहुँचा। देखा, कामद-गिरि का बड़ा भयानक रूप हो रहा था। पर रामकुमार के प्राणों को चोट पहुँची थी, राम को वह प्यार करता था, उन्हीं राम ने संसार में उसे अकेला छोड़ दिया है, प्रार्थना पर भी सहायता नहीं की। इसलिए मृत्यु भी आज तुच्छ है-सत्य का साक्षात्कार, चिरकाल के प्यार वाले राम एक तरफ़ हैं, घोर प्रकृति, दुर्धर्ष पहाड़, अपार बाधाएँ प्राणों का मोह पैदा करती हुई एक तरफ़। पर प्राणों का मोह तो उसे होता है, जिसका संसार सुखमय, विलास की रंगशाला में परियों की पद-भूमि हो। एक बार पहाड़ की ओर गर्दन उठाकर रामकुमार ने देखा। घोर अंधकार के सिवा कुछ भी न दिखायी पड़ा। उसके बाद नग्न गिरि की पूजा में अपने वस्त्र उतारकर पद-मूल में नमन कर मन-ही-मन कहा- "लो, अब कुछ भी मेरे पास अपना कहने के लिए नहीं रह गया, मैं अब केवल उनसे मिलकर एक बार पूछना चाहता हूँ, मेरे पत्र का ग्रहण मेरे किस अपराध के फलस्वरूप आपने नहीं किया?" अर्द्ध-विक्षिप्त-सा होकर बाह्य त्याग को सीमा तक पहुँचाकर रामकुमार पहाड़ चढ़ने लगा। कमर-भर सब जगह घास उगी हुई, खड़ा पहाड़, वर्षा के जल से पत्थरों पर कहीं-कहीं काई जमी हुई, प्रति पद साँप और बिच्छुओं का भय। पर रामकुमार को कोई होश नहीं, केवल राम से मिलने की लगन लगी हुई। कुछ दूर बाद पहाड़ से एक झरना उतरा था,

जल न था, वह रास्ता मिलने पर, उसी से हाथ-पैर, चारों टेककर चढ़ता गया। कुछ दूर जाने पर थका, तो महावीरजी के देह के घी-मिले सिंदुर की सुगन्ध आने लगी। मन में विचार आया, महावीरजी मेरे साथ मेरी रक्षा कर रहे हैं, फिर प्राणों को अपूर्व बल प्राप्त हो गया। फिर चढ़ने लगा। तीन-चौथाई पहाड़ चढ़ गया, तब सामने पहाड़ का एक हिस्सा लटका हुआ दिखायी पड़ा। चढ़ने का उपाय न था, बड़ा दुःख हुआ। उसी समय बिजली कौंधी। प्रकाश में कुछ पग दाहिने एक पेड़ दिखायी पड़ा, जो पहाड़ के लटकते हिस्से की बाल से उगकर उससे मिला हुआ तने से ही कुछ ऊँचा उठ गया था। रामकुमार उसी पेड़ पर चढ़कर उस लटकते हिस्से पर गया। अब बूँदों की वर्षा होने लगी। पर रामकुमार चढ़ता ही गया। जब कुछ और ऊपर गया तो वैसा ही एक दूसरा उससे कुछ और ऊँचा लटकता हिस्सा दिखायी पड़ा। ठीक इसके बाद कामद-गिरि की चढ़ायी समाप्त थी, पर चढ़ने का कोई उपाय न था। बिजली चमकी, देखा, दूर तक पहाड़ वैसा ही खड़ा चढ़ा था। ऊपर से लटका हुआ। अब पानी भी धीरे-धीरे बरसने लगा। लाचार हो, उसी लटके पहाड़ के नीचे बैठकर रोने लगा।

कुछ देर बाद पानी बन्द हो गया। उसे भय हुआ कि दिन को लोग देखेंगे, तो पकड़कर मारेंगे। रात दो-ढाई घंटे रह गई थी, तब तक पहाड़ से उत्तर जाने का निश्चय कर उतरने लगा। उसी तरह पहले पेड़ से होकर उतरा। फिर धीरे-धीरे घंटे भर बाद नीचे आया। कपड़े जो उतारकर कामदगिरि पर चढ़ा दिए थे, फिर से पहन लेने की इच्छा हुई। जहाँ उतारे थे, वहाँ देखने लगा, वहाँ कोई कपड़ा न मिला। पवन देव न-जाने कहाँ उड़ा ले गए थे। अब बड़ी लज्जा लगी। अँधेरा जब तक है, तब तक बस्ती छोड़कर दूर निकल जाने को जी करने लगा। वह पयस्विनी की तरह चला। रास्ते में नाला छाती तक भरा हुआ मिला। वहाँ उसे मालूम हुआ, पानी जोर का गिरा है। नाला पार कर पयस्विनी के तट पर गया, तो पानी के मारे सब घाट डूब गए थे। नदी का रूप भयंकर हो रहा था। जहाँ आदमी चलते थे, वहाँ कहीं-कहीं छाती से ज़्यादा पानी था। यह देखकर अनजाने एक दूसरे रास्ते से चलकर सीतापुर के भीतर पैठा। जल्द-जल्द बस्ती के बाहर जा रहा था। उषा के क्षीण प्रकाश से अँधेरा हट चला। अभी तक लोग जगे न थे। कुछ दूर जाने पर ब्राह्ममुहूर्त में उठने वाले एक यज्ञोपवीतधारी ब्राह्मण मिले। ब्राह्मण देवता को देखकर रामकुमार ने करुण कण्ठ से प्रार्थना की 'आप अपना गमछा मुझे दे दीजिए! यहाँ बस्ती है।' ब्राह्मण गला फाड़कर पुकार उठे "चोर है! पुलिस पुलिस!" रामकुमार धीर पद चल दिया। लोगों ने निकलकर देखा, प्रशान्त

अविचल नग्न युवक-साधु चला जा रहा है-उसकी चाल में चोर के लक्षण नहीं। ब्राह्मण ने कहा- "यह मुझसे अँगोछा माँग रहा था।" लोगों ने कहा- "मूर्ख, बस्ती के विचार से साधु ने ऐसा कहा होगा, तेरा एक अँगोछा लेकर वह क्या करेंगे? तूने बड़ा धोखा खाया, डेढ़ गज कपड़े के तुझे थानों मिलते।"

धीरे-धीरे रामकुमार बस्ती पार कर गया। जिधर निगाह जाती है, लक्ष्यहीन उसी तरफ़ चला गया। दुःख, ग्लानि, क्षोभ, क्लान्ति और भूख से बिलकुल मुरझा गया था। मन इतने उच्च स्तर पर था कि उसे अपने नग्न शरीर के लिए अब बिलकुल लज्जा न थी। प्रकाश फैलने के साथ ही लाज का अँधेरा भी मिट गया। सामने महुए के दो-तीन पेड़ दिखायी पड़े, उसी ओर चला। पहुँचकर छाया में बैठते ही इतनी क्लान्ति बढ़ी कि लेट गया। लेटते ही बेहोश हो गया।

जब जागा, तब दोपहर थी। देह फूल-सी हल्की हो गई थी। इतनी स्वच्छता का उसे कभी अनुभव न हुआ था। शंका आप-ही-आप पैदा हुई, 'क्या भगवान नहीं हैं?' सुना, ठीक मस्तक के ऊपर से आवाज़ आई "हैं, हैं।"

ताज्जुब में आ निगाह उठाकर देखा, एक सुग्गा बैठा हुआ फिर "टें-टें" कर उठा। सन्देह से निगाह हटा ली। फिर शंका हुई, "यह सब क्या है?"

फिर ऊपर से आवाज़ आई "चित्रकूट,"

"चित्रकूट।"

मन में उत्तर तैयार हो गया- "चित्रकूट है इसका।"

समास का ज्ञान रामकुमार को था। इस उत्तर के निकलते ही जैसे सारी पृथ्वी उसकी दृष्टि में चक्कर खाने लगी, पेड़ आदि सब घूमने लगे, घूमते-घूमते, धूमिल छाया में बदलते हुए सब आकाश में मिलने लगे। अन्त में रामकुमार को कहीं कुछ न दिखायी पड़ा। उसके देह है, यह ज्ञान भी न रहा। शरीर निश्चल, आँखें निष्पलक रह गईं।

कुछ देर बाद ज्ञान हुआ। गोस्वामी तुलसीदास जी की जीवनी का वह अंश याद आया, जहाँ लिखा है, महावीर-रूपी तोते ने कहा है-

"चित्रकूट के घाट पै भइ सन्तन की भीर;
तुलसिदास चन्दन घिसैं, तिलक देत रघुबीर।"

इसके बाद ही शुकदेव को याद आई।

मन में फिर शंका हुई 'तो क्या अभी-अभी जो कुछ मैंने देखा, यही राम हैं?' फिर सुनायी पड़ा- "हाँ-हाँ!" आँख उठाकर देखा "टें-टें" करता हुआ सुग्गा उड़ गया।

फिर मन चिरकाल से अभ्यस्त अज्ञान वाले घर में जाना ही चाहता था कि "उठ-उठ" की आवाज आई। फिरकर देखा तो एक कठफोड़वा दूसरे महुए की सूखी डाल में खटाखट चोंच मार रहा था।

इस समय कुछ चरवाहे बालक सामने आ हाथ जोड़कर बोले- "महाराज गाँव जाइये। पास ही, वह दिखायी पड़ता है।"

रामकुमार उठकर खड़ा हो गया। भूख लग आई। भिक्षा की इच्छा हुई। गाँव की ओर चला। मन आज की विश्व-प्रकृति के अद्भुत सत्य-परिचय में तन्मय था, स्वभाव एक सरल बालक सा-बन रहा था। लज्जा लेश-मात्र न थी। घर-द्वार, पेड़-पौधे छायामय दिखायी दे रहे थे। उनका सत्य उसी के पास सिनटा हुआ था। गाँव पहुँचकर, एक द्वार पर खड़ा हो, मौन अंजलि फैला दी। उसे अब कोई आवश्यकता नहीं मालूम दी कि यह किस जाति वाले का घर है, जाँचकर भिक्षा ले। वह बाहरी दुनिया को इतना कम देख रहा था। जिसके द्वार पर उसने हाथ फैलाया था, वह नीच जाति का मनुष्य था। उसके यहाँ किसी साधु ने भोजन-भिक्षा नहीं ली। उसके संस्कार भी ऐसे बन गए थे कि उसे भोजन देते हुए संकोच हुआ, गाँव के ऊँचे कुल वालों से डरा, प्रणाम कर भक्ति-पूर्वक उसने कहा- "महाराज, आप उस तरफ़ जाइये, उधर ब्राह्मणों के मकान हैं।" रामकुमार उसी तरफ़ चला। कुछ दूर पर एक आदमी बैठा था, देखकर रामकुमार ने पूर्ववत् अंजलि फैला दी।

इसी समय "अरे रामकुमार! तुम्हारा यह हाल!" कहकर वह युवक ऊँचे स्वर से रोने लगा। अब रामकुमार का भी ध्यान उसकी तरफ़ गया। उसने देखा, युवक उसका मित्र है। जब वह पिता के साथ परदेश में रहता था, तब वहाँ यह युवक भी अपनी बहन के पास जाकर कुछ साल तक ठहरा था। दोनों घनिष्ठ मित्रता के पाश में बंध चुके थे।

परिचय के पश्चात् रामकुमार का मन नीचे उतर चला, उसे लाज लगने लगी। युवक एक धोती आप-ही-आप ले आया और देकर कहा कि इसे पहनकर यहीं कुछ दिन रहो और अपने समाचार कहो। उसकी स्नेहमयी मैत्री का दबाव

रामकुमार हटा न सका, धोती पहनने लगा। गाँव के कुछ लोग एकटक यह स्नेह-संयोग देख रहे थे। बाद को युवक से उन्हें मालूम हुआ, यह भले घर का लिखा-पढ़ा लड़का है, भक्ति के आवेश में इसने ऐसा किया है।

जलपान तथा भोजन समाप्त कर युवक ने अपने पिता के स्वर्गवास का हाल तो कहा, पर वह भगवान रामचन्द्रजी से रुपया माँगने के लिए चित्रकूट आया हुआ है और इसी उद्देश्य से नग्न है, यह कुछ न कहा। उसी रात को सोते हुए उसने स्वप्न देखा, उसका वही मित्र सूर्य की तरह प्रकाशवान, श्यामलाभ धनुर्धर साक्षात् रामचन्द्र है, हँसता हुआ कह रहा है, तुमने अर्थ के लिए बड़ा परिश्रम किया, मैंने तुम्हें दिया। इसी समय आँखें खुल गईं। देखा, उसका युवक मित्र उठ बैठा है, ठीक ब्राह्ममुहूर्त है। युवक ने कहा- "रामकुमार, मैंने आज बड़ा खराब स्वप्न देखा, देखा कि तुम एक नदी तैरकर पार कर रहे हो, पर बीच धारा में पड़कर बहे जा रहे हो, तुम्हें बचाने को मैं भी नदी में कूदा, तब न वहाँ पानी था न तुम, घबराकर उठ बैठा।"

दूसरे दिन रामकुमार को कर्वी-स्टेशन पर ले जाकर उसने घर तक का टिकट कटा दिया। प्रयाग उतरकर नौकरी की तलाश में पूछताछ करता हुआ वह 'नवयुग' प्रेस में गया, वहाँ चिट्ठियाँ लिखने के लिए एक क्लर्क की आवश्यकता थी, जगह बीस रुपये की। उसकी बातचीत से मालिक को दया आ गई, उसे रख लिया।

वहीं से उसने पढ़ना शुरू किया, और साल ही भर में एक उपन्यास लिखा, और मुफ़्त छापने को दे दिया। उपन्यास की भाषा बड़ी सजीव थी। भाव बिलकुल नये। लोगों को बहुत पसन्द आया। खूब बिका। नौकरी छोड़ दी। दूसरे साल तीन उपन्यास लिखे। चार ही साल में वह उपन्यास-साहित्य की चोटी पर पहुँच गया। कई हजार रुपये उसने एकत्र कर लिए। सारा ऋण चुका दिया, और अब विद्या के साथ सुखपूर्वक रहता है।

रामकुमार का कहना है कि ईश्वर ही अर्थ है, वह जिस भक्त पर कृपा करते हैं; उसमें सूक्ष्म अर्थ बनकर रहते हैं, जिससे वह स्थूल अर्थ पैदा करता रहता है।

हीरालाल ने कहा- "संसार के व्यवसाय में भी सूक्ष्म अर्थ ही स्थूल अर्थ पैदा होने के कारण है।"

फिर दिनेश की ओर देखकर पूछा- "अच्छा, तोते की जगह आपको विश्वास होता है?"

"मुझे कुल आत्मकथा पर विश्वास है।" दिनेश ने उत्तर दिया।

"तो रामकुमार की तरह आपको भी हिन्दू-धर्म के गपोड़ों पर विश्वास करने की आदत है।"

"नहीं, इसलिए नहीं, बल्कि रामकुमार..."

छूटते ही हीरालाल ने पूछा- "रामकुमार आप ही हैं?"

"नहीं, रामकुमार को वस्त्र देने वाला उसका मित्र।"

11

न्याय

अभी उषा की रेशमी लाल साड़ी प्रत्यक्ष हो रही है, भास्कर-मुख अपर प्रान्त की ओर है, केवल केशों की सघन व्योम-नीलिमा इधर से स्पष्ट। मुख का मृदुस्पर्ष प्रकाश, लघुतम तूलि जैसे, पर दिगन्तशोभ से उतरकर तन्द्रा से अलस जीवों को जगा रहा है। खिली अमलतास की हेमांगी शाखाएँ तरुणी-बालिकाओं-सी स्वागत के लिए सजकर खड़ी हैं। पवन पुनः पुनः उषा का दर्शन शुभ मधुर सन्देश दे रहा है। निबिड़ नीड़ाश्रय से विहंग प्रभाती गा रहे हैं।

इस सुख के समय गोमती-तट से क्षिप्र गति में दो-एक भ्रमणशील शिक्षित युवक शंकाकुल लौटते हुए दिखायी पड़ते हैं, जैसे शीघ्र घर लौटकर भ्रमण के लिए जाने का सत्य भी छिपाना चाहते हों। भय और उद्वेग का अशुभ कारण कोई किसी से नहीं कह रहा।

उसी रास्ते के दूसरी ओर वकील लाला महेश्वरीप्रसाद रहते हैं। रोज सुबह उसी रास्ते घड़ी और छड़ी लेकर टहलने जाते हैं। उधर चले, तो लौटने वाले एक अनजाने आदमी को देखकर मन में चौंके। उससे घबराकर चलने का कारण डरते-डरते पूछा। उत्तर में, सँभलकर उसने कहा- "आपको भ्रम हो रहा है, मैं घबराने क्यों लगा?"- फिर अपना रास्ता नापा। वकील महेश्वरीप्रसाद आगे बढ़े। गोमती के किनारे कुछ दूर जाने पर बड़ी करुण आवाज आई "भैया! मुझे निकाल लो, तीन आदमी सुन-सुनकर चले गए, दया करो, मैं आप नहीं निकल सकता, जख्मी हूँ। रात को मारकर डाल दिया है बदमाशों ने।"

वकील साहब के कलेजे में हूक-सी लगी। उल्टे पैर भगे। उनका बंगला पास ही था। रास्ता छोड़कर खेतों से दौड़े। एक दूसरे बँगले से एक युवक उनकी चाल देखकर हँस रहा था। हाथ के इशारे से वकील साहब ने उसे पास बुलाया। युवक चला गया। घबराये हुए गोमती की तरफ़ उँगली उठाकर वकील साहब ने कहा- "वहाँ जाओ, देखो।" कहकर बँगले की तरफ़ बढ़े। युवक गोमती की तरफ़ गया।

घायल की दशा देखकर युवक को दया आ गई। उसके सीने में दोनों तरफ़ से छुरा भोंका गया था। गोमती के प्रवाह से देह का तमाम खून बह गया था। पर वह साधारण मनुष्य से ज्यादा सचेत था, आवाज ज्यादा साफ़। वीर कर्तव्य की और देखता है, काल्पनिक भविष्य-विपत्ति की ओर नहीं। उस घायल की रक्षा की लिए उसके विशाल हृदय में सहानुभूति पैदा हुई, व्यायाम से कसी बाँहें अपनी ही शक्ति से वासस्थल तक ले जाने को फ़ड़कने लगीं। आँखों ने अपने भाई को देखा।

एक हाथ जाँघों से, एक गर्दन से लगाकर अनायास युवक उसे निकालकर अपने डेरे को ले चला। जल से निकलते ही घावों की पीड़ा से घायल चीत्कार करने लगा। नज़दीक ही युवक का डेरा था। अपने बिस्तर पर ले जाकर लेटा दिया। कपड़े की रगड़ से पीड़ा बढ़ रही थी, घायल ने उतार देने के लिए कहा, सँभालकर युवक ने एक-एक कपड़े उतार दिए।

फिर काग़ज़ लेकर उसके बयान लिखने लगा। घायल को बेहोशी आ रही थी, कहते-कहते भूल जाता था। कुछ असंबद्ध उक्तियाँ युवक ने लिख लीं। घायल मूर्छित हो गया।

युवक व्यग्रता से निश्चय न कर सका कि क्या करे, पहले थाने में रिपोर्ट लिखवाये या अस्पताल ले जाऐ। घायल की प्रति-मुहूर्त बढ़ती हुई बुरी हालत एक बार उसे थाने की ओर ढकेलती, फिर अस्पताल की ओर। अन्त में अस्पताल ले जाने का निश्चय किया। पास एक रईस रहते थे। उनके यहाँ जाकर उसने कुल किस्सा बयान किया और उनकी मोटर माँगी। उन्होंने घड़ी देखकर कहा- "सिर्फ़ छह मिनट समय रह गया है, हमें डिप्टी कमिश्नर साहब से मिलने के लिए जाना है।" कहकर निगाह फेर ली। एक बार उनकी तरफ़ देखकर युवक अपने कमरे में चला आया। उस बँगले में 3-4 भले आदमी किराये पर रहते थे। जब घायल को लेकर युवक आया था, तब वे लोग थे घायल के मौन होते ही सब लोग उसकी साँसों से जाग्रत बँगले के शरीर से स्वप्न की तरह अद्दश्य हो गए घबराया हुआ युवक रास्ते पर आकर खड़ा हुआ। एक खाली ताँगा सवारी छोड़कर कार्लटन होटल से निकला। कुछ हाल न कहकर युवक ने ताँगा बुला लिया। बँगले जाकर ताँगेवाला जख्मी को देखते ही बिगड़कर बोला- "आप हमें फँसाना चाहते हैं? यह रास्ते भर को भी तो न होगा।" कहकर उसने अपना ताँगा बढ़ाया। युवक को काठ मार गया। कुछ देर बाद खड़ा कवियों के स्वर्गतुल्य, अप्सराओं के नूपुरों से

मुखर, इस मनोहर संसार को भावना की अचपल दृष्टि से देखता रहा, फिर घायल के पास गया। देखा, सब खेल ख़त्म हो चुका है। साँस देखी, नाड़ी देखी, कहीं से भी उसके अस्तित्व का प्रमाण नहीं मिल रहा है, सूख गया। सिर्फ़ उसका नौकर मालिक की आज्ञा-पूर्ति के लिए मुस्तैद उसकी तरफ़ देख रहा था। हताश होकर युवक कुर्सी पर बैठ गया। एक चिट्ठी लिखकर नौकर से 'वसन्तावास' दे आने के लिए कहा। नौकर चिट्ठी लेकर गया, युवक थाने की ओर चला। रिपोर्ट अधूरी और ऐसी थी कि साथ-साथ दारोगा जी की तहक़ीक़ात को जरूरत हुई। वह युवक के साथ हो लिए। बँगले पहुँचकर देखा, एक लाश पलंग पर पड़ी है, सीने में दोनों तरफ़ से छुरे की तरह कोई अस्त्र भोंका गया है। पूरी मुस्तैदी से गोमती तट, मृतक के लेटने की विधि आदि की परीक्षा कर, निर्भय, निश्चित होकर दारोगा जी कुर्सी पर बैठ गए और गम्भीरः प्रभावोत्पादक स्वर से पुनः पूछने और बयान लिखने लगे।

"आपने इसे कहाँ देखा है?"

"एक बार कह चुका हूँ।"

"आप वहाँ कैसे गए?"

"मुझसे वकील बाबू महेश्वरीप्रसाद ने कहा, वह उस तरफ़ वाले बँगले में रहते हैं।" कांस्टेबल को भेज दिया।

थानेदार साहब ने बाबू महेश्वरीप्रसाद को कारण बताकर ले आने के लिए

"फिर आपने क्या किया?"

"मैं इसे उठा लाया, यह निकाल देने के लिए मुझे देखते ही पुकारकर कहने लगा था।"

"उगप कैसे ले आए?"

दारोगा जी ने एक बार युवक के पुष्ट शरीर को देखा।

"बाँहों पर उठाकर।"

"इसके कहने पर कपड़े उतारे, फिर पूछ-पूछकर बयान लिखने लगा।"

"दिखलाइये वह काग़ज।"

"फिर आपने क्या किया?"

युवक ने काग़ज़ दे दिया। पढ़कर थानेदार साहब जामे से बाहर हो गए। डाँटकर कहा- "यह कोई बयान है? नाम है किरिश्नाचरन (कृष्णचरन) बस, बाप का नाम? क़ौम?"

"क़ौम के लिए मैं पूछ रहा था, पर वह बोल नहीं सका।"

पूरे सन्देह की दृष्टि से थानेदार साहब ने युवक को देखा। व्यंग्य करते हुए बोले- "आप जब गए थे, तब पानी में डूबा हुआ यह साफ़ आवाज़ निकाल रहा था, पर आपके यहाँ आते ही इसकी जबान में ताला पड़ा गया।"

युवक ने भी व्यंग्य किया- "जी हाँ, जब यहाँ मरा पड़ा है, तो वहाँ भी क्यों न मरा पड़ा होगा?"

क्रूर दृष्टि से थानेदार साहब ने युवक को घूरा। कहा- "और 'चौक से आ'- इसके क्या मानी?"

"यह मैं क्या बताऊँ? मैंने पूछा था, वह सवाल ऊपर लिखा हुआ है कि तुम कैसे मारे गए तो 'चौक से आ' कहकर चुप हो गया।"

"फिर 'किसने मारा?' 'मह।' 'मह' ने मारा? 'मह' क्या बला है?"

युवक थानेदार साहब की स्वगतोक्ति सुनकर मन-ही-मन भारतवर्ष की पुलिस के साथ विलायत की पुलिस को मिला रहा था, इसी समय सिपाही बाबू महेश्वरीप्रसाद के यहाँ से संवाद लेकर लौटा, दारोगा जी से कहा- "बाबू महेश्वरीप्रसाद बँगले में नहीं हैं, उनके नौकर ने कहा है, कल अदाल्त से लौटकर शाम वाली गाड़ी से वकील साहब घर गए हैं।"

थानेदार साहब की शंका बढ़ गई। पर रह-रहकर सोच रहे थे 'इसने वकील साहब का नाम क्यों लिया? समाधान करते थे-मुमकिन है, किसी दुश्मन पर होने वाली वारदात के लिए वकील ने पहले से कह रखा हो कि हम ऐसा कह देंगे, तो तुम छूट जाओगे।' निश्चय किया-यह जैसा तगड़ा है, यह अकेला भी इसे मार सकता है। मन में विश्वास भर गया, इसलिए स्वर भी शंका के बाद निश्चय में बदल गया, मृतक के कपड़ों की जाँच करते हुए दारोगा जी को जेब में जनेऊ मिला। निश्चय पर जोर पड़ा-यह जनेऊ छिपाया गया है। पूछा- "यह जनेऊ किसने निकाला?"

"मुझे नहीं मालूम।"

दारोगा जी ने गम्भीर होकर पूछा- "फिर आपको क्या मालूम है?"

युवक क्रोध से चुप हो गया। दारोगा जी ने पूछा- "तो आपने फिर क्या किया?"

युवक ने सोचा-'अब मोटर वाली बात कहता हूँ, तो सम्भव है, मोटरमालिक वकील साहब की तरह उस समय मौजूद न रहें।' फिर कहा- "फिर अस्पताल ले जाने के लिए रास्ते से एक ताँगा ले आया, पर ताँगे वाले ने ले जाना मंजूर न किया।" "वह कितने नम्बर का ताँगा था?" जमकर दारोगा जी ने पूछा।

"मुझे मालूम तो था नहीं कि आप नम्बर पूछेंगे।" दारोगा जी ग़ौर करने लगे। युवक दोषी है, ऐसा प्रमाण तो न था, पर निर्दोष है, ऐसा भी प्रमाण न था, बल्कि एक झूठ साबित हो चुका है। ऐसी हालत में सन्देह को ही श्रेय देना उचित है। हत्या का एक विश्वसनीय कारण पुलिस को दिखाना पड़ता है, यदि प्रमाण अप्राप्य रह गया।

थाने में रिपोर्ट लिखाने के समय युवक नाम-धाम आदि लिखा चुका था, पर इस समय दारोगा जी ने फिर उससे कुछ ऐसे प्रश्न किए। वह कौन है, इस प्रश्न का बहुत ही संक्षिप्त उत्तर सभ्यता के विचार से ह्रस्व स्वरों में उसने दिया। अतः उसकी स्थिति का भी कोई प्रभाव थानेदार साहब पर न पड़ा। फिर पढ़े-लिखे युवकों द्वारा हुई हत्या के कारण हैं भी कुछ ऐसा इनमें भी रहस्य सम्भव है।

सोच-विचारकर दारोगा जी पंचनामे की कार्रवाई पूरी करने लगे। इस संबंध से अपने को बिलकुल अनभिज्ञ बतलाने वाले कुछ पंच भी मिले। इसी समय सिपाहियों की ओर थानेदार साहब ने एक इशारा किया। सिपाही युवक को चारों ओर से घेरे हुए खड़े थे। इशारा पाकर बाँध लिया। पंच डरे हुए काम के बहाने, चलने को हुए। लाश की हालत और युवक के कमरे की चीजें लिखकर पंचों के दस्तखत कराकर ताला लगा दिया गया।

युवक ने शून्य दृष्टि से एक बार थानेदार साहब को, फिर आकाश की ओर देखा।

हत्या का करण और कारण साथ लेकर थानेदार साहब थाने के लिए रवाना हुए।

थाने पहुँचे ही थे कि ताँगे से उतरकर इक्कीस बाईस साल की एक सुन्दरी दारोगा जी की कुर्सी की ओर बढ़ती नज़र आई। केश-वेश अत्यन्त आधुनिक।

चाल-ढाल संकोच से सोलहो आने रहित। दारोगा जी को रास्ते में छोड़कर थाने में ऐसा चमत्कार कभी नहीं दिखायी पड़ा। युवती सीधे दारोगा जी के सामने जा, उन्हीं से पूछने लगी- "मुझे थाने के इंचार्ज दारोगा जी की सख्त जरूरत है, क्या आप बतला सकेंगे- वह कहाँ मिल सकते हैं?"

"हाँ, फरमाइये।"

"अच्छा, आप हैं, पोशीदा बातचीत है।" युवती मुस्कराई।

थानेदार साहब ने एकान्त कर लिया।

साग्रह देखते हुए दारोगा जी से युवती ने कहा- "आपने रार्जीव को गिरफ़्तार किया है, पर वह बेक़ुसूर है।"

"कोई सबूत तो नहीं।"

"मैं गोमती-किनारे से टहलती हुई आ रही थी, वकील महेश्वरीप्रसाद राजीव को उधर जाकर देखने के लिए कह रहे थे, और खुद डरे हुए कमरे की तरफ़ जा रहे थे।"

कुछ सोचकर दारोगा जी ने कहा- "वह कल शाम को घर चले गए हैं, उनके नौकर से मालूम हुआ।"

"अच्छा, मैं बहुत ज्यादा कुछ नहीं कहना चाहती। मेरे पास तीस गवाह हैं, लेडीज और जेंटलमैन, अदालत में आपको मालूम हो जाएगा, साढ़े नौ बजे रात को कल मैं अपनी तीन सखियों और दो मित्रों के साथ छतरमंजिल की तरफ राहत को रही थी, एक आदमी हम लोगों को देखकर भागा। हमें शक हुआ, हमारे साथ आ मित्रों ने दौड़कर उसे पकड़ा। उसकी कमर में सात सौ रुपये थे, कुर्ता नहीं पहने था, अब मालूम होता है खून के धब्बों की वजह से कुर्ता कहीं फेंक दिया था। वहीं खूनी रहा होगा, मेरे मित्र बदमाश समझकर यहाँ ले आए, आपका नाम लेकर कहते थे कि दारोगा जी ने देखकर उसे पहचान लिया वह चौक का भागा हुआ बदमाश महताबअली था। जान पड़ता है, आपने उसे छोड़ दिया, अच्छा, देखा जाएगा।" कहकर लापरवाही से युवती उठी।

दारोगा जी सूख गए। घबराकर बोले- "यह सरासर झूठ है।"

चलती हुई युवती बोली- आपके इस मुकद्दमे की तरह अदालत में यह भी सच साबित हो सकता है। मगर हाँ, तब आपके सबूत से यह ज्यादा सही

साबित होगा।" एड़ी के बल ज्ज़रा लौटकर युवती बोली- "और बहुत-सी बातें हैं, आपने जिसे गिरफ़्तार किया है, आप जानते नहीं, यह कितना बड़ा इज्जत का आदमी है।"

युवती फिर बढ़ी, तो दारोगा जी ने बड़े विनयपूर्ण शब्दों से बुलाया। युवती लौट पड़ी। पास आने पर पूछा "वे आपके कोई होते हैं?"

"मेरे कोई होते, तो मेरे यहाँ आने की जरूरत क्या थी?"

इस अद्भुत स्त्री की ओर देखकर दारोगा जी ने कैदी को छोड़ देने के लिए कहा।

ताँगे पर बैठकर प्रतिमा ने राजीव से कहा- "पूरा प्लॉट तुम्हारी चिट्ठी पर तैयार किया। तुमने लिखा भी खूब था। सिर्फ़ महताब के लिए रिसर्च करते कुछ देर लगी थी, यानी जितनी देर इस ताँगे वाले से बातचीत करने में लगेगी। यह रिसर्च हो सकता है।"

थानेदार साहब ने लिखा- "जान पड़ता है, यह कोई क्रान्तिकारी था, बम लिए जा रहा था, एकाएक बम के धड़ाके से काम आ गया है।"

डॉक्टर की परीक्षा में जख्मों के भीतर में सीसे के कुछ नुकीले टुकड़े भी मिले।

12

स्वामी सारदानन्द महाराज और मैं

उन दिनों 1921 ई. थी। एक साधारण से विवाद पर विशद महिषादल-राज्य की नौकरी नामंजूर-इस्तीफ़े पर भी छोड़कर मैं देहात में अपने घर रहता था। कभी-कभी आचार्य पं महावीरप्रसाद जी द्विवेदी के दर्शनों के लिए जूही, कानपुर जाएा करता था। इसमें पहले भी, जब 1919 में हिन्दी और बंगला के व्याकरण पर लिखा हुआ मेरा लेख शुद्ध कर, 'सरस्वती' में छापकर 1920 में उन्होंने साहित्य-सेवा से अवसर ग्रहण किया, दौलतपुर में उनके दर्शन कर चुका था। साहित्य में द्विवेदी जी का गुरुत्व मैं उन्हीं के गुरुत्व के कारण मानता था (मानता भी हूँ), अपने किसी अर्थ-निष्कर्ष या स्वार्थ-लघुत्व के लिए नहीं। पर इष्ट तो निर्भर भक्त की भक्ति की ओर देखता ही है-द्विवेदी जी भी मेरी स्वतन्त्रता से पैदा हुई आर्थिक परतन्त्रता पर विचार करने लगे। आज ही की तरह उन दिनों भी हिन्दी की मस्जिदों पर मुरीद द्विवेदी जी की नमाज पढ़ते थे, लिहाजा उनकी कोशिश-मैं किसी अखबार के दफ़्तर में जगह पा जाऊँ कारगर हुई। दो पत्र उन्होंने अपनी आज्ञा से चिह्नित कर गाँव के पते पर मेरे पास भेज दिए, एक काशी के प्रसिद्ध रईस राजनीतिक नेता का था, एक कानपुर ही का। काशी वाले में आने-जाने का ख़र्च देने के विवरण के साथ योग्यता की जाँच के बाद जगह देने की बात थी, कानपुर वाले में लिखा था 'इस समय एक जगह पच्चीस रुपये की है, अगर वह चाहें, तो आ जाऐं।' मालूम हो कि यह सब उदारता पूज्य द्विवेदी जी अपनी तरफ़ से स्नेहवश कर रहे थे। अवश्य मेरे पास शिक्षा का जो प्रमाण-पत्र इस समय तक है, उस योग्यता की पूरी-पूरी रक्षा जगह देने वालों ने की थी, तथापि सिपहगरी के समतल क्षेत्र से सुबेदारी तक के सुस्तर उन्नति-क्रम पर अविचल श्रद्धा न मुझे पहले थी, न अब ही है। फलतः उन पत्रों ही को मेरी अशिक्षा के कारण स्थान

प्राप्ति हुई, मेरी जेब में प्रमाण के तौर पर अपने सुलेखकों के पास वापस जाने का सौभाग्य उन्हें न मिला। मेरे अन्दर मर्यादा का ज्ञान अत्यन्त प्रबल है, इनकी जानकारी पूज्य द्विवेदी जी को स्वतः उत्तरदायी पद दिलाने की ओर फेरने लगी। पर द्विवेदी जी करते भी क्या, प्रमाण जो न था। जो कुछ भी साहित्य-सेवा की प्रबल प्रेरणा से मैं लिखता था, वह एक ही सप्ताह के अन्दर संपादक महोदय की अस्वीकृति के साथ मुझे पुनः प्राप्त हो जाता था। केवल दो लेख और शायद दो कविताएँ तब तक छप पायी प्या सो भी जब हिन्दी के छन्दों में बड़ी रगड़ की और लेखों में कलम की पूरी ऊँची आवाज से हिन्दी की प्रशंसा। अस्तु, इन्हीं दिनों स्वामी माधवानन्द जी, प्रेसिडेण्ट, अद्वैत आश्रम (रामकृष्ण मिशन), मायावती, अल्मोड़ा, हिन्दी में एक पत्र निकालने के विचार से पत्रों में विज्ञापन करते हुए संपादक की तलाश में द्विवेदी जी के पास जूही आए। उस समय मेरी एक कविता, वह 'परिमल' में 'अध्यात्म-फल' के नाम से छपी है, 'प्रभा' में प्रकाशित हुई थी। उतने ही प्रत्यक्ष आधार पर आचार्य द्वि वेदी जी, स्वामी जी के पत्र के लिए मेरी योग्यता की सिफ़ारिश कर चले। उनकी तकलीफ़ आप समझ सकते हैं। स्वामी जी ने मेरा पता नोट कर लिया, और मुझे एक चिट्ठी योग्यता के प्रमाण-पत्र भेजने की आज्ञा देते हुए लिखी। बंगाल में रहकर परमहंस श्रीरामकृष्ण देव तथा स्वामी विवेकानन्द जी के साहित्य से मैं परिचय प्राप्त कर चुका था, दो-एक बार श्रीरामकृष्ण मिशन, बेलूड़, दरिद्र नारायणों की सेवा के लिए भी जा चुका था, श्रीपरमहंसदेव के शिष्य श्रेष्ठ पूज्यपाद स्वामी प्रेमानन्द जी महाराज को महिषादल में अपना तुलसीकृत रामायण का सस्वर पाठ सुनाकर उनका अनुपम स्नेह तथा आशीर्वाद प्राप्त कर चुका था, स्वामी माधवानन्द जी को पत्रोत्तर में अपनी इसी योग्यता के हृष्ट-पुष्ट प्रमाण दिए। स्वामी जी का वह पत्र अंग्रेजी में था और मेरा उत्तर बंगला में। कुछ दिनों बाद द्विवेदी जी के दर्शनों के लिए फिर गया तो मालूम हुआ कलकत्ता में सुयोग्य साहित्यिक स्वामी जी को संपादन के लिए स्वयं प्राप्त हो गए हैं। घर लौटने पर उनका एक पत्र मुझे भी बंग्ला में लिखा हुआ मिला कि 'धैर्य धारण करो, प्रभु की इच्छा होगी, तो आगे देखा जाएगा।'

इसी समय महिषादल-राज्य से मुझे तार मिला कि जल्द चले आओ। मैंने सोचा, जब नामंजूर-इस्तीफ़े पर हठवश चले आने का दोष ही हटा दिया गया, तो अब जाने में दुविधा क्यों करूँ? मैं महिषादल गया। पर राजा, जोगी अग्नि, जल की उल्टी रीतिकी याद न रही। यहाँ 'समन्वय' के सार्थक नाम से एक सुन्दर पत्र प्रकाशित हुआ। मेरे पास भी वह लेख के तक़ाजे के साथ गया। मैंने उसमें

'युगावतार भगवान श्रीरामकृष्ण' ऐसा एक लेख लिखा। जब वह प्रकाशित हुआ, तब मैंने द्विवेदी जी की राय माँगी। उन्होंने उस लेख को पढ़कर बधाई दी। मैं मौलिक लेख लिख सकता हूँ, आचार्य द्विवेदी जी के इस आशीर्वाद का सदुपयोग मैं अपने ही भीतर तब से अब तक करता जा रहा हूँ। कई और भी मेरे साहित्यिक पूज्यपादों ने इस लेख की विचारणा और भाषा-शैली के लिए मुझे प्रोत्साहन दिया। 'समन्वय' को एक बड़ी अड़चन पड़ी और यह हिन्दी और बंगला बोलने वालों में, मेरे विचार से, शायद अर्था बहुत दिनों तक रहेगी। इधर मेरे सामने भी राजा वाली उल्टी रीति पेश हुई। इसी समय 'समन्वय' के मैनेजर स्वामी आत्मबोधानन्द जी ने मुझे लिखा कि 'बंगालियों के भावों को समझने के लिए यहाँ ऐसा आदमी चाहिए, जो बंगला जानता हो। हमे अड़चन पड़ती है, तुम चले आओ।' मैंने जाकर देखा 'समन्वय' के आठ ही महीने में दो संपादक बदल चुके थे। संपादक की जगह नाम स्वामी माधवानन्द जी का छपता था, वह हिन्दी भी बहुत अच्छी जानते हैं, काम तथा हिन्दी की विशेषता की रक्षा के लिए 'समन्वय' में एक हिन्दी-भाषी संपादक रहता था। इस तरह मैं 'समन्वय' में जाकर स्वामी जी महाराज के साथ 'उद्बोधन' कार्यालय, बाग़बाज़ार में रहने लगा। यहीं पहले-पहल आचार्य स्वामी सारदानन्द जी महाराज के दर्शन किए। यह 1922 ई. की बात है।

स्वामी सारदानन्द जी इतने स्थूल थे कि उन्हें देखकर डर लगता था। यद्यपि डर वाली बात मेरे पास बहुत पहले ही से कम थी, भूतों से साक्षात्कार करने के लिए रात-रात भर श्मशानों की सैर करता रहा था और आधी रात को घर से निकलकर पैदल आठ-नौ कोसं जमीन चलकर सुबह आचार्य द्विवेदी जी के दर्शन किए थे, फिर भी स्वामी सारदानन्द जी की ओर बहुत दिनों तक मैं देख नहीं सका। पर मैं आँखें झुकाकर, प्रणाम कर उनकी सभा में कभी-कभी बैठ जाता था, बातचीत सुनने के लिए। किसी दर्शन या धर्मग्रन्थ का पाठ होने पर उठकर चला आता था, क्योंकि दार्शनिकता की मात्रा यों भी दिमाग़ में बहुत ज्यादा थी, जी घबरा उठता था। स्वामी जी की वार्तालाप-सभा में महीनों मैंने संयम रखा, कुछ बोलकर बेवकूफ़ न बनूँगा, सिद्धान्त कर लिया था। बाहर के आए हुए विद्वानों को देखता भी था, अण्ट-सण्ट बकते जा रहे हैं, न सिर, न पूँछ, उनकी आवाज़ की किरकिराहट अर्थ से पहले अनर्थ व्यंजित करती थी! स्वामी जी मेरी 'यावत्किंचिन्नभाषते' नीति पर प्रसन्न होकर मुस्कराते थे। एक रोज़ धैर्य जाता रहा। मैंने पूछा- "यह संसार मुझमें है या मैं इस संसार में हूँ।" उन्होंने बड़े स्नेह से कहा- "इस तरह नहीं।"

हमारे यहाँ की जैसी संस्कृति थी, मैं बचपन से सन्तों की सूक्तियों पर भक्ति करता हुआ विशेष रूप से ईश्वरानुरक्त हो चला था। इसलिए सो जाने पर देवताओं के स्वप्न बहुत देखता था। जो देव जाग्रत अवस्था में कभी नहीं बोले, मैं ही बातचीत करता थकता, वे सो जाने पर दम न भरते थे। इसे धर्म-ग्रन्थों में शुभ लक्षण कहा है। पर मेरे लिए यह उत्तरोत्तर अशुभ हो चला। क्योंकि बराबर यह प्रश्न जारी रहा कि मूर्तियाँ जाग्रत अवस्था में क्यों नहीं बोलतीं? रात की अनिद्रा और दिन की उधेड़बुन के शुभ लक्षण सहज ही अनुमेय हैं। क्रमशः दार्शनिकता प्रबल हो चली। धीरे-धीरे देवताओं के कथोपकथन के फलस्वरूप घोर नास्तिक, शंकितचित्र हो गया। जब 'समन्वय' के संपादन के लिए गया था, तब यही दशा थी। आस्तिकता पहले के उपार्जित संस्कार या धूप-छाँह की सार्थकता की तरह आती थी। एक दिन मैंने स्वामी जी से कहा- "सो जाने पर मेरे साथ देवता बातचीत करते हैं।" वह सस्नेह हँसकर बोले- "बाबूराम महाराज से भी करते थे।" (स्वामी प्रेमानन्द जी का पहला नाम श्रीबाबूराम था। इनका जिक्र मैं कर चुका हूँ कि श्रीरामकृष्ण के शिष्यों में पहले इन्हीं के दर्शन मैंने महिषादल में किए थे)। इस प्रसंग के कुछ ही दिनों में मैं अपने एक बंगाली मित्र के बिस्तरे पर सो रहा था, दोपहर को सोने का मुझे अब भी अभ्यास है, देखता हूँ कि स्वामी सारदानन्द जी महाध्यान में मग्न हैं, ईश्वरीय विभूति से युक्त ऐसी मूर्ति मैंने आज तक नहीं देखी-कमलासन बैठे हुए, ऊर्ध्वबाहु, मुद्रितनेत्र, मुख-मण्डल पर महानन्द की दिव्य ज्योति, जो कुछ है, सब ऊपर उठा जा रहा है, इसी समय उनके सेवक एक संन्यासी महाराज उन्हें खिलाने के लिए रसगुल्ले ले गए, उसी ध्यानावस्थित अवस्था में स्वामी जी ने मेरी ओर इशारा किया। सेवक महाराज ने लौटकर मुझे रसगुल्लों का कटोरा दे दिया। मैं गया और एक रसगुल्ला खिलाकर लौट आया। कटोरा सेवक संन्यासी महाराज को दे दिया।

बस, आँख खुल गई। मेरा मस्तिष्क हिम-शीकरों-सा स्निग्ध हो गया। उसमें महाज्ञान का कितना बड़ा प्रत्यक्ष प्रमाण मैंने देखा है, मैं क्या कहूँ।

पर मेरी विरोधी शक्ति बराबर प्रबल रही। तीव्र तीक्ष्ण दार्शनिक वज्र प्रहारों से बराबर मैं मन से उनका अस्तित्व मिटाता रहा, मिटा देता था, तभी काम कर सकता था, पर वह काम-जो घर के लिए, संसार के लिए बंधनों से मुक्त होने वाला सामाजिक और साहित्यिक उत्तरदायित्व लिए हुए था। पर आकाश से सीमावकाश में आकर भी मैं आकाश में ही रहता हूँ, ज्यों-ज्यों लड़ता गया-जुदा होता गया, वह भाव प्रबल होता रहा। जीवन्मुक्त महापुरुष क्या है, मैं अब और अच्छी तरह

समझने लगा। मैं प्रहार करता हुआ जब थक जाता था, तब मेरे मनस्तत्त्व के सत्य-स्वरूप स्वामी सारदानन्द जी मुझे रंगीन छाया की तरह बँक कर हँसते हुए तर कर देते थे। इन महादार्शनिक महाकवि, स्वयंभू, मनस्वी, चिरब्रह्मचारी, संन्यासी, महापण्डित, सर्वस्वत्यागी, साक्षात् महावीर के समक्ष देवत्व, इन्द्रत्व और मुक्ति भी तुच्छ है। मैंने भी देश तथा प्रदेशों के बड़े-बड़े कवियों, दार्शनिकों, पण्डितों तथा पुरुषों के साथ एक सर्वश्रेष्ठ उपाधि से भूषित किए हुए अनेकानेक लोगों को देखा है, पर वाह रे संसार, सत्य की कितनी खरी जाँच तूने की-महाविद्या और महापुरुष-चरित्रों का कितने पोच मस्तिष्कों में तूने पता लगाया। मैं ब्राह्मण था, किसी मनुष्य को सिर नहीं झुकाया, मेरे चरित्र का पूरा अध्ययन कीजिएगा, चरित्र और ज्ञान जीवन और, परिसमाप्ति में जो 'एजति न एजति' को सार्थक करने वाले ब्रह्म थे, उन्होंने अपनी पूर्णता देकर मेरी स्वल्पता ले ली। अब दोनों भाव उन्हीं के हैं, एक से वह लड़ते हैं, दूसरे से बचते हैं-यही मेरा इस समय का जीवन है।

स्वामी सारदानन्द जी के जिन सेवक संन्यासी के हाथ से कटोरा लेकर स्वप्न में मैंने स्वामी को रसगुल्ला खिलाया था, उन्होंने मुझसे एक रोज एकाएक कहा- "तुम मन्त्र नहीं लोगे? जाओ।" मैंने सोचा- 'यहाँ महाप्रसाद की तरह मन्त्र भी बँटता होगा, लेने में हर्ज क्या है?' मुझे बड़े को गुरु मानने में आपत्ति कभी नहीं रही, रहा सिर्फ़ गुरुडम के ख़िलाफ़, फिर मन्त्र लेने से कुछ मिलता ही है, जहाँ मिलने वाली रचना हो, वहाँ पैर न बढ़ाये, वह ब्राह्मण का कोई बेवकूफ़ लड़का ही होगा। मैं सपाटा-चाल सीढ़ी तय करके स्वामी जी के कमरे में पहुँचा और बैठ गया। उन्होंने पूछा- "क्या है?" मैंने कहा- "मन्त्र लेने आया हूँ।" मेरे स्वर में न जाने क्या था।

मुझे तन्त्र-मन्त्र पर बिलकुल विश्वास न था। स्वामी जी प्रसन्न गम्भीरता से बोले- "अच्छा, फिर कभी आना।"

मैंने मन में कहा- 'अब इङ्मानिब नहीं जाने के। कई रोज़ हो गए नहीं गया। वहाँ कभी-कभी माँ के कमरे में (श्रीपरमहंसदेव की धर्मपत्नी श्रीसारदामणि देवी, तब माँ देह छोड़ चुकी थीं) तुलसीकृत रामायण पढ़ता था। पहले दिन पढ़ी थी, तब स्वामी सारदानन्द जी ने प्रसाद के दो रसगुल्ले दिलाये थे। सबको एक रसगुल्ला मिलता है। केवल शंकर महाराज (स्वामी सारदानन्द जी के बड़े गुरुभाई, श्रीरामकृष्णमिशन के प्रथम प्रेसीडेंट, पूज्यपाद स्वामी ब्रह्मानन्द जी के प्रिय शिष्य) को दो रसगुल्ले पाते हुए बाद को मैंने देखा था, पर उन्होंने एक रसगुल्ला मुझे

दे दिया था। एक बार माँ को प्रणाम कर, प्रसाद लेकर मैं स्वामी सारदानन्द जी महाराज के जीने की तरफ़ से उतरने के लिए जा रहा था, प्रसाद मेरे हाथ में था, मन बड़ा प्रफुल्ल, फूल-सा खिला हुआ, हल्का, गोस्वामी तुलसीदास जी की भारतीय संस्कृति मन को ढके हुए। स्वामी जी आ रहे थे, मुझे भावावेश में देखकर, रास्ता छोड़कर एक तरफ़ हट गए, मुझे होश था ही, मैं भी हटकर खड़ा हो गया कि यह चले जाऐं, तो जाऊँ।

स्वामी जी ने पूछा- "यह प्रसाद किसके लिए ले जा रहे हो?" (स्वामी जी से मेरी बंग्ला में बातचीत होती थी)

मैंने कहा- "अपने लिए।"

उन्होंने कहा- "अच्छा, खाकर आओ।" चटपट प्रसाद खाकर मैं ऊपर गया, स्वामी जी अपने कमरे के सामने उसी रास्ते पर खड़े थे।

मुझे देखकर बड़े स्नेह से पूछा- " उस रोज तुम क्या कहने वाले थे?" मैंने कहा- "मुझे तन्त्र-मन्त्र पर विश्वास नहीं।"

उन्होंने पूछा- "तुम गुरुमुख हो?"

मैंने कहा- "हाँ, पर तब मैं नौ साल का था!"

उन्होंने कहा- "हम लोग तो श्रीरामकृष्ण को ही ईश मानते हैं।"

मैंने कहा- "ऐसा तो मैं भी मानता हूँ।" उत्तर की मैंने कभी देर नहीं की, वह ठीक हो या ग़लत। पहले क्या कह गया हूँ, फिर क्या कह रहा हूँ, इसकी तरफ ध्यान देने वाले सच्चा वक्ता, लेखक, कवि या दार्शनिक नहीं-वह कला की मुक्ति में गण्य नहीं, कलाकारों के ऐसे कथन का मैं सजीव उदाहरण था। स्वामी जी के भारतीय कान ऐसे न थे, जो अंग्रेजी बाजे के विवादों से भड़ककर उसे संगीत स्वीकार ही न करते। वह भावस्थ गुरुत्व से मेरे सामने आए। मुझे ऐसा जान पड़ा, एक ठंडी छाँह में मैं डूबता जा रहा हूँ। फिर मेरे गले में अपनी उँगली से एक बीजमन्त्र लिखने लगे। मैंने मन को गले के पास ले जाकर क्या लिख रहे हैं, पढ़ने की बड़ी चेष्टा की, पर कुछ मेरी समझ में न आया।

परोक्ष रीति से ध्यान-धारणा के लिए स्वामी जी मुझे कभी-कभी याद दिला देते थे, पर मुझे यह धुन थी कि अब देखना है, गले वाला मन्त्र क्या गुल खिलाता है। पूजा-पाठ जो कुछ कभी-कभी करता था, वह भी बन्द कर दिया। मुझे कुछ ही दिनों में जान पड़ने लगा, मेरा निचला हिस्सा ऊपर और ऊपर वाला नीचे

हो गया है, और रामकृष्ण मिशन के साधु खींच रहे हैं। अजीब घबराहट हुई। मैंने सोचा इन साधुओं ने मुझ पर वशीकरण किया। तब 'समन्वय' के कार्यकर्ता 'उद्बोधन' छोड़कर 'मतवाला' ऑफ़िस में (तब 'मतवाला' न निकलता था, बालकृष्ण प्रेस था, मालिक 'मतवाला' के संपादक बाबू महादेवप्रसाद जी सेट थे) किराये के कमरों में रहते थे। मैं भी उनके साथ अलग कमरे में रहता था। महादेव बाबू से मैंने कहा- "ये साधु लोग मुझे जादूगर जान पड़ते हैं।"

महादेव बाबू गम्भीर होकर बोले- "यह आपका भ्रम है।"

मैंने कुछ न कहा, पर मुझे भ्रम होता तो विश्वास भी होता। एक रोज़ ऐसा हुआ कि उन्हीं साधुओं में से एक की मेरे पास आकर यही हालत हुई। यह दर्शन-शास्त्र के एम.ए. हैं। आजकल अमेरिका में प्रचार कर रहे हैं।

जब खींझने लगे, तो बोले- "पण्डित जी, क्या आप वशीकरण जानते हैं?"

मैंने मन में कहा, 'हूँ।'

खुलकर बोला- "मैं मारण, मोहन, वशीकरण उच्चाटन सबमें सिद्ध हूँ।"

इसके बाद एक दिन स्वप्न देखा-ज्योतिर्मय समुद्र है, श्यामा की बाँह पर मेरा मस्तक, मैं लहरों में हिल रहा हूँ। फिर इतने चमत्कार इधर दस वर्षों में देखे कि अब बड़े-बड़े कवियों तथा दार्शनिकों की चमत्कारोक्तियाँ पढ़कर हँसी आती है। वह मन्त्र भी तीन साल हुए, आग-सा चमकता हुआ कुछ दिनों तक सामने आया, उसे मैंने पढ़ लिया है।

इसके बाद एक दिन स्वप्न देखा-ज्योतिर्मय समुद्र है, श्यामा की बाँह पर मेरा मस्तक, मैं लहरों में हिल रहा हूँ।

फिर इतने चमत्कार इधर दस वर्षों में देखे कि अब बड़े-बड़े कवियों तथा दार्शनिकों की चमत्कारोक्तियाँ पढ़कर हँसी आती है। वह मन्त्र भी तीन साल हुए, आग-सा चमकता हुआ कुछ दिनों तक सामने आया, उसे मैंने पढ़ लिया है।

13

सखी

आज थिएटर जाने की बात है। मॉडल हॉसेज की छात्रा-तरुणियों में निश्चय हो गया है, सब एक साथ जाएंगी। निर्मला, माधवी, कमला, ललिता, शुभा और श्यामा आदि सज-सजकर एक-दूसरी से मिलती हुई एकत्र होने लगीं। कमला के मकान में पहले से सबके मिलने का निश्चय हो चुका था। ज्योतिर्मयी उर्फ जोत अभी नहीं आई। थिएटर जाने का समय क़रीब आ गया।

ललिता बोली- "वह आज कॉलेज में इतनी खुश थी कि अवकाश वाली लड़कियों से गप लड़ाती, मज़ाक़ करती हुई, समय से पहले घर चली आई थी। पूरे उच्छ्वास से थिएटर चलना स्वीकार किया था। मैंने पूछा भी कि क्या है, जो आज जमीन पर कदम नहीं पड़ रहे हैं। जवाब न देकर मेरी ओर देखकर हँसने लगी।"

शुभा- "तो क्लास नहीं किया?"

"ना" ललिता बोली।

श्यामा- "मुझसे कहा कि पढ़ना-लिखना तो अब यहीं तक समझो।"

निर्मला- "क्यों, उसे कोई अड़चन तो है नहीं; फिर पढ़ाई क्यों बन्द कर रही है?"

श्यामा हँसने लगी। बोली- "वह कहती है, अब पढ़ना छोड़कर पढ़ाना पड़ेगा, इसकी तैयारी करनी है।"

सब हँसती हुई एक-दूसरों की ओर देखने लगीं।

माधवी "इसका मतलब?"

श्यामा हँसकर बोली "उसे बड़ी चिन्ता है कि शिक्षा आई.सी.एस. है।"

"अच्छा" कई एक साथ कह उठीं, "यह बात है?"

ललिता- "तो चलो, उसी के मकान से चला जाए। देखें, आपने अपनी तैयारी में कहाँ तक तरक़्क़ी की?"

सब जोत के मकान चलीं। सब आइसाबेला थार्बन कॉलेज की छात्राएँ हैं। कोई तीसरे, कोई चौथे, कोई छठे साल में है। जोत का तीसरा साल है।

घर पहुँचकर दंगल-का-दंगल जोत के कमरे में पैठा। वह जैसी जोत है, उसका पहनावा भी वैसा ही जगमगाता हुआ था। उस समय वह आईने के सामने खड़ी मुस्करा रही थी। एकाएक संगिनियों को देखकर लजा गई। बोली- "मुझे जरा देर हो गई।" वजह कोई न थी। सोचकर कुछ कह दे, हृदय और मस्तिष्क में उतनी जगह न थी... एक अजीब भाव में सारी देह भरी हुई थी, अतः देर के लिए दवने वाले स्वर में भी उच्छ्वास उमड़ रहा था।

श्यामा बोली- "अब तो हर काम के लिए देर होगी। जल्दबाजी सिर्फ़ ख़ास विद्यार्थी को अवैतनिक पढ़ाने के वक़्त हो तो हो।"

सब हँसने लगीं। ललिता ने देखा, मेज पर एक खुला अंग्रेजी लिफ़ाफ़ा पड़ा हुआ है, उठा लिया।

उठाते ही जोत तीर-सी ललिता पर टूटी। पर श्यामा ने पकड़ लिया- "अरे-अरे, अभी से, अभी तो पढ़ने की दरख्वास्त मंजूर होने को आई होगी।"

ललिता ऊँचे स्वर से पढ़ने लगी। श्यामा जोत को पकड़े रही। चिट्ठी अंग्रेजी में थी। आवश्यकता से अधिक लम्बी। बायरन, शेली आदि के उद्धरण थे ही, विद्यापति भी नहीं बचे थे। पकड़ी हुई जोत खुशी में छलक रही थी।

पत्र समाप्त कर सब चलने को हुई, अमीनाबाद से ताँगे कर लेंगी, एक जोत की मोटर में सब अट नहीं सकतीं, क्योंकि सामने ड्राइवर की वजह से सीट खाली रहेगी। जोत को लीला की याद आई। बोली" भई, लीला रह जाती है, उसे भी ले लें।"

"उससे चलने की बात तो हुई नहीं, वह शायद ही जाए।" माधवी बोली।

"पक्की कंजूस है। पैसा दाँत से पकड़ती है!" श्यामा ने कहा- "सौ रुपये कम-से-कम ट्यूशन से पाती है, पर हालत देखो, तो मालूम होगा महादरिद्र।"

जोत लजाकर बोली- "तुम्हें तो उसका जीवन-चरित्र लिखने को मिले, तो चौपट करके छोड़ो। हमारे कॉलेज में एक ही कैरेक्टर है। कहो तो, उसके यहाँ पैदा करने वाला कौन है? ट्यूशन से अपना खर्च चलाती है, छोटे भाईयों को भी

पढ़ाती है, साथ घर का खर्च भी है। बूढ़ी माँ को कोई तकलीफ़ न हो, इसके लिए बेचारी कितना खटती है। मेहनत की मारी सूखकर काँटा हो रही है। चेहरे में आँखें ही आँखें तो हैं।" लीला का घर आ गया। सब भीतर धँस गईं। लीला पढ़ रही थी।

जोत ने हाथ से किताब छीन ली, थप से मेज़ पर रखकर बोली- "मिस लैला, मजनू के मजमून में दीवानी न बनो। प्रेम का परिणाम बुरा होता है प्यारी ! चलो कलकत्ते से पारसी कम्पनी आई हुई है, वहाँ हम लोग धार्मिक शिक्षा ग्रहण करें।"

लीला जोत से दो साल आगे एम.ए. में है। जोत चंचल है। लीला क्षमा करती है। बड़ी-बड़ी सकरुण आँखों से देखती हुई बोली- "भाई तुम लोग जाओ। मुझे इतना समय कहाँ?"

"समय नहीं पैसे कहो।" श्यामा बोली।

"अच्छा पैसे सही। कॉलेज के अलावा पाँच घंटे पढ़ाती हूँ। डॉक्टर साहब बड़े आदमी हैं। लड़कियों की पढ़ाई के लिए साठ देते हैं। मेरी हालत भी जानते हैं। ताल्लुकदार रघुनाथ सिंह की नयी पत्नी को पढ़ाती हूँ, चालीस वहाँ मिलते हैं। इसी में घर का कुल खर्च है। इतने के बाद अपने पढ़ने के लिए भी समय निकालना पड़ता है। दिक्क़त तुम लोग समझ सकती हो। ऐसी हालत में समय और पैसों की मुझे कितनी तंगदस्ती हो सकती है।"

"अच्छा महाशय जी चलिए।" जोत बोली- "आपके लिए फ्री पास का प्रबन्ध हो जाएगा।"

"तुम तो आज म्यान से निकली तलवार-सी चमक रही हो जोत! क्या खुशी है?" लीला ने धीर स्नेह-कण्ठ से पूछा।

"महाशया जी, जो किसी के हलक से नीचे उतरकर सिर चढ़ी हो, वह शराब हैं यह अब।" मुस्कराकर शुभा ने कहा।

"नहीं" कमला बोली- "अभी तो देख लो न, इनकी तरफ़ होंठों पर हँसी, आबरू पर खम, इसलिए इकरार भी है, इनकार भी है।"

"बात क्या है?" अनजान की तरह देखते हुए लीला ने पूछा।

"पूरा रहस्यवाद उर्फ छायावाद।" निर्मला ने कहा "वाद-विवाद में देर हो रही है। प्रकाशवाद यह है कि इनके पास मिस्टर श्यामलाल आई.सी.एस. का पत्र

आया है कि आप अगर मंजूर करें, आपको अपना सर्वस्व-तीन हजार मासिक-प्रेम की पर्मानेंट शिक्षा के लिए देकर मिस्ट्रेस बनने की प्रार्थना करता हूँ। अब तो आया समझ में?"

"तो क्या तुम्हारे पिता जी राजी हो गए?" लीला ने जोत से पूछा।

"खूब कही!" जोत बोली- "जहाँ आई.सी.एस. वर मिलता हो, वहाँ पिता जी खुद ब्याह करने को तैयार हो जाऐं।"

कमरा खिलखिलाहट से गूँज उठा।

"तुम लोग भई जाओ, माफ़ करो, मुझे समय नहीं।"

"नहीं महाशया जी, आप तो फर्स्ट क्लास लें, और हम लोग वहीं पैर रगड़ते रहें, ऐसा नहीं होने का, आपको चलना होगा, कपड़े बदलिए।"

जोत लीला को प्यार करती है, सम्मान भी देती है। लीला भी जानती है, जोत की खुली जवान में हृदय की कीमती बहुत-सी चीजें खुली रहती हैं। इसलिए उसका प्रस्ताव मंजूर कर, कपड़े बदलकर साथ चल दी।

तीन बजे से पहले ही लीला की क्लास ख़त्म हो जाती है। वहाँ से वह ताल्लुकदार साहब की पत्नी को पढ़ाने के लिए भैंसाकुण्ड जाएा करती है। रोज बहुत चलना पड़ता है। किसी तरह साइकिल खरीद सकती है। पर सीखने की लाज कि मैदान में मर्दों के सामने बेहयाई होगी, कौन पकड़कर चलायेगा, गिरूँगी तो लोग हँसेंगे आदि-आदि बातें बाधक होती हैं। इसलिए चलने की काफ़ी मेहनत गवारा करती है।

भैंसाकुण्ड से साढ़े पाँच-छह के क़रीब लौटती हुई कई रोज़ से देखती है-दो मुसलमान उसका पीछा करते हैं। वे आपस में न जाने क्या बातचीत करते हैं। कभी-कभी पास आ जाते हैं। हृदय धड़कने लगता है। पर वह जल्द-जल्द चली आती है। ज्यों-ज्यों तेज चलती है, वे भी त्यों-त्यों तेज़ पीछा करते हैं। किससे कहे? भैंसाकुण्ड का बहुत-सा रास्ता बँगलों तथा बगीचों के कारण सुनसान निर्जन रहता है। धड़कते कलेजे से साधारण बस्ती के पास आकर साँस लेती है।

मन-ही-मन अपनी असमर्थता पर लीला को बड़ा क्षोभ हुआ। दुर्बलों को सब सताते हैं। पर आप ही शान्त हो जाना पड़ा, क्योंकि अपनी हद में वही अपना उपाय सोचने वाली थी। माता से नहीं कहा कि कहीं वह रोक न दें, ख़र्च के लिए फिर क्या होगा?

एक दिन लौटते हुए उन्हीं में एक को अश्लील बकते हुए सुना-जैसे सुनाकर बातें कही जा रही हों। वह तेज़ कदम चलने लगी। वे भी उसी हिसाब से बढ़ते गए-तीन ही चार हाथ का फ़ासला था। ऐसे समय उनके साहस की ऐसी बात उसने सुनी, जो उसकी मर्यादा के प्रतिकूल थी। भय से एक प्रकार दौड़ने लगी। सामने एक हैट-कोट पहने देशी साहब आते हुए दिखायी पड़े। लीला उनकी तरफ़ कुछ तेज बढ़ी। उन्हें देखकर बदमाश लौट गए। लीला उनके पास पहुँचकर हाँफती हुई बोली- "आज कई रोज़ से दो बदमाश मेरा पीछा करते हैं। मैं ताल्लुकदार रघुनाथ सिंह की पत्नी को पढ़ाने जाती हूँ। लौटते समय राह पर मिल जाते हैं। मुझे ऐसी-ऐसी बातें आज कहीं..." कहकर अपने को सँभालने लगी।

बिजली की रोशनी में बड़ी-बड़ी आँखों से आँसू गिरते हुए देखकर साहब क्रोध से रास्ते की ओर देखने लगे। बोले- "वे लोग मुझे देखकर भाग गए शायद। यह सामने मेरा ही बँगला है। आइए आपको मोटर पर भेज दूँ। कोई डर की बात नहीं।" साहब सोचते चले, पीछे-पीछे लीला।

अहाते के भीतर बगीचे के पास साहब खड़े हो गए। बँगले के सामने की बिजली से लीला का दुबला सुन्दर कुछ लम्बा गोरा मुख, बड़ी-बड़ी आँखें दिख रही हैं। साहब ने दुःख के कारण चित्र का सौन्दर्य देखकर पूछा- "आपको शुभ नाम?" "मुझे लीला कहते हैं।" निगाह झुकाती हुई लीला बोली।

"आप ही को अपनी सँभाल करनी पड़ती है; आप-आप शादीशुदा तो हैं?"

"जी नहीं, मैं आइसाबेला थार्बन कॉलेज की छात्रा हूँ।"

"किस क्लास में आप हैं?"

"एम.ए. में।" धीमे स्वर से कहकर समझ की लाजभरी पलकें झुका लीं। कुछ आग्रह से साहब ने पूछा- "आप ब्राह्मण हैं?"

"जी नहीं, कायस्थ हूँ।"

"यहाँ कहाँ रहती हैं?"

"माडल हॉसेज में।"

साहब कुछ चौंके। पूछा- "आपके वहाँ कोई ज्योतिर्मयी रहती हैं। आपके कॉलेज की बी.ए. पहले साल की छात्रा हैं।"

लीला भी चौंकी। कुछ हिम्मत हुई। लजाकर पूछा- "जनाब का नाम?" "मुझे श्यामलाल कहते हैं। अरे ए, कार तो ले आने को कह दे।"

लीला का संकोच बहुत कुछ दूर हो गया। बोली- "हाँ, आपका जिक्र मैंने सुना है।" साहब की उत्सुकता बढ़ गई। बड़ी उतावली से पूछा- "कहाँ सुना?" लीला मुस्कराई। कहा- "जोत की सखियों से, उसकी एक चिट्ठी देखी थी।"

साहब उतरे स्वरों में बोले- "उसका कोई जवाब अभी नहीं मिला। उनके पिता जी मेरे विलायत रहते समय मेरे पिता जी से मिले थे। मेरे पास उनका चित्र गया था। विलायत से लौटकर एक पत्र में मैंने लिखा था अभी मैंने उन्हें देखा नहीं। तारीफ़ सुनी है।" कहकर साहब कुछ चिन्ता करने लगे।

मोटर आ गई।

मुस्कराकर लीला ने वादा किया कि वह जोत से पत्र लिखने के लिए कहेगी। साहब आँखें झुकाए चुपचाप खड़े रहे। कुछ देर बाद बोले- "नहीं, आप ऐसा कुछ मत कहें।" फिर मोटर पर चढ़ने के लिए लीला को आमन्त्रित किया।

नमस्कार कर लीला बैठ गई। मोटर चल दी।

तीसरे दिन बाबू श्यामलाल को जोत का उत्तर मिला। लिखा था-

जनाब,

मैंने आपको जवाब इसलिए नहीं दिया कि जवाब देना सभ्यता के ख़िलाफ़ है। आज लीला दीदी से आपके मिलने की सांगोपांग बातें मालूम हुई। जिस मजनू की जो लैला होती है, वह इसी तरह उसे अपने आप मिलती है। अपनी लैला की आप हमेशा रक्षा करें, आपसे सविनय मेरी प्रार्थना है। तब मेरा और आपका रिश्ता और मधुर हो जाएगा, क्योंकि बहन जिसे ब्याहती है, वह अगर पत्नी की बहन को साली कह सकते हैं, तो पत्नी की बहन भी उन्हें वही पुरुष संबोधन कर सकती है। आशा है, मेरा-आपका यह संबंध स्थायी होगा।

आपकी 'ज्योर्तिमयी'

14

देवी

बारह साल तक मकड़े की तरह शब्दों का जाल बुनता हुआ मैं मक्खियाँ मारता रहा। मुझे यह ख़याल था कि मैं साहित्य की रक्षा के लिए चक्रव्यूह तैयार कर रहा हूँ। इससे उसका निवेश भी सुन्दर होगा और उसकी शक्ति का संचालन भी ठीक-ठीक। पर लोगों को अपने फँस जाने का डर होता था, इसलिए इसका फल उल्टा हुआ। जब मैं उन्हें साहित्य के स्वर्ग ले चलने की बातें कहता था, तब वे अपने मरने की बातें सोचते थे; यह भ्रम था। इसलिए मेरी कद्र नहीं हुई। मुझे बराबर पेट के लाले रहे। पर फाकेमस्ती में भी मैं परियों के ख़्वाब देखता रहा-इस तरह अपनी तरफ़ से मैं जितना लोगों को ऊँचा उठाने की कोशिश करता गया, लोग उतना मुझे उतारने पर तुले रहे और चूँकि मैं साहित्य को नरक से स्वर्ग बना रहा था, इसीलिए मेरी दुनिया भी मुझसे दूर होती गई, अब मौत से जैसे दूसरी दुनिया में जाकर मैं उसे लाश की तरह देखता हूँ। "दूबर होत नहीं कबहुँ पकवान के विप्र, मसान के कुकर" की सार्थकता मैंने दूसरे मित्रों में देखी, जिनकी निगाह दूसरों की दुनिया की लाश पर थी। वे पहले फटीचर थे, पर अब अमीर बन गए हैं, दो-मंजिला मकान खड़ा कर लिया है, मोटर पर सैर करते हैं। मुझे देखते हैं, जैसे मेरा-उनका नौकर-मालिक का रिश्ता हो।

नक्की स्वरों में कहते हैं- 'हाँ, अच्छा आदमी है; जरा सनकी है।' फिर बड़े गहरे बैठकर मित्र के साथ हँसते हैं। वे उतनी दूर बढ़ गए हैं, मैं जिस रास्ते पर था, उसी पर खड़ा हूँ। जिसके लिए मेरी इतनी बदनामी हुई, दुनिया से मेरा नाम उठ जाने को हुआ, जो कुछ था, चला गया, उस कविता को जीते-जी मुझे भी छोड़ देना चाहिए। जिसे लोग खुराफात समझते हैं, उसे न लिखना हो तो लोगों की समझ की सच्ची समझ होगी? रतिशास्त्र, वनिता-विनोद, काम-कल्याण में मश्क करते कौन देर लगती है? चार किताबों की रूह छानकर एक किताब लिख दूँगा। 'सीता', 'सावित्री', 'दमयन्ती' आदि की पावन कथाएँ आँख मूंदकर लिख सकता

हूँ। तब बीवी के हाथ 'सीता' और 'सावित्री' आदि देकर बग़ल में 'चौरासी आसन' दबाने वाले दिल से नाराज न होंगे। उनकी इस भारतीय संस्कृति को बिगाड़ने की कोशिश करके ही बिगड़ा हूँ। अब जरूर सँभलूँगा। राम, श्याम जो-जो थे, पूजने-पुजाने वाले, सब बड़े आदमी थे। बगैर बड़प्पन के तारीफ़ कैसी? बिना राजा हुए राजर्षि होने की गुंजाइश नहीं, न ब्राह्मण हुए बगैर ब्रह्मा होने की है। वैश्यर्षि या शूद्रर्षि कोई था, इतिहास नहीं शास्त्रों में भी प्रमाण नहीं, अर्थात नहीं हो सकता। बात यह कि बड़प्पन चाहिए। बड़ा राज्य, ऐश्वर्य, बड़े पोथे, तोप, तलवार, गोले-बारूद, बन्दूक-किर्च, रेल-तार, जंगी जहाज, टारपेडो, माइन, सबमेरीन-गैस, पल्टन-पुलिस, अट्टालिका-उपवन आदि-आदि सब बड़े-बड़े, इतने कि वहाँ तक आँख नहीं फैलती, इसलिए कि छोटे समझें कि वे कितने छोटे हैं। चन्द्र, सूर्य, वरुण, कुबेर, यम, जयन्त, इन्द्र, ब्रह्म, महेश तक बाकायदा बाहिसाब ईश्वर के यहाँ भी छोटे से बड़े तक मेल मिला हुआ है।

होटल के बरामदे में एक आराम-कुर्सी पर पैर फैलाकर लेटा हुआ इस तरह के विचारों से मैं अपनी क़िस्मत ठोक रहा था। चूँकि यह तैयारी के बाद का भाषण न था, इसलिए इसके भाव में बेभाव की बहुत पड़ी होंगी, आप लोग सँभाल लीजिएगा। बड़े होने के ख़याल से ही मेरी नसें तन गईं और नाम-मात्र के अद्भुत प्रभाव से मैं उठकर रीढ़ सीधी कर बैठ गया। सड़क की तरफ़ बड़े गर्व से देखा, जैसे कुछ कसर रहने पर भी बहुत कुछ बड़ा आदमी बन गया होऊँ।

मेरी नज़र एक स्त्री पर पड़ी। वह रास्ते के किनारे बैठी थी, एक फटी धोती पहने हुए, बाल कटे हुए। ताज्जुब की निगाह से आने-जाने वालों को देख रही थी। तमाम चेहरे पर स्याही फिरी हुई। भीतर से एक बड़ी तेज़ भावना निकल रही थी, जिसमें साफ़ लिखा था- "यह क्या है?" उस पच्चीस साल से कम। दोनों स्तन खुले हुए। प्रकृति की मारों से लड़ती हुई, मुरझाकर, मुमकिन है, किसी को पच्चीस साल से कुछ ज़्यादा जँचे, पास एक लड़का डेढ़ साल का खेलता हुआ, संसार की स्त्रियों की एक भी भावना नहीं, उसे देखते ही मेरे बड़प्पन वाले भाव उसी में समा गए, और फिर वही छुटपन सवार हो गया। मैं उसी की चिन्ता करने लगा- "यह कौन है, हिन्दू या मुसलमान? इसके एक बच्चा भी है। पर इन दोनों का भविष्य क्या होगा? बच्चे की शिक्षा, परवरिश क्या इसी तरह रास्ते पर होगी। यह क्या सोचती होगी, ईश्वर, संसार, धर्म और मनुष्यता के संबंध में?"

इसी समय होटल के नौकर को मैंने बुलाया, उसका नाम है संगमलाल। मैं उसे संग-मलाल कहकर पुकारता था। आने पर मैंने उससे उस स्त्री की बाबत पूछा। संगमलाल मुझे देखकर मुस्कराया, बोला- "वह तो पागल है, और गूँगी भी है, बाबू। आप लोगों की थालियों से बची रोटियाँ दे दी जाती हैं।" कहकर हँसता हुआ बात को अनावश्यक जानकर अपने काम पर चला गया।

मेरी बड़प्पन वाली भावना को इस स्त्री के भाव ने पूरा-पूरा परास्त कर दिया। मैं बड़ा हो भी जाऊँ, मगर इस स्त्री के लिए कोई उम्मीद नहीं। इसकी क़िस्मत पलट नहीं सकती। ज्योतिष का सुख-दुःख-चक्र इसके जीवन में अचल हो गया है। सहते-सहते अब दुःख का अस्तित्व इसके पास न होगा। पेड़ की छाँह या किसी खाली बरामदे में दोपहर की लू में, ऐसे ही एकटक कभी-कभी आकाश को बैठी हुई देख लेती होगी। मुमकिन है, इसके बच्चे की हँसी उस समय उसे ठंडक पहुँचाती हो। आज तक कितने वर्षा-ग्रीष्म इसने झेले हैं, पता नहीं। लोग नेपोलियन की वीरता की प्रशंसा करते हैं। पर यह कितनी बड़ी शक्ति है, कोई नहीं सोचता। सब इसे पगली कहते हैं, पर इसके इस परिवर्तन के क्या वही लोग कारण नहीं? किसे क्या देकर, किससे क्या लेकर लोग बनते-बिगड़ते हैं, यह सूक्ष्म बातें कौन समझा सकता है? यह पगली भी क्या अपने बच्चे की तरह रास्ते पर पली है? सम्भव है, पहले सिर्फ़ गूँगी रही हो, विवाह के बाद निकाल दी गई हो, या खुद तकलीफ़ पाने पर निकल आई हो, और यह बच्चा रास्ते के किसी ख़्वाहिशमन्द का सबूत हो। मैं देख रहा था, ऊपर के धुएँ के नीचे दीपक की शिखा की तरह पगली के भीतर की परी इस संसार को छोड़कर कहीं उड़ जाने की उड़ान भर रही थी। वह साँवली थी, दुनिया की आँखों को लुभाने वाला उसमें कुछ न था, दूसरे लोग उसकी रुखाई की ओर रुख न कर सकते थे, पर मेरी आँखों को उसमें वह रूप दिखायी पड़ा, जिसे मैं कल्पना में लाकर साहित्य में लिखता हूँ; केवल वह रूप नहीं, भाव भी। इस मौन-महिमा आकार-इंगितों की बड़े-बड़े कवियों ने कल्पना न की होगी। भाव-भाषण मैंने पढ़ा था, दर्शनशास्त्रों में मानसिक सूक्ष्मता के विश्लेषण देखे थे, रंगमंच पर रवीन्द्रनाथ का किया अभिनय भी देखा था, खुद भी गद्य-पद्य में थोड़ा-बहुत लिखा था, चिड़ियों तथा जानवरों की बोली बोलकर उन्हें बुलाने वालों की भी करामात देखी थी; पर वह सब कृत्रिम था, यहाँ सब प्राकृत है। यहाँ माँ-बेटे के मनोभाव कितनी सूक्ष्म व्यंजना से संचारित होते थे, क्या लिखूँ। डेढ़-दो साल से कमजोर बच्चे को माँ मूक भाषा सिखा रही थी-आप जानते हैं, वह गूँगी थी। बच्चा माँ को कुछ कहकर न पुकारता था, केवल

एक नज़र देखता था, जिसके भाव में वह माँ को क्या कहता आप समझिए! उसकी माँ समझती थी; तो क्या वह पागल और गूँगी थी?

पगली का ध्यान ही मेरा ज्ञान हो गया। उसे देखकर मुझे बार-बार महाशक्ति की याद आने लगी। महाशक्ति का प्रत्यक्ष रूप संसार को इससे बढ़कर ज्ञान देने वाला और कौन-सा होगा? राम, श्याम और संसार के बड़े-बड़े लोगों का स्वप्न सब इस प्रभात की किरणों में दूर हो गया। बड़ी-बड़ी सभ्यता, बड़े-बड़े शिक्षालय चूर्ण हो गए। मस्तिष्क को घेरकर केवल यही महाशक्ति अपनी महत्ता में स्थित हो गई। उसके बच्चे में भारत का सच्चा रूप देखा, और उसमें-क्या कहूँ क्या देखा।

देश में शुल्क लेकर शिक्षा देने वाले बड़े-बड़े विश्वविद्यालय हैं। पर इस बच्चे का क्या होगा? इसके भी माँ है। वह देश की सहानुभूति का कितना अंश पाती है-हमारी थाली की बची रोटियाँ, जो कल तक कुत्तों को दी जाती थीं। यही, यही हमारी सच्ची दशा का चित्र है। वह माँ अपने बच्चे को लेकर राह पर बैठी हुई धर्म, विज्ञान, राजनीति, समाज जिस विषय को भी मनुष्य होकर मनुष्यों ने आज तक अपनाया है, उसी की भिन्न रुचि वाले पथिक को शिक्षा दे रही है, पर कुछ कहकर नहीं। कितने आदमी समझते हैं? यही न समझना संसार है बार-बार वह यही कहती है। उसकी आत्मा से यही ध्वनि निकलती है-संसार ने उसे जगह नहीं दी, उसे नहीं समझा; पर संसारियों की तरह वह भी है, उसके भी बच्चा है।

एक रोज़ मैंने देखा, नेता का जुलूस उसी रास्ते से जा रहा था। हजारों आदमी इकट्ठे थे। जय-जयकार से आकाश गूँज रहा था। मैं उसी बरामदे पर खड़ा स्वागत देख रहा था। पगली भी उठकर खड़ी हो गई थी। बड़े आश्चर्य से लोगों को देख रही थी। रास्ते पर इतनी बड़ी भीड़ उसने नहीं देखी। मुँह फैलाकर, भौहें सिकोड़कर आँखों की पूरी ताक़त से देख रही थी-समझना चाहती थी, वह क्या था। क्या समझी, आप समझते हैं? भीड़ में उसका बच्चा कुचल गया और रो उठा। पगली बच्चे की गर्द झाड़कर चुमकारने लगी और फिर कैसी ज्वालामयी दृष्टि से जनता को देखा। मैं यही समझता हूँ। नेता दस हज़ार की थैली लेकर ग़रीबों के उपकार के लिए चले गए-जरूरी जरूरी कामों में ख़र्च करेंगे।

एक दिन पगली के पास एक रामायणी समाज में कथा हो रही थी। मैंने देखा, बहुत से भक्त एकत्र थे। इतवार का दिन था। दो बजे से साहित्य-सम्राट् गोस्वामी तुलसीदास जी की रामायण का पाठ शुरू हुआ, पाँच बजे समाप्त। उसमें हिन्दुओं के मँजे स्वभाव को साहित्य-सम्राट् गोस्वामी तुलसीदास जी ने और माँज

दिया है, आप लोग जानते हैं! पाठ सुनकर, मँजकर भक्त-मण्डली चली। दुबली-पतली ऐश्वर्य-श्री से रहित पगली बच्चे के साथ बैठी हुई मिली। एक ने कहा, इसी संसार में स्वर्ग और नरक देख लो। दूसरे ने कहा, कर्म के दण्ड हैं। तीसरा बोला, सकल पदारथ है जग माहीं, कर्म-हीन नर पावत नाहीं। सब लोग पगली को देखते शास्त्रार्थ करते चले गए।

संगमलाल ने मुझसे कहा "बाबू, यह मुसलमान है।" मैंने उससे पूछा- "तुम्हें कैसे मालूम हुआ।" उसने बतलाया- "लोग ऐसा ही कहते हैं कि पहले यह हिन्दू थी। फिर मुसलमान हो गई, इसका बच्चा मुसलमान से पैदा हुआ है; पहले यह पागल नहीं थी, न गूँगी; बाद को हो गई।" मैंने सुन लिया। संगम ने किस ख़याल से कहा, मैं सोच रहा था। उन दिनों कई आदमियों से बातें करते हुए मैंने पगली का जिक्र किया; साहित्य, राजनीति आदि कई विषयों के आदर्श पर बहस थी; कुछ हँसकर चले गए, कुछ गम्भीर होकर और कुछ-कुछ पैसे उसे देने के लिए देकर। मैंने हिन्दू, मुसलमान बड़े-बड़े पदाधिकारी, राजा, रईस, सबको उस रास्ते में जाते समय पगली को देखते हुए देखा। पर किसी ने दिल से भी उसकी तरफ़ देखा, ऐसा नहीं देखा। जिन्हें अपने को देखने-दिखाने की आदत पड़ गई है, उनकी दृष्टि में दूसरे की सिर्फ़ तस्वीर आती है भाव नहीं, यह दर्शन मुझे मालूम था। जिन्दा को मुर्दा और मुर्दा को जिन्दा समझना भ्रम भी है और ज्ञान भी, बाड़ियों में आदमी का पुतला देखकर हिरन और स्वार जिन्दा आदमी समझते हैं, उसी तरह ज्ञान होने पर गिलहरियाँ बदन पर चढ़ती हैं-आदमी उन्हें पत्थर जान पड़ता है। ऊपर वाले आदमी पगली को देखते हुए किस कोटि में जाते थे, भगवान जानें।

एक दिन शहर में पल्टन का प्रदर्शन हो रहा था। पगली फुटपाथ पर बैठी थी। मैं उसी बरामदे पर नंगे बदन खड़ा सिपाहियों को देख रहा था। मेरी तरफ़ देख-देखकर कितने सिपाही मुस्कराए। मेरे वालों के बाद मुँह की तरफ़ देखकर लोग मिस-फैशन कहते हैं। थिएटर, सिनेमा में यह संबोधन दशाधिक बार एक ही रोज सुनने को मिला है। रास्ते पर भी छेड़खानी होती है, मैं कुछ बोलता नहीं। क्योंकि सबसे अच्छा जवाब है, बालों को कटा देना। पर ऐसा करूँ, तो मुझे दूसरों की समझ की खुराक न मिले। मैं सोचता हूँ, आवाज कसने वालों पर एक हाथ रखूँ, तो छठी का दूध याद आ जाऐ, यह वे नहीं देखते। मैं समझ गया, सिपाही भी मिस-फैशन से खुश होकर हँस रहे हैं। लत तो है। मेरे ग्रीक कट, पाँच फुट साढ़े ग्यारह इंच लम्बे, जरूरत से ज्यादा चौड़े और चढ़े मोड़ों के कसरती बदन को

देखकर किसी को आतंक नहीं हुआ। इसका निश्चय कर मैं पगली की तरफ़ देखने लगा। पगली बैठी थी। सिपाही मिलिटरी ढंग से लेफ्ट-राइट, लेफ़्ट राइट दुरुस्त, दर्प से जितना ही पृथ्वी को दहलाते हुए चल रहे थे, पगली उतना ही उन्हें देख-देखकर हँस रही थी। गोरे गम्भीर हो जाते थे। मैंने सोचा, मेरा बदला इसने चुका लिया। पगली ने खुशी में बच्चे को भी शरीक करने की कोशिश की-माँ अच्छी चीज़, अच्छी तालीम बच्चे को देती ही है। पगली पास बैठे बच्चे की ओर देखकर चुटकी बजाकर सिपाहियों की तरह उँगली से हवा को कोंच कोंचकर दिखा रही थी और हँसती हुई जैसे कह रही थी- "खुश तो हो? कैसा अच्छा दृश्य है।"

कई महीने हो चुके। आदान-प्रदान से पगली की मेरी गहरी जान-पहचान हो गई। पगली मुझे अपना शरीर-रक्षक समझने लगी। उसे लड़के बहुत तंग करते थे। मैं वहाँ होता था, तो विचित्र ढंग से मुँह बनाकर मुझसे सहानुभूति की कामना करती हुई, अपार करुणा से देखती हुई लड़कों की तरफ़ इशारा करती थी। मुझे देखकर लड़के भग जाते थे। इस तरह मेरी उसकी घनिष्ठता बढ़ गई। वह मुझे अपना परम हितकारी मानने लगी। मैं खुद भी पैसे देता था। और मित्रों से भी दिला देता था, पगली यह सब समझती थी। एक दिन मुझे मालूम हुआ, उसके पैसे बदमाश रात को छीन ले जाते हैं। यह मनुष्यों का विश्वव्यापी धर्म सोचकर मैं चुप हो गया। पैसे चोरी हो जाने पर पगली भूल जाती थी। छिन जाने पर, कम प्रकाश में किसी को न पहचानकर रो लेती थी।

एक दिन मेरे एक मित्र ने पगली से मज़ाक़ किया। किसी ने उन्हें बतलाया था कि इसके पास बड़ा माल है, मिट्टी में गाड़-गाड़कर इसने बड़े पैसे इकट्ठे किए हैं। मेरे मित्र पगली के पास गए, और मुस्कराते हुए ब्याज वाली बात समझाकर दो रुपये उधार माँगे। उनकी बात सुनकर पगली जी खोलकर हँसी, फिर कमर से तीन पैसे निकालकर निःसंकोच देने लगी।

गरमी की तेज लू और बरसात की तीव्र धार पगली और उसके बच्चे के ऊपर से पार हो गई। लोग जो समर्थ कहलाते हैं, केवल देखते रहे। पास एक खाली मकान के बरामदे में, पानी बरसने पर, वह आश्रय लेती थी। जब तक वह उठकर बिस्तरा उठाकर जाऐ जाऐ, तब तक उसका बिस्तरा भीग जाता था, वह भी नहा जाती थी। फिर उसी गीले में पड़ी रहती। उसका स्वास्थ्य धीरे-धीरे टूटने लगा। उसे तपस्या करने की आदत थी, काम करने की नहीं। उसके हाथ-पैर बैठे-बैठे जकड़ गए थे। पानी के लिए रास्ते के उस पार जाना पड़ता था। पानी की कल

उसी तरफ़ थी। इस पार से उस पार तक इतना रास्ता पार करते उसे आधे घंटे से ज्यादा लग जाता था। एक फर्लांग पर कोई इक्का या ताँगा आता होता, तो पगली खड़ी हुई उसके निकल जाने की प्रतीक्षा करती रहती। उसकी मुद्राएँ देखकर कोई मनुष्य समझ जाता कि उस इक्के या ताँगे से दब जाने का उसे डर हो रहा है। साधारण आदमी तब तक चार बार रास्ता पार करता। एक इक्का निकल जाता, फिर दूसरा आता हुआ दिखायी पड़ता। पगली अपनी जगह जमी हुई चलने के लिए दो-एक दफ़े झूमकर रह जाती। उसकी मुख-मुद्रा ऐसी विरक्ति सूचित करती थी वह उतनी खुली भाषा थी कि कोई भी उसे समझ लेता कि वह कहती है, 'यह सड़क क्या मोटर-ताँगे-इक्के वालों के लिए ही है? इन्हें देखकर मैं खड़ी होऊँ, मुझे देखकर ये क्यों न खड़े हों?' बड़ी देर बाद पगली को रास्ता पार करने का मौका मिलता। तब तक उसकी प्यास कितनी बढ़ती थी, सोचिए।

एक दिन हम लोग ब्लैक कुइन खेल रहे थे। शाम को पानी बरस चुका था। पगली उसी खाली मकान के बरामदे पर थी। हम लोगों ने खाना खाकर खेल शुरू किया था। होटल के गेट की बिजली जल रही थी। फुटपाथ पर मेज़ और कुर्सियाँ डाल दी गई थीं। दस बज चुके थे। बच्चे को सुलाकर पगली किसी जरूरत से बाहर गई थी। उसका बच्चा सोता हुआ करवट बदलकर दो हाथ ऊँचे बरामदे से नीचे फुटपाथ पर आ गिरा, जोर से चीख उठा। मेरे साथ के खिलाड़ी आलोचना करने लगे- "जान पड़ता है, पगली कहीं गई है, है नहीं।" होटल के एक अमीरदिल बोर्डर ने संगम से कहा- "देख रे पगली कहीं हो, तो बुला तो दे।"

इनकी बातचीत में वह भाव था, जिसके चाबुक ने मुझे उठने को विवश कर दिया। मैंने उस बच्चे को दौड़कर उठा लिया। मेरे एक मित्र ने कहा- "अरे, यह गन्दा रहता है।" मैं गोद में लेकर उसे हिलाने लगा। उतनी चोट खाया हुआ बच्चा चुप हो गया, क्योंकि इतना आराम उसे कभी नहीं मिला। उसकी माँ इस तरह बच्चे को सुख के झूले में झुलाना नहीं जानती। जानती भी हो तो उसमें शक्ति नहीं। बच्चे को आँखों के प्यार से गोद का सुख ज्यादा प्यारा है। इसे इस तरह की मारें बहुत मिली होंगी, पर इस तरह का सुख एक बार भी न मिला होगा। इसलिए वह चोट की पीड़ा भूल गया और सुख की गोद में पलकें मूंदकर बात-की-बात में सो गया। मैंने उसे फिर उसकी जगह पर सावधानी से सुला दिया।

अब धीरे-धीरे जाड़ा पड़ने लगी थी। मेरे मित्र श्रीयुत नैथाणी ने कहा- "एक रोज़ पगली का बच्चा गिर गया था, आपने गोद में उठा लिया था। दीवान साहब

तब जग रहे थे, मुझे भी देखने को जगा दिया।" मैं चुप रहा। मन में कहा-'यह कोई बड़ी बात तो थी नहीं, बुद्ध एक बकरे के लिए जान दे रहे थे। जब हममें बड़ी-बड़ी बातें पैदा होंगी, तब हम इन बातों की छुटाई समझेंगे। आज तो तरीक़ा उल्टा है। जिसकी पूजा होनी चाहिए, वह नहीं पुजता; जो कुछ पूजता है, वही अधिक पुजने लगता है।'

जाड़ा जोरों का पड़ने लगा। एक रोज रात बारह बजे के क़रीब रास्ते में पिल्ले की-सी कूं-कूं सुनायी पड़ी। मैं एक कहानी समाप्त करके सोने का उपक्रम कर रहा था। होटल में और सब लोग सो चुके थे। मैं नीचे रास्ते के सामने वाले कमरे में रहता था। होटल का दरवाजा बन्द हो चुका था। पर मैं अपना दरवाजा खोलकर बाहर गया। देखता हूँ, एक पाया हुआ मामूली काला कम्बल ओढ़े बच्चे को लिए पगली फुटपाथ पर पड़ी है। जब उसे दुनिया का, अपने अस्तित्व का ज्ञान होता है, तब हाड़ तक छिद जाने वाले जाड़े से काँपकर वह ऐसे करुण स्वर से रोती है। जमीन पर एक फटी-पुरानी ओस से भीगी कथरी बिछी, ऊपर पतला कम्बल। ईश्वर ने मुझे केवल देखने के लिए पैदा किया है। मेरे पास जो ओढ़ना है, वह मेरे लिए भी ऐसा नहीं कि खुली जगह सो सकूँ। पुराने कपड़े होटल के नौकर माँग लेते हैं-मथुरा मेरा कुर्ता जो उसके अचकन की तरह होता है, बाहें काटकर रात को पहनकर सोता है, संगम मेरी धोती से अपनी धोती साँटकर ओढ़ता है, महाराज ने राखी बाँधकर कम्बल माँगा था, अभी तक मैं नहीं दे सका। मैं सोचने लगा, यह कम्बल पगली को किसने दिया होगा? याद आया सामने के धनी बंगाली-घराने की महिलाएँ बड़ी दयालु हैं, कभी-कभी पगली को धोती और उसके लड़के को अंग्रेजी फ्राक पहना देती थीं उन्हीं ने दिया होगा। ऐसे ही विचार में मेरी आँख लग गई।

होटल के मालिक से नाराज होकर, गुट्ट बाँधकर एक रोज़ बारह-तेरह बोर्डर निकल गए। सब विद्यार्थी थे। मुझे जानते थे। कुछ कैनिंग कॉलेज के थे, कुछ क्रिश्चियन कॉलेज के। मुझसे उनके प्रमुख दो लॉ क्लास के विद्यार्थियों ने आकर कहा- "जनाब ऐसा तो हो नहीं सकता कि हम उस महीने का खर्च यहाँ देकर, वहाँ पेशगी फिर एक महीने का खर्च दें धीरे-धीरे प्रोप्राइटर को रुपये देंगे, हमारे पास घर से ख़र्च तो एक महीने का आता है, अब वहाँ जाकर लिखेंगे, खर्च आएगा, तब देंगे। होटल छोड़ने के लिए कई बार हम लोगों से मैनेजर कह चुके हैं। बीच में छोड़ दिया, तो हम कहीं के न हुए। इम्तहान सिर पर है। हमने पहले से अपना इंतजाम कर लिया।" मुझे ख़याल आया अब पगली की रोटियाँ भी गईं। यह अब

चल भी नहीं सकती कि दूसरी जगह से माँग लाये। विद्यार्थी मन में सोचते हुए गए (अब मालूम हो रहा है) कि जैसा सड़ा खाना खिलाया है, दामों के लिए वैसे ही सड़क पर चक्कर खिलवायेंगे।

उनके जाने से होटल सूना हो गया। निश्चय हुआ कि इस महीने के बाद बन्द कर दिया जाएगा। संगम मेरे पास उस जाड़े में दी हुई एक बनियानी पहने हुए मुट्ठियाँ दोनों बग़लों में दबाये संसार का एक्स (x) बना हुआ सुबह-सुबह आकर बोला- "बाबू जी, मेरी दो महीने की तनख्वाह बाक़ी है, आप दस रुपया काटकर मैनेजर साहब को बिल चुकाइयेगा।" मैंने उसे धैर्य दिया। दस रुपये की कल्पना से खुलकर हँसता हुआ बड़े मित्र-भाव से संगम मुझे देखने लगा। मैंने देखा, हँसते वक़्त उसका मुँह नवयुवतियों की आँखों को मात कर कानों तक फैल गया है।

दो-तीन दिन बाद एक मकान किराये पर लेकर मैनेजर को अपना बेयरर चेक दस्तखत करके देने से पहले मैंने कहा- "आपको चेक दिलवाने के लिए गंगापुस्तकालय जाता हूँ, चेक में दस रुपये कम होंगे, संगम की दो महीने की तनख्वाह बाक़ी है? उसने कहा है- "मेरे रुपये रोककर होटल को रुपये दीजियेगा।" मैनेजर यानी प्रोप्राइटर साहब ने संगम को बुलाया। कहा- "क्यों रे, तू हमें बेईमान समझता है?" संगम सिटपिटा गया, मारे डर के उसकी जबान बन्द हो गई। मैनेजर साहब उसे घूरकर मेरी ओर देखकर बोले- "आप मुझे ही दीजियेगा, नौकरों की इस तरह आदत बिगड़ जाएगी।" मैं सतहत्तर रुपये का चेक मैनेजर साहब को देकर किराये के दूसरे मकान में चला आया। मेरे साथ मेरे मित्र कुँवर साहब भी आए।

एक रोज पगली का हाल सुनकर उनके मामा साहब एक नफ़ीस बारीक कम्बल पगली को देने के लिए दे गए। मैंने कुँवर साहब से कहा- "रजाई ठीक थी, इससे क़ीमत में भी ज्यादा नहीं होगी, और पगली का जाड़ा भी छूट जाएगा।" कुँवर साहब अपनी रजाई देने के लिए देकर बड़े दिन की छुट्टियों में घर गए। मैं रजाई लेकर पगली को ओढ़ा आया। दो-तीन दिन बाद मेरे मित्र श्रीयुत नैथाणी मिले, कहा- "पगली अस्पताल भेज दी गई। डॉक्टर का कहना है, उसे डबल निमोनिया हो गया है, बचेगी नहीं। उसका बच्चा श्रीदयानन्द अनाथालय भेज दिया गया है। पगली बच्चे को छोड़ती न थी। पगली को ले जाने वाले इक्के की बाल से निकलती हुई मोटर के धक्के से एक स्वयंसेवक के पैर में सख़्त चोट आ गई है, इसी ने सबसे पहले गन्दगी से न डरकर पगली को उठाया था।"

एक रोज सुबह उसी तरह बग़ल में मुट्ठी दबाये हुए संगम ने आकर कहा- "बाबू आपका चेक भुनाकर मैनेजर साहब भाग गए हैं।"

"नहीं, संगम" मैंने समझाया- "मैनेजर साहब बड़े अच्छे आदमी हैं। घर रुपये लेने गए हैं। उन्हें कई सौ रुपये देने हैं-लकड़ी, घी, आटा, दूध और किराये के। लौटकर रुपये दे देंगे।" संगम वैसा ही फिर हँसा।

15

चतुरी चमार

चतुरी चमार, डाकखाना चमियानी, मौजा गढ़ाकोला, जिला उन्नाव का एक कदीमी बाशिन्दा है। मेरे ही नहीं, मेरे पिता जी के, बल्कि उनके भी पूर्वजों के मकान के पिछवाड़े कुछ फ़ासले पर, जहाँ से होकर कई और मकानों के नीचे और ऊपर वाले पनालों का, बरसात और दिन-रात का शुद्धाशुद्ध जल बहता रहता है, ढाल से कुछ ऊँचे एक बाल चतुरी चमार का पुश्तैनी मकान है। मेरी इच्छा होती है, चतुरी के लिए 'गौरवे बहुवचनम्' लिखूँ, क्योंकि साधारण लोगों के जीवनचरित्र या ऐसे ही कुछ लिखने के लिए सुप्रसिद्ध संपादक पं. बनारसीदास चतुर्वेदी द्वारा दिया हुआ आचार्य द्विवेदी जी का प्रोत्साहन पढ़कर मेरी श्रद्धा बहुत बढ़ गई है, पर एक अड़चन है, गाँव के रिश्ते में चतुरी मेरा भतीजा लगता है। दूसरों के लिए वह श्रद्धेय अवश्य है क्योंकि वह अपने उपानह-साहित्य में आजकल के अधिकांश साहित्यिकों की तरह अपरिवर्तनवादी है। वैसे ही देहात में दूर-दूर तक उसके मजबूत जूतों की तारीफ़ है।

पासी हफ्ते में तीन दिन हिरन, चौगड़े और बनैले सुअर खदेड़कर फाँसते हैं, किसान अरहर की दूँठियों पर ढोर भगाते हुए दौड़ते हैं- कँटीली झाड़ियों को दबाकर चले जाते हैं, छोकड़े बेल, बबूल, करील और बेर के काँटों के भरे सँधवाये बाग़ों से सरपट भागते हैं, लोग जेंगरे पर मड़नी करते हैं, द्वारिका नाई न्यौता बाँटता हुआ दो साल में दो हज़ार कोस से ज्यादा चलता है, चतुरी के जूते अपरिवर्तनवाद के चुस्त रूपक जैसे टस से मस नहीं होते; यह जरूर है कि चतुरी के जूते जिला बाँदा के जूतों से वजन में हल्के बैठते हैं, सम्भव है, चित्रकूट के इर्द-गिर्द होने के कारण वहाँ के चर्मकार भाईयों पर रामजी की तपस्या का प्रभाव पड़ा हो, इसलिए उनका साहित्य ज्यादा ठोस हुआ चतुरी वगैरह लखनऊ के नज़दीक होने के कारण नवाबों के साये में आए हों। उन दिनों मैं गाँव में रहता था। घर बग़ल में होने के कारण, घर बैठे ही मालूम कर लिया कि चतुरी चतुर्वेदी आदिकों

से सन्त-साहित्य का कहीं अधिक मर्मज्ञ है, केवल चिट्ठी लिखने का ज्ञान न होने के कारण एक क्रिया होकर भी भिन्नफल है। वे पत्र-पुस्तकों के संपादक हैं, यह जूतों का। एक रोज़ मैंने चतुरी आदि के लिए चरस मँगवाकर अपने ही दरवाजे पर बैठक लगवायी। चतुरी उम्र में मेरे चाचा जी से कुछ ही छोटा होगा, कई घरों के लड़के बच्चे समेत 'चरस रसिक रघुपति-पद नेह' लोध आदि के सहयोग से मजीरेदार डफलियाँ लेकर वह रात आठ बजे आकर डट गया। कबीरदास, सूरदास, तुलसीदास, पलटूदास आदि ज्ञात-अज्ञात अनेकानेक सन्तों के भजन होने लगे। पहले मैं निर्गुण शब्द का केवल अर्थ लिया करता था, लोगों को 'निर्गुण पद है' कहकर संगीत की प्रशंसा करते हुए सुनकर मलता था, अब गम्भीर हो जाएा करता हूँ, जैसे उम्र की बाढ़ के साथ अक़्ल बढ़ता है। मैं मचिया पर बैठकर भजन सुनने लगा।

चतुरी आचार्य कण्ठ से लोगों को बी पदों की याद दिला दिया करता। मुझे मालूम हुआ, चतुरी कबीर-पदावली का को भूले है। मुझसे उसने कहा- "काका, ये निर्गुण-पद बड़े-बड़े विद्वान नहीं समझते। परराषज्ञ शायद मुझे भी उन्हीं विद्वानों की कोटि में शुमार कर बोला- "इस पद का मतलब," मैंने उतरे गले से बात काटकर उभड़ते हुए कहा- "चतुरी आज गा लो, कल सुबह आकर मतलब समझाना। मतलब से गाने की तलब चली जाएगी।" चतुरी खखारकर गम्भीर हो गया। फिर उसी तरह डिक्टेट करता रहा। बीच-बीच में ओजस्विता लाने के लिए चरस की पुट चलती रही। गाने में मुझे बड़ा आनन्द आया। ताल पर तालियाँ - देकर मैंने भी सहयोग दिया। वे लोग ऊँचे दर्जे के उन गीतों का मतलब समझते थे, उनकी नीचता पर यह एक आश्चर्य मेरे साथ रहा। बहुत-से गाने आलंकारिक थे। वे उनका भी मतलब समझते थे। एक बजे रात तक मैं बैठा रहा। मुझे मालूम न था कि 'भगत' कराने के अर्थ रात भर गवाने के हैं। तब तक आधी चरस भी ख़त्म न हुई थी। नींद ने जोर मारा, मैंने चतुरी से चलने की आज्ञा माँगी। चरस की ओर देखते हुए उसने कहा- "काका, फिर कैसे काम बनेगा?" मैंने कहा- "चतुरी, तुम्हारी काकी तो भगवान के यहाँ चली गईं, जानते ही हो-भोजन अपने हाथ पकाना पड़ता के है, कोई दूसरा मदद के लिए है नहीं, जरा आराम न करेंगे, तो कल उठ न पायेंगे।" चतुरी नाराज़ होकर बोला- "तुम ब्याह करते ही नहीं, नहीं तो तेरह काकी आ जाऐं, हाँ वैसी तो...।" मैंने कहा- "चतुरी, भगवान की इच्छा।" दुखी हृदय से सहानुभूति दिखलाते हुए चतुरी ने कहा- "काकी बहुत पढ़ी-लिखी थीं। मैंने कई चिट्ठियाँ उनसे लिखवायी हैं।" फिर जलती हुई चिलम

में दम लगाकर धुआँ पीकर, सिर नीचे की ओर जोर से दबाकर, नाक से धुआँ निकालकर बैठे गले से बोला- "काकी रोटी भी करती थीं, बर्तन भी मलती थीं और रोज़ रामायण भी पढ़ती थीं, बड़ा अच्छा गाती थीं, काका, तुम वैसा नहीं गाते बुढ़ऊ बाबा (मेरे चाचा) दरवाजे बैठते थे। भीतर काकी रामायण पढ़ती थीं। ग़ज़लें और न जाने क्या-क्या-टिल्लाना गाती थीं-कों काका?" मैंने कहा- "हूँ; तुम लोग चतुरी गाओ, मैं दरवाजा बन्द करके सुनता है।" जगने तक भगत होती रही। फिर कब बन्द हुई, मालूम नहीं। जब आँख खुली, तब काफ़ी दिन चढ़ आया था। मुँह धोकर दरवाजा खोला, चतुरी बैठा एकटक दरवार की ओर देख रहा था। कबीर-पदावली का अर्थ उससे किसी ने नहीं सुना। मैत्र सुबह सुनने के लिए कहा था, वह आया हुआ है। मैंने कहा- "क्यों चतुरी रात सोचे नहीं?" चतुरी सहज-गम्भीर मुद्रा से बोला- "सोकर जगे तो बड़ी देर हुई, बुलाने की वजह से आया हुआ हूँ।" जिनमें शक्ति होती है, अवैतनिक शिक्षक वही हो सकते हैं। मैंने कहा- "मैं तैयार हूँ, पहले तुम कबीर साहब की कोई उल्टवाँसी सीधी करो। "कौन-सुनाऊँ।" चतुरी ने कहा- "एक से एक बढ़कर हैं। मैं कबीरपन्थी हूँ न काका, जहाँ गिरह लगती है, साहब आप खोल देते हैं।" मैंने कहा- "तुम पहुँचे हुए हो, यह मुझे कल ही मालूम हो गया था।" चतुरी आँख मूँदकर शायद साहब का ध्यान करने लगा, फिर सस्वर एक पद गुनगुनाकर गाने लगा, फिर एक-एक कड़ी गाकर अर्थ समझाने लगा। उसके अर्थ में अनर्थ पैदा करना आनन्द खोना था, जब वह भाष्य पूरा कर चुका, जिस तरह के भाष्य से हिन्दी वालों पर 'कल्याण' के निरमिष लेखों का प्रभाव पड़ सकता है, मैंने कहा- "चतुरी तुम पढ़े-लिखे होते तो पाँच सौ की जगह पाते।" खुश होकर चतुरी बोला- "काका, कहो तो अर्जुनवा (चतुरी का सत्रह साल का लड़का) को पढ़ने के लिए भेज दिया करूँ, तुम्हारे पास पढ़ जाएगा, तुम्हारी विद्या ले लेगा, मैं भी अपनी दे दूँगा, तो कहो भगवान की इच्छा हो जाऐ तो कुछ हो जाऐ।" मैंने कहा "भेज दिया करो। दिया घर से लेकर आया करे। हमारे पास एक ही लालटेन है, बहुत नज़दीक घिसेगा, तो गाँव वाले चौंकेंगे। आगे देखा जाएगा। लेकिन गुरु-दक्षिणा हम रोज लेंगे। घबराओ मत, सिर्फ़ बाज़ार से हमारे लिए गोश्त ले आना होगा और महीने में दो दिन चक्की से आटा पिसवा लाना होगा। इसको मेहनत हम देंगे। बाज़ार तुम जाते ही हो।" चतुरी को इस सहयोग से बड़ी ख़ुशी हुई। एक प्रसंग पर आने के विचार से मैंने कहा- "चतुरी, तुम्हारे जूते की बड़ी तारीफ़ है।" खुश होकर चतुरी बोला- "हाँ काका, दो साल चलता है।" उसनें एक दर्द भी दबा था। दुखी होकर कहा-

"काका जमीदार के सिपाही को एक जोड़ा हर साल देना पड़ता है। एक जोड़ा भगतवा देता है, एक जोड़ा पंचमा। जब मेरा ही जोड़ा मजे में दो साल चलता है, तब ज्यादा लेकर कोई चमड़े की बर्बादी क्यों करे?" कहकर डबडबायी आँखों से देखता हुआ जुड़े हाथों सेवई-सी बटने लगा।

मुझे सहानुभूति के साथ हँसी आ गई। मगर हँसी को होंठों से बाहर न आने दिया। सँभलकर स्नेह से कहा- "चतुरी इसका वाजिब-उल-अर्ज में पता लगाना होगा। अगर तुम्हारा जूता देना दर्ज होगा, तो इसी तरह पुश्त-दर-पुश्त तुम्हें जूते देते रहने पड़ेंगे।"

चतुरी सोचकर मुस्कराया, बोला- "अब्दुल-अर्ज में दर्ज होगा, क्यों काका?" मैंने कहा- "हूँ, देख लो, सिर्फ़ एक रुपया हक़ लगेगा।"

वक़्त बहुत हो गया था। मुझे काम था। चतुरी को मैंने विदा किया। वह गम्भीर होकर सिर हिलाता हुआ चला। मैं उसके मनोविकार पढ़ने लगा- 'वह एक ऐसे जाल में फंसा है, जिसे वह काटना चाहता है, भीतर से उसका पूरा ज़ोर उभड़ रहा है। पर एक कमजोरी है, जिसमें बार-बार उलझकर रह जाता है।'

अर्जुन का आना जारी हो गया। उन दिनों बाहर मुझे कोई काम न था, देहात में रहना पड़ा। गोश्त आने लगा। समय-समय पर लोध, पासी धोबी और चमारों का ब्रह्मभोज भी चलता रहा। घृतपक्क मसालेदार मांस की खुशबू से जिसकी भी लार टपकी, आप निमन्त्रित होने को पूछा। इस तरह मेरा मकान साधारण जनों का अड्डा ही नहीं, बल्कि House of Commons हो गया। अर्जुन की पढ़ाई उत्तरोत्तर बढ़ चली। पहले पहल जब 'दादा, मामा, काका, दादी, नानी' उसने सीखा, तो हर्ष में उसके माँ-बाप सम्राट्-पद पाये हुए को छापकर छलके। सब लोग आपस में कहने लगे, अब अर्जुनवा 'दादा-दीदी' पढ़ गया। अर्जुन अपने बाप चतुरी को दादा और माँ को दीदी कहता था। दूसरे दिन उसके बड़े भाई ने मुझसे शिकायत की। कहा- "बाबा अर्जुनवा और तो सब लिख-पढ़ लेता है, पर भैया नहीं लिखता।" मैंने समझाया कि किताब में 'दादा-दादी' से भैया की इज़्ज़त बहुत ज्यादा है, 'भैया' तक पहुँचने में उसे दो महीने की देर होगी।

धीरे-धीरे आम पकने के दिन आए। अर्जुन अब दूसरी किताब समाप्त कर अपने खानदान में विशेष प्रतिष्ठित हो चला। कुछ नाजुक मिजाज भी हो गया। मोटा काम ने होता था। आम खिलाने के विचार से मैं अपने चिरंजीव को लिवा लाने के लिए ससुराल गया। तब उसकी उम्र 9-10 साल की होगी। सोम या

चहुरुम में पढ़ता था। मेरे यहाँ उसके मनोरंजन की चीज न थी। कोई स्त्री भी न थी, जिसके प्यार से वह बहला रहता। पर दो-चार दिन के बाद मैंने देखा, वह ऊबा नहीं अर्जुन से उसकी गहरी दोस्ती हो गई है। वह अर्जुन का काका लगता था, जैसे मैं अर्जुन के बाप का। यद्यपि अर्जुन उम्र में उससे पौने दो पट था, फिर भी पद और पढ़ाई में मेरे चिरंजीव बड़े थे, फिर यह ब्राह्मण के लड़के भी थे। अर्जुन को नयी और इतनी बड़ी उम्र में उतने छोटे से काका को श्रद्धा देते हुए प्रकृति के विरुद्ध दबना पड़ता था। इसका असर अर्जुन के स्वास्थ्य पर तीन ही चार दिन में प्रत्यक्ष हो चला। तब मुझे मालूम न था, अर्जुन शिकायत करता न था। मैं देखता था, जब मैं डाकखाना या बाहर गाँव से लौटता हूँ, मेरे चिरंजीव अर्जुन के यहाँ होते हैं या घर ही पर उसे घेरकर पढ़ाते रहते हैं। चमारों के टोले में गोस्वामी जी के इस कथन को 'मनाह मत्त गजपन निरखि सिंह किसोरहिं चोप' वह कई बार सार्थक करते दिखायी पड़े। मैं ब्राह्मण-संस्कारों की सब बातों को समझ गया। पर उसे उपदेश क्या देता? चमार दबेंगे, ब्राह्मण दबायेंगे। दवा है, दोनों की जड़ें मार दी जाएं, पर यह सहज-साध्य नहीं, सोचकर चुप हो गया।

मैं अर्जुन को पढ़ाता था तो स्नेह देकर, उसे अपनी ही तरह का एक आदमी समझकर उसके उच्चारण की त्रुटियों को पार करता हुआ। उसकी कमजोरियों की दरारें भविष्य में भर जाएंगी, ऐसा विचार रखता था। इसलिए कहाँ-कहाँ उसमें प्रमाद है, यह मुझे याद भी न था। पर मेरे चिरंजीव ने चार ही दिन में अर्जुन की सारी कमजोरियों का पता लगा लिया और समय-असमय उसे घर बुलाकर मेरी गैर-हाजिरी में उन्हीं कमजोरियों के रास्ते उसकी जीभ को दौड़ाते हुए अपना मनोरंजन करने लगे। मुझे बाद को मालूम हुआ।

सोमवार मियाँगंज के बाजार का दिन था। गोश्त के पैसे मैंने चतुरी को दे दिए थे। डाकखाना तब मगरायर था। वहाँ से बाज़ार नजदीक है। मैं डाकखाने से प्रबन्ध भेजने के लिए टिकट लेकर टहलता हुआ बाज़ार गया। चतुरी जूते की दूकान लिए बैठा था। मैंने कहा- "कालिका (धोबी) भैया आए हैं, चतुरी हमारा गोश्त उनके हाथ भेज देना। तुम बाज़ार उठने पर जाओगे देर होगी।" चतुरी ने कहा- "काका एक बात है, अर्जुनवा तुमसे कहते डरता है, मैं घर आकर कहूँगा, बुरा न मानना लड़कों की बातों का।" 'अच्छा' कहकर मैंने बहुत कुछ सोच लिया। बकर कसाई के सलाम का उत्तर देकर बादाम और ठण्डाई लेने के लिए बनियों की तरफ़ गया। बाजार में मुझे पहचानने वाले न पहचानने वालों को मेरी विशेषता से परिचित करा रहे थे। चारों ओर से आँखें उठी हुई थीं। ताज्जुब यह था

कि अगर ऐसा आदमी है, तो मांस खाना-जैसा घृणित पाप क्यों करता है। मुझे क्षण-मात्र में यह सब समझ लेने का काफ़ी अभ्यास हो गया था। गुरुमुख ब्राह्मण आदि मेरे घड़े का पानी छोड़ चुके थे। गाँव तथा पड़ोस के लड़के अपने-अपने पिता-पितामहों को समझा चुके थे कि 'बाबा (मैं) कहते हैं, मैं पानी-पाँडे थोड़े ही हूँ, जो ऐरे-गैरे नत्थू-खैरे सबको पानी पिलाता फिरूँ।' इससे लोग जाइं नाराज हो गए थे। साहित्य की तरह समाज में भी दूर-दूर तक मेरी तारीफ़ फैल चुकी थी- विशेष रूप से जब एक दिन विलायत की टोरी-पार्टी की तारीफ़ करने बाले, एक देहाती स्वामी जी को मैंने कबाब खाकर काबुल में प्रचार करने वाले रामचन्द्रजी के वक़्त के एक ऋषि की कथा सुनायी, और मुझसे सुनकर वहीं गाँव के ब्राह्मणों के सामने बीड़ी पीने के लिए प्रचार करके भी वह मुझे नीचा नहीं दिखा सके-उन दिनों भाग्यवश मिले हुए अपने आवारागर्द नौकर से बीड़ी लेकर, सबके सामने दियासलाई लगाकर मैंने समझा दिया कि तुम्हारे इस जूठे धुएँ से बढ़कर मेरे पास दूसरा महत्त्व नहीं।

मैं इन आश्चर्य की आँखों के भीतर बादाम और ठण्डाई लेकर जरा रीढ़ सीधी करने को हुआ कि एक बुड्ढे पण्डित जी एक देहाती भाई के साथ मेरी ओर बढ़ते नज़र आए। मैंने सोचा, शायद कुछ उपदेश होगा। पण्डित जी सारी शिकायत पीकर, मधु-मुख हो अपने प्रदर्शक से बोले- "आप ही हैं?" उसने कहा- "हाँ, यह हैं।" पण्डित जी देखकर गद्गद हो गए। ठोढ़ी उठाकर बोले- "ओहोहो! आप धन्य हैं।" मैंने मन में कहा- "नहीं, मैं वन्य हूँ। मज़ाक़ करता है खूसट।" पर ग़ौर से उसका पग और खौर देखकर कहा- "प्रणाम करता हूँ पण्डित जी। पण्डित जी मारे प्रेम के संज्ञा खो बैठे। मेरा प्रणाम मामूली प्रणाम नहीं-बड़े भाग्य से मिलता है। मैं खड़ा पण्डित जी को देखता रहा। पण्डित जी ने अपने देहाती साथी से पूछा- "आप एम.ए., बे-मे सब पास हैं?" उनका साथी अत्यन्त गम्भीर होकर बोला- "हाँ। जिला में दूसरा नहीं है।" होंठ काटकर मैंने कहा- "पण्डित जी रास्ते में दो नाले और एक नदी पड़ती है। भेड़िए लागन हैं। डण्डा नहीं लाया। आज्ञा हो तो चलूँ-शाम हो रही है।" पण्डित जी स्नेह से देखने लगे। जो शिकायत उन्होंने सुनी थी, आँखों में उस पर सन्देह था दृष्टि कह रही थी 'यह वैसा नहीं-जरूर गोश्त न खाता होगा, बीड़ी न पी होगी, लोग पाजी हैं।' प्रणाम करके, आशीर्वाद लेकर मैंने घर का रास्ता पकड़ा।

दरवाजे पर आकर रुक गया। भीतर बातचीत चल रही थी। प्रकाश कुछ-कुछ था, सूर्य डूब रहा था। मेरे पुत्र की आवाज़ आई- "बोल रे बोल।" इस वीर

रस का अर्थ मैं समझ गया। अर्जुन बोलता हुआ हार चुका था, पर चिरंजीव को रस मिलने के कारण बुलाते हुए हार न हुई थी। चूँकि बार-बार बोलना पड़ता था, इसलिए अर्जुन बोलने से ऊबकर चुप था। डाँटकर पूछा गया, तो सिर्फ़ कहा- "क्या?"

"वही- गुण, बोल।"

अर्जुन ने कहा- "गुण।"

बच्चे के अट्टहास से घर गूंज उठा। भरपेट हँसकर, स्थिर होकर फिर उसने आशा की "बोल-गणेश।"

"रोनी आवाज में अर्जुन ने कहा- "गड़ेस।" खिलखिलाकर, हँसकर, चिरंजीव ने डौटकर कहा- "गड़ेस-गड़ास करता है-साफ़ नहीं कह पाता क्यों रे, रोज दातृन करता है?"

अर्जुन अप्रतिभ होकर दबी आवाज़ में एक छोटी-सी 'हूँ' करके, सिर झुका कर रह गया। मैं दरवाजा धीरे से ढकेलकर भीतर खम्भे की आड़ से देख रहा था। मेरे चिरंजीव उसे उसी तरह देख रहे थे, जैसे गोरे, कालों को देखते हैं। जरा देर चुप रहकर फिर आज्ञा की "बोल, वर्ण।"

अर्जुन की जान की आ पड़ी। मुझे हँसी भी आई, गुस्सा भी लगा। निश्चय हुआ, अब अर्जुन से विद्या का धनुष नहीं उठने का। अर्जुन वर्ण के उच्चारण में विवर्ण हो रहा था। तरह-तरह से मुँह बना रहा था। पर खुलकर कुछ कहता न था। उसके मुँह बनाने का आनन्द लेकर चिरंजीव ने फिर डाँटा "बोलता है या लगाऊँ झापड़। नहा लूँगा, गरमी तो है।"

मैंने सोचा अब प्रकट होना चाहिए। मुझे देखकर अर्जुन खड़ा हो गया, आँखें मल-मलकर रोने लगा। मैंने पुत्र रत्न से कहा- "कान पकड़कर उठो-बैठो दस दफ़े।" उसने नज़र बदलकर कहा- "मेरा कुसूर कुछ नहीं और मैं यों ही कान पकड़कर उर्दू-बैठूं!" मैंने कहा- "तुम इससे गुस्ताखी कर रहे थे।" उसने कहा- "तो आपने भी की होगी। इससे 'गुण' कहला दीजिये, आपने पढ़ाया तो है, इसकी किताब में लिखा है।" मैंने कहा- "तुम हँसते क्यों थे?" उसने कहा- "क्या मैं जानबूझकर हँसता था?" मैंने कहा- "अब आज से तो तुम इससे बोल न सकोगे।" लड़के ने जवाब दिया- "मुझे मामा के यहाँ छोड़ आइए, यहाँ डाल के आम खट्टे होते हैं-चोपी होती है। मुँह फदक जाता है, वहाँ पाल के आम आते हैं।"

चिरंजीव को नाई के साथ भेजकर मैंने अर्जुन और चतुरी को सांत्वना दी।

कुछ महीने और गाँव में रहना पड़ा। अर्जुन कुछ पढ़ गया। शहरों की हवा मैंने बहुत दिनों से न खायी थी-कलकत्ता, बनारस, प्रयाग आदि का सफ़र करते हुए लखनऊ में डेरा डाला स्वीकृत किताबें छपवाने के विचार से। कुछ काम लखनऊ में और मिल गया। अमीनाबाद होटल में एक कमरा लेकर निश्चित चित्त से साहित्य-साधना करने लगा।

इन्हीं दिनों देश में आन्दोलन जोरों का चला-यही, जो चतुरी आदिक के कारण फिस्स हो गया है। होटल में रहकर, देहात से आने वाले शहरी युवक मित्रों से सुना करता था, गढ़ाकोला में भी आन्दोलन जोरों पर है-छह-सात सौ तक की जोत किसान लोग इस्तीफ़ा कर छोड़ चुके हैं-वह जमीन अभी तक नहीं उठी-किसान राज इकट्ठे होकर झण्डा-गीत गाया करते हैं। साल भर बाद जब आन्दोलन में प्रतिक्रिया हुई और जमींदारों ने दावा करना और रियाया को बिना किसी रियायत के दबाना शुरू किया, तब गाँव के नेता मेरे पास मदद के लिए आए, बोले- "गाँव में चलकर लिखो। तुम रहोगे, तो मार न पड़ेगी, लोगों को हिम्मत रहेगी, अब सख्ती हो रही है।" मैंने कहा- "मैं कुछ पुलिस तो हूँ नहीं, जो तुम्हारी रक्षा करूँगा, फिर मार खाकर चुपचाप रहने वाला धैर्य मुझमें बहुत थोड़ा है, कहीं ऐसा न हो कि शक्ति का दुरुपयोग हो।" गाँव के नेता ने कहा- "तुम्हें कुछ करना तो है नहीं, बस बैठे रहना है।" मैं गया।

मेरे गाँव की कांग्रेस ऐसी थी कि जिले के साथ उसका कोई ताल्लुक न था-किसी खाते में वहाँ के लोगों के नाम दर्ज न थे। पर काम में पुरवा-डिवीजन में उससे आगे दूसरा गाँव न था। मेरे जाने के बाद पता नहीं, कितनी दरख्वास्तें साहब ने इधर-उधर लिखीं।

कच्चे रंगों से रंगा तिरंगा झण्डा महावीर स्वामी के सामने एक बड़े बाँस में गड़ा, बारिश से धुलकर धवल हो रहा था। इन दिनों मुकद्दमेबाजी और तहक़ीक़ात जोरों से चल रही थी। कुछ किसानों पर एक साल के हरी-भूसे को तीन साल की बाक़ी बनाकर, ज़मीदार ने आनरेरी दावे दायर किए थे, जो अपनी क्षुद्रता के कारण जमीदार साहब से मजिस्ट्रेट के पास आकर किसानों की दृष्टि में और भयानक हो रहे थे। एक दिन दरख्वास्तों के फलस्वरूप शायद, दारोगा जी तहक़ीक़ात करने आए। मैं मगरायर डाक देखने जा रहा था। बाहर निकला तो लोगों ने कहा- "दारोगा जी आए हैं, अभी रहो।" आगे दारोगा जी भी मिल गए।

जमीदार साहब ने मेरी तरफ़ दिखाकर अंग्रेजी में धीरे से कुछ कहा, तब मैं कुछ दूर था, सुना नहीं। गाँववाले समझे नहीं, दारोगा जी झगड़े की तरफ़ जा रहे थे। जमीदार शायद उखड़वा देने के इरादे से लिए जा रहे थे। महावीर जी के अहाते में झण्डा देखकर दारोगा कुछ सोचने लगे, बोले- "यह तो मन्दिर का झण्डा है।" अच्छी तरह देखा, उसमें कोई रंग न दिखायी पड़ा। जमीदार साहब को गौर से देखते हुए लौटकर डेरे की तरका संहते। जमीदार साहब ने बहुत समझाया कि 'वह बारिश से भुलकर सफ़ेद हो गया है, लेकिन है यह कांग्रेस का झण्डा।' पर दारोगा जी बुद्धिमान थे।

महावीर जी के अहाते में सफ़ेद झण्डे को उखड़वाकर वीरता प्रदर्शित करने की आज्ञा न दी। गाँव में कांग्रेस है, इसका पता न सब-डिवीजन में लगा, न जिले में, थानेदार साहब करें क्या? उन दिनों मुझे उन्निद्र-रोग था। इसलिए सिर के बाल साफ़ थे। मैंने सोचा 'वेश का अभाव है, तो भाषा को प्रभावशाली करना चाहिए, नहीं तो थानेदार साहब पर अच्छी छाप न पड़ेगी। वहाँ तो महावीर स्वामी की कृपा रही, यहाँ अपनी ही सरस्वती का सहारा है।' मैं ठेठ देहाती हो रहा था; थानेदार साहब ने मुझसे पूछा- "आप कांग्रेस में हैं?" मैंने सोचा इस समय राष्ट्रभाषा से राजभाषा का महत्त्व बढ़कर होगा। कहा- "मैं तो विश्व-सभा का सदस्य हूँ। इस सभा का नाम भी थानेदार साहब ने न सुना था। पूछा- "यह कौन-सी सभा है।" उनके जिज्ञासा-भाव पर गम्भीर होकर नोबेल पुरस्कार पाये हुए कुछ लोगों के नाम गिनाकर मैंने कहा- "ये सब उसी सभा के सदस्य हैं।" थानेदार साहब क्या समझे, वह जानें। मुझसे पूछा- "इस गाँव में कांग्रेस है।" मैंने सोचा- 'युधिष्ठिर की तरह सत्य की रक्षा करूँ तो असत्य भाषण का पाप न लगेगा।' कहा- "इस गाँव के लोग तो कांग्रेस का मतलब भी नहीं जानते।" इतना कहकर मैंने सोचा- 'अब ज्यादा बातचीत ठीक न होगी।' उठकर खड़ा हो गया, और थानेदार साहब से कहा- "अच्छा, मैं चलता हूँ। जरा डाकखाने में काम है। चिट्ठीरसा हफ्ते में दो दिन गश्त पर आता है। मेरी जरूरी चिट्ठियाँ होती हैं और रजिस्ट्री, अख़बार, मासिक पत्र-पत्रिकाएँ आती हैं, फिर उस गाँव में हम लोगों की लाइब्रेरी भी है, जाना पड़ता है।" थानेदार साहब ने पूछा- "कांग्रेस की चिट्ठियाँ आती हैं?" मैंने कहा- "नहीं, मेरी अपनी।" मैं चला आया। थानेदार साहब जमींदार साहब से शायद नाराज होकर गए।

इससे तो बचाव हुआ, पर मुकद्दमा चलता रहा। आनरेरी मैजिस्ट्रेट ने, जिनके एक रिश्तेदार जमीदार की तरफ़ से वकील थे, किसानों पर जमीदार को

डिगरी दे दी। बाद को चतुरी वगैरह की बारी आई। दावे दायर हो गए, अब तक जो सम्मिलित धन मुकदमों में लग रहा था, सब खर्च हो गया। पहले की डिगरी में कुछ लोगों के बैल वगैरह नीलाम कर लिए गए। लोग घबरा गए। चतुरी को मदद की आशा न रही। गाँव वालों ने चतुरी आदि के लिए दोबारा चन्दा न लगाया।

चतुरी सूखकर मेरे सामने आकर खड़ा हुआ। मैंने कहा- "चतुरी, मैं शक्तिभर तुम्हारी मदद करूँगा।"

"तुम कहाँ तक मदद करोगे, काका?" चतुरी जैसे कुएँ में डूबता हुआ उभड़ा।

"तो तुम्हारा क्या इरादा है?" उसे देखते हुए मैंने पूछा।

"मुक़दमा लड़ूँगा। पर गाँव वाले डर गए हैं, गवाही न देंगे।" दिल से बैठा हुआ चतुरी बोला।

उस परिस्थिति पर मुझे भी निराशा हुई। उसी स्वर से मैंने पूछा- "फिर, चतुरी?"

चतुरी बोला- "फिर छेदनी पिरकिया आदि मालिक ही ले लें।"

मैंने गाँव में कुछ पक्के गवाह ठीक कर दिए। सत्तू बाँधकर, रेल छोड़कर, पैदल दस कोस उन्नाव चलकर, दूसरी पेशी के बाद पैदल ही लौटकर हँसता हुआ चतुरी बोला- "काका, जूता और पुरवाली बात अब्दुल अर्ज में दर्ज नहीं है।"

16

राजा साहब को ठेंगा दिखाया

लोग कहते हैं, ऐसा लिखा जाऐ कि एक मतलब हो, उसी वक़्त समझ में आ जाऐ, अपढ़ लोग भी समझें। बात बहुत सीधी है। मुझे एक उदाहरण याद आया। लिखता हूँ। यह लिखा हुआ उद्धृत नहीं देखा हुआ है। तब तक आप लोग ठेंगा दिखाने का मुहावरा याद रखें।

बंगाल और उड़ीसा को जोड़ने वाली एक नहर है। रूपनारायण (नद) से काटकर कटक तक निकाली गई है। यह केवल आबपाशी के लिए नहीं, इससे व्यवसाय भी होता है, बड़ी-बड़ी नावें चलती हैं।

इसके किनारे पद्मदल राजधानी है। राजा साहब के छोटे-छोटे स्टीमर, बोट, लाउंच, बजरे, किश्ती, डोंगी आदि राजधानी के पास चौड़ी की हुई नहर के एक तरफ़ बँधी रहती हैं।

जेठ का महीना सूरज डूब रहा है। जोरों से बहती हुई मलय वायु में षोडशी का स्पर्श मिलता है। यह अकेली दक्षिणी हवा बंगाल की आधी कविता है। प्रासाद-शिखरों से सुनहली किरणें लिपटी हैं, उन्हीं के प्रेम की साँस जैसे दक्षिणी हवा में बह रही है। बड़े-बड़े तालाबों में श्वेत और रक्त कमल खुले हुए अनुभव-जैसे, लोट रहे हैं। स्वच्छ, कीमती, चौड़ी किनारी वाली, बारीक, ठोस बुनी, बंग्ला-ढंग से कोंछीदार शान्तिपुरी धोती, रेशमी शर्ट और सुनहरे स्लीपर पहने, चश्मा लगाए राजा साहब नाव की सैर के लिए चले। रास्ते में तीन ड्योढ़ियाँ पड़ती हैं, हौदा-कसे हाथियों के निकलते आधी और ऊँची; रास्ते के दोनों तरफ़ बड़े-बड़े तालाब; साफ़-सुथरे दूब जमाये पार्क; दोनों बग़ल बटम-पाम की कतारें; दूर के देशी बागीचों से बेला, जूही और कमलों की खुशबू आती हुई। पहली ड्योढ़ी में बैठे हुए राजा साहब के मुसाहब उनके आने पर कतार बाँधकर भक्तिपूर्वक प्रणाम

करके उद्दण्ड प्रसन्नता से साथ हो गए। अर्दली, सिपाही, खानसामे प्रासाद से साथ आए थे। पहली, दुसरी और तीसरी ड्योढ़ी के सिपाही क्रमशः किर्च निकाल-निकालकर, राजा साहब को बायें रखकर दाहिने हाथ से सलामी देते गए। तीसरी ड्योढ़ी प्रासाद के अहाते को घेरने वाली जलाशय चौड़ी खाई के किनारे है, खाई के ऊपर से पुल है।

राजा साहब निकलकर नहर-घाट की तरफ़ चले। स्टीमर, लाउंच, मोटर बोट और देशी किश्ती वाले मुसलमान, नौकर, कप्तान और माझियों ने भी उमोटर बोट कतार बाँधकर सलाम किया। राजा साहब खुली छत वाली एक अंग्रेजी कप्रकार देशी किश्ती पर पतवार पकड़कर बैठ गए। पीछे-पीछे मनोरंजन के किट को पहलवान जैसे मुसाहब आकर एक-एक तख्ते पर डाँड़ सँभालकर बैठे। माझी खड़े है। सिपाही और अर्दली नहर के किनारे-किनारे बोट के साथ दौड़ लगाकर रहने के लिए लाँग समेटने लगे। किश्ती चली, किनारे-किनारे सिपाही दौड़े।

डेढ़ मील के फ़ासले पर शक्तिपुर नाम का एक बाग़ी गाँव है। वहाँ विश्वम्भर भट्टाचार्य नाम का एक ब्राह्मण रहता है। राजा साहब कई रोज से किश्ती पर हवाखोरी करते हैं, देखकर, सोच-विचारकर, लाँग चढ़ाकर, अपने गाँव के पास नहर के बाँध पर खड़ा विश्वम्भर राजा साहब की प्रतीक्षा कर रहा है।

सिपाही लोग दौड़कर कुछ ही दूर तक साथ रहते हैं, आठ-आठ, दस-दस पट्टों की डाँड़मारी किश्ती तीर-सी चलती है, तीन-चार फर्लांग के बाद सिपाहियों का दम खुल जाता है, किश्ती आगे निकल जाती है, वे पीछे-पीछे लट्ठ लिए दुलकी दौड़ते आते हैं।

जब शक्तिपुर के पास किश्ती पहुँची, तब सिपाही तीन-चार फर्लांग पीछे थे। विश्वम्भर राजा साहब की ताक में खड़ा ही था; जब किश्ती आती हुई सौ गज फ़ासले पर रह गई, तब उसने एक अद्भुत प्रकार की ध्वनि की, जिससे राजा साहब का ध्यान आकर्षित हो। राजा साहब को अपनी तरफ़ देखते हुए देखकर उसने हवा में उँगली से लिखकर राजा साहब की ओर कोंचा; फिर पेट खलाकर दोनों हाथों को मरोड़ा, फिर दाहिने हाथ से मुँह थपथपाया, फिर दोनों हाथों के ठेंगे हिलाकर राजा साहब को दिखाया।

राजा साहब देख रहे थे। डाँड़ धीमे कर देने को कहा। फिरकर देखा, सिपाही दूर थे। किश्ती धीरे-धीरे चलती गई। विश्वम्भर पीछे-पीछे दोनों हाथों से पेट दिखाता, ठेंगे हिलाता दौड़ा। राजा साहब जब सिपाहियों को फिरकर देखते

थे, तब पहले विश्वम्भर ठेंगे हिलाता हुआ दिखायी पड़ता था। बाँध पर और भी आ-जा रहे थे। कुछ भले आदमी हवाखोरी को निकले हुए मुस्करा रहे थे। किश्ती की चाल धीमी देखकर सिपाहियों ने जल्दी की। नज़दीक आकर एक अनजाने को बेअदबी करते देखकर राजा साहब की तरफ़ देखा। राजा साहब ने इशारे से सिर हिलाया। सिपाही विश्वम्भर को पकड़कर प्रहार करने लगे। किश्ती लौट चली।

सिपाहियों ने आते हुए विश्वम्भर की मुद्राएँ देखी थीं, जिनका अर्थ समझने में उन्हें देर नहीं हुई। उसे मारते हुए कहने लगे- "क्यों रे.. हमारे महाराज रियाया की जबान बन्द करते हैं?-पेट भी मारते हैं?-ठेंगा दिखाता है हमारे महाराज को, इतना भी नहीं समझता?" विश्वम्भर को पीटकर दोनों गदोरी और उँगलियाँ कुचलकर सिपाही चले गए। खबर विश्वम्भर के घर पहुँची। उसकी पत्नी, सत्रह साल की विधवा बेटी और दो (नौ और पाँच साल के) छोटे लड़के फटे कपड़े पहने, रोते हुए बाँध पर पहुँचे। गाँव के और लोग भी गए। विश्वम्भर को सँभालकर उठा लाये। खाट पर लिटा दिया। गर्म हल्दी-चूना लगाने लगे। राजा साहब के जासूस छद्मवेश से पता लगाते रहे।

गाँव के कुछ भलेमानस गर्म पड़े। पर कुछ कर न सके। राजा साहब का प्रताप बड़ा प्रबल है। उनके विरोध में कुछ करने की अपेक्षा विश्वम्भर के समर्थन में कुछ करना अच्छा है, यह सोचकर उसी की सेवा करने लगे।

विश्वम्भर बड़ा सीधा, सच्चा ब्राह्मण है। विशेष पढ़ा-लिखा नहीं, किसी तरह पूजा कर लेता था। शक्तिपुर से तीन कोस दूर रंगनगर में राज्य की विशालाक्षी देवी हैं। विश्वम्भर इनका पूजक है। तीन रुपया महीना और रोज पूजा के लिए तीन पाव चावल और चार केले पाता है। घर में पाँच आदमी खाने वाले हैं। बड़े दुःख के दिन होते हैं। इधर बीस महीने से उसे वेतन नहीं मिलता। केवल तीन पाव चावल का सहारा रहा। कुछ और काम वह, उसकी पत्नी और बेटी, तीनों अलग-अलग कर लेते थे। फिर भी पेट-भर को न होता था। विश्वम्भर ने तनख्वाह के लिए इधर साल भर में दो दर्जन से ज्यादा दरख्वास्तें दी थीं, पर सुनवाई नहीं हुई। इस बार प्राणों की भाषा में उसने अपने भाव प्रकट किए थे-हवा में लिखकर, कोचकर बताया था, तुम्हें लिख चुका हूँ, पेट मलकर कहा था, भूखों मर रहा हूँ; मुँह थपथपाकर और ठेंगे हिलाकर बतलाया था, खाने को कुछ नहीं है। उतने प्रकाश में, इतनी स्पष्ट भाषा से समझाया था, पर राजा साहब ने अपमान समझा। सिपाहियों ने दूसरे अर्थ लगाए।

जासूसों ने राजा साहब को समझाया कि शक्तिपुर के बाग़ी विश्वम्भर से मिले हैं, उन्होंने उसे बेवकूफ़ जानकर महाराज का उससे अपमान कराया। विश्वम्भर सरकार की नौकरी का ख़याल छोड़कर बागियों से मिला है। जासूसों ने इस प्रकार अपनी रोटियों का प्रबन्ध किया।

कुछ दिनों बाद, घाव पुरने पर स्ट्रेट की तरफ़ से विश्वम्भर को आज्ञा-पत्न मिला- "अब तुम्हारी नौकरी की सरकार को आवश्यकता नहीं रही।"

17

सफलता

जो हवा दीये के जलते रहने की वजह है, वह दीये को बुझा भी देती है। सभा के सस्नेह अकलुष प्राणों के पावन प्रदीप को पति की जिस निश्चल समीर साल-भर तक जला रखा था, वह साल भर से उसे बुझाकर, उसकी पृथ्वी से दूर, अन्तरिक्ष की ओर तिरोहित हो गई है। साल भर ही में सुहाग का काजल इस दीपक प्रकाश के ऊपर, रत्नार आँखों में प्रिय-दर्शन के अंजन-रूप नहीं रह गया। आभा आज की शरद की तरह अपनी सारी रंगीनियों को धोकर शुभ्र हो रही है- श्वेत शेफाली-सी रंगे प्रभात के रश्मि-पात-मात्र से वृतच्युत-जैसे केवल देवार्चन के लिए चुनी हुई। पर, प्राणों के नीचे, डण्ठल में, जो रंग लाया हुआ है, वह तो शरद का नहीं-वसन्त का है। उसी के ऊपर वसन्त के बाद वाले महीनों के ये दल जैसे शरद की आभा से शुभ्र हो रहे हैं। लालसा चपल क्या कोई उस पूर्ण विकसित स्खलित शेफालिकाराशि को केसरिये सुगन्ध रंग से अपनी वसन्त की पाग रंगने के लिए वृक्ष के नीचे से चुपचाप चुन ले जाएगा? हाय, यह वह सत्य शेफालिका तो नहीं। यह तो केवल देव चरणों पर चढ़ने के लिए है-माला होकर हृदय पर या रंग बनकर आँखों पर चढ़ने के लिए नहीं। तभी आभा गाँव के किनारे धुले धवल शिवालय में देवता-पदों पर प्रत्यह पुष्पस्वरूप अर्पित होने के लिए जाती है। उसके भीतर हृदय का दीप तो गुल हो चुका है? पर, बाहर अन्ध मन्दिर-हृदय का दीप वह जला आती है।

यशस्वी साहित्यिक नरेन्द्र ने उधर से जाते हुए, दीपक जलाकर देवता को प्रणाम करते समय कई बार आभा का दिव्य मुख और विशाल आँखों की सकरुण दृष्टि देखी। कई शुभ सान्ध्य क्षण उसे कारुण्य से ओतप्रोत कर चुके उसके हृदय में सहानुभूति का तैल संचित हुआ; वेदना की वर्तिका में समाज की कुप्रथा की आग-उसके हृदय का दीप जला।

यह प्रकाश कई बार रास्ते में, मन्दिर की सीढ़ियों पर, आभा के म्लान मुख पर पड़ा, प्रतिफलित हुआ। आभा के अन्तःपुर की रूपसी ने अन्तःपुर में उसे उतने हो निकट संबंध से पहचाना, जितने दूर व्यवहार से आभा धारा से दूर हो गई थी।

हाय रे जीवन! कितने आवर्तों से तू प्रवाहित होता है। जिन कारणों से आधा पृथ्वी से छुटी थी, वे ही उसे नरेन्द्र के साथ लपेटने लगे। मन से वह नरेन्द्र को दृष्टि की तरह उसके नज़दीक हो गई। वह आज एकान्त में नरेन्द्र से पूछना चाहती है-इस संसार-दुःख से मुक्ति पाने का कौन-सा मार्ग है। वह विद्वान होकर उसे वंचित न करेगा-न, वह धोखा नहीं दे सकता-उसकी आँखें इसका विशद सादय देती हैं, फिर वह भी तो उसी की तरह विधुर है-जानता है व्यर्थ स्नेह कितना दुःखद, कितना कठोर है। होगा कि स्त्री न होने के कारण वह इतना दुःख, इतना अपमान न पा रहा हो; पर स्त्री न होने के कारण कभी उसने कल्पना तो की होगी कि उसके न रहने पर उसकी स्त्री को क्या होगा। आभा का हृदय भर आया।

पर, आज-आज करके कई आज पार कर चुकी। नरेन्द्र आज मिला। वह सोपान-सोपान उतर रही थी, नरेन्द्र चढ़ रहा था। बहुत कुछ कहना चाहा था, पर कुछ भी न कह सकी। कितना हृदय धड़का। चुपचाप खड़ी रही। नरेन्द्र ऊपर चला गया। नरेन्द्र बीसवीं सदी का मनुष्य है। वह न कर सके, ऐसा कोई काम नहीं, ऐसा कुछ किया भी नहीं। वह तन के धर्म और अधर्म को पार कर दूर निकल गया है, पर मन में धर्म से श्रद्धा और अधर्म से घृणा करता है। वह भौंरे की तरह खुली कली पर नहीं बैठा, पर भौंरे की तरह कलियों का यश बहुत गा चुका है, उनके चारों ओर बहुत मँडराया। उसकी कल्पना में आभा इतने रंग भर चुकी है, जितने किरण भरती है-फूलों में, पहाड़ पर, बादलों में, दिशाकाश में, तरह-तरह के सुघर विचारों में। पर आभा को वरण करने की कोई शहजोरी भी उसमें पैदा हुई, ऐसा लक्षण नहीं दिख पड़ा। सोचा जरूर, पर उठे सिर का झुक जाना देखा और डरा।

त्यों-त्यों आभा दृढ़ होती गई। उसकी धड़कन जाती रही। चुपचाप स्नेह का एक लेख नरेन्द्र के स्मरण-मात्र से लगने लगा। लाज फिर भी रही। एक रोज उसी तरह एकान्त मिला। कण्ठ की देवी कण्ठ में निर्भय बैठी रहीं। शब्द जैसे आप बनकर, तुले हुए निकले "मुझे संसार में बड़ा दुःख है।"

"दुःख को देवता समझो।" नरेन्द्र ने जैसे लेख की एक पंक्ति लिखी।

आभा का सारा दुःख जैसे एक साथ वाष्प बन गया-उस महाशक्ति का धड़का हुआ- "अर्थात राक्षस को देवता मानूँ?"

नरेन्द्र काँप उठा। क्यों डरा, न समझा। आभा ने फिर कहा- "केवल दुःख नहीं सहा जाता। रोज़ का अपमान भार हो जाता है।"

धड़कन के बाद भाव स्पष्ट हुआ। नरेन्द्र ने सोचा, यह भागना चाहती है। कृत्रिम गले से बोला "धैर्य रखो!"

एक बार आभा ने अच्छी तरह नरेंद्र को देखा। खुलकर बोली - "आपको लोग बहुत बड़ा विद्वान कहते हैं- पर मैं क्या समझ पर बड़े भी छोटों को नहीं समझ पाते।"

नरेन्द्र ने फिर कहा- "धैर्य रखें।"

सिर झुकाकर आभा ने उत्तर दिया- "अच्छा।"

आभा की इच्छा निकल जाने की न थी, न किसी विषय-वासना से वह खिंची थी। नरेन्द्र की तरफ़ उसके भाव ने उसे खींचा, और स्त्रियों की अवहेलना अवज्ञा, जीती हुई एक प्रतिमा को मृत प्रेम से भी भयंकर-इतर पशु से भी तुच्छ समझने बाती धारणा और व्यवहार ने उसे धकेला था। वह विद्वान आचार्य से शिष्या की ताह मुक्ति की शिक्षा लेने गई थी, बस। हृदय में जो भाव नरेन्द्र की प्रीति वाले, कुछ काल के लिए उसे एक आवेश में भुला रखते थे, वे इतने पूर्ण थे कि उनसे अधिक की कामना वह कहकर नहीं कर सकती थी, करना सीखा भी न था। मुक्ति का पथ परिष्कृत होने पर वह हृदय की तुला पर तोलकर अवश्य देखती कि वह है, कितना प्रशस्त और कितना पवित्र है, तब आगे पैर बढ़ाती तो बढ़ाती। यदि विद्वान की बतलायी राह में उसे वैसा ही लांछन और अपमान दिखायी पड़ता, जैसा वह के घर में देख रही थी, तो घर और बाहर, दोनों के रास्तों को पार कर जाने का गौरव प्राप्त करती। विद्वान नरेन्द्र-सहदय नरेन्द्र की 'धैर्य रखो' यह उक्ति उस दुःख के परप्रवाह में हृदय से लगा रखने के लिए एक उतराती कुछ भार सँभालने वाली हुई। साधैर्य रखकर भविष्य में सत्य-निर्देश पाने की कल्पना लिए वह घर जाकर चुपचाप । पहले के अपमान सहने लगी।

इधर नरेन्द्र ने सोचा, वह उसके साथ निकल जाने को एक पैर से तैयार थी। नरेन्द्र को बड़ी घृणा हुई। कुछ आत्मप्रसाद भी हुआ कि उसकी धैर्य रखने की सलाह उसे मंजूर हुई। नरेन्द्र गाँव में रह रहा था, अधिक दिनों तक रहने की

गुंजाइश न पी; कारण, वृत्ति लिखायी थी, जो घर बैठे मनिऑर्डर द्वारा काम आती थी; शहर में रहकर आर्डर पूरे करने पड़ते थे; तब पेट-भर को कहीं होता। पेट भी दो-चार नहीं, सिर्फ़ एक। नरेन्द्र को इस दुर्दशा की चिन्ता न थी। कारण, वह साहित्य का मुधार कर रहा था। आदर्शवाद को साहित्य में दर्शाकर तब वह दम लेता था उसके तेव और पुस्तकें प्रमाण हैं। बीसवीं सदी की समस्त विचारधाराएँ उसकी धरा से यह चुकी थीं, पर जो कुछ उसने धारण किया था, वह था मनुष्य-धर्म, जिसे अंग्रेजी में 'Religion of man' नये स्वरपात से, जोर देकर कहते हैं। इसमें भूत, वर्तमान और भविष्य के सब धर्म वह धर देता था।

अस्तु, नरेन्द्र घर से कलकत्ते के लिए रवाना हुआ। रास्ते में कानपुर, लखनऊ, प्रयाग, गया, काशी, पटना होता गया। मित्रों से और प्रकाशकों से मिलकर साहित्य तथा बाजार के हाव-भाव समझता रहा। 'आरती' के प्रकाशक ने कहा- "हमारे यहाँ आठ रुपये फार्म से अधिक मौलिक पुस्तक के लिए देने का नियम नहीं, रुपया पुस्तक प्रकाशित होने के तीन महीने बाद से दिया जाना शुरू होता है।" संपादक ने कहा- "हम कोई लेख बिना पुरस्कार का नहीं छापते, अवश्य नये लेखकों को दो रुपये ही प्रति लेख देने का नियम है, पर आपको हम एक रुपया पृष्ठ देंगे।" फिर बड़ी सहृदयता से बोले- "इससे अधिक 'आरती' दे नहीं सकती।" संपादक को लेख देने का वादा कर प्रकाशक से नरेन्द्र ने कहा- "आप लोग पुस्तकें बेचने के विचार से पचास और साठ प्रतिशत कमीशन बेचने वाले को देते हैं-यह आपकी साहित्य-सेवा नहीं, अर्थ-सेवा हुई। यदि लेखकों को अधिक देने लगें, तो किताबें अच्छी-अच्छी लिखी जाऐं, और साहित्य का उद्धार भी हो।" प्रकाशक ने आँखें मूंदकर कहा- "साहित्य का उद्धार हम आपसे ज्यादा समझते हैं।" इस प्रकार अटकता-भटकता नरेन्द्र कलकत्ता गया। वहाँ बीसवीं सदी पुस्तक एजेंसी में छह फार्म का बंगला के रद्दी उपन्यासों के अनुवाद का काम मिला। कुछ करना ही था। काम लेकर, एक रोज निश्चित होकर जॉन बाजार-लाइब्रेरी में बैठा मासिक पत्र-पत्रिकाएँ देख रहा था। अंग्रेजी, बंगला, हिन्दी, गुजराती, उर्दू, मराठी सभी भाषाओं में एक विशेष आदर-भाव देखा-सिनेमा स्टारों के सभी स्टोर हो रहे थे। देख-भालकर नरेन्द्र डेरे पर लौटा।

बीसवीं सदी पुस्तक एजेंसी का अनुवाद शुरू तो किया, पर हाथ बन्द हो गया। बार-बार आँखों के सामने सिनेमा के सितारे चमकने लगे। साध मन सोचने लगा-'यह अनुवाद का काम भी क्यों? इससे किस आदर्श की पुष्टि होती है? अर्थ मुझे भी तो चाहिए। बड़ा अर्थ अगर लोग नहीं लेते, तो जो लोग लेते हैं, उसे ही

बढ़ाओ।' साथ-साथ, जो सफल हुए थे, सामने आने लगे। फिर दीन हिन्दी के लेखकों की सूरत आई। उसका मित्र स्नेहशरण एक सर्वश्रेष्ठ गद्य लेखक है, पर कदाचित् सबसे बड़ा दरिद्र और उपेक्षित। उसका भाव जो अब तक उसे बड़ा बनाए हुए, दिन-रात उसे छोटा करता जा रहा था, सामने आया। देखकर उसे बड़ी घृणा हुई। कितने प्रकाशक उसका अपमान कर चुके हैं, कोई-कोई आऑफ़िस से भी निकाल चुके हैं, पर बराबर वह अपने नाम को मरता रहा, जो वास्तव में अपमान था। उसे नामी कहकर, कहाकर किसी शाप ने उसे ऊँचे शासन से गिरने का धोखा दिया है। जो नाम स्वरूप श्रेष्ठ वैभव का भोक्ता हो, वह कौड़ी-कौड़ी का मोहताज भी रहे ऐसा हो नहीं सकता; छोटे वैभव उसके पास जरूर होंगे, या वह चाहता न होगा। याद आया, छोटे वैभवों की उसने परवाह कब की; इसलिए छोटों ने उसे बराबर धोखा दिया, नीचा दिखाया और अन्त में आज यह प्रमाण भी दे रहे हैं कि वे छोटे उससे कितने बड़े हैं-उनके बिना उसका जीवन कितना अधूरा, कितना छोटा है।

नरेन्द्र ने अनुवाद बन्द कर दिया। सोचने लगा, किस प्रकार छोटा होकर वह बड़ा होगा। उसी क्षण आँखों के सामने यह सोलह साल वाली साक्षात् आभा अपने पूर्ण यौवन में उभरी स्वर्ग की अप्सरा-सी झलमलाने लगी। वह मधुर ध्वनि याद आई। वह 'अच्छा' प्राणों में घुलकर अमृत बन गया।

तरंग के तृण की तरह अब नरेन्द्र अपने सोचे हुए विचारों में नहीं बह रहा-एक दूसरी विचारधारा उसे बहाये लिए जा रही है। जो सच्चाई आज तक दूसरों को रास्ता बताने में लगी थी, उसने आज अपना रास्ता पहचाना। एकाएक नरेन्द्र जैसे रात के शुभादर्श स्वप्न जगकर दिन के प्रकाश में आया, जहाँ सबकुछ खुला हुआ है।

बक्स खोलकर रुपये गिने-लौटने का खर्च था।

गाँव में ख़बर उड़ी-नरेन्द्र बाबू ने आवारगी पर कमर कस ली, बाप-दादे का नाम मिटा दिया। घर-द्वार, जर-जमीन, जो कुछ था बेच डाला, पाप कहीं छिपता है? अब वह चेहरा ही नहीं रहा। आभा ने भी सुना। आँखों में गुनकर चुप हो गई।

शाम के समय पर, नरेन्द्र मन्दिर में गया। जैसे ही दीपक जला, वैसे ही मुख प्रकाश में ज्योतित हुआ। उतरने के वक़्त उसी तरह चढ़ता हुआ मिला, आभा उसी तरह खड़ी हो गई।

"आभा, मैंने रास्ता ठीक कर लिया है।" यह आचार्य का कण्ठ न था, एक घनिष्ठ मित्र का था, जिसकी ध्वनि प्राणों में बहुत निकट पहुँचती है।

आभा ने सुना, और तोलकर देखा, यह स्वर वहीं पहुँचा है, जहाँ कभी आँखों की सहानुभूति से स्नेह पहुँचा था। इसमें उपदेश की गुरुता नहीं, मनुष्य के प्रति मनुष्य का समभाव है। वीणा स्वर से झंकृत हुआ- "क्या है वह रास्ता?"

"तुम्हारे और मेरे जीवन से बँधकर बिलकुल एक नया, जिससे आगे और लोग - आएंगे, मनुष्य के लिए मनुष्य होने को।" आभा ने नरेन्द्र को देखा, फिर निगाह फेरकर दीपक प्रकाश में श्वेत शिव को देखने लगी। प्राणों में कैसी गुदगुदी हुई। बोली- "आप मुझे भगाना चाहते हैं?"

"नहीं।" नरेन्द्र का कण्ठ बिलकुल स्थिर था।

आभा ने फिर नरेन्द्र को देखा "गाँव वाले आपको आवारा कहते हैं।" कण्ठ में सहानुभूति बज उठी।

"यह भ्रम गाँव वालों को बराबर रहेगा।" नरेन्द्र की आँखों से बिजली निकल रही थी।

"मेरे लिए आपकी जैसी आज्ञा हो।"

"हाँ, मैं तुम्हें यही अधिकार लेने के लिए कहता हूँ, जो तुमसे छिन चुका है।" अज्ञात आँखों से आभा ने देखा।

"जिस दुनिया ने तुम्हें छोटी, अधम, भाग्य से रहित कहा, क्या उसे तुम नहीं समझाना चाहती कि तुम बहुत बड़ी-बहुत बड़ी, भाग्य से भरी हुई हो।"

"ऐसा तो अब क्या होगा?"

"होगा आभा। वही रास्ता देखकर मैं आ रहा हूँ। विश्वास करो, और आज से दुनिया को ठोकर मार दो-इसे जो जितनी ठोकरें लगा सका, इसकी आँखों में वह उतना ही बड़ा हुआ, उतना ही इसने उसके पैर पकड़े।"

ध्वनि जैसी होती है, प्रतिध्वनि भी वैसी ही होती है। आभा इस सम्पूर्ण शक्ति को भरकर एक-दूसरे रूप में बदल गई। तन्मय खड़ी सुनती रही-

"वह संसार तुम्हारे लिए जैसा था, मेरे लिए भी वैसा ही था। तुम दुःख को समझती थीं, मैं न समझ पाता था या समझकर भी न समझता था। अब हमें इस संसार को वैसे ही दुःख के भीतर से उचित शिक्षा देनी है।"

आभा की आँखें, हृदय, वह सम्पूर्ण निश्चलता कह रही थीं-'यह ठीक कह रहे हैं।'

नरेन्द्र ने आभा को देखा, फिर देखा-यह निगाह बदल चुकी थी, जो झुकतो है। यह वह निगाह है, जो धूप की तरह लोगों को उठाती हुई उठ जाती है-फिर पृथ्वी पर नहीं झुकती। आभा हृदय से इतना कभी नहीं उठी।

'यह' नरेन्द्र ने मन में कहा- 'यह आभा है।' खुलकर बोला- "आभा, चलो?

मेरे घर में बहुत दिनों से अँधेरा है; उसमें प्रकाश भर दो। मैंने तुम्हारी शिक्षा के लिए जाएदाद बेची है।"

होश में आते ही हृदय हिल उठा। आँखों में शंका आई "आपको लोग क्या कहेंगे?"

"मुझे कुछ नहीं कह सकते; अब अपनी-अपनी क़िस्मत को रोयेंगे, जिसे किसी तरह वे फूटा नहीं समझ पाये थाने जाऐंगे, दारोगा के आगे-पीछे दुम हिलायेंगे, कुत्तों की तरह भौकेंगे, पर कुछ कर नहीं सकते। सामने आकर काटना देशी कुत्ते जानते नहीं। मैं मुँह पर विलायती ठोकरें लगाना सीख चुका हूँ, तुम्हें भी सिखाना चाहता हूँ। आओ..."

नरेन्द्र आगे-आगे था; इस दृढ़ता को सर्वस्व सौंपकर आभा पीछे-पीछे चली। बारहदरी की बहाल में तीन आदमी खड़े थे, इनके आने से ये पहले ही चल दिए। नरेन्द्र ने देखा पर उपेक्षा में भरकर रह गया। आभा ने देखा, मन में कहा- 'ये वे ही हैं, जिन्हें रोज देखती और रोज समझती थी।'

द्वार खोलकर, दीप जलाकर नरेन्द्र ने कहा- "आभा, अभी हमें कुछ रोज यहाँ रहना होगा। गाँव वालों को बता जाना है कि हम भागने वाले नहीं थे-तुम्हें, भगाने वाला रास्ता बतलाने वाले थे।"

आभा प्रकाश में मुस्करा दी।

दूसरे दिन से कई दिनों तक लगातार नरेन्द्र को देख-देखकर गाँव वालों ने घृणा से अपना ही सिर झुका लिया, और घर-घर राय कायम हो गई कि आभा के बाप की नाक कट गई। कीच पर ढेले चलाने से छींटे अपने ऊपर आएंगे, यह समझाकर वयोवृद्धों ने आभा के घरवालों को थाने जाने से रोका।

इस तरह की अनेक अड़चनों को आसानी से पार कर नरेन्द्र आभा को लेकर साल-भर से दिल्ली में है। आने के साथ ही, अपनी और आभा की एक

साथ -उतरवायी तस्वीर, ब्याह के सूक्ष्म स्वतन्त्र ब्यौरे से मासिक तथा साप्ताहिकों के संपादकों के पास भेज दी। 'भारत' तथा स्त्री-जाति के उद्धार कल्प से संपादकों की लिखी ओजस्विनी टिप्पणियों के साथ दोनों का सुन्दर चित्र प्रकाशित हुआ। छोटे-छोटे पत्र वालों ने ब्लाग मँगा-मँगाकर और ऊँची आवाज लगायी। आभा तस्वीरें - देख-देख तारीफ़ पढ़-पढ़कर मुस्कराती रही।

घर पर उस्तादों को बुलाकर नरेन्द्र आभा को नृत्य-गीत की शिक्षा दिलवाने लगा-इसको भी एक साल हो चुका। अक्षर-विज्ञान का खुद शिक्षक बना। साल-भर 2 में आभा अच्छी तरह हिन्दी और उर्दू समझ लेने लगी है। बुद्धि में इतनी बढ़ गई है, जैसे कई साल से तालीम पा रही हो। जैसा सुरीला, कोमल गला उसका था, स्टेज पर उतारने पर दर्शक, ताँगे वालों और प्रशंसक, पत्रवालों में उसके उतर जाने की नरेन्द्र को शंका न हुई।

आभा का बड़े-बड़े चित्रों, पोस्टरों, दैनिक, साप्ताहिक, मासिक पत्रों में बड़ा-विज्ञापन हुआ। 'लीडर' में विज्ञापन के दाम अग्रिम भेजकर नरेन्द्र ने संपादकीय कॉलम में तारीफ़ छापने का अनुरोध किया। लोगों की तो आज भी बँधी धारणा है कि आँखें मूँदेने पर ज्यादा दिखायी पड़ता है। फलतः संपादक के कलम ने कॉलम-के-कॉलम रंग डाले। आभा उतरी भी। और दर्शकों का क्या कहना, सहृदय तारीफ़ के बोझ से औंधे हो गए। स्त्रियों की पत्रिका 'पतिव्रता' ने लिखा, 'हमारी देवियों को इससे बढ़कर दूसरा आदर्श नहीं मिल सकता कि पति और पत्नी सम्मिलित रूप से कला की सेवा में लगें।' साहित्यिक पत्रों ने लिखा, नरेन्द्र जी प्रतिभाशाली तो पहले से थे, परन्तु अब वह विशेष रूप से राष्ट्र-भाषा को समुन्नत कर रहे हैं। दिल्ली में उनका अर्धनारीश्वर नाटक बडी सफलता से खेला गया, जिसमें पति-पत्नी दोनों उतरे।' यह पिछड़े हुए हिन्दी वालों को पढने की उचित शिक्षा इस धन्यवादार्ह दंपति ने दो। तीन साल में आभा और नरेन्द्र का भारत के कोने-कोने में नाम और बड्क-बड्क में रुपया हो गया। नरेन्द्र ने एक आश्वासन की साँस ली।

अपना 'सुभद्रार्जुन' नया नाटक शहर-शहर चलकर दिखाने के अभिप्राय में नरेन्द्र ने प्रोग्राम बनाना और विज्ञापन करना शुरू किया। कानपुर, लखनऊ, प्रयाग, काशी आदि शहरों से क्रमशः कलकत्ते तक का निश्चय हुआ। केवल काशी के लिए जरा सन्देह रहा। स्टेज के मालिक ने किराये पर स्टेज न देकर कमीशन पर देने की बात लिखी।

कम्पनी चली, साथ-साथ पत्रों में सुभद्रा की भूमिका में आभादेवी की आभा-सी तारीफ़। प्रोग्राम बदल देना पड़ा। निश्चित दिनों से अधिक दिन लोगों को तृप्त करने में लगते रहे। सरकारी अफ़सर चलने में सबसे पहले बाधक होते थे। पत्रों की विपुल प्रशंसा और नागरिकों की ऊर्ध्व-कण्ठ प्रतीक्षा को लिए कम्पनी काशी आई।

'आरती' के प्रकाशक ने पुस्तकों की बदौलत आज के सिनेमा-साहित्य के उद्धार के विचार से अपनी एक रंगशाला बनवायी है, जिसका नाम भारतीय भावों से, काशी के एक कलाकार से सलाह लेकर 'पवित्रा' रखा है। इस स्टेज में नाटक भी खेला जाता है। इन्हीं से नरेन्द्र की शर्तें तय न हुई थीं।

कम्पनी के काशी पहुँचने पर 'पवित्रा' के मालिक स्वयं नरेन्द्र से मिले। पुरानी पहचान थी ही। बड़ा सम्मान प्रदर्शन किया। नरेन्द्र ने कहा- "आपसे भाड़े का स्टेज नहीं मिला, अतः लाचार होकर मुझे दूसरा प्रबन्ध करना पड़ेगा।" नम्र भाव से मुस्कराते हुए 'पवित्रा' के मालिक ने कहा- "पवित्रा आप ही की है। आप कुछ भी न दें।" नरेन्द्र ने कहा- "नहीं, ऐसी तो कोई बात है नहीं, आप अगर लेना चाहें।" वैसा ही नम्र उत्तर आया- "पचास नहीं, तो चालीस सैकड़ा तो दीजिए।"

नरेन्द्र ने भौंहें सिकोड़ लीं। कहा- "हमारे चालीस सैकड़े के मानी हैं, भाड़े के अलावा आपको सात-आठ सौ रुपये रोज़ मिलेंगे। अगर यही है, तो पन्द्रह सैकड़ा ले लीजिए।"

"पन्द्रह सैकड़ा।"

नरेन्द्र अट्टहास हँसा। संयत होकर कहा- "बाबू धनीराम जी, मैं छह महीने में एक किताब लिखता था, पर उसके लिए आपने मुझे पन्द्रह सैकड़ा भी नहीं दिया!"

एक दिन बाहर की पृथ्वी में प्रकाश की तरह प्रसिद्ध हो चुकने पर, आभा ने नरेन्द्र के पास एकान्त में बैठकर हाथ में हाथ लेते हुए कहा- "नरेन्द्र, तुम बुरा तो न मानोगे, मैं देखती हूँ, दुःख बहुत थे जरूर; पर मन्दिर का वह दीप जलाने वाला जीवन मुझे बड़ा सुखमय लग रहा है।"

18

भक्त और भगवान

भक्त साधारण पिता का पुत्र था। सारा सांसारिक ताप पिता के पेड पर था, तस पर छाँह। इसी तरह दिन पार हो रहे थे। उसी छाँह के छिद्रों से रश्मियों के रंग, हवा से फलों की रेण-मिश्रित गन्ध, जगह-जगह ज्योतिर्मय जल में नहायी भिन्न-भिन रूपों की प्रकृति को देखता रहता था। स्वभावतः जगत् के करण-कारण भगवान पर उसकी भावना बँध गई।

पिता राजा के यहाँ साधारण नौकर थे। उसे इसका ज्ञान होंने पर भी ना था। लिखने के अनुसार उसकी उम्र का उल्लेख हो जाता है। इस समय एक घटना हुई। गाँव के किनारे, कुएँ पर एक युवती पानी भर रही थी। पकरिए के पेड़ के नीच एक बाबा तन्मय गा रहे थे-'कौन पुरुष की नार झमाझम पानी भरे?' युवती घड़ा खींचती दाहिनी ओर के दाँतों से घूँघट का छोर पकड़े, बायें झुकी आँखों में मुस्का रही थी। तरुण भक्त की ओर मुँह था। बाबा जी की ओर दाहिने अंगों से पर्दा। भक्त का विद्यार्थी-जीवन था। उसने पढ़ा। विस्मित हो गया। देवी को मन में प्रणाम कर आगे बढ़ा। गाँव की गली में साधारण किसानों की भजन-मण्डली जमी थी। खँझड़ी पर लोग समस्वर से गा रहे थे-

'कहत कोउ परदेशी की बात-
कहत कोउ परदेशी की बात!
वह तरु-लता, वह द्रुम-खंजन,
वइ करील, वद पट!
जब ते बिछुरे स्याम साँवरे,
ना कोई आवत जात।'

तरुण युवक खड़ा हो गया। अच्छा लगा। एक पेड़ की जड़ पर बैठकर एकचित्त सुनता रहा। कितने भाव प्राणों में जगकर उथल-पुथल मचाने लगे- 'यह परदेशी की बात कौन कहता है? क्या कहता है? तरु-लता-द्रुम-खंजन आदि वही सब अब भी हैं, पर श्याम बिछुड़ गए हैं, इसलिए तो वह सब सूना हो रहा है? वहाँ कोई नहीं आता-जाता यह परदेशी की कैसी बात है?' कितने विचार बह गए। वह सुनता रहा-अज्ञात भी कितना कह गए। फिर सब भूल गया। एक होश रहा, यह परदेशी कौन है? क्या कहा, यह साँवरे श्याम कैसे बिछुड़े?-फिर भी परदेशी की बात कहने में इनका अस्तित्व है।

चुपचाप उठकर वह चला गया। गाँव से बाहर एकान्त में, एक रास्ते के किनारे, बढ़ी मालती के बड़े पीपल के नीचे बँधे पक्के चबूतरे पर महावीर जी की सुन्दर मूर्ति स्थापित थी, वहीं जाकर बैठ गया। विशद विचार का नशा था ही। लड़ी आप फैल चली। तुलसीदास की याद आई। महावीर जी तुलसीदास जी और श्रीरामायण से हिन्दी-भाषी पठित हिन्दू-मात्र का जीवन-संबंध है। मन सोचने लगा। तुलसीदास की सिद्धि के कारण महावीर जी हैं। सामने सिन्दूर की सजी सुन्दर मूर्ति पर सूर्य की किरणें पड़ रही थीं। देखकर भक्ति-भाव से प्रणाम किया। अर्थ कुछ नहीं समझा। पर उस पत्थर की मूर्ति पर प्राण मुग्ध हो गए। यह एक संस्कार था-एक मूर्ख संस्कार, जिसे ब्रह्मभाव के लोग आज कुसंस्कार कहते हैं, वृहत्तर के लिए प्रयत्न पर हैं।

'खसी माल मूरति मुसकानी' वह नहीं समझा; पर खसी माल वाली बिना माला की मूर्ति मुस्कराई। उसने केवल देखा, सामने एक पुराने कलमी आम के पेड़ पर नयी जंगली बेले की लता पूरी फूली हवा में हिल रही है। तरुण भक्त की इच्छा हुई, माला गूँधकर महावीर जी को पहनायें। सामने केले लगे थे। एक पत्ता बीच से तोड़कर पैनी लकड़ी से काट लिया और पेड़ पर चढ़कर, उसी के बनाए दोनों में फूल तोड़-तोड़कर रखने लगा। फिर गुर्च-जैसी एक लता की पतली लड़ी तोड़कर, उसी चबूतरे पर बैठकर माला गूँथने लगा। पूरी होने पर महावीर को पहनाकर देखा। कोई हँस दिया वह नहीं समझा। प्रणाम कर चला गया।

वह विवाहित था। घर आया, सिन्दूर का सुहाग धारण किए नवीन पत्नी खड़ी थी, आँखों में राज्य श्री उतरकर अभिनन्दन कर रही थी वह मुस्कराई; पर वह फिर भी नहीं समझा।

भक्त की ऋतुएँ बहुत धीरे-धीरे वेश बदलती हुई चलती हैं। पर इतनी सुन्दर हैं, इतनी कोमल और इतनी मनोरम कि वहाँ प्रखरता का कोई भी निर्झर-स्वर नहीं, जो शैलोच्च प्रकृति से उतरता हुआ हरहराता हो, वहाँ केवल मर्मरोज्ज्वल तरंग भंग है।

भक्त का नाम निरंजन था। सम्पत्ति के संबंध में भी वह निरंजना था। केवल भक्ति थी। भक्ति बुद्धि नहीं, पर पूजा चाहती है। पूजा के लिए सामग्री एकत्र करने की विधि वह नहीं बताती, विधि आप विधान देते हैं।

भक्त ने देखा, राजा का सरोवर सरोरुहों से पूर्ण है। नील जलराशि पर हरे पत्र उनके बीच वृन्त उठे, उन पर डोलते हुए कमल, उन पर काँपती हुई किरणें। भक्त ने देखा, ये श्वेत-कमल श्वेत होकर भी कैसी अंजलि बाँधे हुए हैं; इच्छा हो इन्हें महावीर पर चढ़ावें। छलाँग मारकर पानी में कूद पड़ा। जल 'छल छल' करत छलकता हुआ, तरंगों से वर्तित हो चला। वह तैरने लगा। नाल और नालों के कोर रोकने लगे-लिपटकर, छिदकर, खरोंचते रहे; पर उसे केवल महावीर जी, पूजा और कमलों का ध्यान था-तैरता-तोड़ता, तट-जल पर फेंकता रहा। फिर निकलकर उटा लिए। चबूतरे पर जाकर भक्ति-भाव से सजाने लगा। मूर्ति वीर-मूर्ति न थी। हाथ जोड़े हुए थी। दोनों बग़लों में, कन्धे के बीच कानों के नीचे, पैरों के नीचे, पैरों से लेकर ऊपर तक मूर्ति को श्वेत-कमलों से सुवासित कर दिया। सिर के लिए एक सनाल कमल की गुड़री बनायी। पहनाने लगा, आगे भार अधिक होने के कारण अर्द्धविकच कमल गिरने लगा-सँभालकर, दबाकर पहना दिया। देर तक तृप्ति की दृष्टि से देखता रहा, जैसे कमल उसी के हों, इस सारी शोभा पर उसी की दृष्टि का पूरा अधिकार हो।

घर आकर बड़ी प्रसन्नता से रात के भोजन के बाद सोया। मस्तिष्क स्निग्ध था। बात-ही-बात में नींद आ गई। रात पिछले पहर की थी। स्वप्न देखने लगा। इसे आजकल के लोग संस्कार कहेंगे, पर इसकी पूरी व्याख्या करते नहीं पढ़ा गया। देखा, महावीर जी की वही भक्तिमूर्ति सामने मुस्कराती हुई खड़ी है। कह रही है-'बन्धु, तुमने अपनी पूजा का स्वार्थ देखा, पर मेरे लिए कुछ भी विचार नहीं किया। कमल-नाल की गुड़री इतनी ज़ोर से तुमने गड़ायी कि उसके काँटे मेरे रस में छिद गए हैं, दर्द हो रहा है।' भक्त वज्रांग की वाणी सुनकर चकित था, साथ आनन्द में मत्त कि वज्रांग इतने कोमल हैं।

वह मूर्ति धीरे-धीरे अदृश्य हो चली। साथ भक्त की पत्नी अँधेरे के प्रकाश में उठती हुई सामने आई। सिर पर सिन्दूर चमक रहा था। महावीर जी अदृश्य होते हुए बदल गए 'इनके मस्तक पर क्या है?' भक्त को ताज्जुब में देखकर पत्नी बोली- "प्रिय, महावीर को मैं मस्तक पर धारण करती हूँ।" स्वप्न में भक्त ने पूछा- "मैं नहीं समझा-अर्थ क्या है?" बड़ी रहस्यमयी मुस्कान आँखों में दिखायी दी। "उठो" पत्नी ने कहा- "अर्थ सब मैं हूँ-मुझे समझो।" भक्त की आँखें खुल गईं। जगकर देखा, पत्नी घोर निद्रा में सो रही है। उसका दाहिना हाथ उसके हृदय पर रखा है, जैसे उसके हृदय के यन्त्र को स्वप्न के स्वरों में उसी ने बजाए हो। खिड़की से उषा की अंधकार पार करने वाली तैरती छवि, दूर जगत् की मधुर ध्वनि की तरह, अस्पष्ट भी स्पष्ट प्रतीत हो रही थी। भक्त ने उठकर बाहर जाना चाहा। धीरे-से, हृदय से प्रिया का हाथ उठाकर चूमा, फिर सघन जाँघ पर सहारे से प्रलम्ब कर एक बार मुँह देखा-खुले, प्रसन्न, दिव्य, भाल पर अंधकार बालों को चीरने बाली माँग में वैसा ही शोभन सिन्दूर दीपक-प्रकाश में जाग्रत था। कमल आँखें मुँदी हुई। कपाल, भौंह, गाल, नाक, चिबुक आदि के कितने सुन्दर कमल सुहाग सिन्दूर पर चढ़े हुए हैं। देखकर चुपचाप उठकर बाहर चला गया।

भक्त की भावना बढ़ चली। प्राणों में प्रेम पैदा हो गया। यह बहुत दूर का आया प्रेम है; यह वह न जानता था। क्योंकि वह जाग्रत लोक में ज्यादा बँधा था। उसकी मुक्ति जाग्रत की मुक्ति थी। खाने-पीने रहने-सहने की मामूली बातों से निवृत्त हो, इतना ही समझता था। स्वप्न के बाद तमाम दिन एक प्रसन्नता का प्रवाह बहा- पहले-पहल जवानी में ब्याह होने पर जैसा होता है।

आज फिर अच्छी पूजा की इच्छा हुई। सरोवर के किनारे से दूसरों की आँख बचाकर ऊँची चारदीवार की बाल-बाल जाने लगा। बारहदरी के पिछवाड़े, एक दूसरे सरोवर के किनारे, गुलाब बाग़ था। दाहिने आमों की श्रेणी। बीच में बड़ा रास्ता। राहियों की नजर से ओझल पड़ता था। चुपचाप, केले का एक वैसा ही आधार लिए बाग़ में पैठा। बसरा, विलायत, फ्रांस आदि देशों के तरह-तरह के बने और हल्के लाल, गुलाबी, पीले गुलाब हिल रहे थे, जैसे हाथ जोड़े आकाश की स्तुति कर रहे हों-'खेसंभवं शंकरम्-खेसंभवं शंकरम्' मौन वीणा बजा रही हो सुगंध की झंकारें दिशाओं को आमोद-मुग्ध करती हुईं।

क्षण-भर शोभा देखकर गुलाब तोड़ने लगा। ध्यान महावीर जी की ओर बह रहा था। साक्षात् भक्ति जैसे वीर की सेवा में रत हो।

लौटकर आज लाल को लाल करने चला। सिन्दूर पर गुलाब की शोभा चढ़ी। सुन्दर सब समय सुन्दर है । सजाकर देर तक देखता रहा, यही पूजा थी।

घर आया। पत्नी ने नयी साड़ी पहनी थी, गुलाबी। देखकर भक्त हँसा। रात का स्वप्न मस्तिष्क में चक्कर काटने लगा। कहा- "तुम मन की बात समझती हो।"

सहज सरलता से पत्नी ने कहा- "तुम जैसा पसन्द करते हो, मैं वैसा करती हूँ।"

भक्त की इच्छा हुई रात की बात कहे; पर किसी ने रोक दिया। सिर झुकने लगा-न झुकाया। पत्नी सिर झुकाए मुस्करा रही थी। मस्तक का सिन्दूर चमक रहा था। देखकर भक्त चुप हो गया।

उसकी पत्नी का नाम सरस्वती था। पति को चुप देखकर बोली- "मेरा नाम सरस्वती है, पर मैं सजकर जैसे लक्ष्मी बन गई हूँ।" यह छल भक्त को हँसाने के लिए था, पर भक्त ने सोचा, यह मुझे समझना है कि तुम विष्णु हो। वह और गम्भीर हो गया। मन में सोचा, यह सब समझती है।

कुछ दिनों बाद एक आवर्त आया। भक्त के घर वाले ईश्वर के घर चले गए। से उसने यह प्रहार सहा। पहले उसकी पत्नी मरी थी। घर बिलकूल सूना हो गया। उसने यह पड़ोस की एक भाभी मिलीं। कहने लगीं" भैया, ऐसी देवी तुम्हे दूसरी नहीं मिल सकती, चाहे तुम दुनिया देख डालो। उसने दो साल पहले सुरिय दूसरा था, 'दीदी, मैं दो साल और हूँ।" भक्त दंग हो गया। पहले के उसके पी संस्कार उग-उगकर पल्लवित हो चले। वह नहीं समझा कि एक अपनी जन्मपत्रिका पढ़ते हुए पत्नी से उसने कहा था कि दो साल बाद दारा और बन्धुओं से वियोग होगा, लिखा है; इसे उसकी पत्नी प्रमाण की तरह ग्रहण किए हुए थी, और इस के आधार पर दीदी से भविष्यवाणी की थी।

पत्नी की समझ को उसी से सिन्दूर की तरह सिर पर धारण कर वह महावीर जी की सेवा में लीन हुआ। अब रामायण भी उन्हें पढ़कर सुनाया करता था।

रामायण के ऊँचे गूढ़ अर्थ अभी मस्तिष्क में विकास प्राप्त नहीं कर सके। पली के बाद पिता तथा अन्य बन्धुओं का भी वियोग हुआ था। राजा ने दया करके एक साधारण नौकरी उसे दी।

उन्हीं दिनों श्रीपरमहंस देव के शिष्य स्वामी प्रेमानन्द जी को राजा के दीवान अपने यहाँ ले गए। राजा की परमहंसदेव के शिष्यों पर विशेष श्रद्धा न थी। वह

समझते थे, साधु महात्मा वह है ही नहीं, जिसके तीन हाथ की जटा, चिमटा न हो, चिलम भी होनी चाहिए और धूनी भी, तभी राजा भक्तिपूर्वक गाँजा पिलाने को राजी होते। परन्तु राजा के पढ़े-लिखे नौकर पुराने महात्माओं को जैसा घोंघा समझते थे, राजा को उससे बढ़कर खाजा।

स्वामी प्रेमानन्द जी का बड़े समारोह से स्वागत हुआ। भक्त भी था। दीवान था। दीवान साहब भक्त की दीनता से बड़े प्रसन्न थे। भक्त ने स्वामी जी की माला तथा परमहंसदेव की पूजा के लिए खूब फूल चुने। स्वामी जी मालाओं में भर गए। हँसकर बोले-'तोरा आमा के काला करे दिली।' (तुम लोगों ने मुझे काली बना दिया।)

भक्त नहीं समझा कि उस दिन उसके सभी धर्मों का वहाँ समाहार हो या ब्रह्मचारी महावीर, उनके राम, देवी और समस्त देव-दर्शन उन जीवित संन्यासी में समाकृत हो गए।

बड़ी भक्ति से परमहंसदेव का पूजन हुआ; दीवान साहब कबीर साहब का बंगला-अनुवाद स्वामी जी को सुना रहे थे, राज्य के अच्छे-अच्छे कई अफ़सर एकत्र थे, भक्त तुलसीकृत रामायण सुनाने को ले गया और स्वामी जी की आज्ञा पा पढ़ने लगा। स्थल वह था, जहाँ सुतीक्ष्ण राम जी से मिले हैं, फिर अपने गुरु के पास उन्हें ले गए हैं। स्वामी जी ध्यानमग्न बैठे सुनते रहे। "श्यामतामरस-दाम शरीरम्ः जटा-मुकुट-परिधन-मुनि-चीरम्।" आदि साहित्य-महारथ महाकवि गोस्वामी तुलसीदास की शब्द-स्वर-गंगा बह रही थी, लोग तन्मय मज्जित थे। स्वामी जी के भाव का पता न था। भक्त कुछ थक गया था। पूर्ण विराम वाला दोहा आया, स्वामी जी ने बन्द कर देने के लिए कहा।

फिर तरह-तरह के धार्मिक उपदेश होने लगे। स्वामी जी ने दीवान साहब से हर एकादशी महावीर-पूजन और रामनाम-संकीर्तन करने के लिए कहा।

भक्त को नौकरी नहीं अच्छी लगती थी। मन पूजा के सौन्दर्य-निरीक्षण की ओर रहता था। तहसील-वसूल, जमा-खर्च, खत-किताब, अदालत-मुकदमा आदि राज्य के कार्य प्रतिक्षण सर्प-दंशवत् तीक्ष्ण ज्वालामय हो रहे थे, हर चोट महावीर जी की याद दिलाने लगी। मन में घृणा भी हो गई, राजा कितना निर्दय कितना कठोर होता है। प्रजा का रक्त-शोषण ही उसका धर्म है।

उसने नौकरी छोड़ने का निश्चय कर लिया। उस रोज शाम को महावीर जी को प्रणाम करके चिन्तायुक्त घर लौटा। घर में दूसरा कोई न था, भोजन स्वयं पकाता था। खा-पीकर सोचता हुआ सो रहा।

समय समझकर महावीर जी फिर आए। उसने आज महावीर जी की वीरमूर्ति देखी। मन इतने दूर आकाश पर था कि नीचे समस्त भारत देखा; पर यह भारत न था-साक्षात् महावीर थे, पंजाब की ओर मुँह, दाहिने हाथ में गदा-मौन शब्द-शास्त्र, बंगाल के ऊपर दायें-बायें पर हिमालय पर्वत की श्रेणी, बग़ल के नीचे बंगोपसागर, एक घुटना वीर-वेश-सूचक, टूटंकर गुजरात की ओर बढ़ा हुआ, एक पैर प्रलम्ब-अँगूठा कुमारी-अन्तरीप, नीचे राक्षस-रूप लंका-कमल-समुद्र पर लिखा हुआ।

ध्वनि हुई- "वत्स, यह वीर-रूप समझो।" इसके बाद स्वामी प्रेमानन्द जी की प्रशान्त मूर्ति उषा के अरुण प्रकाश की तरह भक्त के सुन्दर मन के आकाश से भी ऊँचे उगी। ध्वनि हुई- "वत्स, यह सूक्ष्म भारत है, इससे नीचे नहीं उतर सकते; इनका प्रसार समझ के पार है।" एक बार सूर्य दिखायी दिया, फिर अगणित तारे, प्रकाश मन्दतर होता हुआ विलीन हो गया।

फिर उसके पूजित महावीर जी की वही भक्त-मूर्ति आई, हाथ जोड़े हुए। उसी मुख से निर्गत हुआ- "मैं इसी तत्त्व को हाथ जोड़े हुए हूँ-यही मेरे राम हैं, तुम इसी तरह रहो। किसी कार्य को छोटा न समझो, न किसी की निन्दा करो।"

अंधकार जल पर एक कमल निकला, हाथ जोडे हुए बोला- "मैं तो राजा के था, तुमने मुझे क्यों तोडा?" फिर गुलाब हिल-हिलकर कहने लगे- "मुझे छूने का तुम्हें क्या अधिकार था?" हाथ जोड़े हुए महावीर जी बोले- "वत्स, यहाँ कौर चीज राजा की नहीं है-यह मूर्ति किसकी खरीदी है? कौन पुजवाता है?"

स्वप्न में आतुर होकर भक्त ने कहा- "ये ग़रीब मरे जा रहे हैं- इनके लिए का होगा।" "ये मर नहीं सकते। इनके लिए वही है, जो वहाँ के राजा के लिए, इन्हें वहती उभाड़ेगा, जो वहाँ के राजा को उभाड़ता है, तुम अपने में रहो। दूर मत आओ।"

मन धीरे-धीरे उत्तरने लगा। देखा, आकाश की नीली लता में सूर्य, चन्द्र और ताराओं के फूल हाथ जोड़े खिले हुए एक अज्ञात शक्ति की समीर से हिल रहे है पृथ्वी की लता पर पर्वतों के फूल हाथ जोड़े आकाश को नमस्कार कर रहे हैं। आशीर्वाद की शुभ्र हिम-धारा उन पर प्रवाहित है; समुद्रों की फैली लता में आवत

के फूल खुले हुए अज्ञात किसी पर चढ़ रहे हैं; डाल-डाल की बाहें अज्ञात की ओर पुष्प बढ़ाये हुए हैं। तृण-तृण पूजा के रूप और रूपक हैं। इसके बाद उन्हीं पुष्पों के पूजा-भावों में छन्द और ताल प्रतीयमान होने लगे सब जैसे आरती करते हिलते, मौन भाषा में भावना स्पष्ट करते हों, सबसे गन्ध निर्गत हो रही है, सत्य की समीर वहन कर रही है, पुष्प-पुष्प पर कहीं से अज्ञात आशीर्वाद की किरणें पड़ रही हैं। इसके बाद उसकी स्वर्गीया प्रिया वैसी ही सुहाग का सिन्दूर लगाए हुए सामने आई। "वत्स, यह मेरी माता देवी अंजना है। इनके मस्तक पर देखो।" उसी भक्तमूर्ति की ध्वनि आई।

मस्तक पर वीर-पूजा का वही सिन्दूर शोभित था। मुस्कराकर देवी सरस्वती ने कहा- "अच्छे हो?"

आँख खुल गई, कहीं कुछ न था।

19

कला की रूप-रेखा

(सत्य घटना)

प्रयाग में था, लूकरगंज में पं. वाचस्पति पाठक के यहाँ। 'लीडर प्रेस' में 'निरुपम' बेचने गया था। जाड़े के दिन, 1936 का प्रारम्भ। चाय पीने की लत है। चाय के साथ हिन्दू मिठाई, फल, टोस्ट वगैरह खाते हैं, मैं अण्डे खाता हूँ-बॉयल्ड, हाफ़-बॉयल्ड या पोच, समय रहा तो आमलेट; अण्डे बत्तख के नहीं, मुर्गी के। पाठक की माँ मुर्गी का पर देख लें तो मकान छोड़ दें, लिहाजा सुबह उठकर स्टेशन जाता था, एक मुसलमान की दूकान में पाठक देखते थे, मैं खाता-पीता था।

जाते-आते रास्ते में बातचीत होती थी, तरह-तरह की। पाठक मुझसे ग्यारह बारह साल छोटे हैं। इस समय अट्ठाईस और चालीस की पटरी बैठ सकती है, उस समय - जब पाठक पाँच के और मैं सत्रह का था, अवश्य कोई साम्य न रहा होगा। आज इग्लैंड की निगाह में भारत जितना समझदार और शक्तिशाली है, मेरी निगाह में - पाठक उतने भी न रहे होंगे, मैं 'जुही की कली' का कवि था और पाठक पहली किताब के पाठक। लेकिन पहले पहल जब मेरी पाठक से मुलाक़ात हुई काशी -में-मैं तीस का और पाठक अठारह के, वह मेरे घनिष्ठ, कवि-प्रिय मित्र होकर - मिले। मेरो विशेषता मेरे काशी जाने से पहले पहुँच चुकी थी, इसलिए अपने एक मित्र के यहाँ जिन्होंने एक वेश्या को पत्नी-रूप में रखकर सामाजिक श्रेय प्राप्त किया है-बड़े भगवद्भक्त हैं, मुझे मछली पकवाकर खिलायी।

एक रोज जब लूकरगंज से हम लोग स्टेशन की तरफ चले, उन्होंने मुझसे पूछा- "कला क्या है"

मैंने कहा- "कुछ नहीं।"

पाठक उड़ी निगाह से मुझे देखने लगे। मालूम नहीं, क्या सोचा। मुमकिन, जैसा सब सोचते हैं, उन्होंने भी सोचा हो।

मैंने फिर कहा- "जो अनन्त है, वह गिना नहीं जा सकता। इसलिए 'कुछ नहीं' कहा। इसका बड़ा अच्छा उदाहरण है। कला उसी तरह की सृष्टि है, जैसे आप सामने देखते हैं, बल्कि यही सृष्टि लिखने की कला की जमीन है। अनादिकाल से अब तक सृष्टि को गिनने की कोशिश जारी है, पर अभी तक यह गिनी नहीं जा सकी, अधिकांश में बाक़ी है। यह एक-एक सृष्टि एक-एक कला है। फलतः कला क्या है, यह बतलाना कठिन है। अद्वैतवाद में, सृष्टि के गिनने की असमर्थता के कारण, सृष्टि का अस्तित्व ही उड़ा दिया गया है। इसलिए कहा, कला कुछ नहीं है। कला के दो-चार, दो-चार सौ, दो-चार हजार, दो-चार लाख, दो-चार करोड़ रूप भी बतलाये जा सकते हैं। पर इससे कला पूरी-पूरी न बतलायी गई। पर एक बोध है, उसका स्पष्टीकरण किया जा सकता है, जैसे ब्रह्म के अलग-अलग रूपों की बात नहीं कही गई, केवल 'सच्चिदानंद' कह दिया गया है। इसी को साहित्यिकों ने 'सत्य, शिव और सुन्दर' कहकर अपनाया है। बोध वह है, जैसी कला हो, उसके विकास-क्रम का वैसा ज्ञान। इसके लिए प्राचीन और नवीन परम्परा भी सहायक है और स्वजातीय और विजातीय ज्ञान के साथ मौलिक अनुभूति और प्रतिभा भी।"

फिर हिन्दी के भिन्न-भिन्न अंगों की बातचीत होती रही। हिन्दी-भाषियों का मस्तिष्क दुर्बल है, रूढ़िग्रस्त होने के कारण वहाँ नवीन विचारधारा जल्द नहीं प्रवेश पाती, यद्यपि भारतीय समस्त साहित्य का इतिहास समस्त प्रकार की मौलिकता लिए हुए है। हिन्दी का समाज-संस्कार अनुरूप न होने के कारण उपन्यास उच्चता तक नहीं पहुँच रहे, बहुत जगह भविष्य समाज की कल्पना कर लिखा जाता है। काव्य, कहानी, प्रवन्ध, नाटक इन सबका लेखक जो मनुष्य है, वह अनेक रूपों में अभी विकसित नहीं हुआ, बड़ी कमजोरियाँ हैं, फलतः साहित्य अभी साहित्य नहीं हो सका। मैं कहता गया, ये सब नाई हैं, अपनी बारात में ठाकुर बने हुए। कुछ नाम भी गिनाये, कलकत्ते से लाहौर तक। तब तक स्टेशन आ गया। मेरा मुसलमान दुकानदार आदर की दृष्टि से मुझे देखकर अण्डे फोड़ने चला। अण्डे उबाले हुए रखे थे; मैं बैठ गया, पाठक वहीं दो-चार कदम इधर-उधर टहलते रहे। कुछ और भी चाय पीने वाले मुसलमान सज्जन थे।

एक दुबले-पतले प्रायः पचास साल के मुसलमान सज्जन ग़ौर से मुझे देखते रहे। उनकी आँखों के आश्चर्य का मैं चुपचाप आनन्द लेता रहा। अन्त तक उनसे न रहा गया, पूछा- "जनाव पंजाबी हैं?"

मैंने सोचा जितनी कम मेहनत हो, अच्छा है; कहा- "जी।"

उन्होंने पूछा- "कारोबार करते हैं?"

मैंने कहा- "जी।"

उन्होंने पूछा- "यहीं?"

मैंने कहा- "नहीं लखनऊ में।" मैं अण्डे वाला प्लेट उठाकर काँटे से खाने लगा। प्रश्नकर्ता को अभी पूरी-पूरी दिलजमई न हुई थी।

पूछा- "काहे का कारोबार करते हैं?"

मैंने बिना विचार किए कह दिया- "रेशम का।"

ज्यों मुसलमान सज्जन का आश्चर्य बढ़ा त्यों ही मैंने भी सोचा, 'यार, पंजाब में रेशम की पैदावार कहाँ होती है, कारखाने कहाँ हैं, यह तो नहीं मालूम; उधर से पश्मीने आते हैं, जानता हूँ, पेशावर काश्मीर वगैरह के पश्मीने मशहूर हैं' बदलकर बोला- "लेकिन मैं स्वीजरलैण्ड से रेशम मँगाता हूँ।" कहकर मैं गम्भीर भाव से अण्डे खाने लगा। सोचा 'स्वीजरलैण्ड एक सुन्दर देश है, वहाँ रेशम ज़रूर बनता होगा, और न भी बनता हो तो क्या? मियाँ खतब खाल से मालूम देते हैं, उन्होंने स्वीजरलैण्ड का नाम पहले-पहल सुना है।'

"जनाब का इस्मशरीफ़?"

एक बार इस 'इस्मशरीफ़' शब्द से बड़ा धोखा खाया था; सोचा था, वह 'दौलतखाने' का पर्यायवाची है, लेकिन जैसा धोखा मैंने खाया, जवाब सुनकर वैसा ही पूछने वाले ने। मेरे विशुद्ध संस्कृत में दिए स्थान परिचय को उन्होंने नाम-परिचय समझा। तब मैं मेदिनीपुर में रहता था।

जानता था 'पुर' कहूँगा तो मेरी तरह ये संशय में न रहेंगे। कहा- "मेदिनीदल।" उन्होंने 'जुझारमल' की तरह का एक नाम यह भी होगा, सोच लिया।

इस बार जल्दी-जल्दी मुसलमानी नाम याद करने लगा तो एक भी नाम न आया। पेट में "महम्मद-महम्मद" हो रहा था, लेकिन कहने की हिम्मत नहीं पड़ती थी, बंकिमचन्द्र की याद आई, उन्होंने अपने एक हिन्दू पात्र से 'महम्मद' के नाम एक प्रेम-पत्रिका शाही कैम्प में भिजवायी है, इस निश्चय से कि इस नाम का कोई सैनिक अवश्य होगा। वहाँ कई महम्मद निकले एक-दूसरे से लड़ने लगे।

नाम बताने में जरा भी देरी शंका पैदा करती है। मुझे नाम तो न याद आया, पर समझ ने साथ न छोड़ा। मुँह का अण्डा निगला जा चुका था, पर मैं मुसलमान सज्जन की ओर मुँह किए विराट रूप से मुँह चलाये जा रहा था, सिर हिलाता हुआ उन्हें आश्वासन दे रहा था कि ज़रा देर ठहर जाइये। फिर भी नाम न आया। अन्त में बड़ी मुश्किल से एक शब्द याद आया। पर वैसा नाम मैंने स्वयं कभी नहीं सुना। उधर मियाँ का धैर्य छूट रहा था, मेरी पागुर बन्द नहीं हो रही थी।

मैंने कहा- "जनाब, मुझे वकूफ़ हुसेन कहते हैं।" मियाँ उसे और मुलायम करके बोले- "उकूफ़ हुसेन?"

मैंने कहा- "जी।"

मियाँ बढे, मैंने चाय पीना शुरू किया। पाठक पीछे थे। शायद सामने से ज्याद हँसी आती थी।

जब चाय पीकर दाम देकर चला, तब रास्ते में, पाठक ने मुझसे कहा- "आत 'वकूफ़' शब्द का एक अक्षर छोड़ क्यों दिया?"

मैंने बैसवाड़ी में कहा- "तुम थे, इसलिए।"

अभी हम लोगों ने स्टेशन का अहाता पार नहीं किया था। अहाते में मद्रासियों का एक दल बैठा हुआ दिखायी पड़ा। मैंने सोचा, शायद ये लोग कुम्भ नहाने आए थे। इतने ही में कि उनमें से एक आदमी, उम्र पैंतालीस के लगभग, भौर का रंग, खासा मोटा-तगड़ा, एक लँगोटी से किसी तरह लाज बचाये हुए, उतने जाड़े में नंग बदन, दौड़ा हुआ मेरे पास आया और एक साँस में इतना कह गया कि मैं कुछ भी न समझा। मैंने फिर पूछा, टूटी-फूटी हिन्दी में पूरे उच्छ्वास से वह फिर कहने लगा। इस बार मतलब मेरी समझ में आया। वह यात्री है, मद्रास का रहने वाला, कुम्भ नहाने आया था, यहाँ चोर उसके कपड़े लत्ते, माल-असबाब उठा ले गए, गठरियों में ही रुपये-पैसे थे, अब वह (अपने आदमियों के साथ) हर तरह लाचार है, दिन तो किसी तरह धूप खाकर, भीख माँगकर पार कर देता है, पर रात काटी नहीं कटती। जाड़ा लगता है। वह एक दृष्टि से मेरा मोटा खद्दर का चादर देख रहा था। मैं विचार न कर सका, उतारकर दे दिया। वह मारे आनन्द के दौड़ा हुआ अपने साथियों के पास गया और इस महादान की तारीफ़ करने लगा, मेरी तरफ़ ऊगली उठाकर बतलाता हुआ।

पाठक संसार के चक्रान्त की बातें सोच रहे थे देश दुर्दशा-ग्रस्त है, इसलिए कितने चक्कर रोज देशवासियों को खाने पड़ते हैं-कितने लोग उन्हें छलते रहते हैं-कितने प्रकार प्रचलित हैं। मुझसे बोले- "आख़िर आपने अपना बंतलाया नाम यहाँ सार्थक कर दिया न? यह अभी दोपहर को, गुदड़ीबाज़ार में चार आने के यह चादर बेचेगा।"

मैंने कहा- "धोखा भी हो सकता है और इसकी बात भी सच हो सकती है।

यह मद्रास से यह सोचकर चला नहीं होगा कि गुदड़ीबाज़ार में कपड़ा बेचेगा।" पाठक अप्रसन्न होकर बोले- मैं आपके देने का विरोध नहीं करता, लेकिन- मेरे पास कपड़े कम रहते हैं, कम थे, 'लेकिन' के बाद वह इसी भाव की पूर्ति करना चाहते थे, पर रुक गए।

हम लोग लकरगंज आए। धीरे-धीरे दो महीने बीते। लखनऊ कांग्रेस के समय सत्ताईस मार्च को वह मेरे साथ लखनऊ आए और मेरे मकान में ठहरे। धीरे-धीरे कांग्रेस का समय आया। उनके दो मित्र, जो मेरे भी मित्र हैं आकर ठहरे। जहाँ तक बिना टिकट के देखा जा सकता था, मैंने घूम-फिरकर खूब देखा। रुपये प्रदर्शनी देखने और महात्मा जी के व्याख्यान सुनने में खर्च किए। प्रदर्शनी के कवि सम्मलेन में नही जाता था, यहाँ भी नहीं गया। जो कुछ हुआ, संवाद मालूम कर लिया। सब्जेक्ट- कमेटी की बैठकें देखने की इच्छा थी, पर वह दृश्य अप्सराओं के नृत्य देखने से भी महँगा था। पाठक बोले- "मेरा पास लेकर देख आइए।" मैंने कहा- "वहाँ बहुत-से लोग होंगे, जो मुझे पहचानते होंगे। फिर प्रेस-रिपोर्टरों की जगह मुझे कोई अपने पास से भी कुछ देकर बैठने के लिए कहे तो मैं न बैठूँ।"

पाठक लड़ने लगे। बोले- "वह सबसे बढ़िया जगह होती है।" मैंने कहा- "होगी। मैं न जाऊँगा।"

कांग्रेस शुरू हुई। पहले दिन मैं न गया, आगे भी जाने का विचार न था। कारण प्रेस-रिपोर्टर की हैसियत से जाना मुझे पसन्द न था और तीन दिन तक दाम खर्च कर जाने में अड़चन थी। प्रयाग से ढाई सौ रुपये ले आया था। प्रायः सब खर्च हो चुका था, कई महीने के बाक़ी मकान किराये और भोजन के खर्च में।

दूसरे दिन जब कांग्रेस की बैठक शुरू होने को हुई, मेरे मकान से लोग चलने को हुए तो मैं सोने का सुबीता करने लगा।

जो मारवाड़ी सज्जन आए हुए थे, उन्होंने कहा- "निराला जी, मैं कई दिनों से देख रहा हूँ आप सोते बहुत हैं।"

मैंने कहा- "हाँ, यह तो है, पर जब जागता हूँ, तब पन्द्रह-पन्द्रह रात लगातार नहीं सोता।" मारवाड़ी सज्जन हँसे। बोले- "चलिए।"

मैं बड़े संकट में पड़ा, कैसे कहूँ मेरे पास ख़र्च की कमी है। कहा- "कांग्रेस में बड़ी गर्मी है।"

"हाँ, पर हवा अच्छी चलती है।" मारवाड़ी सज्जन बड़े मज़ेदार आदमी मालूम दिए। मैं उनके उत्तर पर मुस्करा रहा था, तब तक एक पच्चीस रुपये का टिकट निकालकर उन्होंने कहा- "यह टिकट आपके लिए है।"

मैं चला। मैं और मारवाड़ी सज्जन एक ही जगह पर थे। वह जगह कुछ ऊँची थी। कुछ दूर पर बड़े-बड़े नेता और नेत्रियाँ। देखा, एक-एक छोटी मेज के पीछे प्रेस-रिपोर्टर बैठे थे। पं. दुलारेलाल भार्गव, ठाकुर श्रीनाथ सिंह आदि-आदि परिचित-अपरिचित। श्रीमती कमला चट्टोपाध्याय को मैं ग़ौर से देख रहा था। उन्हें पहले ही पहल देखा थात कभी-कभी श्रीमती सरोजिनी नायडू से बातें करती थी,उठकर उनके पास जाकर। रह-रहकर उस समर्पण की याद आ रही थी, जो मि चट्टोपाध्याय ने अपने एक अंग्रेजी पद्य-संग्रह का किया है, इस तरह का- To K the first sunshine of my life (मेरे जीवन की प्रथम सूर्य-किरण 'क' को)। फिर इस राजनीतिक जीवन के घोर परिवर्तन पर सोच रहा था, जहाँ दोनों एक-द के काव्य के विषय नहीं-जीवन के अन्तरंग नहीं स्पर्द्धा के विषय हो गए हैं।

शाम को बहार निकला। एकाएक ऊँची आवाज़ आई। देखो, एक स्वयंसेवक दौडा आ रहा है, स्वयंसेवक की वर्दी पहने हुए। मुझे देखकर दोनों हाथ उठाकर फिर उसने हर्षध्वनि की। मुझे ऐसा मालूम देने लगा जैसे उसे स्वप्न में कभी देखा हो। मुझे पहचानता हुआ न जानकर उसने आनन्दपूर्ण लड़खड़ाती हिन् में कहा- "मैं वही हूँ, जिसे आपने चादर दिया था।"

मुझे कला का जीवित रूप जैसे मिला। प्रसन्न आँखों से देखता हुआ मैं तत्काल कुछ कह न सका। संयत होकर बोला- "आप कांग्रेस में आ गए। अच्छा हुआ। उसने कहा- "फिर मैं वहाँ स्वयंसेवकों में भर्ती हो गया।"

प्रसन्न-चित्त बाहर निकलकर मन में मैंने कहा- "पाठक मिलें तो बताऊँ कैसे गुदड़ीबाजार में इसने चादर बेचा।"

कई दिन हो गए। कांग्रेस ख़त्म हो गई। पाठक वगैरह चले गए। मैं शाम को कैसर बाग़ में टहल रहा था कि वह मनुष्य मेरी ओर तेज़ कदम आता दिखायी पड़ा, मैं खड़ा हो गया। मेरे पास आकर उसने कहा- "अब गर्मी बहुत पड़ने लगी है। देश जाना चाहता हूँ। रेल का किराया कहाँ मिलेगा? पैदल जाना चाहता हूँ।"

मैंने बीच में बात काटकर कहा- "क्या कांग्रेस के लोग आपकी इतनी-सी मदद नहीं कर सकते!"

उसने कहा- "नहीं, कांग्रेस का यह नियम नहीं है। मैं मिला था। मुझे यह उत्तर मिला है। खैर, मैं भीख माँगता, खाता पैदल चला जाऊँगा। पर"- (अपने) पैरों की ओर देखकर कहा- "गर्मी बहुत पड़ती है, पैर जल जाते हैं, अगर एक जोड़ी छोय वाला ही चप्पल आप ले दें।"

मुझ पर जैसे वज्रपात हुआ। मैं लज्जा से वहीं गड़ गया। मेरे पास तब केवल छह पैसे थे। इससे चप्पल नहीं लिए जा सकते। अपने चप्पल देखे, जीर्ण हो गए थे। लज्जित होकर कहा- "आप मुझे क्षमा करें, इस समय मेरे पास पैसे नहीं हैं।"

उसने वीर की तरह मुझे देखा। फिर बड़े भाई की तरह आशीर्वाद दिया और मुस्कराकर अमीनाबाद की ओर चला। मैं खड़ा-खड़ा उसे देखता रहा, जब तक वह दृष्टि से ओझल नहीं हो गया।

20

सुकुल की बीवी

बहुत दिनों की बात है। तब मैं लगातार साहित्य-समुद्र-मन्थन कर रहा था। दा निकल रहा था केवल गरल। पान करने वाले अकेले महादेव बाबू ('मतवाला। में संपादक)। शीघ्र रत्न और रम्भा के निकलने की आशा से अविराम मुझे मथते जाने की सलाह दे रहे थे। यद्यपि विष की ज्वाला महादेव बाबू की अपेक्षा मुझे ही अधिक जला रही थी, फिर भी मुझे एक आश्वासन था कि महादेव बाबू को मेरी शक्ति पर मुझसे भी अधिक विश्वास है। इसी पर वेदान्त-विषयक नीरस एक सांप्रदायिक पत्र का संपादन-भार छोड़कर मनसा-वाचा-कर्मणा सरस कविता-कुमारी को उपासना में लगा। इस चिरन्तन चिन्तन का कुछ ही महीने में फल प्रत्यक्ष हुआ, साहित्य-सम्राट् गोस्वामी तुलसीदास जी की मदन-दहन-समय वाली दर्शन-सत्य उक्ति हेच मालूम दी, क्योंकि गोस्वामी जी ने, उस समय दो ही दण्ड के लिए कहा -'अबला बिलोकहिं पुरुषमय अरु पुरुष सब अबलामयम्।' पर मैं घोर सुषुप्ति के - समय को छोड़कर, बाक़ी स्वप्न और जाग्रत के समस्त दण्ड, ब्रह्माण्ड को अबलामय देखता था।

इसी समय दरबान से मेरा नाम लेकर किसी ने पूछा- "हैं?"

मैंने जैसे वीणा-झंकार सुनी। सारी देह पुलकित हो गई, जैसे प्रसन्न होकर - पीयूषवर्षी करट से साक्षात् कविता-कुमारी ने पुकारा हो, बड़े अपनाव से मेरा नाम लेकर। एक साथ कालिदास, शेक्सपियर, बंकिमचन्द्र और रवीन्द्रनाथ की नायिकाएँ दृष्टि के सामने उतर आईं। आप ही एक निश्चय बँध गया-यह वही हैं, जिन्हें कल कार्नवालिस स्कवायर पर देखा था, टहल रही थीं। मुझे देखकर पलकें झुका ली थीं। कैसी आँखें वे! उनमें कितनी बातें! मेरे दिल के साफ़ आईने में उनकी सच्ची तस्वीर उतर आई थी, और मैं भी वायु-वेग से उनकी बग़ल से निकलता हुआ, उन्हें समझा आया था कि मैं एक अत्यन्त सुशील, सभ्य, शिक्षित और सच्चरित्र युवक हूँ। बाहर आकर, गेट पर, एक मोटर खड़ी देखी थी। जरूर

वह उन्हीं की मोटर थी। उन्होंने ड्राइवर से मेरा पीछा करने के लिए कहा होगा। उससे पता मालूम कर, नाम जानकर, मिलने आई हैं। अवश्य यह बेथून-कॉलेज की छात्रा हैं। उसी के सामने मिली थीं। कविता से प्रेम होगा। मेरे छन्द की स्वच्छन्दता कुछ आई होगी इनकी समझ में, तभी बाक़ी समझने के लिए आई हैं। उठकर जाना अपमानजनक जान पड़ा। वहीं से दरबान को ले आने की आज्ञा दी। अपना नंगा बदन याद आया। ढँकता, कोई कपड़ा न था। कल्पना में सजने के तरह-तरह के सूट याद आए पर, वास्तव में, दो मैले कुर्ते थे। बड़ा गुस्सा लगा, प्रकाशकों पर। कहा- "नीच है लेखकों की कद्र नहीं करते।" उठकर मुंशी जी के कमरे में गया, उनकी रेशमी चादर उठा लाया। कायदे से गले में डालकर देखा, फबती है या नहीं। जीने से आहट नहीं मिल रही थी, देर तक कान लगाए बैठा रहा। बालों की याद आई-उकस न गए हों। जल्द-जल्द आईना उठाया। एक बार मुँह देखा, कई बार आँखें सामने रेल-रेलकर। फिर शीशा बिस्तरे के नीचे दबा दिया। शॉ की 'गेटिंग मैरेड' सामने करके रख दी। डिक्शनरी की सहायता से पढ़ रहा था, डिक्शनरी किताबों के अन्दर छिपा दी। फिर तनकर गम्भीर मुद्रा से बैठा।

आगन्तुका को दूसरी मंजिल पर आना था। जीना गेट से दूर था। फिर भी देर हो रही थी। उठकर कुछ कदम बढ़ाकर देखा, बचपन के मित्र मिस्टर सुकुल आ रहे थे।

बड़ा बुरा लगा, यद्यपि कई साल बाद की मुलाक़ात थी। कृत्रिम हँसी से होंठ रंगकर उनका हाथ पकड़ा, और लाकर उन्हें बिस्तरे पर बैठाया।

बैठने के साथ ही सुकुल ने कहा- "श्रीमती जी आई हुई हैं।"

मेरी रूखी जमीन पर आषाढ़ का पहला दौंगरा गिरा। प्रसन्न होकर कहा- "अकेली हैं, रास्ता नहीं जाना हुआ, तुम भी छोड़कर चले आए, बैठो तब तक, मैं लिवा लाऊँ-तुम लोग देवियों की इज्ज़त करना नहीं जानते।"

सुकुल मुस्कराए। कहा- "रास्ता न मालूम होने पर निकाल लेंगी-ग्रैज्युएट हैं, ऑफ़िस में 'मतवाला' की प्रतियाँ खरीद रही हैं, तुम्हारी कुछ रचनाएँ पढ़कर-खुश होकर।

मैं मचल न सका। गर्व को दबाकर बैठ गया। मन में सोचा, कवि की कल्पना झूठ नहीं होती। कहा भी है, 'जहाँ न जाऐ रवि, वहाँ जाऐ कवि।' कुछ देर चुपचाप गम्भीर बैठा रहा। फिर पूछा- "हिन्दी काफ़ी अच्छी होगी इनकी?"

"हाँ," सुकुल ने विश्वास के स्वर से कहा- "ग्रेज्युएट हैं।"

बड़ी श्रद्धा हुई। ऐसी ग्रैज्युएट देवियों से देश का उद्धार हो सकता है, सोचा। निश्चय किया, अच्छी चीज़ का पुरस्कार समय देता है। ऐसी देवी जी के दर्शनों की उतावली बढ़ चली, पर सभ्यता के विचार से बैठा रहा, ध्यान में उनकी अदृष्ट मूर्ति को भिन्न-भिन्न प्रकार से देखता हुआ। एक बार होश में आया, सुकुल को धन्यवाद दिया।

सुकुल का परिचय आवश्यक है। सुकुल मेरे स्कूल के दोस्त हैं, साथ पढ़े उन लड़कों में थे जिनका यह सिद्धान्त होता है कि सिर कट जाए चोटी न कटे। मेरी समझ में सिर और चोटी की तुलना नहीं आई; मैं सोचता था, पूँछ कट जाने पर जन्तु जीता है, पर जन्तु कट जाने पर पूँछ नहीं जीती; पूँछ में फिर भी खाल है, खून है, हाड़ और मांस है, पर चोटी सिर्फ़ बालों की है, बालों के साथ कोई देहात्मबोध नहीं। सुकुल-होय वाला ही जैसे चोटी के एकान्त उपासकों से चोटी की आध्यात्मिक व्याख्या कई बार सुनी थी, पर सग्रन्थि बालों के बल्ब में आध्यात्मिक इलेक्ट्रिसिटी का प्रकाश न मुझे कभी दिखायी पड़ा, न मेरी समझ में आया। फलतः सुकुल की और मेरी अलग-अलग टोलियाँ हुईं। उनकी टोली में वे हिन्दू लड़के थे, जो अपने को धर्म की रक्षा के लिए आया हुआ समझते थे, मेरी में वे लड़के, जो मित्र को धर्म से बड़ा मानते हैं, अतः हिन्दू, मुसलमान, क्रिस्तान सभी। हम लोगों के मैदान भी अलग-अलग थे। सुकुल का खेल अलग होता था, मेरा अलग। कभी-कभी मैं मित्रों के साथ सलाह करके सुकुल की हॉकी देखने जाता था और सहर्ष, सविस्मय, सप्रशंस, सक्लैप और सनयन-विस्तार देखता था। सुकुल की पार्टी-की-पार्टी की चोटियाँ, स्टिक बनी हुई, प्रतिपद-गति की ताल-ताल पर, सिर-सिर से हॉकी खेलती हैं, वली मोहम्मद कहता था, जब ये लोग हॉकी में नाचते हैं, वे चोटियाँ सिर पर ठेका लगाती है। फिलिप कहता था, See, the Hunter of the East has caught the Hindoos' forehead in a noose of hair. (देखो, पूरब के शिकारी ने हिन्दुओं के सिर को बालों के फन्दे में फंसा लिया है।) इस तरह शिखा-विस्तार के साथ-साथ सुकुल का शिक्षा-विस्तार होता रहा। किसी से लड़ाई होने पर सुकुल चोटी की ग्रन्थि खोलकर बालों को पकड़कर ऊपर उठाते हुए कहते थे, मैं चाणक्य के वंश का हूँ।

धीरे-धीरे प्रवेशिका परीक्षा के दिन आए। सुकुल की आँखें रक्त मुकुल हो रही थीं। एक लड़के ने कहा- "सुकुल बहुत पढ़ता है; रात को खूँटी से बँधी हुई

एक रस्सी से चोटी बाँध देता है, ऊँघने लगता है, तो झटका लगता है, जगकर फिर पढ़ने लगता है। चोटी की एक उपयोगिता मेरी समझ में आई।"

मैं कवि हो चला था फलतः पढ़ने की आवश्यकता न थी प्रकृति की शोभा देखता था।कभी- कभी लड़कों को समझाता भी था कि इतनी बड़ी किताब सामने पड़ी है, लड़के पास होने के लिए सिर के बल हो रहे हैं, वे उद्भिद्‌कोटि के हैं। लड़के अवाक् दृष्टि से मुझे देखते रहते थे, मेरी बात का लोहा मानते हुए।

पर मेरा भाव बहुत दिनों तक नहीं रहा। जब आठ-दस रोज इम्तहान के रह गए, एक दिन जैसे नाड़ी छूटने लगी। खयाल आते ही कि फेल हो जाऊँगा, प्रकृति में कहीं कविता न रह गई; संसार के प्रिय मुख विकृत हो गए; पिता जी की पवित्र मूर्ति प्रेत की-जैसी भयंकर दिखी; माता जी की स्नेह की वर्षा में अविराम विकली की कड़क सुनायी देने लगी; वंश मर्यादा की रक्षा के लिए विवाह बचपन में हो गया था-नवीन प्रिया की अभिन्नता की जगह बंकिम दृगों का वैमनस्य-हलाहल क्षिप्त होने लगा; पुरजनों के प्रगाढ़ परिचय के बदले प्राणों को पार कर जाने वाली अवज्ञा मिलने लगी। इस समय एक दिन देखा, सुकुल के शीर्ण मुख पर अध्यवसाय की प्रसन्नता झलक रही है।

किताब उठाने पर और भय होता था, रख देने पर दूने दबाव से फेल हो जाने वाली चिन्ता। फलतः कल्पना में पृथ्वी अन्तरिक्ष पार करने लगा। कल्पना की वैसी उड़ान आज तक नहीं उड़ा। वह मसाला ही नहीं मिला। अन्त में निश्चय किया, प्रवेशिका के द्वार तक जाऊँगा, धक्का न मारूँगा, सभ्य लड़के की तरह लौट आऊँगा, अस्तु, सबके साथ गया। और और लड़कों ने पूरी शक्ति लगायी थी, इसलिए परीक्षा-फल के निकलने से पहले तरह-तरह से हिसाब लगाकर अपने-अपने नम्बर निकालते थे, मैं निश्चित, इसलिए निश्चित था; मैं जानता था कि गणित की नीरस कॉपी को पद्माकर के चुहचुहाते कवित्तों से मैंने सरस कर दिया है; फलतः, परीक्षा समुद्र तट से लौटते वक़्त, दूसरे तो रिक्त हस्त लौटे, मैं दो मुट्ठी बालू लेता आया; घर में पिता, माता, पत्नी, परिजन, पुरजन सबके लिए आवश्यकतानुसार उसका उपयोग किया।

मेरे अविचल कण्ठ से यह सुनकर कि सूबे में पहला स्थान मेरा होगा, अगर ईमानदारी से पर्चे देखे गए, लोग विचलित हो उठे। पिता जी तो गर्व से गर्दन उठाये रहने लगे। पर ज्यों-ज्यों फल के दिन निकट होते आए, मेरी आत्मा की वल्लरी सूखती गई। वह जगह मैंने नहीं रखी थी कि पिता जी एक साल के लिए

माफ कर देते। घर छोड़े बगैर निस्तार न दिखायी पड़ा। एक दिन माता जी से मैंने कहा- "जगतपुर के जमींदारों ने बारात में चलने के लिए बुलाया है, और ऐसा कहा है, जैसे मेरे गए बगैर बारात की शोभा न बन पड़ती हो।" जमींदारों के आमन्त्रण से माता जी छलक उठीं, पिता जी को पुकारकर कहा- "सुनते हो, तुम्हारे सपूत जमींदारों के यहाँ उठने-बैठने लगे हैं, बारात में चकदा कासन्योता है।" पिता है प्रसन्नता को दबाकर बोले- "तो चला जाऐ, जो कहे कपड़े बनवा दो और खर्चा दे दो।" एकान्त में पत्नी जी मिलीं, बड़ी तत्परता से बोलीं- "वहाँ नाच देखकर भूल दे बाइयेगा।" "राम भजो" मैंने कहा "क्व सूर्यप्रभवो वंशः क्व चाल्प विषकर पनि न "मैं इसका मतलब भी समझें?" वह एक कदम आगे बढ़कर बोलीं, मन में निश्चय कर कि तुलना में मैंने उन्हें श्रेष्ठ बतलाया है। समझकर मैंने कहा- "कहाँ तुम्हारी बाँस-सी कोमल दुबली देह से सूरज का प्रकाश? कहाँ वह ज़हर की भरी मोती रण्डी!" "चलो" कहकर वह गर्व-गुरु-गमन से काम को चल दीं।

समय पर कपड़े बने और ख़र्चा भी मिला। पश्चात् यथा समय, जगतपुर के जमींदारों की बारात के लिए रवाना होकर कुछ दूर से राह काटकर ऐन गाड़ी के वक़्त मैं स्टेशन पहुँचा। वहाँ से ससुराल का टिकट लिया। रास्ते-भर में खासी मुहर्रमी सूरत बना ली। ससुराल वाले देखते ही दंग हो गए। ससुर जी, सासु जी और-और लोग घेरकर कुशल पूछने लगे। मैंने उखड़ी आवाज़ में कहा "गाँव में एक खेत के मामले में फ़ौजदारी हो गई है, दुश्मनों के कई घायल हुए हैं, इसलिए पिता जी की गिरफ़्तारी हो गई है, गिरफ़्तार होते वक़्त उन्होंने कहा है- "अपने ससुर जी से विवाह के करार वाले बाक़ी 300 रुपये लेकर, दूसरे दिन जिले में आकर जमानत से छुड़ा लेना।" ससुर जी सन्न हो गए। सासु जी रोने लगीं, और लोगों को काठ मार गया। ससुर जी के पास रुपये नहीं थे। पर सासु जी घबरायीं कि ऐसे मौके पर मदद न की जाएगी, तो त्रिपाठी जी कैद से छूटकर अपने लड़के की दूसरी शादी कर लेंगे। इस विचार से नथ, करधनी, पाजेब आदि कुछ गहने रेहन कर डेढ़ सौ रु, मुझे देती हुई बोलीं- "बच्चा, इससे ज्यादा नहीं हो सका; हम तो तुम्हारे सदा के ऋणी हैं; फिर धीरे-धीरे पूरा कर देंगे, त्रिपाठी से हाथ जोड़कर हमारी प्रार्थना है।"

मैंने उन्हें सांत्वना दी कि बाक़ी रुपये लेने मैं उनके घर कभी न आऊँगा।

एक विपत्ति की बात थी, वह इतने से टल जाएगी। सासु जी मारे आनन्द के रोने लगीं। मैंने बड़ी भक्ति से उनके चरण छुए, और यथासमय स्टेशन आकर कलकत्ते का टिकट कटाया।

यहाँ से मेरे नये जीवन की नींव पड़ी। अखबारों में देखा, सुकुल प्रथम श्रेणी में पास हुआ है। चार साल बाद वह बी.ए. हुआ, एम.ए. हुआ, मैं मालूम करता रहा, अच्छी जगह पायी, अब परीक्षा समाप्त कर परीक्षक है; मैं ज्यों-का-त्यों एक बार धोखा खाकर बराबर धोखा खाता रहा; एक परीक्षा की तैयारी न करके कभी पास न हो सका। कितनी परीक्षाएँ दीं।

तब से यह आज सुकुल से मेरी मुलाक़ात है। एक बार सारा इतिहास की मस्तिष्क में चक्कर लगा गया। अब वह पिता जी नहीं माता जी नहीं, पत्नी नहीं, केवल मैं हूँ और परीक्षा-भूमि सामने प्रश्नों की अगणित तरंग-माला।

मैं विचार में था। जब आँख खुली, साकार सुघरता मेरे सामने थी, अविचल दृष्टि से मुझे देखती हुई। अंजलि बाँधकर नमस्कार किया, ललित अंग्रेजी से संवर्द्धित करते हुए- "Good morning- poet of Vers Librel" मैं उठा। नमस्कार कर सुकुल के नजदीक वाली कुर्सी पर बैठने के लिए बड़े अदब से हाथ बढ़ाकर बताया।

वह खड़ी थीं। लहराती हुई मन्द गति से चलीं। बैठकर मुझे देखकर मुस्कराती हुई बोलीं- "आप खूब लिखते हैं।"

प्यासा मृग-मरीचिका के सरोवर का व्यंग्य नहीं समझता। मुझे यह पहली तारीफ़ मिली थी। इच्छा हुई, जाऊँ महादेव बाबू को भी बुला लाऊँ, कहूँ कि अब अमृत निकलने लगा है, चुल्लू बाँधकर चलिए। लेकिन अभी उतने अमृत से मुझे ही अघाव न हुआ था। बैठा हुआ एकान्त भक्त की दृष्टि से देखता रहा।

रक्त अधरों के करारों से अमृत का निर्झर बहाव, वह बोली- "सुकुल आपकी कविता नहीं समझते, मैं समझाती हूँ।"

सुकुल न रह सके। कहा- "ऐसा समझना वास्तव में कहीं नहीं देखा; असर भी क्या, चाहे कुछ न समझिये, पर सुनने से जी नहीं ऊबता। एम.ए. क्लास तक किसी प्रोफ़ेसर के लेक्चर में यह असर न था।"

"हाँ-हाँ जनाब" देवी जी मेरुमूल सीधा करके बोलीं- "यह एम.ए. क्लास से आगे की पढ़ाई है, जब पास करके आए थे, हाथ-भर की चोटी थी, समझ में

एक वैसी ही मेख।"

सुकुल की चोटी मेरी निगाह में सुकुल से अधिक परिचित थी। पर उनके आने पर मैंने उन्हें ही देखा था। चोटी सही-सलामत है या नहीं, मालूम करने के लिए निगाह उठायी कि देवी जी बोलीं- "अब तो चाँद है। सुकुल को सुकुल बनाते, सच कहती हूँ, मुझे बड़ी मेहनत उठानी पड़ी है।"

उन्हें धन्यवाद दूँ, हिम्मत बाँध रहा था कि बोलीं- "मैं स्वयं सुकुल की सहधर्मिणी नहीं।" मेरा रंग उड़ गया।

मुझे देखकर, मेरे ज्ञान पर हँसकर जैसे बोलीं- "सुकुल स्वयं मेरे सहधर्मी हैं।" मैं साहित्यिका को ताज्जुब की निगाह देखने लगा।

इतने पर उनकी कृपा की दृष्टि मुझ पर पड़ी। बोलीं- "मैं आपको भी सहधर्मी बनाना चाहती हूँ।"

मैं चौंका; सोचा-'क्या यह द्रौपदी वाला धर्म है?'

देवी जी ने कलाई वाली घड़ी देखी और उठकर खड़ी हो गईं। भौहें चढ़ाकर बोलीं- "बहुत देर हो गई, चलिए, आपको लेने आई थी, टैक्सी खड़ी है।" फिर बढ़कर, मेरे कन्धे पर हाथ रखकर बड़े ही मधुर स्वर से पूछा- "आप मुर्गी तो खाते हैं?" मैंने सुकुल को देखा। सुकुल सिर्फ़ मुस्कराए। समझकर मैंने कहा- "मेरा तो बहुत पहले से सिद्धान्त है।" वह चलीं। मैं भी उसी तरह चादर ओढ़े सुकुल के पीछे चला।

रास्ते-भर तरह-तरह के विचार लड़ते रहे। समाज में इतनी आज़ादी नहीं। स्त्री के लिए तो बिलकुल नहीं। मुर्गी किसी तरह नहीं चल सकती। मैं खाता हूँ, छिपा कर। क्या यह स्त्री.... पर सुकुल जी तो सुकुल हैं।

सुकुल का घर आ गया। एक छोटा-सा दुमंजिला मकान। इधर-उधर बंगालियों की बस्ती। जगह-जगह कूड़े के ढेर; ऊपर मछलियों के सेल्हर, बदबू आती हुई।

हम लोग उतरे। भीतर पैठते दाहिने हाथ का एक छोटा-सा बैठका। एक डेढ़ साल के बच्चे को दासी खेलाती हुई। श्रीमती जी को देखकर बच्चा माँ-माँ करता हुआ उतावला हो गया; दोनों हाथ फैलाकर माँ के पास आने के लिए कूदकर दासी की गोद में लटक रहा। लेकर देवी जी प्यार करने लगीं। सुकुल ने दासी को

मकान खोलने के लिए कुंजी दी।

एक सहृदय बात कहना चाहिए, सोचकर मैंने कहा- "भूखा है, शायद दूध पीना चाहता है।"

देवी जी ने षोडशी के कटाक्ष से देखा। कहा- "दासी पिला देगी।"

मैंने पूछा- "क्या यह आपका बच्चा नहीं है?" हँसकर बोलीं- "मेरा? है क्यों नहीं? पर दूध मेरे नहीं होता।"

मैंने निश्चय किया, शिक्षित महिला हैं, यौवन है, अभी मातृभाव नहीं आया, इसीलिए दूध नहीं होता। मन में विधाता को धन्यवाद देता रहा। "चलिए" वह बोलीं- " ऊपर चलें, एकान्त में बातें होंगी। सुकुल बाजार जाऐंगे मुर्गी लेने।"

बच्चे को फिर दासी के हवाले कर दिया। मैं उनके पीछे चला, यह सोचता हुआ कि एकान्त में सहधर्मी बनाने का प्रस्ताव न हो। चित्त को काबू में न कर सका, यह पुलकित होता रहा। यह कुछ सजा हुआ शयन कक्ष था। "बैठिए" कहकर वह स्टोव जलाने लगीं। मैं आईने में उनकी पम्प करती तस्वीर देखता रहा।

चाय, पान और सिगरेट मेज पर लगाकर बैठीं। प्लेट पकड़कर मेरा प्याला बढ़ाती हुई मधुर कण्ठ से बोलीं- "शौक़ कीजिए।"

विनम्र भाव से मैंने दूसरी ओर वाली बात पकडी और आँखों में ही उने धन्यवाद किया। निगाह नीची कर मुस्कराती हुई उन्होंने अपना प्याला होवों से लगाया। आधी चाय चुक जाने पर पूछा- "आप मेरे सहधर्मी हैं तो?"

पेट में, उतनी ही चाय से समन्दर लहराने लगा। ऊपर तूफ़ान। श्याम तट पा भावों के कितने सजे सुदृढ़ मकान उड़ गए। ऐसी खुशी हुई। कहा- "आप लेकिन सुकुल की..."

"बीवी हैं?-हाँ, हूँ।"

"फिर मैं...?"

"कैसे बीवी बना सकता हूँ?"

ऐसा धर्म-संकट जीवन में कभी नहीं पड़ा। मेरा सारा समन्दर सूख गया, तूफ़ान न जाने कहाँ उड़ गया, सिर्फ़ रेगिस्तान रह गया, जो इस ताप से और तपने

लगा।

मुझे चुपचाप बैठा अनमेल दृष्टि से देखता हुआ देखकर वह बोलीं- "आप बुरा न मानें, मैंने देखा है, मर्दों में एक पैदायशी नासमझी है; वह ख़ासतौर से खलती है जब औरतों से वे बातचीत करते हैं।"

मान लेने में ही बचत मालूम दी। मैंने कहा- "जी हाँ, औरतों के सामने उनकी समझ काम नहीं करती।"

"हाँ," वह बोलीं- "सुकुल को आदमी बनाती बनाती मैं हार गई। 'बोवो' को ही लीजिए। बीवी तो मैं सुकुल की भी हो सकती हूँ; हूँ ही, आपकी भी हो सकती हूँ।"

मैं सूख तो गया, पर प्रसन्नता फिर आई। मैंने बिना कुछ सोचे एक उद्रेक में कह दिया- "हाँ।"

"आप नहीं समझे" वह बोलीं- "आप साहित्यिक हैं तो क्या, फिर भी सुकुल के दोस्त हैं। बीवी की बहुत व्यापकता है।"

"जरूर" मैंने कहा।

उन्होंने कान न दिया। कहती गईं-

"छोटी-बहन, भतीजी, लड़की, भयहू (छोटे भाई की स्त्री) सबके लिए बोबो शब्द आता है। आपकी 'हाँ' किस अर्थ के लिए है?"

मैंने डूबकर, कुछ कुल्ले पानी पीकर, जैसे थाह पायी। प्रसन्न होने की चेष्टा करते हुए- "बहन के अर्थ में।" उन्होंने कहा- "देखिए, मर्द की बात एक होती है।"

इज्जत बचाने के लिए और जोर देकर मैंने कहा- "हाँ, मुकर जाऊँ, तो मर्द नहीं।" लजाकर उन्होंने एक बार अपनी आँख बचायी। सँभलकर बोलीं- "हम बड़ी विपत्ति में हैं। साल भर से छिपे फिरते हैं। मैं बचने के लिए सुकुल से उनके मित्रों का परिचय पूछती रही। सिर्फ़ आपका परिचय मुझे त्राण देने वाला मालूम दिया। पर पता मालूम न था। साल भर से लगा रहे हैं।"

मैंने चितवन देखी। आँखें सजल हो आईं। कहा- "मैं तैयार हूँ।"

वह उठ खड़ी हुईं, सामने आ, हाथ पकड़कर कहा- " भाई जी, मेरी रक्षा कीजिए। सुकुल का घर छूटा हुआ है, जिस तरह हो, मुझे अपने कुल में मिलाकर,

सुकुल से ब्याह साबित कीजिए।”

उसकी बड़ी-बड़ी आँखें; दो बूँद आँसू कपोलों से बहकर मेरी जाँघ पर टपके। मैं खड़ा हो गया, और अपनी चादर से उसके आँसू पोंछते हुए कहा- “तुम मेरे चाचा जी की लड़की, मेरी छोटी बहन हुई। मेरे चाचा सस्त्रीक बंगाल में आकर गुजरे हैं।

उनके एक कन्या भी थी, देश से आई थी।” आनन्द से भरकर, वह मेरा हाथ लेकर खेलने लगी। इसी समय सुकुल आए। पूछा- “रामकहानी हो गई?”

मैंने कहा- “अभी नहीं, कहानी से पहले भूमिका समाप्त हुई है।”

"सुकुल” भरकर उसने कहा- “कोलम्बस को किनारा दिखा।”

सुकुल बड़े प्रसन्न पदक्षेप से मेरे पास आए। पूछा "चाय कुछ बची है?” "सब की सब” मैंने कहा "पर ठण्डी हो गई होगी, गरम करा लो।” बीवी की तरफ मुड़कर पूछा- “लेकिन तुम्हारा नाम अभी नहीं मालूम कर पाया।”

"जहाँ से आई हूँ” उसने कहा- “वहाँ की पुखराज हूँ, यहाँ की पुष्करकुमारी।”

"कुँवर” मैंने कहा- “जल्दी करो, तुम्हारी मुर्गी स्वादिष्ट होगी, पर कहानी और

स्वाददार हो। दोनों के लिए उतावली है।”

कुँवर चाय बनाने लगी। पम्प करते समय सिर की साड़ी सरक गई। फिर नहीं संभाला। सुकुल की आँखें लोभी भौंरे की तरह उसके मुँह से लगी रहीं। मैंने वहीं स्नान किया। सुकुल की धोती पहनी! भोजन किया-बिलकुल

मुसलमानी खाना। वैसी ही चपातियाँ, वैसा ही कोरमा। वही चटनी, वही मुरब्बा, वही मिठाई। खाते हुए पूछा- “कुँवर, हिन्दू भोजन भी पका लेती हो या नहीं?” उसने - 'हो' कहकर सुकुल की तरफ़ इशारा किया कि इनसे सीखा है।

"किताब छोड़कर खाना पकाते बड़ी परेशानी होती होगी तुम्हें।” मैंने कहा। “सुकुल के लिए मैं सबकुछ सह सकती हूँ।” उसने जवाब दिया।

भोजन समाप्त हुआ। हम लोग उसी कमरे में गए। सुकुल बच्चे को लिए हुए।

पान खाते-खाते मैंने कहा- "अब देर न करो कुँवर।"

कुँवर एक बार नीचे गई। दासी से कुछ कहकर दुमंजिले का दरवाजा बन्द कर आई, और अपनी कुर्सी पर बैठी।

मैंने कहा- "अब शुभस्य शीघ्रम् होना चाहिए।"

कुँवर बोली- "मेरी माँ हिन्दू हैं। लखनऊ के वाजपेयी खाने वाले घर की। मैं उन्हीं से हूँ।"

"तब तो तुम कुलीन हो" मैंने कहा- "तुम्हारे पिता का नाम?" "उसका नाम कौन ले" कुँवर बोली- "आपके चाचा जी मेरे पिता हैं।"

कुँवर भर गई। रुककर सँभलने लगी। बोली- "वाजपेयीजी को एक ब्याह से सन्तोष नहीं हुआ। दूसरी शादी की। तब मैं पेट में थी। बेहटा मेरा ननिहाल है। सिर्फ़ नानी थीं। ईश्वर की इच्छा, उनका देहान्त हो गया तब मेरी माँ ने ससुर को कई चिट्ठियाँ लिखवायीं; पर उन्होंने ख़बर न ली। घर में किसी तरह गुजर न हुई, तब, लोटा-थाली बेचकर, उस ख़र्च से माँ लखनऊ गईं। घर में पैर रखते, ससुर और पति ने तेवर बदले। पति ने कहा, इसके हमल है, हमारा नहीं। ससुर ने कहा, बदचलन है, धर्म बिगाड़ने आई है, भली होती, तो चली न आती-वहीं के लोग परवरिश करते। पड़ोसियों की भी राय थी। सौत ने धरती उठा ली। एक रात को पति ने बाँह पकड़कर निकाल दिया। माँ रास्ते पर मारी-मारी फिरीं। सुबह जिस आदमी ने उनके आँसू देखे, वह मुसलमान था। उस वक़्त माँ के दिल में हिन्दु धर्म और भगवान के लिए कितनी जगह थी, आप सोच सकते हैं। निस्सहाय, अन्तः सत्त्वा, अबला केवल आश्रय चाहती थी, सहानुभूतिपूर्ण मनुष्यतायुक्त; वह एक मुसलमान से प्राप्त हुआ। मुसलमान की बातों में विधर्मापन न था। एक स्त्री के प्रति पुरुष का जैसा चाहिए, वैसा आश्वासन, विश्वास और पौरुष था। माँ आकृष्ट हुई। वह माँ को ले चला। आगे वह, पीछे माँ। माँ फूल के कड़े-छड़े-धोती पहने हुए, मुसलमान के पीछे चलती साफ़ हिन्दू-महिला मालूम दे रही थीं। ऐसे वक़्त एक आर्यसमाजी की निगाह पड़ी। उसने पीछा किया। मुसलमान बढ़ता हुआ घर पहुँचा। पर उसे हिन्दू का पीछा करना मालूम हो गया था, इसलिए डरा। घर देखकर वह आर्यसमाजी पुलिस को ख़बर देने गया। इधर मुसलमान ने भी पेशबन्दी शुरू की। एक दूसरे मुसलमान दोस्त के ताँगे में परदा लगाकर माँ को दूसरे मुसलमान के घर कर आया। पुलिस की तहक़ीक़ात जारी हुई, साथ-साथ माँ का एक मुसलमान के घर से दूसरे मुसलमान के घर होना। अन्त में वह एक ऐसे

घर पहुँचीं जो एक इन्सपेक्टर, पुलिस, का था।

इन्सपेक्टर साहब छुट्टी लेकर उस वक़्त रह रहे थे। नौकरी पर चलते समय वह माँ को भी साथ लेते गए। अकेले थे। माँ सुन्दरी थी।" इच्छा हुई इन्सपेक्टर साहब का नाम पूछूँ, पर सोचा, वाजपेयी जी के नाम के साथ बाद को मालूम कर लूँगा।

कुँवर कहती गई- "इस तरह इन्सपेक्टर साहब ने एक अबला की रक्षा की। मैं पैदा हुई। मेरे कई भाई-बहिन और हुए। मैं उर्दू पढ़ती थी; मुसलमान पिता जी का लखनऊ तबादला होने पर, अंग्रेजी पढ़ने लगी। नाइन्थ क्लास में थी, माँ से पिता जी की बातचीत हुई, मेरी शादी के बारे में। मैं कमरे के बाहर खड़ी थी। उन्हें मालूम न था। उस रोज मुझे कुछ आभास मिला। पहले माँ को नाराज़ होने पर जिन शब्दों में अभिहित करते थे, उनकी सच्चाई समझी। मेरी आँख खुली। बड़ी लज्जा लगी, हिन्दू-मुसलमान इन दोनों शब्दों पर किसी की तरफ़दारी के लिए। एक रोज माँ को रोकर मैंने पकड़ा। जो कुछ सुना और समझा था, कहा, और बाक़ी ब्यौरा समझाने के लिए विनय की। एकान्त में माँ ने अपना सारा हाल सुनाया और ईश्वर का स्मरण कर, उनकी इच्छा कहकर खामोश हो गईं। मुझे जातीय गर्व से घृणा हो गई। मैंने कहा-मैं शादी नहीं करूँगी; जी-भर पढ़ना चाहती हूँ। बस, यहीं से मेरे विचार बदले। मैट्रीक्युलेशन पढ़कर मैं आई.टी. कॉलेज गई, और दूसरे विषयों के साथ हिन्दी ली। एफ.ए. पास हो बी.ए. में गई। आखिरी साल सुकुल को देखा।"

"सुकुल को देखा" कहने के साथ कुँवर का जैसे स्नेह का स्रोत फूट पड़ा। कुछ रस-पान कर मैंने कहा- "कुँवर, यहाँ अच्छी तरह वर्णन करो; हिन्दी के कहानी लेखक और पाठक बहुत प्यासे हैं।"

कुँवर जमकर सीधी हुई। बोली- "सुकुल तब क्रिश्चियन कॉलेज में प्रोफ़ेसर थे। प्रिंसिपल को आश्वासन दिया था कि ईसाई धर्म को वह संसार में सर्वश्रेष्ठ धर्म मानते हैं, लेकिन बूढ़े पिता जी का लिहाज है, और वह दो-चार साल में चलते हैं, बाद को सुकुल क्रिश्चियन के अलावा दूसरा अस्तित्व नहीं रखते। कुछ निबन्ध भी प्रमाण के तौर पर लिखे। दूरदर्शी प्रिंसिपल ने तब सिफ़ारिश की, और इन्हें जगह मिली। मेरे मकान के सामने ठहरे थे। बड़ी सँभाल से हैट लगाते थे कि चोटी कही से न दिखायी पड़े, पगड़ी के भीतर विभीषण के तिलक की तरह। कभी मिसेज सुकुल आती थीं, कभी अकेले ठोंकते खाते थे। मुझे इतना जानते थे कि इस

मकान से कोई कॉलेज जाती है। एक दिन की बात, मैं छत पर थी। शाम हो रही थी। सुकुल बरामदे में बैठे थे। मौसम बरसात का। बादल मदन की वैजयन्ती बने हुए। ठण्डी हवा चल रही थी। पेड़-पौधे लोट-पोट। क्या कहूँ, मैं भी ऐसी हवा से लहरायी। बहुत पहले, कुछ ईंटें बाहर देखने के लिए जमाकर रखी थीं। उन पर खड़ी हो गई। अवरोध के पार सिर उठाकर देखा। सुकुल बैठे थे। कई बार पहले भी देख चुकी थी। सुकुल ने न देखा था। अब के निगाह एक हो ही गई।

सुकुल की जनरल की मूछें-बाघ का मुँह कालिदास की आँखें। माफ कीजिएगा, मैं बकरे को कालिदास कहती हूँ। टकटकी बंध गई। मुझे किसी ने जैसे गुदगुदा दिया। इतनी बिजली भर गई कि मैंने फ़ौरन सुकुल को फ़ौजी सलामी दी। होश में आ, लजाकर बैठ गई। फिर कई दिन आँखें नहीं मिलायीं, छिप छिपकर देखती रही। सुकुल दूसरों की नज़र बचाते कितने बेचैन थे। मुझे लुत्फ आने लगा, शिकार की तड़फड़ाहट से शिकारी को जो खुशी होती है। बरामदे में सुबह-शाम बैठना सुकुल का काम हो गया। कहीं न जाते थे। इधर-उधर देखकर निगाह उसी जगह जमा देते थे। जगह खाली देखकर आह भरते थे। मैं दीवार के छेद से देखती थी। एक रोज़ फिर उसी तरह दर्शन देने की इच्छा हुई। ईंटें बिखेर देती थी। इकट्ठी कीं, खड़ी हुई। सूरज मुँह के सामने था। सुकुल ने देखते ही हाथ जोड़कर प्रणाम किया। मैं काग़ज़ का एक टुकड़ा ले गई थी। उसकी गोली बनाकर उसे नीचे डाल दिया। उस पर सुकुल की जैसी निगाह थी, वैसी नादिरशाह की कोहनूर पर न रही होगी, न अंग्रेजों की अवध पर।"

मारे आकर्षण के मुझसे न रहा गया। पूछा- "क्या लिखा था?"

"कुछ नहीं," कुँवर बोली- "वह कोहनूर की ही तरह सफ़ेद था। सुकुल ने उसे उठाकर बड़े चाव से खोला। और, यद्यपि उसमें कुछ न लिखा था, फिर भी, कुछ लिखा होता, तो सुकुल को इतनी सरसता न मिली होती। उस शून्य पृष्ठ पर विश्व की समस्त प्रेमिकाओं की कविता लिखी थी। सुकुल उसे लेकर बरामदे में आए, और मुझे दिखाकर हृदय से लगा लिया। मैं मुस्करा कर विदा हुई। इस खाली के बाद भरी दाग़ने लगी। रोज़ एक गोली चलाती थी, बिहारी, देव, पद्माकर, मतिराम आदि के दोहे और कवित्त लिख-लिखकर। अन्त में सुकुल का किला तोड़ लिया। एक दिन एक गोली में दाग़कर कि मैं तुम्हारे घर आऊँगी, रातभर दरवाजा खुला रखना, गई और अपने किले पर अधिकार कर समझा दिया कि इम्तहान के बाद स्थायी रूप से यहाँ आकर निवास करूँगी। सुकुल अपनी भूलों

का बयान करते रहे-कब क्या करते क्या हो गया। पर मैंने कोई भूल की ही नहीं थी। मिसेज सुकुल से शादी करके सुकुल के पिता जी ने और सुकुल ने, मुमकिन है, भूल की हो। मैंने यह ज़रूर सोचा कि मेरे कारण सुकुल की मुसीबतें बढ़ सकती हैं, पर साथ ही यह ख़याल आया कि कोई पहलू उठाइये, सामने मुसीबत है-अब कदम पीछे नहीं पड़ सकता। जहाँ सुकुल हर चाल पर चूकते थे, वहाँ मैंने पहले ही मात दी इम्तहान में बैठी, और सुकुल के घर आकर मालूम किया, पास हुई, और रायबहादुर बन्नूलाल-हिन्दी-मेडल पाया। और फिर डिगरी लेने नहीं गई। इम्तहान के बाद जब एक रात को हमेशा के लिए सुकुल के घर आकर बैठी, बड़ा तहलका मचा, कुछ ढूँड-तलाश के बाद जब मैं नहीं मिली। निश्चय हुआ कि मेरी मर्जी से किसी ने मुझे भगाया। सुकुल पर शक हुआ। थाने में रिपोर्ट हुई। सुकुल मुझे कहाँ रखें घबराये। दीवार से बनी एक आलमारी थी। आलमारी के नीचे एक तहखाना छोटा-सा था। मैं अब जैसी हूँ, तब इससे और दुबली थी-जगन्नाथजी में, कुछ महीने हुए, कलियुग की मूर्ति देखी, कन्धे पर बीवी को बैठाये मियाँ लड़के की उँगली पकड़े बाप को धुतकार रहे हैं, मेरी इच्छा हुई, सुकुल कलियुग बनें। सुकुल को कई दफ़े कलियुग बना चुकी हूँ। धुतकारने के लिए, कहती थी सामने समझो हिन्दूपनरूपी तुम्हारा बाप है। सुकुल धुतकारते थे। गरज यह कि उस तहखाने में मैं आसानी से आ सकती थी। सुकुल से मैंने कहा- "ऊपर कुछ कपड़े डाल दो, साँस लेने की जगह मैं कर लूँगी।" आलमारी के ऊपर वाले ताकों में चीजें पहले से रखी थीं। बाहर से आलमारी बन्द • कराके ताला लगवा देती थी। इस तरह दो-दो, तीन-तीन, चार-चार घंटे दम साधने लगी। जब सुकुल कॉलेज जाते थे, तब बाहर से ताला बन्दकर लेते थे। जब लौटते थे, तब बाहर दरवाजा बन्द कर लेते थे। कोई पुकारता था, तो मैं तहखाने में जाती थी, आलमारी का ताला बन्द करके सुकुल बाहर निकलते थे। तीसरे दिन सही-सही पुलिस आ गई। सुकुल उसी तरह बाहर निकले। प्रभातकाल था, बल्कि उषाकाल। दारोगा मुसलमान। डटकर तलाशी लेने लगा। आलमारी के पास आकर खड़ा हुआ। मैं समझ गई, यह साँस की आहट ले रहा है। मैं मुँह से साँस लेने लगी। फिर - आलमारी नहीं खोलवायी, दराज से देख दाखकर चला गया। सुकुल उसे विदा कर उसी तरह भीतर आए। मुझे निकाला, मैं खिलखिलाकर हँसी। फिर सुकुल से जल्द मकान बदलने के लिए कहा। तलाशी की ख़बर चारों तरफ़ फैली। सुकुल के गाँव भी पहुँची। सुकुल ने भी अब तक तलाशी का हाल लिखा, पैर मकान बदलकर। यह मकान बड़ा था। बाल-बाल दो आँगन थे। मेरा ख़याल रखकर लिया गया था। चिट्ठी पा सुकुल के

भाई मिसेज सुकुल को लेकर आए। हम पहले से सतर्क थे। बड़े मकान में सुकुल रहने लगे। मैं अपना गुप्त जीवन व्यतीत करती रही। मुझे कोई कष्ट न था; पर सुकुल की ड्यूटी बढ़ गई। सौभाग्य कहूँ या दुर्भाग्य, 3-4 महीने रहकर मिसेज सुकुल बीमार पड़ीं, और 7-8 दिन के बुखार में उनका इन्तकाल हो गया। सुकुल के भाई चले गए थे। इन्होंने फिर किसी को नहीं बुलाया। किसी तरह

मित्रों की मदद से उनका अन्तिम संस्कार कर दिया। सुकुल से पूछकर मैं तुम्हारा हाल मालूम कर चुकी थी; जानती थी, मुझे ही अपनी नाव खेनी है; पर तुम्हारा पता मालूम न कर सकी, इतनी ही चिन्ता रह-रहकर होती थी। मिसेज सुकुल के रहते मैंने मिस्टर सुकुल को तुम्हारे गाँव भेजा था। तुम्हीं जैसे मेरे सहारा हो सकते थे। मिसेज सुकुल के रहने पर मुझे कोई अड़चन न थी, न अब, न रहने पर, कोई सुविधा है। यह बच्चा मिसेज सुकुल का है। बड़ी कठिनाइयों से तुम्हारा पता लगा था। मिसेज सुकुल के गुजरने पर हम लोगों को विवश होकर लापता होना पड़ा। पास इतना धन था कि साल-डेढ़ साल का खर्च चल जाऐ। इतने दिनों बाद हमारी साधना सफल हुई। मैंने कुँवर को धन्यवाद दिया। कलकत्ते में ही उसका ब्याह कर दूँगा, यह आश्वासन देकर उससे विदा ली।

सेठ जी बैठे थे। एकान्त में ले जाकर यह हाल उनसे कहा। वह सहमत हो गए। कहा- "मगर मुंशी जी से न कहियेगा, उनके पेट में बात नहीं रहती।"

शुभ मुहूर्त में विवाह की तैयारियाँ होने लगीं। एक दिन आमन्त्रित हिन्दी-भाषी विभिन्न प्रान्तों के साहित्यिकों की उपस्थिति में सुकुल के साथ श्रीपुष्करकुमारी का ब्याह कर दिया।

प्रीति-भोज में अनेक कनवजिए सम्मिलित थे। देश में यह शुभ सन्देश सुकुल के पहुँचने से पहले पहुँचा। कुँवर अब भी है।

21

श्रीमती गजानंद शास्त्रिणी

श्रीमती गजानन्द शास्त्रिणी श्रीमान् पं. गजानन्द शास्त्री की धर्म-पत्नी हैं। श्रीमान् शास्त्री जी ने आपके साथ यह चौथी शादी की है, धर्म की रक्षा के लिए। शास्त्रिणी जी के पिता को षोडशी कन्या के लिए पैंतालीस साल का वर बुरा नहीं लगा, धर्म की रक्षा के लिए। वैद्य का पेशा अख्तियार किए शास्त्री जी ने युवती पत्नी के आने के साथ 'शास्त्रिणी' का साइन बोर्ड टाँगा, धर्म की रक्षा के लिए। शास्त्रिणी जी उतनी ही उम्र में गहन पातिव्रत्य पर अविराम लेखनी चालना कर चलीं, धर्म की रक्षा के लिए। मुझे यह कहानी लिखनी पड़ रही है, धर्म की रक्षा के लिए।

इससे सिद्ध है, धर्म बहुत ही व्यापक है। सूक्ष्म दृष्टि से देखने वालों का कहना है कि नश्वर संसार का कोई काम धर्म के दायरे से बाहर नहीं। सन्तान पैदा होने के पहले से मृत्यु के बाद-पिण्डदान तक जीवन के समस्त भविष्य वर्तमान और भूत को व्याप्त कर धर्म-ही-धर्म है।

जितने देवता हैं, चूँकि देवता हैं, इसलिए धर्मात्मा हैं। मदन को भी देवता कहा है। यह जवानी के देवता हैं। जवानी जीवन-भर का शुभ मुहूर्त है, सबसे पुष्ट, कर्मठ और तेजस्वी देवता मदन, जो भस्म होकर नहीं मरे; लिहाजा यह काल और काल के देवता सबसे ज्यादा सम्मान्य, फलतः क्रियाएँ भी सबसे अधिक महत्त्वपूर्ण, धार्मिकता लिए हुए। मदन को कोई देवता न मानें तो न मानें, पर यह निश्चय है कि आज तक कोई देवता इन पर प्रभाव नहीं डाल सका। किसी धर्म, शास्त्र या अनुशासन को यह मानकर नहीं चले, बल्कि धर्म, शास्त्र और अनुशासन को मानने वालों ने ही इनकी अनुवर्तिता की है। यौवन को भी कोई कितना निंद्य कहे, चाहते सब हैं, वृद्ध सर्वस्व भी स्वाहा कर। चिह्न तक लोगों को प्रिय हैं-ख़िज़ाब की कितनी खपत है! धातु-पुष्टि की दवा सबसे ज्यादा बिकती है। साबुन, सेण्ट, पाउडर, क्रीम, हेजलीन, वेसलीन, तेल-फुलेल के लाखों कारखाने हैं इस दरिद्र देश में। जब न थे, तब रामजी और सीताजी उबटन लगाते थे। नाम

और प्रसिद्धि कितनी है, संसार की सिनेमा-स्टारों को देख जाइये। किसी शहर में गिनिये, कितने सिनेमा-हाउस हैं। भीड़ भी कितनी-आवारागर्द मवेशी काइन्ज़ हाउस में इतने न मिलेंगे। देखिए, हिन्दू, मुसलमान, सिख, पारसी, जैन, बौद्ध, क्रिस्तान सभी; साफ़ा, टोपी, पगड़ी, कैंप, हैट और पाग से लेकर नंगा सिर-घुटना तक अद्वैतवादी, विशिष्टाद्वैतवादी, द्वैतवादी, द्वैताद्वैतवादी, शुद्धाद्वैतवादी, साम्राज्यवादी, आतंकवादी, समाजवादी, काजी, सूफ़ी से लेकर छायावादी तक; खड़े बेड़े, सीधे टेढ़े सब तरह के तिलक-त्रिपुण्ड; बुरकेवाली, घूँघटवाली, पूरे और आधे और चौथाई बाल वाली, खुली और मुँदी चश्मेवाली आँखें तक देख रही हैं। अर्थात् संसार के जितने धर्मात्मा हैं, सभी यौवन से प्यार करते हैं। इसलिए उसके कार्य को भी धर्म कहना पड़ता है। किसी के न कहने, न मानने से वह अधर्म नहीं होता।

अस्तु, इस यौवन के धर्म की ओर शास्त्रिणी जी का धावा हुआ, जब वह पन्द्रह साल की थीं अविवाहिता। यह आवश्यक था, इसलिए पाप नहीं। मैं इसे आवश्यकतानुसार ही लिखूँगा। जो लोग विशेषरूप से समझना चाहते हों, वे जितने दिन तक पढ़ सकें, काम-विज्ञान का अध्ययन कर लें। इस शास्त्र पर जितनी पुस्तकें हैं, पूरे अध्ययन के लिए पूरा मनुष्य जीवन थोड़ा है। हिन्दी में अनेक पुस्तकें इस पर प्रकाशित हैं, बल्कि प्रकाशन को सफल बनाने के लिए इस विषय की पुस्तकें आधार मानी गई हैं। इससे लोगों को मालूम होगा कि यह धर्म किस अवस्था से किस अवस्था तक किस-किस रूप में रहता है।

शास्त्रिणी जी के पिता जिला बनारस के रहने वाले हैं, देहात के, पयासी, सरयूपारीण ब्राह्मण, मध्यमा तक संस्कृत पढ़े; घर के साधारण जमींदार, इसलिए आचार्य भी विद्वत्ता का लोहा मानते हैं। गाँव में एक बाग़ कलमी लँगड़े का है। हर साल भारत-सम्राट् को आम भेजने का इरादा करते हैं, जब से वायुयान-कम्पनी चली। पर नीचे से ऊपर को देखकर ही रह जाते हैं, साँस छोड़कर। जिले के अंग्रेज हाकिमों को आम पहुँचाने की पितामह के समय से प्रथा है। यह भी सनातन धर्मानुयायी हैं। नाम पं. रामखेलावन है।

रामखेलावन जी के जीवन में एक सुधार मिलता है। अपनी कन्या का, जिन्हें हम शास्त्रिणी जी लिखते हैं, नाम उन्होंने सुपर्णा रखा है। गाँव की जीभ में इसका यह रूप नहीं रह सका; प्रोग्रेसिव राइटर्स की साहित्यिकता की तरह 'पन्ना' बन गया है। इस सुधार के लिए हम पं. रामखेलावन जी को धन्यवाद देते हैं। पण्डित जी समय काटने के विचार से आप ही कन्या को शिक्षा देते थे, फलस्वरूप कन्या

भी उनके साथ समय काटती गई और पन्द्रह साल की अवस्था तक सारस्वत में हिलती रही। फिर भी गाँव की वधू-वनिताओं पर, उसकी विद्वत्ता का पूरा प्रभाव पड़ा। दूसरों पर प्रभाव डालने का उसका जमींदारी स्वभाव था, फिर संस्कृत पढ़ी, लोग मानने लगे। गति में चापल्य उसकी प्रतिभा का सबसे बड़ा लक्षण था।

उन दिनों छायावाद का बोलबाला था, खासतौर से इलाहाबाद में लड़के पन्त के नाम की माला जपते थे, ध्यान लगाए। कितनी लड़ाइयाँ लड़ीं प्रसाद, पन्त और माखनलाल के विवेचन में। भगवतीचरण बायरन से आगे हैं, पीछे रामकुमार, कितनी ताकत से सामने आते हुए। महादेवी कितना खींचती हैं।

मोहन उसी गाँव का इलाहाबाद विश्वविद्यालय में बी.ए. (पहले साल) में पढ़ता था। यह रंग उस पर भी चढ़ा और दूसरों से अधिक। उसे पन्त की प्रकृति प्रिय थी, और इस प्रियता से जैसे पन्त में बदल जाना चाहता था। संकोच, लज्जा, मार्जित मधुर उच्चारण, निर्भीक नम्रता, शिष्ट आलाप, सज-धज उसी तरह। रचनाओं से रच गया। साधना करते सधी रचना करने लगा। पर सम्मेलन शरीफ़ अब तक नहीं गया। पिता हाईकोर्ट में क्लर्क थे। गर्मी की छुट्टियों में गाँव आया हुआ है।

सुपर्णा से परिचय है जैसे पर्ण और सुमन का। सुमन पर्ण के ऊपर है, सुपर्णा नहीं समझी। जमींदार की लड़की, जिस तरह वहाँ की समस्त डालों के ऊपर अपने को समझती थी, उसके लिए भी समझी। ज्यों-ज्यों समय की हवा से हिलती थी, सुमन की रेणु से रंग जाती थी; समझती थी, वह उसी का रंग है। मोहन शिष्ट था, - पर अपना आसन न छोड़ता था।

सुपर्णा एक दिन बारा में थी। मोहन लौटा हुआ घर आ रहा था। सुपर्णा रंग गई। बुलाया, मोहन फिर भी घर की तरफ़ चला।

"मोहन! ये आम बाबू जी दे गए हैं, ले जाओ। तकवाहा बाजार गया है।"

मोहन बाग़ की ओर चला। नजदीक गया तो सुपर्णा हँसने लगी- "कैसा धोखा - देकर बुलाया है? आम बाबू जी ने तुम्हारे यहाँ कभी और भी भिजवाये हैं?" मोहन लजाकर हँसने लगा।

"लेकिन तुम्हारे लिए कुछ आम चुनकर मैंने रखे हैं, चलो।"

मोहन ने एक बार संयत दृष्टि से उसे देखा। सुपर्णा साथ लिए बीच बाग़ की तरफ़ चली- "मैंने तुम्हें आते देखा था, तुमसे मिलने को छिपकर चली आई। तकवाहे को सौदा लेने बाजार (दूसरे गाँव) भेज दिया है। याद है मोहन?"

"क्या?"

"मेरी गुइँयों ने तुम्हारे साथ, खेल में..."

"वह तो खेल था।"

"नहीं वह सही था। मैं अब भी तुम्हें वही समझती हूँ।"

"लेकिन तुम पयासी हो। शादी तुम्हारे पिता को मंजूर न होगी। "तो तुम मुझे कहीं ले चलो। मैं तुमसे कहने आई हूँ। दूसरे से ब्याह करना मैं नहीं चाहती।"

मोहन की सुन्दरता गाँव की रहने वाली सुपर्णा ने दूसरे युवक में नहीं देखी। उसका आकर्षण उसकी माँ को मालूम हो चुका था। उसका मोहन के घर जाना बन्द था। आज पूरी शक्ति लड़ाकर, मौका देखकर मोहन से मिलने आई है। मोहन खिंचा। उसे यहाँ वह प्रेम न दिखा, वह जिसका भक्त था, कहा-

"लेकिन मैं कहाँ ले चलूँ?"

"जहाँ रहते हो।"

"वहाँ जो पिता जी हैं।"

"तो और कहीं।"

"खायेंगे क्या?"

खाना पड़ता है, यह सुपर्णा को याद न था। मोहन से लिपटी जा रही थी।

इसी समय तकवाहा बाजार से आ गया। देर का गया था। देखकर सचेत करने के लिए आवाज़ दी। सुपर्णा घबरायी। मोहन खड़ा हो गया।

तकवाहा बाग़ आ सौदा देकर मोहन को ज़मींदार की ही दृष्टि से घूरता रहा। मतलब समझकर मोहन धीरे-धीरे बाग़ से बाहर निकला और घर की ओर चला।

तकवाहा धार्मिक था। जैसा देखा था, पं. रामखेलावन जी से व्याख्या समेत कहा। साथ ही इतना उपदेश भी दिया कि मालिक! पानी की भरी खाल है, कल क्या हो जाऐ ! बिटिया रानी का जल्द ब्याह कर देना चाहिए।

पं. रामखेलावन जी भी धार्मिक थे। धर्म की सूक्ष्मतम दृष्टि से देखने लगे तो मालूम पड़ा कि सुपर्णा के गर्भ है, नौ-दस महीने में लड़का होगा। फिर? इस महीने लगन है-ब्याह हो जाना चाहिए।

जल्दी में बनारस चले।

पं. गजानन्द शास्त्री बनारस के वैद्य हैं। बैदकी साधारण चलती है, बड़े दाँव-पेंच करते हैं तब। पर आशा बहुत बड़ी चढ़ी है। सदा बड़े-बड़े आदमियों की तारीफ़ करते हैं और ऐसे स्वर से, जैसे उन्हीं में से एक हों। बैदकी चले इस अभिप्राय से शाम को रामायण पढ़ते-पढ़वाते हैं तुलसी कृत; अर्थ स्वयं कहते हैं। गोस्वामी जी के साहित्य का उनसे बड़ा जानकार-विशेषकर रामायण का भारतवर्ष में नहीं, यह श्रद्धापूर्वक मानते हैं। सुनने वाले ज्यादातर विद्यार्थी हैं, जो भरसक गुरु के यहाँ भोजन करके विद्याध्ययन करने काशी आते हैं। कुछ साधारण जन हैं, जिन्हें असमय पर मुफ्त दवा की जरूरत पड़ती है। दो-चार ऐसे भी आदमी, जो काम तो साधारण करते हैं, पर असाधारण आदमियों में गप लड़ाने के आदी हैं। मजे की महफ़िल लगती है। कुछ महीने हुए, शास्त्री जी की तीसरी पत्नी का असच्चिकित्सा के कारण देहान्त हो गया है। बड़े आदमी की तलाश में मिलने वाले अपने मित्रों से शास्त्री जी बिना पत्नी वाली अड़चनों का बयान करते हैं और उतनी बड़ी गृहस्थी आठाबाठा जाती है, इसके लिए विलाप। सुपात्र सरयूपारीण ब्राह्मण हैं; मामखोर सुकुल।

पं. रामखेलावन जी बनारस में एक ऐसे मित्र के यहाँ आकर टहरे, जो वैद्य जी के पूर्वोक्त प्रकार के मित्र हैं। रामखेलावन जी लड़की के ब्याह के लिए आए हैं, सुनकर मित्र ने उन्हें ऊपर ही लिया, और शास्त्री जी की तारीफ़ करते हुए कहा- "सुपात्र बनारस शहर में न मिलेगा। शास्त्री जी की तीसरी पत्नी अभी गुजरी हैं; फिर भी उम्र अभी अधिक नहीं, जवान हैं।" शास्त्री वैद्य सुपात्र और उम्र भी अधिक नहीं-सुनकर पं. रामखेलावन जी ने मन ही मन बाबा विश्वनाथ को दण्डवत् की और बाबा विश्वनाथ ने हिन्दू-धर्म के लिए क्या-क्या किया है, इसका उन्हें स्मरण दिलाया-वह भक्तवत्सल आशुतोष हैं, यह यहीं से विदित हो रहा है- मर्यादा की रक्षा के लिए अपनी पुरी में पहले से वर लिए बैठे हैं, आने के साथ मिला दिया। अब यह बंधन न उखड़े, इसकी बाबा विश्वनाथ को याद दिलायी।

पं. रामखेलावन जी के मित्र पं. गजानन्द शास्त्री के यहाँ उन्हें लेकर चले। जमींदार पर एक धाक जमाने की सोची; कहा- "लेकिन बड़े आदमी हैं, कुछ लेने-देने वाली पहले से कह दीजिए, आख़िर उनकी बराबरी के लिए कहना ही पड़ेगा कि, जमींदार हैं।"

"जैसा आप कहें।"

"कुल मिलाकर तीन हजार तो दीजिए, नहीं तो अच्छा न लगेगा।" "इतना तो बहुत है।"

"ढाई हज़ार? इतने से कम में न होगा। यह दहेज की बात नहीं, बनाव की बात है।"

"अच्छा, इतना कर दिया जाएगा। लेकिन विवाह इसी लगन में हो जाना चाहिए।"

मित्र चौंका, सन्देह मिटाने के लिए कहा- "भई, इस साल तो नहीं हो सकता।" पं. रामखेलावन जी घबराकर बोले- "आप जानते ही हैं, ग्यारह साल के बाद लड़की जितना ही पिता के यहाँ रहती है, पिता पर पाप चढ़ता है। पन्द्रह साल की है। सुन्दर जोड़ी है। लड़की अपने घर जाऐ चिन्ता कटे, जमाना दूसरा है।"

मित्र को आशा बँधी। सहानुभूतिपूर्वक बोले- "बड़ा जोर लगाना पड़ेगा, अगले साल हो तो बुरा तो नहीं?"

पं रामखेलावन जी चलते हुए रुककर बोले - "अब इतना सहारा दिया है, तो खेवा पार ही कर दीजिए। बड़े आदमी ठहरे, कोई हमसे भी अच्छा तब तक आ जाएगा।"

मित्र को मजबूती हुई। बोले- "उनकी स्त्री का देहान्त हुआ है, अभी साल भी पूरा नहीं हुआ। बरखी से पहले मंजूर न करेंगे। लेकिन एक उपाय है, अगर आप करें।" "आप जो भी कहें, हम करने को तैयार हैं, भला हमें ऐसा दामाद कहाँ मिलेगा?"

"बात यह कि कुल सराधें एक ही महीने में करवानी पड़ेंगीं और फिर ब्रह्मभोज भी तो है और बड़ा। कम-से-कम तीन हजार खर्च होंगे, फिर तत्काल विवाह। आप हजार रुपये भी दीजिए। पर उन्हें नहीं। अरे रे! इसे वह अपमान समझेंगे। हम दें। इससे आपकी इज्जत बढ़ेगी, और आखिर हमें बढ़कर उनसे कहना भी तो है कि बराबर की जगह है? हज़ार जब उनके हाथ पर रखेंगे कि आपके ससुर जी ने बरखी के खर्च के लिए दिए हैं, तब यह दस हजार के इतना होगा, यही तो बात थी। वह भी समझेंगे।"

पं. रामखेलावन जी दिल से कसमसाये, पर चारा न था। उतरे गले से कहा- "अच्छी बात है।" मित्र ने कहा- "तो रुपये कब तक भेजियेगा? अच्छा, अभी

चलिए; देख तो लीजिए, विवाह की बातचीत न कीजिएगा, नहीं तो निकाल ही देंगे। समझिए पत्नी मरी हैं।"

रामखेलावन दबे। धीरे-धीरे चलते गए। "लड़की कुछ पढ़ी भी है? पढ़ती थी-तीन साल हुए, जब मैं गया था, गवाही थी-मौका देखने के लिए?" मित्र ने पूछा।

"लड़की तो सरस्वती है। आपने देखा ही है। संस्कृत पढ़ी है।"

"ठीक है। देखिए, बाबा विश्वनाथ हैं।" मित्र की तरह पर उतरे गले से कहा। रामखेलावन जी डरे कि बिगाड़ न दे। दिल से जानते थे, बदमाश है, उनकी तरफ़ से झूठ गवाही दे चुका है रुपये लेकर; लेकिन लाचार थे; कहा- "हम तो आप में बाबा विश्वनाथ को ही देखते हैं। यह काम आपका बनाया बनेगा।"

मित्र हँसा। बोला- "कह तो चुके। गाढ़े में काम न दें, वह मित्र नहीं-दुश्मन है।" सामने देखकर, "वह शास्त्री जी का ही मकान है, सामने।" था वह किराए का मकान। अच्छी तरह देखकर कहा- "हैं नहीं बैठक में; शायद पूजा में हैं।"

दोनों बैठक में गए। मित्र ने पं. रामखेलावन जी को आश्वासन देकर कहा- "आप बैठिए। मैं बुलाए लाता हूँ।"

प. रामखेलावन जी एक कुर्सी पर बैठे। मित्रवर आवाज़ देते हुए जीने पर चढ़े।

जिस तरह मित्र ने यहाँ रोब गाँठा था, उसी तरह शास्त्री जी पर गाँठना चाहा। वह देख चुका था, शास्त्री ख़िज़ाब लगाते हैं, अर्थ-विवाह के सिवा दूसरा नहीं। शास्त्री जी बढ़-बढ़कर बातें करते हैं, यह मौक़ा बढ़कर बातें करने का है। उसका मन्त्र है, काम निकल जाने पर बेटा बाप का नहीं होता। उसे काम निकालना है।

शास्त्री जी ऊपर एकान्त में दवा कूट रहे थे। आवाज़ पहचानकर बुलाया। मित्र ने पहुँचने के साथ देखा-ख़िज़ाब ताजा है। प्रसन्न होकर बोला- "मेरी मानिये, तो वह ब्याह कराऊँ, जैसा कभी किया न हो, और बहू अप्सरा, संस्कृत पढ़ी, रुपया भी दिलाऊँ।"

शास्त्री जी पुलकित हो उठे। कहा- "आप हमें दूसरा समझते हैं? इतनी मित्रता-रोज़ की उठक-बैठक आप मित्र ही नहीं, हमारे सर्वस्व हैं। आपकी बात न मानेंगे तो क्या रास्ता चलते की मानेंगे? आप भी!"

"आपने अभी स्नान नहीं किया शायद? नहाकर चन्दन लगाकर अच्छे कपड़े पहनकर नीचे आइए। विवाह करने वाले जमींदार साहब हैं। वहीं परिचय कराऊँगा। लेकिन अपनी तरफ़ से कुछ कहियेगा मत नहीं तो, बड़ा आदमी है, भड़क जाएगा। घर की शेखी में मत भूलिएगा। आप जैसे उसके नौकर हैं। हाँ, जन्म-पत्र अपना हर्गिज न दीजियेगा। उम्र का पता चला तो न करेगा। मैं सब ठीक कर दूँगा। चुपचाप बैठे रहियेगा। नौकर कहाँ है?"

"बाजार गया है।"

"आने पर मिठाई मँगवाइयेगा। हालाँकि खायेगा नहीं। मिठाई से इनकार करने पर नमस्कार करके सीधे ऊपर का रास्ता नापियेगा। मैं भी यह कह दूँगा, शास्त्री जी ने आधे घंटे का समय दिया है।"

शास्त्री गजानन्द जी से गद्गद हो गए। 'ऐसा सच्चा आदमी यह पहला मिला है' उनका दिल कहने लगा। मित्र नीचे उतरा और मित्र से गम्भीर होकर बोला- "पूजा में हैं, मैं तो पहले ही समझ गया था। दस मिनट के बाद आँख खोली, जब मैंने घंटी टिनटिनायी। जब से स्त्री का देहान्त हुआ है, पूजा में ही तो रहते हैं। सिर हिलाकर कहा-चलो। देखिए, बाबा विश्वनाथ ही हैं। हे प्रभो! शरणागतशरण! तुम्हीं हो बाबा विश्वनाथ!" कहते हुए मित्र ने पलकें मूँद लीं।

इसी समय पैरों की आहट मालूम दी। देखा, नौकर आ रहा था। डाँटकर कहा- "पंखा झल। शास्त्री जी अभी आते हैं।"

नौकर पंखा झलने लगा। वैद्य का बैठक था ही। पं. रामखेलावन जी प्रभाव में आ गए। आधे घंटे बाद जीने में खडाऊँ की खटक सुन पड़ी। मित्र उठकर हाथ जोड़कर खड़ा हो गया, उँगली के इशारे पं. रामखेलावन जी को खड़े हो जाने के लिए कहकर। मित्र की देखा-देखी पण्डित जी ने भी भक्तिपूर्वक हाथ जोड़ लिए। नौकर अचम्भे से देख रहा था। ऐसा पहले नहीं देखा था।

शास्त्री जी के आने पर मित्र ने घुटने तक झुककर प्रणाम किया। पं. रामखेलावन जी ने भी मित्र का अनुसरण किया। "बैठिए, गदाधर जी" कोमल सभ्य कण्ठ से कहकर गजानन्द जी अपनी कुर्सी पर बैठ गए। वैद्य जी की बढ़िया गद्दीदार कुर्सी बीच में थी। पं. रामखेलावन जी आश्चर्य और हर्ष से देख रहे थे। आश्चर्य इसलिए कि शास्त्री जी बड़े आदमी तो हैं ही, उम्र भी अधिक नहीं, पच्चीस से तीस कहने की हिम्मत नहीं पड़ती।

शास्त्री जी ने नौकर को पान और मिठाई ले आने के लिए भेजा और स्वाभाविक बनावटी विनम्रता के साथ मित्रवर गदाधर से आगन्तुक अपरिचित महाशय का परिचय पूछने लगे। पं. गदाधर जी बड़े उदात्त कण्ठ से पं. रामखेलावन जी की प्रशंसा कर चले, पर किस अभिप्राय से वह गए थे, यह न कहा। कहा- "महाराज। आप एक अत्यन्त आवश्यक गृहधर्म से मुक्त होना चाहते हैं।"

पलकें मूँदते हुए भावावेश में शास्त्री जी ने कहा- "काशी तो मुक्ति के लिए प्रसिद्ध है।"

"हाँ, महाराज!" मित्र ने और आविष्ट होते हुए कहा- "वह छूट तो सबसे बड़ी मुक्ति है, पर यह साधारण मुक्ति ही है, जैसे बाबा विश्वनाथ के परमसिद्ध भक्त स्वीकार मात्र से इस भव-बन्धन से मुक्ति दे सकते हैं।" कहकर हाथ जोड़ दिए। पं. रामखेलावन जी ने भी साथ दिया।

हाँ, नहीं, कुछ न कहकर एकान्त धार्मिक दृष्टि को परम सिद्ध पं. गजानन्द जी शास्त्री पलकों के अन्दर करके बैठे रहे।

इसी समय नौकर पान और मिठाई ले आया। शास्त्री जी ने खटाक से आँखें खोलकर देखा, नौकर को शुद्ध जल ले आने के लिए कहकर बड़ी नम्रता से पं. रामखेलावन जी को जलपान करने के लिए पूछा। पं. रामखेलावन जी दोनों हाथ उठाकर जीभ काटकर सिर हिलाते हुए बोले- "नहीं महाराज, नहीं, यह तो अधर्म है। चाहिए तो हमें कि हम आपकी सेवा करें, बल्कि आपके सेवा संबंध में सदा के लिए-"

"अहाहा! क्या कही! क्या कही!" कहकर, पूरा दोना उठाकर एक रसगुल्ला मुँह में छोड़ते हुए मित्र ने कहा- "बाबा विश्वनाथ जी के वर से काशी का एक-एक बालक अन्तर्यामी होता है, फिर उनकी सभा के परिषद शास्त्री जी तो-"

शास्त्री जी अभिन्न स्नेह की दृष्टि से प्रिय मित्र को देखते रहे। मित्र ने, स्वल्पकाल में रामभवन का प्रसिद्ध मिष्ठान उदरस्थ कर जलपान के पश्चात् मगही बीड़ों की एक नत्थी मुखव्यादान कर यथा-स्थान रखी। शास्त्री जी विनयपूर्वक नमस्कार कर जीना तय करने को चले। उनके पीठ फेरने पर मित्र ने रामखेलावन जी को पंजा दिखाकर हिलाते हुए आश्वासन दिया। शास्त्री जी के अदृश्य होने पर इशारे से पं. रामखेलावन जी को साथ लेकर वासस्थल की ओर प्रस्थान किया।

रामखेलावन जी के मौन पर शास्त्री जी का पूरा-पूरा प्रभाव पड़ चुका था। कहा- "अब हमें इधर से जाने दीजिए; कल रुपये लेकर आएंगे। लेकिन इसी महीने विवाह हो जाएगा।"

इसी महीने- इसी महीने गम्भीर भाव से मित्र ने कहा- "जन्मपत्र लड़की का लेते आइएगा। हाँ, एक बात और है। बाक़ी डेढ़ हजार में बारह सौ का जेवर होना चाहिए, नया; आइएगा हम खरीदवा देंगे, दल्ला जी की सोचते हुए कहा- "आपको ठग लेगा। आप इतना तो समझ गए होंगे कि इतने के बिना बनता नहीं, तीन सौ रुपये रह जाएेंगे। खिलाने-पिलाने और परजों को देने को बहुत है। बल्कि कुछ बच जाएगा आपके पास। फ़िजूल खर्च हो यह मैं नहीं चाहता। इसीलिए, ठोस-ठोस काम वाला खर्च कहा। अच्छा, नमस्कार!"

शास्त्री जी का ब्याह हो गया। सुपर्णा पति के साथ है। शास्त्री जी ब्याह करते-करते कोमल हो गए थे। नवीना सुपर्णा को यथाभ्यास सब प्रकार प्रीत रखने लगे।

बाग़ से लौटने पर सुपर्णा के हृदय में मोहन के लिए क्रोध पैदा हुआ। घर वालों ने सख्त निगरानी रखने के अलावा, डर के मारे उससे कुछ नहीं कहा। उसने भी विरोध किए बिना विवाह के बहाव में अपने को बहा दिया। मन में यह प्रतिहिंसा लिए हुए, कि मोहन इस बहते में मिलेगा। और उसे हो सकेगा तो उचित शिक्षा देगी। शास्त्री जी को एकान्त भक्त देखकर मन में मुस्कराई।

सुपर्णा का जीवन शास्त्री जी के लिए भी जीवन सिद्ध हुआ। शास्त्री जी अपना कारोबार बढ़ाने लगे। सुपर्णा को वैद्यक की अनुवादित हिन्दी पुस्तकें देने लगे, नाड़ी-विचार चर्चा आदि करने लगे। उस आग में तृण की तरह जल-जलकर जो प्रकाश देखने लगे, वह मर्त्य में उन्हें दुर्लभ मालूम दिया। एक दिन श्रीमती गजानन्द शास्त्रिणी के नाम से स्त्रियों के लिए बिना फ़ीस वाला रोग परीक्षणालय खोल दिया-इस विचार से कि दवा के दाम मिलेंगे, फिर प्रसिद्धि होने पर फ़ीस भी मिलेगी।

लेकिन ध्यान से सुपर्णा के पढ़ने का कारण कुछ और है। शास्त्री जी अपनी मेज की सजावट तथा प्रतीक्षा करते रोगियों के समय काटने के विचार से 'तारा' के ग्राहक थे। एक दिन सुपर्णा 'तारा' के पन्ने उलटने लगी। मोहन की एक रचना छपी थी। यह उसकी पहली प्रकाशित कविता थी। विषय था 'व्यर्थ प्रणय।' बात बहुत कुछ मिलती थी। लेकिन कुछ निन्दा थी, जिस प्रेम से कवि स्वर्ग से गिरा जाता

है- उसकी। काव्य की प्रेमिका का उसमें वही प्रेम दर्शाया गया था। सुपर्णा चौंकी, फिर संयत हुई और नियमित रूप से 'तारा' पढ़ने लगी।

एक साल बीत गया। अब सुपर्णा हिन्दी में मज़े में लिख लेती है। मोहन से उसका हाड़-हाड़ जल रहा था। एक दिन उसने पातिव्रत्य पर एक लेख लिखा। आजकल के छायावाद के संबंध में भी पढ़ चुकी थी और बहुत कुछ अपने पति से सुन चुकी थी। काशी हिन्दी के सभी वादों की भूमि है। प्रसाद काशी के ही हैं। उनके युवक पाठक शिष्य अनेक शास्त्रियों को बना चुके हैं। पं. गजानन्द शास्त्री गंगा नहाते समय कई बार तर्क कर चुके हैं, उत्तर भी भिन्न मुनि के भिन्न मत की तरह अनेक मिल चुके हैं। एक दिन शास्त्री जी के पूछने पर एक ने कहा- "छायावाद का अर्थ है शिष्टतावाद; छायावादी का अर्थ है सुन्दर साफ़ वस्त्र और शिष्ट भाषा धारण करने वाला; जो छायावादी है, वह सुवेश और मधुरभाषी है; जो छायावादी नहीं है, वह काशी के शास्त्रियों की तरह अँगोछा पहनने वाला है या नंगा है।" दूसरे दिन दो थे। नहा रहे थे। शास्त्री जी भी नहा रहे थे। "छायावाद क्या है?"- शास्त्री जी ने पूछा। उन्होंने शास्त्री जी को गंगा में गहरे ले जाकर डुबाना शुरू किया, जब कई कुल्ले पानी पी गए, तब छोड़ा, शिथिल होकर शास्त्री जी किनारे आए, तब लड़कों ने कहा- "यही है छायावाद!" फलतः शास्त्री जी छायावाद और छायावादी से मौलिक घृणा करने लगे थे, और जिज्ञासु षोडशी प्रिया को समझाते रहे कि छायावाद वह है, जिसमें कला के साथ व्यभिचार किया जाता है, तरह-तरह से। आइडिया के रूप में, सुपर्णा-जैसी ओजस्विनी लेखिका के लिए इतना बहुत था। आदि से अन्त तक उसके लेख में प्राचीन पतिव्रत धर्म और नवीन छायावादी व्यभिचार प्रचारक के कण्ठ से बोल रहा था। शास्त्री जी ने कई बार पढ़ा और पत्नी को सती समझकर मन-ही-मन प्रसन्न हुए। वह लेख संपादक जी के पास भेजा गया। संपादक जी लेखिका-मात्र को प्रोत्साहित करते हैं ताकि हिन्दी की मरुभूमि सरस होकर आबाद हो, इसलिए लेख या कविता के साथ चित्र भी छापते हैं। शास्त्रिणी जी को लिखा। प्रसिद्धि के विचार से शास्त्री जी ने एक अच्छा-सा चित्र उतरवाकर भेज दिया। शास्त्रिणी जी का दिल बढ़ गया। साथ उपदेश देने वाली प्रवृत्ति भी।

इसी समय देश में आन्दोलन शुरू हुआ। पिकेटिङ्ग के लिए देवियों की आवश्यकता हुई-पुरुषों का साथ देने के लिए भी। शास्त्रिणी जी की मारफत शास्त्री जी का व्यवसाय अब तक भी न चमका था। शास्त्री जी ने पिकेटिङ्ग में जाने की आज्ञा दे दी। इसी समय महात्मा जी बनारस होते हुए कहीं जा रहे थे,

कुछ घंटों के लिए उतरे। शास्त्री जी की सलाह से एक जेवर बेचकर, शास्त्रिणी जी ने दो सौ रुपये की थैली उन्हें भेंट की। तन-मन और धन से देश के लिए हुई उस सेवा का साधारण जनता पर असाधारण प्रभाव पड़ा। सब धन्य धन्य कहने लगे। शास्त्रिणी जी पूरी तत्परता से पिकेटिङ्ग करती रहीं। एक दिन पुलिस ने दूसरी स्त्रियों के साथ उन्हें भी लेकर एकान्त में, कुछ मील शहर से दूर संध्या समय छोड़ दिया। वहाँ से उनका मायका नजदीक था। रास्ता जाना हुआ। लड़कपन में वहाँ तक वह खेलने जाती थीं। पैदल मायके चली गईं। दूसरी देवियों से नहीं कहा, इसलिए कि ले जाना होगा और सबके लिए वहाँ सुविधा न होगी। प्रातःकाल देवियों की गिनती में यह एक घटीं, संवादपत्रों ने हल्ला मचाया। ये तीन दिन बाद विश्राम लेकर मायके से लौटीं, और शौक़ सन्तप्त पतिदेव को और उच्छृंखल रूप से बड़बड़ाते हुए संवादपत्रों को शान्त किया-प्रतिवाद लिखा कि संपादकों को इस प्रकार अधीर नहीं होना चाहिए।

आन्दोलन के बाद इनकी प्रैक्टिस चमक गई। बड़ी देवियाँ आने लगीं। बुलावा भी होने लगा। चिकित्सा के साथ लेख लिखना भी जारी रहा। यह बिलकुल समय के साथ थीं। एक बार लिखा- 'देश को छायावाद से जितना नुकसान पहुँचा है, उतना गुलामी से नहीं।' इनके विचारों का आदर नीम-राजनीतिज्ञों में क्रमशः जोर पकड़ता गया। प्रोग्रेसिव राइटर्स ने भी बधाईयाँ दीं और इनकी हिन्दी को आदर्श मानकर अपनी सभा में सम्मिलित होने के लिए पूछा। अस्तु शास्त्रिणी जी दिन-पर-दिन उन्नति करती गईं। इस समय नया चुनाव शुरू हुआ। राष्ट्रपति ने कांग्रेस को वोट देने के लिए आवाज उठायी। हर जिले से कांग्रेस उम्मीदवार खड़े हुए, देवियाँ भी। वे माँ के बराबर हैं। शास्त्रिणी जी भी जौनपुर से खड़ी होकर सफल हुईं। अब उनके सम्मान की सीमा न रही। एम.एल.ए. हैं। 'कौशल' में उनके निबन्ध प्रकाशित होते थे। लखनऊ आने पर 'कौशल' के प्रधान संपादक एक दिन उनसे मिले और 'कौशल' कार्यालय पधारने के लिए प्रार्थना की। शास्त्रिणी जी ने गर्वित स्वीकारोक्ति दी।

'कौशल'- कार्यालय सजाए गया। शास्त्रिणी जी पधारीं। मोहन एम.ए. होकर यहाँ सहकारी है, लेकिन लिखने में हिन्दी में अकेला। शास्त्रिणी जी ने देखा। मोहन ने उठकर नमस्कार किया। "आप यहाँ" शास्त्रिणी जी ने प्रश्न किया, "जी हाँ," मोहन ने नम्रता से उत्तर दिया, "यहाँ सहायक हैं।" शास्त्रिणी जी उद्धत भाव से हँसीं। उपदेश के स्वर में बोलीं- "आप ग़लत रास्ते पर थे!"

22

देवर का इन्द्रजाल

मेरी एक भाभी थीं-सगी नहीं, ताऊ की बहू। उनसे मेरे प्रेम की बात का अन्दाजा आप लगा सकते हैं-जब मैं पाँच साल का था, तब वह अठारह साल की, गौने आई हुई। तभी से उनका जो प्रभाव मुझ पर पड़ा...?

लेकिन फिर भी, ज़िन्दगी के पहलू बदलते हैं, मिठाई के साथ कुछ खटाई भी चलती है। मीठी भाभी की एक खटाई की याद आई। कहता हूँ-

घर में दूसरी औरत न थी। मैं ढाई साल का था, जब माँ मरी थीं। रोटी पकाने का सवाल बड़े भाई साहब की शादी से हल किया गया था। भाभी का आना और मेरा मदरसा जाना क़रीब-क़रीब साथ-ही-साथ हुआ। भाभी के दो चिरंजीव हो चुकने तक यह काम जारी रहा, यानी उनकी मिठाई के साथ इस खटाई का प्रयोग न हुआ था, जैसे सुप्रसिद्ध गांधी-भक्त काका कालेलकर का ताड़ी-प्रयोग। यह ज़रूर है कि काका साहब जैसे महान व्यक्ति हैं, वैसे उनके ताड़ी प्रयोग में कईयों को जान देनी पड़ी; पर मेरी भाभी की मिठाई की खटाई में किसी को जान लेने-देने की जरूरत नहीं हुई।

मैं तेहरवें साल में था। तेहरवें साल तक की तालीम की तालिका की जरूरत न होगी। लेकिन, पृथ्वी सन्तरे की तरह गोल है, सूरज के चारों ओर घूमती है आदि अद्भुत बातों से भाभी पर मैंने अपना काफ़ी प्रभाव डाल लिया था। इसी समय उन पर अधिक प्रभाव पड़ने की एक घटना और हुई। मेरे हाथ किसी तरह उन दिनों इन्द्रजाल की एक किताब लग गई थी। उसमें मारन-मोहन, वशीकरण-उच्चाटन आदि के जन्त्र-मन्त्र-तन्त्र लिखे थे। भाभी उस किताब को जितने ताज्जुब से देखती थीं, ताजमहल, दि ग्रेट इमामबाड़ा, म्यूजियम और चिड़ियाखाने के दोनों तरफ़ बराबर रेंगने वाले साँप को भी उतने से नहीं। इसी समय एक रोज़, रात के नौ बजे भाभी अकेली अपने सोने वाले कमरे में थीं। मंगल का दिन। मैं कमरे

में ही था। सहसा मुझे इन्द्रजाल की एक बात याद आई। मैंने तड़ाक से दरवाजा बन्द कर दिया, और चट से धोती उतारकर फेंक दी। भाभी घबरायीं। मैंने कहा "भाभी, मैं आज एक मन्त्र सिद्ध करूँगा।" भाभी हतप्रभ होकर, एकटक, मुझे देखने लगीं। बात उनकी समझ में तब आई, जब मैंने जूता उठाया और नंगे-नंगे लगा छछूँदर के पीछे चक्कर काटने, क्योंकि उल्टे जूते से मारना था। छछूँदर-सिद्धि का प्रयोग, इन्द्रजाल में, ऐसे ही लिखा था।

बड़े परिश्रम के बाद, उल्टे जूते से, मैंने छछूँदर मारा और नंगे-ही-नंगे एक हाँडी में भरकर बाहर ले जाकर एक जगह उसे गाड़ा, लौटकर धोती पहनी।

दूसरे ही दिन बात बिजली की तरह घर-घर फैली। लोगों को, खासतौर से स्त्रियों को पक्का विश्वास हो गया कि मैं सिद्ध हूँ। भाभी अपनी सारी शक्ति खर्च करके मेरा प्रचार कर रही थीं। भाई साहब ने भी सुना, लेकिन मेरे मारन-मोहन और वशीकरण-उच्चाटन में सिद्ध होने के डर से मुझसे बोले नहीं। कुछ ही दिन के अन्दर चारों ओर से बुलावे आने लगे तरह-तरह के रोग झाड़ देने के लिए। इन्द्रजाल में लिखे अनुसार मैं रोगी का इलाज भी करने लगा और अपनी सिद्धि में मुझे भी शंका न रही, जब मेरे इलाज से लोग अच्छे होने लगे यहाँ तक कि बुखार भी उतर जाने लगा।

पड़ोस में एक सुकलाइन रहती थीं। सुकलाइन शब्द में जितना बुढ़ापा है, उनमें उतनी ही जवानी थी। रिश्ते से वह मेरी बहिन लगती थीं। दुस्साहिक कार्य दो-एक उन्होंने किए थे, इसलिए भय कम था। भाभी भय की मूर्ति थीं। दोनों में मेरे सिद्ध होने और न होने का तर्क छिड़ा। भाभी इस पक्ष में थीं कि मैं सिद्ध हूँ, बहिन इस पक्ष में कि सब ढोंग है।

इसी समय भाभी ने मुझे बुलाया। अपने तर्क की बात छिपाकर मुझसे कहा- "लोग कहते हैं तुझे जन्त्र-मन्त्र कुछ नहीं आता, तू ढोंग करता है!"

मुझसे बात सही न गई। मैंने अकड़कर कहा- "जिसको विश्वास न हो, आजमा ले।"

भाभी ने कहा- "अच्छा, आज देखती हूँ तेरी करामात। तू जो कुछ करना चाहता हो, कर।"

मैंने कहा- "अच्छा, तो मैं वशीकरण करता हूँ।"

यह कहकर मैं बाहर निकल गया और कनेर के पेड़ से एक फूल तोड़ लाया।

मुझे विश्वास था ही कि मैं सिद्ध हूँ, मेरा मन्त्र सच है। भाभी की तरफ़ देखकर कहा- "मैं मन्त्र पढ़कर यह फूल दूँगा, इसे लेना होगा। बस, इसके बाद मैं सिद्ध हूँ या नहीं, देख लेना।"

भाभी को विश्वास था ही। वह घबरायीं। उन्होंने कहा- "नहीं, मुझे नहीं चाहिए। यही कहती हैं कि तुझे कुछ नहीं आता। इन्हें फूल दे।"

बहिन जी भीतर से तो हिल गईं, लेकिन फिर भी अपनी शेखी दिखलाते हुए मुझसे पूछा- "इस वशीकरण से क्या होगा?"

मैंने कहा- "मन्त्र के ज़ोर से हमेशा मेरे पीछे लगे रहना होगा। मैं जहाँ-जहाँ जाऊँगा, पीछे-पीछे जाना होगा।"

बहिन जी हार गईं। उन्होंने भाभी से कहा- "भई, मैं बहिन हूँ, मैं कैसे फूल लूँ! तुम भाभी हो, तुमको उतना दोष नहीं।"

भाभी ने सिर पर सवार होते हुए कहा- "तो फिर क्यों कहती थीं, सिद्ध नहीं हैं? मैंने अपनी आँखों देखा है।"

23

जान की !

जिस रोज मिस मेयो कालिज स्ट्रीट, कलकत्ता की सेकेंड हैंड किताबों को दूकानों में अनुवादित रूसी पुस्तकों की खपत देख रही थीं, उस रोज उनकी आँख पर चढ़ने वाला पहला आदमी मैं था। इतने से निश्चय बंध जाएगा कि मैं इस साहित्य का प्राचीन सहोदर हूँ। जब मैंने इस जमीन पर काम शुरू किया, यहाँ अकेले बाबू सम्पूर्णानन्द जी, जो समझ सकते थे, पर चूँकि मेरी कृति पर साहित्य का नकाब पड़ा रहता था, इसलिए उन्होंने इसे छुआ भी नहीं। अभी उस रोज फ़ैसला हुआ कि मैं उनका समसामयिक हूँ। इधर, नौजवानों के साथ रहने के कारण, एक कदम और आगे बढ़ गया हूँ, यानी कम्यूनिस्ट हूँ। कांग्रेस सोशलिस्ट के नाम से हमें झेंप आती है। इस बार की बैठक से हमारे वन्द का निश्चय हो गया है कि यह लड़ाई जनता की लड़ाई है और फ़ासिज्म के विरुद्ध विजय पाना हमारे और विश्व के कल्याण के लिए जरूरी है। हमें हर हालत में रूस का साथ देना है। भारत सरकार हमसे सहमत है, हमारे ख़िलाफ़ जब तक हम इस उसूल पर हैं, उसकी कोई कार्रवाई न होगी। बम्बई हमारे प्रचार का प्रधान केन्द्र है। हमारे कई अखबार भी निकलने लगे हैं। हिन्दुस्तान में हमने केन्द्र बनाए हैं। हर केन्द्र में हमारा एक आदमी रहेगा और उसकी परिधि में आने वाले नगर और गाँवों में कम्युनिज्म के सिद्धान्तों का प्रचार करेगा। मुझे दक्षिण युक्तप्रान्त के कुछ जिले मिले हैं।

इस समय मैं कर्वी में हूँ। चित्रकूट के पास, शंकर के यहाँ। पहुँचे अभी चौबीस घंटे नहीं हुए। गर्मियों के दिन, सुबह के सात का समय। दोमंजिला मकान। मैं पच्छिम वाले बरामदे में चटाई पर बैठा हूँ। यह मकान शंकर का निजी मकान नहीं किराये का है; वह पास की मिल में साधारण अच्छी तनख्वाह पर फिटर का काम करता है। इसी जिले का रहने वाला है। इस समय बाहर निकला हुआ है। उसकी आठ-नौ साल की बड़ी लड़की बैठी स्नेह से उमड़ती हुई कितनी प्रासंगिक अप्रासंगिक बातें छेड़ रही है। कुछ में उसकी माँ का इशारा जान पड़ता

है। मैं दूसरी तरफ़ की फुलवाड़ी के रंग-बिरंगे फूल और हरियाली का फर्श देखता हुआ उत्तर दे रहा हूँ। चाय का गर्म होता पानी सनसना रहा है।

शंकर मेरा लँगोटिया यार है। एक ही जगह हम पैदा हुए, रहे। हमारी बीबियाँ शादी के बाद ससुराल के नाम से एक ही जगह आईं और रहीं। जैसी मेरी और शंकर की दोस्ती है, मुमकिन वैसी ही इन दोनों की रही हो। अब वह परदेश वाला सहवास नहीं रहा। पर मैं और शंकर काफ़ी मिलते-जुलते रहे। परदेश छोड़ने से पहले तार के द्वारा मेरे साथ शंकर को भी मालूम हुआ था कि मेरी स्त्री का देहान्त हो गया है। बात यह है कि शंकर की बीवी के लिए मेरे संबंध में कुछ भी अज्ञात रहीं। मैं जहाँ तक हूँ, वह उसे और बढ़कर समझ सकती है।

शंकर चाय नहीं पीता; इसलिए उसकी बीवी को चाय बनाना नहीं आता। पिछली शाम को साबित हो चुका है। मैंने कह दिया है, पानी गर्म हो जाने पर, बटलोई, पत्ती, दूध, शक्कर मेरे सामने रख दें-पीने का गिलास भी, मैं चाय बना लूँगा।

चाय का हिन्दुस्तानी सेट मेरे सामने रख दिया गया। लड़की को पिलाने के इरादे से एक गिलास मैंने और माँगा और अपने लिए छानकर चाय डालने लगा।

इसी समय जीने पर किसी के चढ़ने की आहट मिली, मन्द-मन्द पदक्षेप। क्षण-भर बाद वह मूर्ति बरामदे से होती हुई उस कमरे की ओर चली जो रसोई से लगा था। मुझे जान पड़ा, एक युग बदल गया। ऐसी शान्त दृष्टि और मन्दगति मैंने नहीं देखी, जैसे इस स्त्री की विश्व की समस्त प्रकृति पर विजय हो, जैसे यह सबकुछ जानती है और बिना कहे बहुत कुछ कह रही है और रूप?-मेरे रोएँ खड़े हो गए, उसी वक़्त मेरे मन में आया, यह मेरे मन की मूर्ति है, कभी मेरे मन से - बाहर नहीं निकली! सँभलकर भी मैं न सँभल सका।

वह स्त्री शंकर की स्त्री से दो मिनट बातचीत करके उसकी लड़की की पढ़ने-वाली किताब हाथ में लिए वाहर निकली और वैसी ही शान्त चितवन से देखकर कहा- “माया, चलो।”

माया उठकर चुपचाप चल दी। वह जीने से उतरने को हुई। मैं उस स्त्री को देखता रहा। उसने भूलकर भी मुझे नहीं देखा, फिर भी जैसे मेरा सबकुछ देख लिया हो। मुझे ऐसा जान पड़ा, जैसे मेरा कुल स्वत्व इसने खींच लिया। अब वह जवान नहीं, अधेड़ है; आधे बाल पक चुके हैं; चेहरे पर कुछ झुर्रियाँ भी पड़ रही

हैं; पर कितनी दृढ़ता? उसमें ऐसी दृढ़ता नहीं थी सिर्फ़ चेहरा मिलता है। बीस साल हो गए। तब इसकी मुश्किल से बीस साल की उम्र थी लेकिन, वह मर चुकी है, और यह जिन्दा है।

मुझसे रहा नहीं गया। मैंने शंकर की स्त्री को बुलाया। वह मुस्कराती हुई सामने आकर खड़ी हो गई। समझ गई कि इन्हें जंग लग गया।

मैंने पूछा- "तुम इसे पहचानती हो?"

"हाँ।"

"यह कौन है?"

"यहाँ की मिस्ट्रेस।"

"इतना तो मेरी समझ में आ गया।"

"एक महिला के संबंध में अधिक जानकारी से आपको फ़ायदा?"

"तुमने उसे तो देखा है?"

"हाँ, लेकिन, वह मर चुकी है और यह जिन्दा है। क्या अब भी आप समझते हैं यह आपके किसी निजी परिचय की हो सकती है?"

इसी समय शंकर आया। उसे देखते ही उद्वेल होकर मैंने पूछा- "क्यों भई, यह माया को जो मिस्ट्रेस पढ़ाती हैं, उन्हें जानते हो?"

शंकर ने मुँह बिगाड़ा- "पक्की छिनाल है। कानपुर के किसी गाँव की रहने वाली है। कहते हैं पति बदमाश था, उसे सजा हो गई, यह इधर-उधर फिरने लगी। किसी तरह यहाँ आई, पैर जम गए। जानते तो हो इन लोगों को।"

24

दो दाने

तूफ़ान और बाढ़ के दिन बीत चुके हैं। हरा-भरा बंगाल बाहर से वैसा ही है, मगर भीतर से जला हुआ। पूर्वी मोर्चे पर कड़ी चढ़ाई है। कितने ही एरोड्रोम अमरीकन वायुयानों से भर चुके हैं। पूरब की गश्त जोरों पर है। रात को ब्लैकआउट। कलकत्ते में हाथ नहीं सूझता। सनसनी का बाजार गर्म है। चावल और धान से व्यापारी मारवाड़ियों ने अपनी कोठियाँ भर ली हैं। अन्न इतना महँगा हो गया है कि मोल नहीं लिया जाता।

गाँव के बाज़ार-के-बाज़ार खाली हो गए हैं। न पैसा है, न अन्न। पहले लोग उपास करने लगे। दिन में एक वक़्त, फिर दो दिन में एक वक़्त, बाद में यह भी मोहाल हो गया। पेड़ों की कोपलें उबालकर खाने लगे। कुछ दिन में ही हरा-भरा बंगाल ठूँठा हो गया। आदमी और ढोरों के पेट में पेड़ों के पत्ते चले गए। भूख की ज्वाला बढ़ती गई। देहात में भीख न मिलने की वजह से लोग शहर के रास्ते दौड़े। कोई आधी दूर चलकर मरे, कोई पहुँचकर, मगर पेट में दाना न गया। धनिक-जन हथियार बन्द सिपाहियों से अपने गोलों की रक्षा कराने लगे।

इसी समय कमला को सूझा, अपने परिवार को लेकर कलकत्ता चली जाऐ। कमला साधारण गृहस्थ की विधवा है। मौरूसी खेत भी कुछ बीघे हैं और साधारण गहने भी। हाथ में कुछ ही रुपये बच रहे हैं। गाँव में चौथाई लोगों को काल के गाल चले जाते और युवकों के पैर लड़खड़ाते देखकर उसने मन-ही-मन तय किया, जिस तरह दूसरी लावारिस युवतियों ने यौवन बेचकर अपने भाईयों की परवरिश की है, वह भी करेगी; नहीं तो अन्न के अभाव से सबके साथ-साथ खुद अपने को भी काल का ग्रास होते देखेगी।

बड़ी दृढ़ता से उसने छाती औंधी। दोनों लड़कों से बड़ी बेटी चम्पा को, जो ब्याहने लायक पन्द्रह साल की है, कलकत्ता के बाजार में बैठा लेगी। कुछ सहजज्ञान से और कुछ पड़ोस की युवतियों की कहानियाँ सुनकर उसने इस

पथ पर पैर जमाया। चम्पा को बड़े आदर से रखने लगी। और एक अच्छे दिन कलकत्ता के लिए रवाना हो गई।

उसको किराये की कोठरी तलाश करने में जो दिननतें उठानी पड़ीं, उनका हाल छोड़ देते हैं। वह एक ऐसी ही कथा है कि एक किरायेदार ने अपनी मदद का जरिया निकाला कि अपने दो कमरे उसके रहने के लिए छोड़ दिए, किराया बीस रुपये माहवार लेकर।

दस-बाहर रोज कमला को जेवर बेचते और दलाल लगाते लग गए। दलाल लोग चम्पा को देख गए और उससे बातचीत भी कर गए। इस तरह का अनुभव चम्पा को पहले कभी न हुआ था। मारे डर के कलेजा धड़क रहा था, मगर माँ की बात का सहारा था। इस अरसे में माँ ने बड़ी तालीम दी, बड़ा ढाँढ़स बंधाया, बड़ा दिल मजबूत किया।

बिहारी एक रोज़ शराब की दूकान पर पहुँचकर खड़ा हो गया।

झावरमल को बकरों की सप्लाई में कई लाख रुपयों का मुनाफ़ा हो चुका था। उनका संबंध गवर्नमेण्ट से नहीं, कण्ट्रैक्टर से था। बकरा सप्लायर झावरमल सुहावने समय के साथ कदम बढ़ाते हुए बोटी और शोरबे का स्वाद ले चुके थे। फलतः बोतलवासिनी से भी प्रेम था। संगत के गुण से दूसरे खरीद-फरोख्त की तरह बाजार की वेश्याएँ भी थीं। वह अनुभवी बिहारी की आँख नहीं बचा सके। उनके बोतल लेकर निकलते ही बिहारी ने उँगलियों से अमरूद दिखाया। झावरमल ने मतलब समझकर पूछा- "कहाँ?"

बिहारी ने जवाब दिया- "बाबू, गृहस्थ। बहुत हंगामा न चलेगा।"

झावरमल- "खाना-पीना?"

बिहारी- "हाँ, मगर बहुत सँभलकर। माल नया है। कलकत्ते में न मिलेगा।" झावरमल की दोनों आँखों से कामुकता का दरिया उमड़ चला। पूछा- "कोई दोस्त अगर साथ हो?"

बिहारी- "बाबू, हम इतना ही कहेंगे, फ्रेश माल है, अभी देहात से आया है। कलकत्ता शहर-भर में न मिलेगा।"

झावरमल ने जमकर पूछा "लेकिन यह तो बताओ..."

बिहारी- "बाबू, पहले माल देख लीजिए। आँखें हिरन की, बाल घुटने तक,

रंग गोरा, चौदह-पन्द्रह साल की उमर। पेट है, बाबू, पेट, नहीं तो खानदानी घर है।" झावरमल को जैसे एक स्वास्थ्य मिला। पूछा "पता क्या है?"

बिहारी ने धीरे से अपनी छाती ठोंककर कहा- "बाबू, हमीं ले चलेंगे। ख़िदमत में हमीं रहेंगे। नहीं तो ऐसा माल आप-जैसे बाबुओं से छूटकर गुण्डों के हाथ लगेगा।"

तभी झावरमल के एक मित्र ने उसको पुकारा। झावरमल ने अपने मित्र की ओर बड़ते हुए कहा- "कल फिर इसी समय आओ।"

वहीं एक किनारे एक तरुण, जिसने फ़ौज में अफ़सर की जगह स्वीकार की घी, चुपचाप खड़ा अधकटी बातें ग़ौर से सुन रहा था। झावरमल के चले जाने के बाद उसने बिहारी को बुलाया और जेब से एक रुपया देकर सिगरेट-दियासलाई ख़रीद लाने के लिए कहा।

पास ही उसकी मोटर खड़ी थी। बिहारी के खरीद लाने पर उसने सिगरेट और दियासलाई ले ली और बाक़ी पैसे बिहारी को वापस कर दिए। फिर मोटर पर बैठते हुए बिहारी को भी बैठने के लिए कहा।

बिहारी भलेमानुषों की डाल का बन्दर, कभी इस डाल पर, कभी उस डाल पर। संकेत मिलते ही मोटर में एक बड़ग़ल बैठ गया। बैठते ही देखा, पायदान के पास एक बोतल रखी है। अफ़सर की इच्छा थी कि बिहारी की कुल बातें सुने, मगर उनकी तड़क-भड़क से बिहारी घबराता था कि लगी रोटी छूट न जाऐ। नहीं तो अपना मतलब गाँठने का श्रीगणेश कर देता। सिर्फ़ हिम्मत बँधती थी, बोतल को देखकर। मन-ही-मन उसने निश्चय किया कि यह फैशनेबुल बाबू रुपये के बाजार में मारवाड़ियों की बराबरी न कर सकेंगे।

अफ़सर ने पूछा- "तुम उससे क्या बातचीत कर रहे थे?"

बिहारी ने मुस्तैदी से जवाब दिया- "रोटियों का सवाल था कि कोई रोजी लगा दें।" तरुण अफ़सर अपने मन का भेद देना नहीं चाहता था। बातचीत का लुब्बोलवाब वह मजे में समझ चुका था, और अपनी तीखी साहित्यिकता के कारण मदद भी करना चाहता था, मगर बिहारी की हिम्मत ढीली रही।

अब तक मोटर अफ़सर के कमरे के नीचे वेलस्ली रोड पर आई। वह उतरकर अपने कमरे चला और बिहारी को भी बुलाया। बिहारी उसके पीछे हो लिया। दूसरी मंजिल के एक अच्छे कमरे में उसका वास था। कई और कमरे थे।

ड्राइवर मोटर गेराज में ले गया। बैठकर सिगरेट सुलगाते हुए मुस्कराकर तरुण ने कहा- "काम पड़े तो यहाँ आना। हमारी जगह देख चुके, अच्छा, अब जा सकते हो।"

दूसरे दिन बिहारी फिर अपने ठिकाने पर गया और झावरमल के लिए इन्तजार करने लगा। इससे पहले वह कमला से बड़ी-बड़ी बातें हाँक चुका था। कमला दिल पर पत्थर रखकर सुन चुकी थी। चम्पा सतीत्व की बड़ी-बड़ी कहानियों और बड़े-बड़े आदर्शों पर बड़ी-बड़ी आँखें फाड़कर ग़ौर कर चुकी थी।

"शैलाधिराज तनया नमयो न तस्थौ" वाली दशा चम्पा की थी। जो कुछ भी वह कर रही थी, प्रकृति के इंगित से, जैसे उसका अपना कोई बस नहीं है। रोज सैकड़ों आदमियों के मरने और भीख माँगते फिरने की खबरें सुनती थी और कुछ देखती भी थी। परिस्थिति को दूर तक समझने की ताक़त न थी, न परिस्थिति के ख़िलाफ़ कदम उठाने की हिम्मत। दबे हृदय से उभरती आशा की किरण पकड़े हुए कमला ने सम्मति दी और चम्पा ने, माँ जैसा कहेंगी, वैसा होगा, कहा। बीस रुपये पर तय हुआ। यह सब मालूम कर बिहारी गया था।

नियत समय पर झावरमल आए। पहले की तरह शराब की दूकान से एक अद्धा खरीदा। बिहारी को पहले ही देख लिया था कि अपनी जगह पर खड़ा दीन भाव से ताड़ रहा है। खरीदकर चलती हुई टैक्सी बुलायी और बिहारी के साथ बैठ गया। एक साथी और था, जो रास्ते के निकास पर खड़ा था, उसको भी बिठा लिया।

अफ़सर ने अपने ड्राइवर और नौकर को पहचनवा दिया था और गाड़ी से आकर दूकान के कुछ फ़ासले पर गाड़ी के साथ छोड़ गया था। आज्ञा दी थी कि बिहारी की आँख बचाकर गाड़ी लेकर उसका पीछा करे, अगर गली में जाए तो एक आदमी साथ हो ले, जिस मकान में जैसे जाऐ उसका पूरा पता जल्द दे।

झावरमल के चलने के साथ कुछ फ़ासले से अफ़सर वाली गाड़ी भी पीछे लगी। झावरमल की गाड़ी सीधी चलती गई और नहर के पार नारिकेल डाँगा की एक मामूली गली में घुसी। पीछे वाली मोटर भी लगी रही। टैक्सी के रुकने पर पीछे वाली मोटर कुछ पहले ही रुक गई। रात आठ का समय। बिहारी के साथ सेठ जी किराया चुकाकर एक गली के भीतर घुसे। दूसरी मोटर के एक आदमी ने पीछा किया। मकान के दरवाजे पर सेठ जी को खड़ा करके बिहारी भीतर गया।

कुछ देर बाद सामने वाली कोठरी में सेठ जी को ले गया और उनके मित्र के साथ बैठाया। इधर का आदमी लौटा और सीधे अफ़सर को चलकर ख़बर दी।

जिस वक़्त सेठ जी भीतर बैठे थे, कमरा खाली था। सिर्फ़ धीमी बत्ती अपने मन से जल रही थी। कमला का हाल बयान के परे था। हृदय के टुकड़े-टुकड़े हो रहे थे। पुरानी मर्यादा का बाँध टूट रहा था। दुःख के आँसू उमड़कर सारा घर डूबा देना चाहते थे। बच्चे सहम न जाऐं, चम्पा घबरा न जाऐ कि आता हुआ दाना तूफ़ान और बाढ़ में जैसे उड़ जाऐ और बह जाऐ। वह पत्थर से दिल को बाँध रही थी। काँपते हाथों भी बेटी को एक साफ़ साड़ी पहनाकर सजाए। बाल शाम को सँवार दिए थे। कुमारी की माँग में सेंदुर न था। आँख में जो ज्वाला थी, उसको समझदार ही समझता।

बिहारी रुपये के लिए अड़ा था। कमला चम्पा को सजाकर धीरे-धीरे ले आई। कमरे के पास आते ही बिहारी ने रोका और चम्पा की बाँह पकड़कर सेठ जी के पास ले गया। धीमे प्रकाश में सेठ जी ने जो सौन्दर्य देखा, उससे अनुभवी व्यवसायी की आँखों में अँधेरा नहीं छाया। उसने और अच्छी तरह देखा। चम्पा प्रथा कुछ न जानती थी। आज उसकी विवाह की जैसी पहली रात है, दो प्रिय हैं। हृदय में कम्प है, लेकिन पुलक नहीं, आत्मा में कर्तव्यनिष्ठा है, लेकिन स्त्रीभाव वाला संप्रदान नहीं।

बिहारी ने कहा- "बाबू यही है, गृहस्थ। और तो सब कहा जा चुका है। अगर रहना चाहें तो... आपको तो मालूम है।" चम्पा को बाँह पकड़कर एक बग़ल बैठा दिया। वह कुमारी की तरह सिर उठाये बैठी रही।

सेठ जी ने दस-दस के दो नोट निकालकर चम्पा को दिए। चम्पा ले नहीं रही थी बिहारी के डाँटने से ले लिया। बिहारी ने हाथ फैलाकर कहा- "हमको दे दो।" सेठ जी ने बात काटकर पूछा- "तुम्हारा कितना होता है?"

बिहारी ने दोनों हाथ की उँगलियाँ और अँगूठे उठाकर दिखाए। सेठ की धनाढ्यता के पूरे चाँद को देखकर उसकी वाणी का सागर भी बिना उमड़े नहीं रहा-मुँह से भी आवाज़ निकली "दस रुपये।"

कमला से न रहा गया। मर्यादा का बाँध टूट गया, कण्ठ-प्रवाह से निकला, "झूठ!"

सेठ जी ने मुस्कराकर अपनी मातृभाषा में गाली देते हुए कहा- "खब्बीस, साले ! आधे-आधे का साझा है? हमको तो चवन्नी भी नहीं मिलती।" बिहारी ने कहा- "इसका आधा, बाबू!"

सेठ जी ने पाँच रुपये का एक नोट निकालकर अपनी तरफ़ से उसको दिया और पूछा- "और किसको-किसको ले आए हो?"

खुश होकर बिहारी ने खीस निपोड़ी और सिर हिलाया। कहा- "कोई नहीं, बाबू। आप पहले आदमी हैं।"

नासमझ चम्पा कुमारी की तरह मुस्कराई। बिहारी ने कहा- "ये रुपये अपनी माँ को दे दो।"

चम्पा उठकर चली। उसको तालीम मिल चुकी थी, वह माँ की ओर बिहारी की आज्ञा मानकर चलेगी। उसकी चाल में, सेठ जी ने देखा, कोई बाज़ारू गीत नहीं। चलकर उसने माँ को दोनों नोट दिए। लेकर माँ ने धीरे से मुँह चूम लिया और आँसू पीकर सिर हिलाते हुए ढाँढ़स बंधाया- "घबराना नहीं।"

सेठ जी उठकर खड़े हो गए। बिहारी से पूछा- "तुम साले, भले बदन में दाद की तरह लगने वाले हो, इससे कौन-सा रिश्ता रखते हो?"

बिहारी ने कहा- "अन्नदा है हमारी।"

सेठ जी ने कहा- "यह कहो कि बहन है छोटी।"

बिहारी कुछ शर्माया कुछ कच्चा पड़ा, सिंगारी प्रभाव के कारण, मगर रुपये के अदब से दबकर कहा- "हाँ, बहन है, बाबू जी।"

सेठ जी ने कहा- "तो अब तुम जाओ। तुम्हारा काम हो गया।"

बिहारी ने जवाब दिया- "हम भाई भी हैं, इस घर के दरबान भी हैं, पान-सिगरेट, खाना-पीना कुछ मँगाना चाहें इसके लिए नौकर भी हैं, आपके जाने के बाद हम जाऐंगे।"

"अच्छा" सेठ जी ने उठते ही कहा- "हमको मिर्जापुर (कलकत्ता) में काम है। हम चलते हैं।" बंगला में समझाकर कहा- "हम पहले हैं तो दूसरे की आशा नहीं रखते। इतना समझने के लिए काफ़ी है।"

रुपये देकर दरवाजे के पास चम्पा खड़ी थी। सेठ जी ने पूछा- "तुम्हारा नाम क्या है?" चम्पा ने बंगाली मधुर स्वर से यथोच्चारण कहा- " चम्पा।"

सेठ जी ने बंग्ला में समझाया- "हमारी जगह दूसरा नहीं ले सकता, यह आदमी नौकर रहेगा।" कहकर आगे बढ़े।

बिहारी की समझ में नहीं आया। आगे बढ़कर पूछा "क्या बाबू नापसन्द है?" मधुर मगर तीखा एक तमाचा बिहारी के गाल पर पड़ा।

तिलमिलाकर उसने जब आँख खोली, तब खम्भे की बिजली के प्रकाश में तरुण अफ़सर को खड़ा देखा। पीछे से सेठ जी की आवाज़ आई- "अब सवेरा हो गया, सबेरा।"

साहित्यिक अफ़सर ने समझा, हमारी तारीफ़ की है।

सेठ जी का मतलब था, हम रुपये दे चुके हैं, सारी रात पार हो चुकी है। कल इसका राज लेंगे, जब यह यहाँ आया है। सेठ जी जिस अफ़सर को पकड़े घूमते थे, वह इस अफ़सर के मातहत थे, इसकी दो-एक ढीली कार्रवाइयाँ उसको दिखा चुके थे। ये छाँह को पकड़ नहीं पाये, पकड़ने के इरादे से वहाँ तक आए हैं। उनके भी आदमी हैं। ये राज रखते और लेते हैं।

बिहारी को दूसरी चकाचौंध लगी, जब परिचित बाबू जी को सामने देखा- "आप हैं?" सम्भ्रम से कहा।

अफ़सर पूरे बाबू की पोशाक में थे। पूछा- "क्या हो रहा था?"

बिहारी बात टाल गया। चले गए सेठ जी की तरफ़ उँगली उठाकर कहा- "यह हमारा साला चला गया।"

अफ़सर पूरी तरह नहीं समझे। बिहारी रास्ते तक दौड़ गया, देखने के लिए कि सेठ जी हैं या चले गए। सेठ जी उसी तरह की तंग गली में घुसे, जिसका बिहारी को पता न लगा।

उसको हिम्मत हुई। बाबू साहब से उसने कहा- "आइए, हम आपकी भी मेहमानदारी करें। पेट, पेट, पेट। इतना काफी है, बाबू साहब।"

चम्पा के कमरे का दिया जल रहा था। खातिरदारी का बदला चुकाने के लिए यह बाबू साहब को सेठ जी की जगह ले गया, और बैठाया।

दूसरे कमरे में कमला के पास जाकर साँस से बातचीत करनी शुरू की इसलिए कि दूसरे कमरे में भनक न जाऐ। समझाया "यहाँ किसी का विश्वास न करो, अपना काम देखो, एक बाबू जी आए हैं, बड़े आदमी हैं, इनसे भी रुपये मिल सकते है, अब दुःख के दिन दूर हुए।"

सेठ जी के रुपये देकर चले जाने का घर-भर पर प्रभाव था। वे ये नहीं समझे दूसरे बाबू आए है।

बिहारी कमला और चम्पा को लेकर फिर दरवाजे चला। दोनों ने सोचा, वही बाबू हैं। बिहारी चम्पा को लेकर कमरे के अन्दर गया। प्रकाश में चम्पा ने दूसरी सूरत देखी तो दिल में मुस्करा पड़ी। बाबू साहब उसको अभ्यर्थना समझे और चम्पा को गणिका।

बिहारौ ने चम्पा की तरफ उँगली उठाकर चले गए सेठ जी की तरफ इशारा करके समझाया, उनकी हैं। फिर दो दफ़े दस-दस की उँगलियाँ उठायीं और चम्पा की तरफ मोड़कर हटा दी। फिर समझाया, अभी या कुछ देर बाद वह आदमी आ सकता है। और एक उँगली उठाकर चम्पा की बाँह में गड़ा दी।

बाबू जी ने पूछा- "यह कौन आदमी है?"

बिहारी ने कबूतर उड़ाया। कहा- "बाजार है, कौन जानता है कि कौन-कौन है।" भीतर से डर रहा था कि सेठ फिर न आ जाऐ।

तरुण साहित्यिक की रूखी करुणा चम्पा की समझ में न आई।

अफ़सर ने अंग्रेजी गले में रूखी साहित्यिकता का स्तर भरकर दबंग से कहा- "यह आदमी अन्नचोर है। दूसरे का गला नापता फिरता है, इसके साथ बंगाली गृहस्थ बहू-बेटियों का मिलना कितना भयानक है, यह समझदार ही समझते हैं। हम किसी पेशे के ख़िलाफ़ नहीं, मगर हमारा एक उद्देश्य है। अगर तुम हमारी हो आओ तो हम रास्ता निकाल सकते हैं।"

निष्काम इस साहित्यिक देश-प्रेम के अन्दर से वासना की घोर बदबू निकल रही थी। चम्पा इतना ही समझी। चम्पा की माँ मारे घबराहट के काँपने लगी। उसकी समझ में नहीं आया कि ये क्या कह रहे हैं। बिहारी ने सोचा, बाबू शराब के नशे में हैं। जोर की हँसी आई; दौड़कर बाहर निकल गया और कमला की बाँह पकड़कर हिलाते हुए शराब चढ़ाने की मुद्रा दिखाते और समझाते हुए कहा कि बाबू मदहोश हैं।

वज्र-गम्भीर बंगला में बाबू साहब ने कहा- "यह जो आदमी आया था, यह बदमाश है। इसने सैकड़ों की रोटियाँ मारी हैं। इसके जैसे आदमियों के कारण देश में अकाल है, इसको पकड़ना होगा, इसका नाम बताओ।"

बिहारी ने तपाक से कहा- "बाबू श्यामलाल।"

तरुण साहित्यिक अफ़सर आग्रह भरी दृष्टि से चम्पा को देखकर उठे। बाबू श्यामलाल मुश्किल से ख़त्म हुए ब्लैक आउट को उसके जीवन में फिर न लगा दें, इस डर से उठकर चले और कहा- "हमारे आदमी हो, फिर समझोगे कि हमसे तुम्हारा उपकार है या ऐसे गर्दन-मरोड़ हत्यारे से। तुम्हारी समझ का पत्थर उलट जाएगा तब समझ में आएगा। हम फिर तुम लोगों से समझेंगे।"

कहकर विलायती और साहित्यिक चाल से बाबू जी बाहर निकले और अपना रास्ता लिया। चले जाने पर कुछ दूर तक बिहारी पीछे लग गया। उन्होंने बिहारी को अपने घर बुलाया।

कमला ने चम्पा को बुलाकर पूछा "इन दोनों में कौन अच्छा है?"

चम्पा ने कहा- "पहला।"

25

विद्या

विद्यासुन्दर संस्कृत की ऊँची कोटि की रचना है। सुन्दर कवि का नाम है, विद्या एक राजा की लड़की का। बंगाल में विद्यासुन्दर की कहानी, टप्पा वगैरह बहुत मशहूर है। कहा है कि विद्यासुन्दर पर 'चौर पंचाशिका'

के नाम से श्रेष्ठकवि वररुचि ने मेघदूत की तरह रचना की है। महाकवि वररुचि की रचना कवि-कुलगुरु कालिदास के मेघदूत से नीची कोटि की है, ऐसा कहते झेंप आती है।

अद्यापि तां कनकंचम्पकदामगौरीम्,
फुल्लारीवन्दनयनां तनु-रोम-राजिम्।

सुप्तोत्थितां मदनीविह्वलतालसाङ्गीम्,
विद्यां प्रमादगलितामिव चिन्तयामि ॥

[अब तक उस सोने के चम्पे के हार की तरह गोरी, खिले कमल जैसी आँखों वाली मुलायम रोओं से सजी, सोकर उठी हुई, मदन से विह्वलित अलस अंग वाली प्रमाद निचोड़ती हुई जैसी, विद्या की याद करता हूँ।]

श्यामनाथ लताकुंज के भीतर पड़ी बेंच पर पड़ रहा था। सामने गुलाब और सीजन फ्लावर्ज के बीसियों बेड्ज थे। चारों तरफ़ दूब जमे पार पर यही सुहावना दृश्य था। बीच में प्रायः डेढ़ सौ हाथ चौड़ा और दो सौ हाथ लम्बा पानी से लबालब भरा तालाब था। खासी अच्छी बड़ी रोहुएँ, झुण्ड-के-झुण्ड, सूर्यास्त से कुछ पहिले, खाना खाने के बाद, विहार कर रही थीं। दो तरफ़ से मोटर आने-जाने वाला पक्का रास्ता था। एक तरफ़ निकास की ड्योढ़ी थी जहाँ सिविल सर्जन रहते थे। भारी गेट से हाथी आते-जाते थे। नारियल, आम वगैरह पक्की सड़कों के किनारे-

किनारे लगे हुए थे। पक्के घाट के दोनों ओर पान्थ-निवास [पान्थ-निवास उस पेड़ को कहते हैं जो केला जैसा होता है, जिसके डण्ठल से, सांग मारने पर, गिलास, लोटा-दो लोटा शीतल जल, पीने लायक अति-सुस्वादु निकलता है।] की झाड़ें थीं। इसी का एक गिलास पानी और दो समोसे एक सन्देस और एक मोतीचूर लिए एक परिचारिका कुंज की दूसरी तरफ़ की बेंच के सामने पड़ी टेबल के पास गई और रख दिया। एम.ए. अंग्रेजी साहित्य की विद्यार्थिनी विद्या मिल्टन लिए Of man's first disobedience की पूरी-पूरी हक़ीक़त की छानबीन करती भाव में डूबी थी। जलपान आया देखकर उठकर बैठ गई। इधर श्यामनाथ-

त्वद्वापीषु पयस्त्वदीयमुकुरे ज्योतिस्त्वदीयांगणे।
व्योम्नि व्योम त्वदीयवर्त्मनि धरात्वत्तालवृन्तेऽनिलः ॥

[तुम्हारी वापी में पय, तुम्हारे आईने में ज्योति, तुम्हारे आँगन पर के आकाश में आकाश, तुम्हारी राह पर धरा, तुम्हारे ताल के पंखे में अनिल जाऐ।] का पाठ कर रहा था। जब मधुर आवाज़ आती सुनायी दी-श्याम, कुछ जलपान कर लो। श्याम उठकर विद्या की तरफ़ गया। 'चौर पंचाशिका' एक हाथ में दबी हुई थी। एक समोसा उठाकर खाया, फिर गिलास भर रखा रोज़ उठाकर पीने लगा। विद्या ने नाश्ता करके पान्थ-निवास का पानी पिया। नाश्ता करते-करते कहा-Shyam, you did not take a little of it even? [तुमने जरा भी नहीं लिया?]

श्याम-किंचित्पूर्व गृहीतं मया, विद्ये तदेतदत्यधिकं भवति। [कुछ पहले मैं ले चुका हूँ, विद्या यह ज्यादा होगा।]

विद्या ने कहा-I offered Sanskrit upto B. A. standard, but because of love, may be other unknown reason, I pick up English for M. A. and Doctorate. Perhaps I cannot satisfy you in Sanskrit conversation if you equally do not lack English to manage, [बी.ए. तक मैंने संस्कृत ली हुई थी, परन्तु प्रेम के कारण हो या दूसरे न जाने किसी मतलब से मैंने एम.ए. के लिए इंगलिश चुनी, और आगे डॉक्टरेट तक लेने का विचार है। शायद बातचीत में संस्कृत बोलती हुई तुमको मैं खुश न कर सकूँगी अगर वैसे ही तुमको अंग्रेजी के निबाह में दिक़्क़त नहीं है।]

श्याम-सत्यमायात्यन्त रायः। जानाम्यहं, कथ्यते च, परन्तु स्वैरैर्नोच्यते। [सच

है कि रुकावट पड़ती है। जानता हूँ और कहा भी जाता है, परन्तु शब्दों से पूरा न उतारा जा सकेगा।]

विद्या- It is very sweet and full of fascinations, if you be charmed sooner or later to master the language. [यह बड़ी मधुर और खुशनुमाइयों से भरी जबान है, अगर देर-सबेर अधिकारी बनाने के लिए यह तुमको खींच न ले।]

श्याम-कालिदासादधिकोऽधिष्ठितोऽस्ति कोऽपि न मया ज्ञात। स्थिते सत्यस्मिन्। अधिकरिष्यति कोप्यन्यो नाहमनुभवामि। [कालिदास से बड़ा लब्धकीर्ति वाला कोई है, मुझको नहीं मालूम; ऐसे के रहते कोई दूसरा अधिकार जमा लेगा ऐसा मुझको अनुभव नहीं होता।]

But what may be the language between if I like to stay perpetually with you in matrimonial knot? Do you admit that Tulsidas in Hindi is in the van of world upoets and his Ramcharitmanasa is the best product? [अगर हमेशा के लिए वैवाहिक-ग्रन्थि में बँधकर तुम्हारे साथ मुझको रहना हुआ तो बातचीत की समझौते वाली कौन-सी भाषा होगी? क्या तुम मानते हो कि हिन्दी के तुलसीदास, संसार के कवियों के अग्रगण्य हैं और उनका रामचरितमानस सर्वोत्तम कृति है?] विद्या ने पढ़ाई के नशे से भरी बड़ी-बड़ी आँखें श्याम की आँखों पर रखते हुए कहा।

श्याम ने कहा- संस्कृतं, विशुद्धीकृतास्ति भाषा। आंग्लभाषामपि वदन्ति वैदेशिकाः बहुभाया-मिश्रण संजाता भवति। वयं संस्कोपचारिणो हिन्दीं समभावेन वदामः? यदि न बाधते उच्यते तदा। [संस्कृत, यह सँवारी हुई भाषा है। अंग्रेजी भाषा के लिए भी विदेशियों का कहना है कि कई भाषाओं के मेल से तैयार हुई है। हम संस्कृत को काम में लाने वाले समभाव से हिन्दी बोलते हैं, अगर रुकावट न हो तो, कहो।]

विद्या ने कहा- "हाँ, हम बोल सकते हैं मगर हमको विलायत जाना होगा। मम्मा कहती थीं, रीत-रस्म, पहनावा उढ़ावा तौर जुदागाना रखेगा तो भाषा का हाथ और कहाँ तक फैलेगा कि हम निभ जाऐंगे ये पुराने पचड़े हमारे बाधक न होंगे?" श्याम "हाँ, ऐसी ही बात समझनी चाहिए जैसे मेरा नाम है श्याम और रंग है पीला। परन्तु कहा है-श्यामा, तप्तकाञ्चन-गौरांगी; पुनः, तन्वी श्यामा शिखरिदशना...।"

"बाह्योद्यानस्थितहरशिरश्चन्द्रिकाधौतहर्या" जैसे विद्या के प्रासाद-शिखर पर विशाल मूनलाइट जला दी गई। कुंज पहले से और सुनसान हो गई। मछलियाँ लइया वगैरह दिए खाने को खाकर पानी के अन्दर चली गईं। कुंज के पास की सनलाइट की बत्ती जलाने वाले ने, स्टूल रखकर, चढ़कर जला दी। तालाब के इधर-उधर की बत्तियाँ भी रोशन कर दी गईं। संध्या के प्राक्काल का दूसरा ही समा बँध गया। परिचारिका ट्रे लेकर चली गई। विशाल मन्दिर से आरती होने के साथ बजते घड़ी-घंटे की आवाज आने लगी। इसके बन्द होने पर मधुर तालस्वर से शहनाई बजने लगी। विद्या ने ललित अंजलि बाँधकर अपने इष्टदेव को नमस्कार किया। श्याम ने विद्या का अनुकरण करते हुए सार्थ का सच्चा उद्देश्य समझाया, गोकि भीतर से श्याम ब्रह्मवादी था, कलकत्ते के ठाकुर परिवार से उसका रिश्ता पहुँचता था। बग़ल में बैठे हुए श्याम ने कहा- "पश्य, विद्ये, यदा पार्थक्यं वर्तते, अस्माकं अनुधावनीयं भवतु न वाऽस्माकं गुरुजनैनीनुकार्यों दृश्यते कदाचिदुद्वाहबन्धः।" [देखो विद्या! जब फ़र्क़ मौजूद है, हम दोनों के बीच वह मान्य हो या न हो (जैसे रोमियो जूलियट में) हमारे गुरुजनों द्वारा कदाचित् ऐसा विवाहबंधन बरता नहीं जाता।]

विद्या-You mean, this greatness in riches and order more will not side with, in, but subside because of this great valolur of match's scholarship, as the bride is layman, not leman at all. [क्या तुम्हारा मतलब है- धन और मान की यह ऊँचाई ज्यादा साथ पूरा न करेगी, बल्कि वर की विद्वता की विशाल कृति नें डूब जाएगी, जैसे दूल्हन कोई मजदूरन हो; कोई परीजाद कतई नहीं।]

'सत्यमुक्तवती' [सच कहा] श्याम ने कहा- 'कालिदासे सर्वमेव दर्शनीयम्।' [कालिदास में यह सब देखने को मिलता है।]

आकाश में तारे नजदीक वाले उगते चले आ रहे हैं। चाँद का हिसाब मूनलाइट और सनलाइट से पूरा हुआ दिखता है। जैसे मारे ख़ुशी के बीसियों चेहरों से जमीन पर उतर आया है। हवा सबके हृदयों को हृदय से लगाती हुई संगीत की ताल पर जैसे बहती चली जाती है। सन्तरी एक ड्योढ़ी से दूसरी ड्योढ़ी के सन्तरी को आवाज से पुकारकर फ़र्माइश की चीज भेजने के लिए कहता है, जो उस ड्योढ़ी के पास के पास मालखाने से उपलब्ध है। रात के भोजन-पान के काम करने वाले नौकर पक्के घाट पर बार-बार आते-जाते हुए रौनक बढ़ा रहे हैं।

एक तरफ़ से चित्रशाला की वीणा की आवाज गूँज जाती है। सामने दूर की गारद के बरामदे पर पाँच-सात कसरती सिपाही लंगोटे बाँधकर कसरत कर रहे हैं।

विद्या ने कहा-If not Miltonic combustion, I do not dare keep Kalidas in front of the world & poets. Sorry that you slipped from Shakespearean style of idiomatic English. [अगर मिल्टन वाली आग नहीं, मेरी हिम्मत नहीं कि कालिदास को संसार के कवियों में सिरा रखूँ। अफसोस है कि शेक्सपियर की बामुहाविरा अंग्रेजी स्टाइल से तुम फिसल गए।]

श्याम ने कहा-नास्माकं प्रतिरोधो वर्तते परन्तु हेयास्ते जनाः, मन्ये, सौष्ठवं नानुकुर्वन्ति, तस्मादपसरन्ति च। न पाशविक विकारेऽस्मि दानवः परन्त्वनुगमनादागच्छामि, स्वकीयः पन्था हि प्रशस्ततरः। [हमारा विरोध नहीं, परन्तु हम उनको हेय समझते हैं, जो सौष्ठव का अनुकरण छोड़ देते हैं और उससे हट जाते हैं। मैं पाशविक विकार-ग्रस्त दानव नहीं परन्तु अनुगमन करता हुआ, अपना ही रास्ता अधिक चौड़ा है, यह समझा।]

I follow your stately, dictation, and as you are not in dark so also if not at fingers' ends Sanskrit in not Latin to me, though I determine to select either Latin or Greek after Complete quest for knowledge in English: so better if equally without bathing into the Ganges of English literature you keep reverence over your betters in other sections. [तुम्हारे ऊँचे निर्देशन को मैं मानती हूँ और जैसे तुम अँधेरे में नहीं, वैसे ही अगर संस्कृत मेरी उँगलियों के पोरों में नहीं गिनी, मेरे लिए विजातीय दुरूह भाषा (Latin) नहीं, जब भी मैं समझती हूँ; अंग्रेजी के ज्ञान की तलाश पूरी करने के बाद मैं पढ़ने के लिए लेटिन या ग्रीक चुनूँगी। इसलिए भला है अगर बराबरी के समझौते के साथ अंग्रेजी की गंगा नहाये बिना तुम दूसरी शाखाओं के बड़ों पर सम्मान रखो।]

'नास्माकं जाड्यमत्र' [इस विषय में हमारी जड़ता नहीं] श्याम ने कहा- "सौष्ठवात् कथितं बिना नान्यद्गृहणामि।" [जबकि 'सौष्ठव से' कह चुका हूँ 'और कुछ ग्रहण करने को मैं तैयार नहीं।'

विद्या ने कहा- "I admit you are true to your waters." [मानती हूँ कि तुम अपने मनोभाव के सच्चे हो।] आँखें झुक गईं।

मोटर बढ़ती हुई सड़क के पास आकर लगी जो श्याम के सबसे नजदीक थी। श्याम ने कहा-विद्ये! गच्छामि।

विद्या उठकर खड़ी हो गई। श्याम नमस्कार करके मोटर की तरफ़ बढ़ा। श्याम को लेकर मोटर धीरे-धीरे विद्या की नजर से ओझल हो गई।

लेखक के बारे में

सूर्यकान्त त्रिपाठी 'निराला' हिन्दी कविता के छायावादी युग के चार प्रमुख स्तंभों में से एक माने जाते हैं। वे जयशंकर प्रसाद, सुमित्रानंदन पंत और महादेवी वर्मा के साथ हिन्दी साहित्य में छायावाद के प्रमुख स्तंभ माने जाते हैं। उन्होंने कई कहानियाँ, उपन्यास और निबंध भी लिखे हैं किन्तु उनकी ख्याति विशेषरुप से कविता के कारण ही है।

LIST OF TITLES WITH ISBN NO.

ISBN	TITLE
9788194914129	1984
9789390575220	1984 & Animal Farm (2In1)
9789390575572	1984 & Animal Farm (2In1): The International Best-Selling Classics
9789390575848	35 Sonnets
9789390575329	A Clergyman's Daughter
9789390575923	A Study In Scarlet
9789390896097	A Tale Of Two Cities
9789390896837	Abide in Christ
9789390896202	Abraham Lincoln
9789390896912	Absolute Surrender
9789390896608	African American Classic Collection
9789390575305	Aldous Huxley: The Collected Works
9789390896141	An Autobiography of M. K. Gandhi
9789390575886	Animal Farm
9789390575619	Animal Farm & The Great Gatsby (2In1)
9789390575626	Animal Farm & We
9789390896158	Anna Karenina
9789390575534	Antic Hay
9789390896165	Antony & Cleopatra
9789390896172	As I Lay Dying
9789390896226	As You like it
9789390575671	At Your Command
9789390575350	Awakened Imagination
9789390575114	Be What You Wish
9789390896233	Believe In yourself
9789390896998	Best of Charles Darwin: The Origin of Species & Autobiography
9789390896684	Best Of Horror : Dracula And Frankenstein
9789390575503	Best Of Mark Twain (The Adventures of Tom Sawyer AND The Adventures of Huckleberry Finn)
9789390896769	Black History Collection
9789390575756	Brave New World, Animal Farm & 1984 (3in1)

9789390896240	Brother Karamzov
9789390575053	Bulleh Shah Poetry
9789390575725	Burmese Days
9789390896257	Bushido
9789390896066	Can't Hurt Me
9788194914112	Chanakya Neeti: With The Complete Sutras
9789390896042	Crime and Punishment
9789390575527	Crome Yellow
9789390575046	Down and Out in Paris and London
9789390896844	Dracula
9789390575442	Emersons Essays: The Complete First & Second Series (Self-Reliance & Other Essays)
9789390575749	Emma
9789390575817	Essential Tozer Collection - The Pursuit of God & The Purpose of Man
9789390896578	Fascism What It Is and How to Fight It
9789390575688	Feeling is the Secret
9789390575190	Five Lessons
9789390575954	Frankenstein
9789390575237	Franz Kafka: Collected Works
9789390575282	Franz Kafka: Short Stories
9789390575060	George Orwell Collected Works
9789390575077	George Orwell Essays
9789390575213	George Orwell Poems
9788194914150	Greatest Poetry Ever Written Vol 1
9788194914143	Greatest Poetry Ever Written Vol 1
9789390896301	Gulliver's Travel
9789390575961	Gunaho Ka Devta
9789390575893	H. P. Lovecraft Selected Stories Vol 1
9789390575978	H. P. Lovecraft Selected Stories Vol 2
9789390896059	Hamlet
9789390575022	His Last Bow: Some Reminiscences of Sherlock Holmes
9789390896134	History of Western Philosophy
9789390575121	Homage To Catalonia

9789390896219	How to develop self-confidence and Improve public Speaking
9789390896295	How to enjoy your life and your Job
9789390575633	How to own your own mind
9789390896318	How to read Human Nature
9789390896325	How to sell your way through the life
9789390896370	How to use the laws of mind
9789390896387	How to use the power of prayer
9789390896028	How to win friends & Influence People
9788194824176	How To Win Friends and Influence People
9789390896103	Humility The Beauty of Holiness
9789390896653	Imperialism the Highest Stage of Capitalism
9789390575084	In Our Time
9789390575169	In Our Time & Three Stories and Ten poems
9789390575145	James Allen: The Collected Works
9789390896189	Jesus Himself
9789390575480	Jo's Boys
9789390896394	Julius Caesar
9789390575404	Keep the Aspidistra Flying
9789390896400	Kidnapped
9789390896424	King Lear
9789390575824	Lady Susan
9789390896455	Law of Success
9789390896264	Lincoln The Unknown
9789390575565	Little Men
9789390575640	Little Women
9788194914174	Lost Horizon
9789390896462	Macbeth
9789390896929	Man Eaters of Kumaon
9789390896523	Man The Dwelling Place of God
9789390896349	Man The Dwelling Place of God
9789390575909	Mansfield Park
9788194914136	Manto Ki 25 Sarvshreshth Kahaniya
9789390896509	Marxism, Anarchism, Communism
9789390575664	Mathematical Principles of Natural Philosophy

9788194914198	Meditations
9789390575800	Mein Kampf
9789390575794	Memory How To Develop, Train, And Use It
9789390896486	Mind Power
9789390896585	Money
9789390575039	Mortal Coils
9789390575770	My Life and Work
9789390896035	Narrative of the Life of Frederick Douglass
9789390575152	Neville Goddard: The Collected Works
9789390575985	Northanger Abbey
9789390896530	Notes From Underground
9789390896547	Oliver Twist
9789390575459	On War
9789390575541	One, None and a Hundred Thousand
9789390896554	Othelo
9789390575435	Out Of This World
9789390575015	Persuasion
9789390575510	Prayer The Art Of Believing
9789390575091	Pride and Prejudice
9789390896561	Psychic Perception
9789390575381	Rabindranath Tagore - 5 Best Short Stories Vol 2
9789390575367	Rabindranath Tagore - Short Stories (Masters Collections Including The Childs Return)
9789390575374	Rabindranath Tagore 5 Best Short Stories Vol 1 (Including The Childs Return
9789390896622	Romeo & Juliet
9789390896127	Sanatana Dharma
9789390575596	Seedtime & Harvest
9789390896639	Selected Stories of Guy De Maupassant
9789390575206	Self-Reliance & Other Essays
9789390575176	Sense and Sensibility
9789390575299	Shyamchi Aai
9789390896738	Socialism Utopian and Scientific
9789390896646	Success Through a Positive Mental Attitude
9789390575428	The Adventures of Huckleberry Finn

9789390575183	The Adventures of Sherlock Holmes
9789390575343	The Adventures of Tom Sawyer
9789390896691	The Alchemy Of Happiness
9789390575862	The Art Of Public Speaking
9789390896288	The Autobiography Of Charles Darwin
9788194914181	The Best of Franz Kafka: The Metamorphosis & The Trial
9789390575008	The Call Of Cthulhu and Other Weird Tales
9789390575107	The Case-Book of Sherlock Holmes
9789390896110	The Castle Of Otranto
9789390896745	The Communist Manifesto
9789390575589	The Complete Fiction of H. P. Lovecraft
9789390575497	The Complete Works of Florence Scovel Shinn
9789390896820	The Conquest of Breard
9789390896813	The Diary of a Young Girl
9789390896332	The Diary of a Young Girl The Definitive Edition of the Worlds Most Famous Diary
9789390575701	The Great Gatsby, Animal Farm & 1984 (3In1)
9789390575312	The Greatest Works Of George Orwell (5 Books) Including 1984 & Non-Fiction
9789390575992	The Hound of Baskervilles
9789390896707	The Idiot
9789390896714	The Invisible Man
9789390575657	The Knowledge of the holy
9789390575558	The Law & the Promise
9789390896721	The Law Of Attraction
9789390896776	The Leader in you
9789390896363	The Life of Christ
9789390896196	The Man-Eating Leopard of Rudraprayag
9789390896783	The Master Key to Riches
9789390575268	The Memoirs Of Sherlock Holmes
9789390896479	The Midsummer Night's Dream
9789390575466	The Mill On The Floss
9789390896790	The Miracles of your mind
9789390896660	The Mutual Aid A Factor in Evolution
9789390896448	The Origin of Species

9789390896905	The Peter Kropotkin Anthology The Conquest of Bread & Mutual Aid A Factor of Evolution
9789390896806	The Picture of Dorian Gray
9789390896271	The Picture of Dorian Gray
9789390575275	The Power Of Awareness
9789390896356	The Power of Concentration
9788194824169	The Power of Positive Thinking
9789390575411	The Power of the Spoken Word
9788194914105	The Power Of Your Subconscious Mind
9789390896899	The Power of Your Subconscious Mind
9789390896417	The Principles of Communism
9789390575787	The Psychology Of Mans Possible Evolution
9789390896615	The Psychology of Salesmanship
9789390575732	The Pursuit of God
9789390575398	The Pursuit of Happiness
9789390896851	The Quick and Easy Way to effective Speaking
9789390575947	The Return Of Sherlock Holmes
9789390575138	The Road To Wigan Pier
9789390896981	The Root of the Righteous
9789390575855	The Science Of Being Well
9788194914167	The Science Of Getting Rich, The Science Of Being Great & The Science Of Being Well (3In1)
9789390896011	The Screwtape Letters
9789390896073	The Screwtape Letters
9789390575336	The Secret Door to Success
9789390575695	The Secret Of Imagining
9789390896868	The Secret Of Success
9789390896431	The Seven Last Words
9789390575930	The Sign of the Four
9789390896004	The Sonnets
9789390896516	The Souls of Black Folk
9789390896875	The Sound and The Fury
9789390575244	The State and Revolution
9789390896882	The Story of My Life
9789390896936	The Story Of Oriental Philosophy

9789390896752	The Strange Case of Dr. Jekyll and Mr. Hyde
9789390896943	The Tempest
9789390575916	The Valley Of Fear
9789390575879	The Wind in the willows
9789390896080	The Wind in the willows
9789390575763	Their eyes were watching gofd
9789390575831	Three Stories
9789390896950	Twelfth Night
9789390896592	Twelve Years a Slave
9789390896677	Up from Slavery
9789390896974	Value Price and Profit
9789390896967	Wake Up and Live
9789390896493	With Christ in the School of Prayer
9789390575602	Your Faith is Your Fortune
9789390575473	Your Infinite Power To Be Rich
9789390575251	Your Word is Your Wand
9789390575718	Youth
9789391316099	A Christmas Carol
9789391316105	A Doll's House
9789391316501	A Passage to India
9789391316709	A Portrait of the Artist as a Young Man
9789391316112	A Tale of Two Cities
9789391316747	A Tear and a Smile
9789391316167	Agnes Gray
9789391316174	Alice's Adventures in Wonderland
9789391316136	Anandamath
9789391316181	Anne Of Green Gables
9789391316754	Anthem
9789391316198	Around The World in 80 Days
9789391316013	As A Man Thinketh
9789391316242	Autobiography of a Yogi
9789391316266	Beyond Good and Evil
9789391316761	Bleak House
9789391316778	Chitra, a Play in One Act
9789391316310	David Copperfield

9789391316075	Demian
9789391316785	Dubliners
9789391316051	Favourite Tales from the Arabian Nights
9789391316235	Gitanjali
9789391316068	Gravity
9789391316150	Great Speeches of Abraham Lincoln
9789391316662	Guerilla Warfare
9789391316839	Kim
9789391316822	Mother
9789391316211	My Childhood
9789391316846	Nationalism
9789391316327	Oliver Twist
9789391316853	Pygmalion
9789391316334	Relativity: The Special and the General Theory
9789391316389	Scientific Healing Affirmation
9789391316341	Sons and Lovers
9789391316587	Tales from India
9789391316372	Tess of The D'Urbervilles
9789391316396	The Awakening and Selected Stories
9789391316402	The Bhagvad Gita
9789391316303	The Book of Enoch
9789391316228	The Canterville Ghost
9789391316907	The Dynamic Laws of Prosperity
9789391316006	The Great Gatsby
9789391316860	The Hungry Stones and Other Stories
9789391316433	The Idiot
9789391316440	The Importance of Being Earnest
9789391316297	The Light of Asia
9789391316914	The Madman His Parables and Poems
9789391316457	The Odyssey
9789391316921	The Picture of Dorian Gray
9789391316464	The Prince
9789391316938	The Prophet
9789391316945	The Republic
9789391316518	The Scarlet Letter

9789391316143	The Seven Laws of Teaching
9789391316525	The Story of My Experiments with Truth
9789391316532	The Tales of the Mother Goose
9789391316549	The Thirty Nine Steps
9789391316594	The Time Machine
9789391316600	The Turn of the Screw
9789391316983	The Upanishads
9789391316617	The Yellow Wallpaper
9789391316426	The Yoga Sutras of Patanjali
9789391316990	Ulysses
9789391316624	Utopia
9789391316679	Vanity Fair
9789391316020	What Is To Be Done
9789391316686	Within A Budding Grove
9789391316693	Women in Love

www.ingramcontent.com/pod-product-compliance
Lightning Source LLC
LaVergne TN
LVHW090323051026
849518LV00005B/1861